國手

국수

일러두기

- 이 책(1~5권)에서 본문 표기는 '한글 맞춤법'(2017. 3. 28)에 따르되, 경우에 따라 글지(작가) 원칙을 따랐다. 대화문은 가능한 한 그 시대 말투나 발음에 가깝도록 적어줌을 원칙으로 하여 살아 있는 우리말을 전달하고자 하였다.

- 본문에서 한 단어가 다른 형태로 표기되는 것은(예: 곳=꽃, 갈=칼, 가마귀=까마귀 등) 임병양란을 거치며 조선말이 경음화되기 시작한 이래로 된소리, 거센소리, 예사소리가 혼재되어 쓰이던 당시의 상황을 반영한 것이다.

- 본문에서 이(李), 유(柳), 임(林) 씨는 리, 류, 림 씨로 표기하였으며 『國手事典』에서는 이, 유, 임 씨로 표기하였다.

- 우리말로 잘못 알고 있는 일본말은 본디 우리말로 적어주고자 애쓰는 저자 뜻을 존중한다.

  〈예〉민초(×) ⇨ 민서, 서민(○)

  　　농부(×) ⇨ 농군(○)

- 낯선 어휘나 방언은 본문 아래 뜻풀이를 달아 이해를 돕고자 하였다.

- 이 책의 본문에서 O 표시는 『國手事典』에 뜻풀이를 실었다.

- 이 책 뒤에 부록을 붙여 소설 배경이 되는 1890년대 전후 시대상황을 이해하는 데 도움을 주고자 하였다.

國手

3권

金聖東 장편소설

솔

國手
3권

차 례

김석규 金石圭
　김사과댁 맞손자로 바둑에 동뜬 솜씨를 보이는 똑똑한 도령.

김사과 金司果
　몇 군데 고을살이에서 물러나 맞손자 석규 가르침에 오로지하는 판박이 시골 선비.

덕금 德今
　면천한 상민 딸로 태어나 만동이를 좋아하였으나 뜻을 이루지 못함.

만동 萬同
　김사과댁 씨종인 비부婢夫쟁이 천千서방 전실 자식으로 동뜬 힘과 무예를 지녀 '아기장수'로 불림.

안익선 安益善
　양반 지체이나 스스로 광대로 나선 비가비. '중고제'라는 내포 바닥 남다른 소리제를 이룩함.

온호방 溫戶房
　가리假吏 출신 고을 호방. 윤동지를 쑤석거려 장선전을 죽을고에 떨어뜨린 모질고 사나운 아전배.

윤동지 尹同知
　홍주목洪州牧 퇴리退吏 출신으로 대흥고을에서 첫째가는 큰 부자.

장선전 張宣傳
　미관말직인 권관權管을 지낸 타고난 무인으로 때를 못 만난 나날을 보내다가 만동이를 따라 산으로 들어감.

춘동 春同
　만동이 배다른 아우로 자치동갑인 상전 석규 손발 노릇을 함.

제9장
시드는 곳* 한 송이

 권관도權管道 나리마님, 기간 안녕허십쇼? 쇤네* 온호방이오
니다.
 윤동지尹同知 노랑수건*으로 빚지시*를 겸하고 있는 호방구실
온가溫哥가 선학동仙鶴洞으로 찾아온 것은 삼우제를 지내고 온 장
선전張宣傳이 막불경이*를 다져넣은 장죽에 막 부시를 댕기려던
참이었다.
 솔안말 윤동지어르신을 만나뵙고 오는 길이온뎁쇼.
 깍듯하게 하정배를 올리고 나서 하는 수어수작*은 공근하였
으나, 먼 길 다리품 팔아가며 여기까지 찾아오게 된 까닭인즉, 빌
려간 돈을 갚으라는 것이었다. 살림 형편을 잘 아는 처지이니만

곳 꽃. **쇤네** 소인小人네. **노랑수건** 앞잡이. **빚지시** 빚거간. **막불경이** 불경이보
다 바대가 낮은 썬 담배. **수어**(數語)**수작** 두어 마디 말로 하는 짓거리.

큼 그렇다고 해서 당장 갚으라는 것이 아니라 넉넉하게 말미*를 줄 터인즉 그 안에 갚으라는 것이었는데, 인정을 베푸는 듯 짐짓 넉넉하게 준다는 그 말미라는 게 겨우 일삭一朔이었다.

장선전나으리야 다만 남초*만 태울 뿐이었고 문창호지 빛깔로 하얗게 질린 얼굴 인선仁善아기씨는 붓으로 그린 듯 그 줄이 뚜렷한 아랫입술만 잘근거릴* 뿐이었지만, 그 속내를 알고 있다고 생각하는 만동이었다. 덕금이한테 들어 알 만큼은 다 안다고 생각하는 만동이였는데, 그러나 윤동지한테 진 빚이 쉰여냥이라는 것만 알았지 쉰냥이 네 해 동안 새끼를 치고 그 새끼가 또 새끼를 쳐 이윽고는 본전보다 무려 열다섯 배가 되는 큰 빚으로 불어나게 되었다는 것까지는 알 도리가 없는 것이었으니, 어마 뜨거라. 그리고 그 배보다 배꼽이 크게 엄청난 머릿수로 늘어나게 된 까닭인즉—

장선전이 몇 차례에 걸쳐 얻어 쓴 변돈 합은 쉰냥 남짓이었는데, 세 해 동안 새끼를 친 변리가 백여든냥이었다. 한냥을 빌리는데 한 달이면 한 돈씩 늘어나는 대돈변*으로 한 달이면 다섯냥이고 일 년이면 예순냥이니, 삼 년이면 백여든냥이 되며, 여기에 본전까지 합하면 갚아야 할 돈이 모두 이백서른냥.

왕장군 곳간 귀신으로 유명짜한 윤동지한테 얻어 쓰는 것이라

말미 겨를. **남초**(南草) 본디 남쪽에서 왔다고 해서 '담배'를 일컫던 말. **잘근거리다** 조금씩 잇달아서 씹다. **대돈변** 돈 한냥을 한 달에 한 돈씩 치는 비싼 변리. 한 돈변.

서 변돈이라는 것이야 의당 알고 쓴 것이기는 하지만 너무도 앞 뒤 가릴 수 있는 처지가 못 되는 경황 중인지라 한 달이면 얼마고 한 해면 또 얼마나 된다는 변리에 대한 아귀°를 지어놓지 않은 것이 장선전 실책이라면 실책이었다. 허나 딱이 장선전 쪽 실책이 라고만은 할 수가 없는 것이, 빚지시 온가가 이렇게 말하였던 것이다.

윤동지 같은 장자께서 뭐 아해들 엿값도 안 되는 변 바라고 돈을 취해주시겠지오니까. 약첩이나 지어 잡숫고 하루속히 쾌차하시기나 빌 뿐입지요.

그런데 세 해 동안에 늘어난 변리가 모두 백여든냥이라니……변리가 가장 호되다는 읍치 전은자모가°에서 빌려 쓰는 장변°이 한냥에 한 달 다섯 닢이라 냥에 두어 닢씩 쳐서 갚아주면 되겠거니 마음먹고 있던 장선전으로서는 도무지 눈앞이 아득하여지는 것이었는데, 온가가 문득 목소리를 낮추었다.

어떻게…… 궁리를 좀 해보셨사오니까?

새삼스러운 말이 아니라 변돈을 얻어 쓴 지 달포도 채 못 되어서부터 넌지시 꺼내온 말이었으니, 따님을 윤동지 소실로 주라는 것이었다. 천둥같이 분기탱천하여진 장선전이 큰소리로 꾸짖어 물리쳤으나 고자 처갓집 드나들듯° 풀방구리 쥐 나들 듯° 연

아귀 어수선한 일을 갈피 잡아 마무르는 끝매듭. **전은자모가**(錢銀子母家) 고 리대금업체. **장변**(場邊) 한 파수 곧 닷새 동안에 두 푼씩 변리가 붙으므로, 한 달을 여섯 파수로 보면 한 돈 두푼이 변리로 붙는 높은 변돈.

락부절로 기웃거리며 어르고 뺨을 때리는°온가였다.

　사람이 한뉘°를 살아가노라면 운이라는 것이 반다시 몇 차례
드는 법인즉…… 그래서 속담에도 귀천궁달이 수레바퀴다°라는
말이 있는 것 아니겠소이까. 운이 들 적에 어물어물하다가 때를
놓쳐버리면 굴러들어 오는 복을 제 손으로 막아버리는 것이나
진배없지 않겠소이까.

　말투부터가 우선 전과는 달랐으니 명색이 양반 앞에서 하는
아전나부랭이 말투가 아니었고, 부들부들 떨리는 손으로 그 초
췌한 오십궁무가 목침을 잡는데, 퇴°아래서 훨씬 물러서며 온가
가 말하였다.

　열 마지기 올시다. 그것도 찰배미논°으루 열 마지기.

　이런 금수만도 못한 가이색긔 같으니라구!

　얼굴이 잘 익은 홍시빛깔로 변한 장선전이 각궁°을 집어 드는
데, 사립 쪽으로 뒷걸음질 치며 온가가 한 말인즉—

　삼 년이 지났으니 이제부터는 곱대돈이올시다.

　이백서른냥을 곱대돈변°으로 하면 달마다 마흔여섯냥씩 늘어
나니 일 년이면 오백두냥이고, 여기에다 또 본전으로 바뀐 이백
서른냥을 보태면 합이 물경 칠백서른두냥이니, 이중생리°하는
극폭리인 것이었다. 오변전°에 장리°며 갑리°와 삭채°에다 중변

한뉘 한평생. 한세상. 퇴 툇마루. 찰배미논 물 걱정 없이 기름지고 거둠새 좋
은 상등답. 각궁(角弓) 우리 겨레가 예로부터 써왔던 활임. 곱대돈변 두 돈변.
2할 이자. 이중생리(利中生利) 복리複利. 오변전(五邊錢) 한 달에 닷 푼 변리.

12

급채*에 더하여 선변*을 떼고 주는 속칭 과부장변*이라는 것까지도 있기는 하였으나 어떠한 경우에도 네 해만에 본전 열다섯 배를 내어놓으라는 것은 있을 수 없는 일이었다. 쌀 한석에 닷 말이요 베 열다섯 척에 다섯 척이니 아무리 호된 중변이라고 한달지라도 그 길미*가 열 달에 세 돈변*을 넘지 못하게끔 한 것이요, 일본일리一本一利라고 해서 그 길미가 본전을 넘을 수 없으며 길미셈 또한 이상가리*를 할 수 없게끔 법으로 못박아놓은 것이 전조 문종 때부터 비롯히여 아조 국초 이래로 내려온 나라 법도였다. 가장 낮은 변돈 길미가 열 달에 두돈변이고 세돈변 네돈변이 예사이며 심한 것은 닷돈변에서 열돈변까지 받기도 하였으나 매삭 오푼변이 두루 흔하게 쓰여지는 것이었다. 이것은 그러나 『경국대전經國大典』에만 적히어 있을 뿐인 죽은 법에 지나지 않았고 한양도 그렇지만 팔도 각 고을로 내려갈수록 쇠배* 지켜지지 않고 있는 뒷간 뒤지쪽보다 못하였으니, 하물며 관과 손잡고 사私전은 자모가를 열고 있는 호세한 부가옹임에 있어서랴.

"칠백서른두냥이라……"

장리(長利) 봄에 쌀이나 돈을 빌려주고 가을에 5할 이자를 덧붙여 150퍼센트 받던 것. **갑리(甲利)** 갑변. 곱쳐서 셈하는 변리. 변리를 제 달에 물지 못하였을 때 그달 변리는 한 달이 지나면 두 배로, 두 달이 지나면 세 배가 된다. **삭채(朔債)** 한 달을 마감날로 변리를 내야 하는 변돈. **중변급채(重邊給債)** 여느 변리보다 더 받는 것. 후리厚利. 요즘 말로 '고리대부'. **선변(先邊)** 선이자. **과부장변** 요즘 '달러 이자'. **길미** 변리. 이자. **세 돈변** 3할 이자. **이상가리(利上加利)** 변리 위에 변리를 더하고 변리 속에서 변리가 생긴다는 뜻으로, '복리'를 말함. 이중생리. 이중지리. **쇠배** 전혀.

기가 하도 막히니 막힌 둥 만 둥°하여서 그러한가. 손들을 대접
하고자 납죽어미 박씨주막에서 식채° 긋고 받아온 것이었으나
손들이 사양하는 바람에 자작으로 몇 잔 마시고 남기어두었던
탁주를 침안주°로 넘기며 장선전은 히뭇이° 웃었고, 그때도 그러
하였으니—

용 몸에 봉 가슴을 하고 앞머리는 안개 같으며 바람 같은 갈기
에 귀는 비죽枇竹과 같고 눈은 샛별 같은 천리준마 옥으로 된 안
장 위에 올라 금으로 된 고삐 잡고 산호보배 박은 채찍 들어 향내
나는 거리를 누비질하듯 달려보는 꿈을 꾼 것도 잠깐, 도무지 무
슨 기별이 없는 것이었다. 출신出身 장 복張復이 한양으로 다시 올
라와 남촌 무반들로 장을 이루고 있는 어영대장댁 허술청°에도
드나들고 광화문 앞 육조거리에도 지나다니며 가만히 살펴보니,
출신 아무개에게 무슨 벼슬자리를 내린다는 교첩°이 내려오기
를 기다린다는 것은 도무지 가망이 없는 노릇이었다.

권귀들 입이 비록 크나 그 배는 늘 비어 있어 언제나 걸떡거리
는 탓이었다. 권귀들과 직접으로 무릎을 맞대고 앉아 벼슬자리
에 따라 천차만별로 각기 달라지는 그 엽전 닢 수를 놓고 흥정을
벌일 수 있는 자는 극히 한정된 것이었고, 거개는 권귀들 안사람
하고 통하거나, 혹은 그 자제들에게 부탁하기도 하였으며, 혹은

식채(食債) 외상값. **침안주** 침으로만 안주 삼는 것. **히뭇이** 가뭇없이 히죽하
게.(평양) **허술청** 높은 벼슬아치 집 대문 안에 있는 기다림 방. **교첩**(教牒) 오
품 아래 벼슬아치 임명장.

14

또 그 집안 아랫것들과 결탁하기도 하는 따위 뇌물을 바치는 길이 각각 달랐다. 출신을 함으로써 오대 무현관으로 군정에 박히는 것이야 겨우 면하게 되었다고 하나 당내간에 이렇다 할 현관 하나 없는 장 복으로서는 뇌물을 바치고자 하여도 바치어볼 뇌물도 없을 뿐만 아니라 그 길마저 찾기 어려운 것이었다.

하릴없이˚ 다시 고향으로 내려와 부모를 도와 농사를 지으며 사냥질로 결기를 삭이고 있는 장 복에게 권관교첩이 내려진 것은 그해 가을도 다 저물어갈 무렵이었다. 아무리 한미한 가문이요 더구나 남인색南人色이라고 하지만 워낙 출중한 무예와 용력을 보여준 장 복을 그대로 버려두기에는 장김壯金으로서도 차마 마음에 걸리었던 것인가.

그러나 그렇지 않은 것이 종구품 말직 무관 벼슬인 권관 자리나마 장 복한테 돌아오게 된 것은 전수이˚ 시국 탓이었으니, 아라사 병선들이 관북 원산 앞바다로 몰려와 소위 통상을 요구하며 패악한 분탕질을 친다는 북병사北兵使 장계를 받은 철종대왕이 중신들을 모아놓고 그 방비책을 묻는 자리에서였다. 사드래공론˚으로 해만 기울이는 것에 지질증˚이 난 임금이 문득 무과 전시에서 보았던 장 복을 떠올렸고, 장원은 그만두고 방안 탐화도 못 되어 여태 교첩을 못 받았다는 것을 알자, 잠깐 안정˚을 찡기

하릴없다 어떻게 할 도리가 없다. **전수이** 순전히. 온통. 모두. **사드래공론** 마무리가 되지 않는 갑론을박 헛공론. **지질증** 지루함을 견딜 수 없는 마음. **안정** '임금 눈'을 가리키는 궁중 말.

다가 끌끌 소리가 나게 설상*까지 찼던 것이었으니, 전에 없던 일이었다.

모두들 숨을 죽이며 낯빛이 바래어졌는데 병판이 훨씬 더하였다. 그 바탕이 본디 문신인지라 무신을 발가락 사이 때만큼도 여기지 않던 병판 또한 다만 하옥대감 앞방석*이 되어 장 복으로 장원 뽑는 것을 극력 반대하게끔 영상을 충동이었던 탓이었다.

그러나 아무리 곤룡포만 앉아 있을 뿐인 허수아비라고 하지만 왕 성안이 찌푸려지고 더하여 혀까지 차는 것을 보게 된 병판은 곧 이판과 상의하여 장 복을 권관으로 한다는 교첩을 내리게 하였다. 서수라西水羅였다. 서울물을 먹고 벼슬길에 뜻이 있는 무인이라면 아무도 가려고 하지 않는 변두리 가운데서도 더욱 변두리땅인 멩엇* 끝이었고, 다만 변두리 두메일 뿐만 아니라 아라사배들 출몰이 잦아 누구라도 그 목숨을 보장받기 어려운 죽음땅이었다.

서수라를 거쳐 관북에서도 또한 두메인 백두산 밑 자작구비自作仇非에서 이력을 살며 받아보았던 녹봉이 쌀 열 말에 콩 닷말이었으니 칠백서른두냥이라면 도대체 권관 녹봉을 몇 해나 한 톨도 축내지 않고 모아야 갚을 수 있는 돈이라는 말인가. 권관만이 아니라 종육품인 잔읍 현감이나 찰방 또는 별장명색들이 받는

설상 '임금 혀'를 가리키는 궁중 말. 앞방석 비서. 멩엇 지경地境.

16

녹봉 또한 쌀 한 섬 한 말에 콩 열 말이니, 그만한 벼슬자리로나마 어떻게 올라갔다고 치고, 몇 해를 모아야 갚을 수 있는 돈이라는 말인가. 아니, 그러한 당하말관은 그만두고 일인지하에 만인지상이라는 상상˚녹봉 또한 정백미 두 섬 여덟 말에 콩 한 섬 닷 말이니, 진실로 나라 기강을 무너뜨리고 백성들 고혈을 그 골수에 이르기까지 비틀어 짜내는 도적질을 하지 않고서는 갚아볼 길이 없는 거금이 아닌가.

귀유반정˚을 하지 않고 귀동반정˚을 함으로써 뜻하는 길이 서로 다르기는 하지만 그러나 어찌 되었든 터지게 난 인물임에는 틀림없는 서포徐布 서장옥徐璋玉이와 더하여 또한 여간 당차고 학식이 유여하여 보이지 않는 선비 출신 황하일黃河一이 장군 어쩌고 추키어주는 바람에 부끄럽게도 조금은 앙분되어 있던 터라, 호랑이가 걸려든 것 같다는 만동이놈 말에 그만 더욱 앙분되어 가지고 진둥한둥˚덫 놓은 자리로 쫓아 올라갔던 일이 견딜 수 없게 더욱 부끄러워진 그 오십궁무는, 가느다랗게 흔들리는 손길로 술두루미를 들어올리었다.

"칠백서른두냥이라……."

허한 속에 거푸 잔을 기울이는 바람에 전에 없이 발끈˚ 주기가 오른 장선전은 똑같은 말만 잇달아서 중얼거리고 있었는데, 그러나 차마 거기까지는 미처 모르고 있는 것 한 가지가 있었으니, 칠백서른두냥이 칠백서른두냥으로 그냥 머물러 있지만은 않는 다는 참일이었다. 빚도 빚이지만 불쌍하게도 죽을 자리에 빠져든 딸내미와 연명하여갈 양도 마련부터가 우선 막막한 처지에, 그리고 다만 또 은산철벽에 막힌 듯 막막하기만 할 뿐인지라 침 안주로 강술*이나 마시며 울울한 심회를 달래고 있을 뿐인 시재 순간에도 눈덩이처럼 길미는 더욱 불어나는 것이었으니, 배보다 배꼽이 커져 마침내는 배꼽만 남고 배는 보이지도 않는 이상가 리 덫에 걸리어든 것이었다. 장선전은 그러나 똑같은 혼잣 소리 만 되뇌고 있었으니—

"칠백서른두냥이라……"

한냥이면 좁쌀을 바꾸어도 말 가웃이 되고 보리면 서 말 가까 우며 무명을 끊으면 바지저고리 한 벌은 족히 나오는 큰돈이니, 이 노릇을 어찌할꼬. 무슨 수를 써서 이 범 아가리를 벗어날꼬.

울울하기만 한 심회를 달래어보기 위하여 시방 마시고 있는 탁주 한 대접에 우선 한 푼이니 한 두루미*면 서 돈이요, 허기를 끄기 위한 국수 한 대접에 또한 서 돈. 조석상을 차리기 위한 찬거 리를 장만하고자 읍치 저자에 나가보면 명태 한 쾌에 한냥이고, 새우젓 한 접시에 여덟 돈 너 푼이며, 문어 한 꿰미에 여섯 돈 너

강술 안주 없이 먹는 술. **두루미** 목과 아가리는 좁고 길며 단지처럼 배가 둥 근 병.

18

푼이요, 소금 한 되에 서 돈 아홉 푼이며, 석이버섯 한 근에 두 돈 두 푼이고, 달걀 한 개에 한 푼 반이다. 술과 밥으로 든든히 요기를 하고 나서 나들이를 하고자 할 적이면 소용되는 가죽신 한 켤레가 세냥이고, 망건이 한냥에, 주막집에서 사먹는 중화 한 상에 두 돈이고, 막불경이라도 다져넣을 무늬 안 새긴 곰방대 한 개가 한 돈 닷 푼이요, 낯을 씻고 나서 수염과 콧털을 다스리거나 계집 사람들이 분바를 때 소용되는 여느 면경이 한냥 아홉 돈.

어허, 백냥이면 어지간한 십안 한밑천이 단단한데 칠백 서른 두냥이라니…… 귀떨어진 사슬돈 한 푼이 당장 아쉬운 형편에 이거야 도대체 땅띔도 할 수 없게 어마어마한 거금이 아닌가. 가난도 비단가난°인 장선전 입에서는 나오느니 한숨인데, 잔물결처럼 가느다랗게 흔들리는 손길로 기울여보는 술두루미에서 쏟아져 나오는 그 무엇조차 없으니, 탁주마저 그나마 바닥이 나버린 것이었다.

장선전이 자작구비 권관을 끝으로 벼슬길에 대한 헛된 미련을 끊어버리고 낙향을 한 것은 나이 사십이 다 되어서였다. 서천舒川 고향 본집으로 내려왔으나 늙으신 부모님을 모시고 처자 거느릴 호구가 막연하여진 그가 대흥大興 선학동으로 옮기어 앉을 작정을 하게 된 것에는 그나마 믿는 데가 있었음이니, 먼 윗대인 선전관할아버지 적에 장만하여둔 선산이 있던 탓이었다. 제위답으로 딸리어 있는 십여 결 논밭전지에 일곱 간 초옥이며 부룩소°까지

두 마리나 있어 믿을 만한 하인에게 맡기어 보살피게 하였는데, 논밭을 갈아 제법 유족하게 살면서도 쇠락하여진 상전댁에 말막음*으로나마 쌀 한 톨 보내어오는 법이 없던 하인 후손들은 장선 전이 해묵은 공貢을 추심推尋하러 온다는 소문을 듣고는 집 한 채 만 달랑 남겨놓고 나서 논밭전지는 물론이요 가장집물마저도 쓸 만한 것이라면 하다못해서 살강* 위에 얹어둔 간장종지 하나 남 겨놓지 않고 죄 돈사거나 꾸려가지고는 모두 야반도주를 하여 버린 것이었다.

하루아침에 말 죽고 황금 진하면 친척도 타관사람 마찬가지어 늘…… 하물며 쇠락해진 집안 외거노비들이리요.

장탄식을 하면서도 그러나 무엇보다도 대대로 상전댁 은혜를 입어온 노비들 그 몰인정한 처사에 발끈 화증이 솟구친 장선전 이 추노追奴를 하여볼 마음을 먹어보지 않은 것도 아니었으나 그 것 또한 마음대로만 될 수 있는 것이 아닌 것이, 충청우도만 하여 도 추심 또는 추노를 나간 지 해를 넘고 삼 년 넘어 육 년 지나 석 삼 년이 지나도록 함흥차사가 된 양반명색들이 한둘이 아니었고 심한 경우에는 범강장달이* 같은 노복들한테 되잡히어 영영 소 식이 돈절인 경우 또한 부지기수였다.

부룩소 작은 숫소. **말막음** 남 욕을 벗어나려고 어름어름해서 그 꾸중을 막 고 벗어남. **살강** 그릇이나 세간을 얹어놓고자 시골집 부엌 턱에 드린 선반. 가는 서까래 두 개를 건너질러서 만듦. **범강장달이** 키가 크고 감궂게 생긴 사람을 가리키는 말. 감궂다: 흉악하다.

그러나 그것만은 아니었고 그가 추노를 단념하였던 까닭은 정작으로 다른 데 있었다. 종들 후끈한 위세가 두려워서가 아니라 추노를 하고자 할진대 우선 안전명색들을 만나 이러저러한 사정 이야기를 해야 하는 것이 첫째 싫었으니, 안전명색들이며 관차들 행태를 누구보다도 잘 알고 있는 탓이었다. 관차들한테 우선 인정을 써야 하는데, 사슬돈°푼이라도 쥐어주지 않고서는 도대체 콧방귀나 뀌게 마련인 것이었고, 그나마 명색이 양반으로서 관차나부랑이들한테 종애골림°이나 당할 수는 없는 노릇이었다. 비위 상하는 안전 문안이며 관차들한테 부탁을 하지 않고서도 스스로 찾아나서 그 인정에 어긋난 패덕함을 준절히 꾸짖어주고도 싶었으나 기약 없는 추노길을 떠나고 보면 식구들 살림두량°은 어찌 되며 무엇보다도 그리고 우선 적지 않게 들어갈 그 행자行資 마련을 어떻게 한다는 말인가.

　때를 잘못 만나 그렇지 타고나기를 본디 장수 재목으로 타고난 장선전인지라 언제나 말 타고 활 쏘고 불질°하며 저 섬우량하이°와 양귀자洋鬼子 무리를 쳐서 거꾸러뜨리려는 생각만 마음속에 가득 담고 앉아 있노라 치산에는 도무지 뜻이 없었으니, 선대로부터 지녀오던 전장이며 가장집물에 노비붙이들을 차례로 팔

사슬돈 꿰거나 싸지 않은 쇠붙이 돈, 곧 잔돈. **종애골림** 남 속을 상하게 하여 약이 오르게 하는 것. **살림두량**(--斗量) 곡식을 되어서 헤아리듯, 얼개를 잡는 것. **불질** 총으로 짐승을 잡는 일. 총질. **우량하이** '순록馴鹿치기'라는 말로, '오랑캐' 본딧말.

아 살길을 이은 나머지 마침내는 부인이 길쌈과 바느질로 업을 삼아 손 놀 사이 없이 밤낮으로 골몰하여 근근이 입에 풀칠을 해나가는 형편이었다. 이러니 푸성귀단이나 꽂아먹을 수 있는 텃밭말고는 송곳 꽂을 땅 한 뼘 없는 백사지白沙地에 떨어질 수밖에 없게 되었는데, 하나 남았던 아이계집종마저 돌림병에 죽어 그나마 수족이 사라지더니, 엎친 데 덮치기°요 눈 위에 서리친다°고 아버지가 돌아가시기 무섭게 한 달을 사이로 어머니마저 돌아가시는 게 아닌가.

겸노상전°된 그가 충청우도 이곳저곳에 흩어져 살고 있는 강근지친들을 청하여 어떻게 간신히 초종을 모시고 나자 삭망을 저쑵고 조석 상식을 저쑵는 것은 그만두고 우선 당장 식구들 입치레마저 간데없는지라, 휘— 한숨을 쉬고 나서 화승대며 각궁에 장창을 들고 산으로 가는 수밖에 별조가 없는 것이었다. 하옥대감을 비롯한 한양 권귀들한테 납상°할 호피를 벗기어 올리라는 북병사 채근에 비위가 상하여 한 번 크게 그 잘못됨을 따지고 들던 끝에 권관 인뒤웅이를 집어던지고 낙향을 한 다음부터는 사냥이라면 숫제 떠올리기도 싫었던 그였으나, 어쩔 수 없는 호구지책으로 다시 화승대며 각궁이며 장창을 잡게 되었던 것이었다.

겸노상전(兼奴上典) 종이 해야 할 일까지 저 혼자서 하는 것. **납상**(納上) 웃어른에게 바침. '상납'은 왜제가 뒤집은 말임.

처음에는 다만 호구를 위한 방편으로 택하게 된 사냥이었으나 날이 가면서부터 잘못된 세상에 대하여 풀 길 없는 가슴속 울화를 삭이는 방편으로 되었고, 어쩌면 꼭 제 젊었던 시절이 떠오르는 만동이를 비롯하여 핏종발*이나 있는 끌끌한* 아이들한테 온갖 무예를 습련시키는 것으로 낙을 삼기에까지 이르게 된 장선전은, 어쩔 수 없는 왈 무골이었다. 사냥질로 잡아들여 돈사는 것이며 또 굳이 마다하나 무예서껀 천자마다나 배우는 아이들이 강미講米명색으로 가져오는 쌀되나마가 있어 그런대로 밥은 굶지 않던 그가 이 지경으로까지 떨어지게 된 것은 전수이 범 아가리보다도 더 무서운 이상가리 덫에 걸리어든 탓이었다.

어마 뜨거라, 벌써 몇 번째로 쫓기듯 장선전댁을 벗어난 온호방溫戶房이 윤동지를 찾아 솔안말 바깥침으로 들어서는데—

구슬같이 맑은 개울물이 흐르는 시냇가를 따라 가지가 휘어지게 피어 눈부신 산벚곳 동산으로 돌아서자, 거개가 장획* 떨거지들인 쉰 남은여 가구를 발 아래 거느리며 고래등 같은 기와집 대여섯 채가 물매진* 언덕 위로 즐비하게 늘어서 있는 것이었으니, 윤동지네 일가가 자리 잡고 있는 곳이었다. 만석꾼 소리를 듣는 윤동지 비록 행세하는 양반은 아니로되 대흥 같은 중읍 양반명색이며 관장은 그만두고 한양 육조거리에서 방귀깨나 뀐다는 높

핏종발 핏기, 곧 의기義氣. 끌끌하다 마음이 맑고 바르고 깨끗하다. 장획(臧獲) 종. '장臧'은 사내종, '획獲'은 계집종을 뜻함. 물매진 지붕이나 언덕 따위가 비탈진.

은 벼슬아치 또한 부럽지 않으니, 신선이 따로 있나.

  윤동지네는 본시 여러 대 위 적부터 홍주목洪州牧에서 아전질을 하여오던 퇴리* 출신이었다. 지금은 그러나 도부道富 소리를 듣는 부가옹으로 본읍은 물론하고 내포內浦 태안에서도 꼽아주게 뛰어난 만석꾼 부자로서 찰방이나 판관이며 좌수 따위는 본읍 수령보다도 오히려 그 명을 받들 정도로 위세가 후끈한 왈 권세가였다.

  근본이 아전 퇴물인지라 누대에 걸쳐 그 수령에게 아첨하여 기쁘게 하여주는 댓가로 전세를 농간질하고 창곡을 번롱질하여 그 나머지를 취하고 송사와 옥사를 팔아서 그 뇌물을 빨아먹으니, 수령이 하나를 먹으면 아전은 백을 도적질하는 것이었다. 백성은 토지로써 논밭을 삼지만 아전들은 백성으로써 논밭을 삼아 백성들 껍질을 벗기고 골수를 긁어내는 것으로써 농사짓는 일로 여기고 머릿수를 모으고 마구 거두어들이는 것으로써 수확하는 일을 삼았던 것이었다.

  수령 앞에서는 자벌레처럼 움츠리고 개미처럼 기어다니지만 백성 앞에서는 서릿바람에 매처럼 기가 살아 온갖 홀태질*에 덧거리질*을 한 것으로 착실히 전장이나 늘려 나가던 윤가네가 만

퇴리(退吏) 물러난 아전. 홀태질 곡식 이삭을 훑는 것. 덧거리질 매겨진 것 밖으로 덧붙여 받는 것.

석꾼 소리를 듣는 부가옹이 된 것은 오로지 윤동지 대에 들어서면서부터였으니, 포창浦倉이었다. 돈냥이나 좋이 있다지만 선대에서는 그저 별다른 묘수가 없이 곡식이나 피륙 또는 담배짐 같은 것들을 쌀 때 사두었다가 귀할 때 내는 것으로 재물을 불리어 나갔는데, 운동지가 치산을 맡게 되면서는 포창에 치부의 묘리가 있다는 것을 알게 되었던 것이었다. 관아에서 읍창邑倉과 포창을 짓는 데 드는 부비를 부담하는 것으로써 우선 관장과 안면을 트기 시작하였으니, 되로 주고 말로 받자°는 교활한 수작이었다. 윤동지가 관장을 손아귀에 넣고 공깃돌 놀리듯 하게 된 내력을 보면 다음과 같으니, 대흥만이 아니라 예로부터 고을에서 호세한 자들이 관아를 휘어잡는 데 즐겨 쓰는 이른바 전가의 보도였다.

어느 해 가을 비에 객관客館 남쪽 기슭집이 무너지는 일이 일어났다. 남쪽 기슭집만이 아니라 아사衙舍며 내아內衙 집채까지도 거의 무너질 지경에 이르게 되었으나 고치거나 새로 지을 공금이라고는 한 푼도 여축된 게 없었으니, 전임 안전이라는 위인이 죄 긁어가버린 탓이었다. 관장이 아전들을 호령하여 어떤 모양도리를 강구하여보라고 하지만 전임 안전이 하도 호되게 갈퀴질°을 한 뒤끝인지라 여기서 더 백성들한테 잡세를 거두어들이

갈퀴질 관아에서 백성들 천량을 빼앗아 가는 것.

려 하였다가는 그러지 않아도 흉년과 역병에 울근불근*인 백성들이 포악무도한 원놈을 담아내고 고을 병집*을 뿌리째 뽑자고 들 것이라는 말에 이러지도 저러지도 못하고 있는데, 하루는 호방이 윤동지라는 부가옹을 데리고 왔다. 깍듯하게 하정배를 올리고 나서 윤동지라는 그 늙은이가 하는 말인즉—

자고로 객관이 소중한 것은 빈객을 접대하기 위한 것만이 아니라 나라에 백성 된 자들이 초하루와 보름날 성상이 계신 북녘 땅 경복궁을 향하여 망궐례望闕禮를 행하는 정아正衙인 까닭이올시다. 그런데 비바람에 허물어져 염폐廉陛 위엄이 없고 그 규모가 좁아서 지극한 망궐례를 행할 자리가 없대서야 어찌 써 신하 된 자 도리라 하겠나이까. 더구나 이에 세월이 오래되어 곧 무너지게 되었으니 어찌 다시 지어 새롭게 하지 않을 수 있다는 말씀이오이까. 객관만이 아니라 아사며 내아까지도 새롭게 지어야 하는 까닭이니, 이것은 오로지 성상 신하 되고 본읍 백성 된 자로서 마땅히 해야 될 지극한 도리올시다.

그다음 날부터 객관이며 아사와 내아 중건을 시작하니, 그때부터 윤동지는 드디어 관장에 호조가 되었음이라. 그런 다음 윤동지가 한 일은 세곡선을 만드는 것이었다.

해마다 가을이면 논밭에 처매는* 세미인 대동미大同米를 거두

울근불근 서로 으르대며 사납게 맞서는 것. **병집** 깊이 뿌리박힌 잘못이나 흠. **처매는** 들어가는.

어 읍창 포창에 쟁여두었다가 세곡선에 싣고 경강으로 올라가는데, 세곡을 실어 나르며 받게 되는 탯가만 하여도 엄청 났으며, 뿐인가. 세곡을 내려주고 돌아올 적이면 빈 배로 그냥 오는 것이 아니라 운종가雲從街 육주비전六注比廛에 쌓여 있는 온갖 진기한 물화들을 사다가 본읍만이 아니라 내포 테안˚ 각 고을에 풀어 먹이는 것이었다.

이러하게 모은 누만 재물로 본읍 성주며 인근 열읍 수령에다가 홍주목사며 충청감사에 서울 세도대감들과도 든든한 연비를 맺게 되자 이윽고는 호조 은을 빌려 황해와 남해 바다로까지 배를 띄우기에 이르렀다. 연시˚에서 당화唐貨를 사들여 배에 가득 싣고 바다에 떠 남으로 내려가 삼남 장시˚에 풀어 먹이니 뱃길 한 행보에 떨어지는 이문만 수만금이요, 대마도도 드나들고 제물포 앞바다에 떠 있는 왜선에서 왜화倭貨며 양화洋貨를 사서 배에 가득 싣고 바다에 떠 북으로 올라오고 경강으로 들어오며 삼남과 근기와 한양 장시에 풀어 먹이니, 뱃길 한 행보에 떨어지는 이문만 또한 누만금이었다. 이렇게 재물을 늘려 이제는 세곡선만 십여 척에 호두포에 제일 큰 객주客主를 가지고 있고, 대흥만이 아니라 인근 고을인 예산 덕산 청양 홍주 같은 데 흩어진 전장만 수십만 결이요, 홍주와 예산과 서울에 첩을 셋씩이나 거느리고 있

테안 울안. 얼안. 경내境內. **연시**(燕市) 중국 북경 저자. **장시**(場市) '시장' 본딧말.

는, 왈 화식火食하는 신선神仙이었다.

　장정 키로도 길 반이나 되게 높다란 화초담 사이에 난 평대문 앞에서 이리 오너라! 줄행랑에 통자˚를 넣으려고 온호방이 에헴 에헴 목을 고르는데, 빗장 빼는 소리와 함께 대문이 열리면서 장정 대여섯 명이 몰려나왔고, 그 사내는 얼른 한옆으로 비켜섰다.
　"선다님, 출타하여 계시오니까요?"
　두 손을 배꼽 앞으로 모두어 잡으며 태 좁은 통량갓전을 살짝 기울이는데, 코대답도 없이 턱 끝만 까딱하여 보이던 작은사랑 서방님짜리가 그 앙가바틈한˚ 몸집을 한껏 뒤로 제끼니, 윤경재 尹敬才였다. 이 댁 대주인 운동지 지차˚이나 한양 소실댁에서 코그루를 박느˚라 본댁과는 발길을 끊고 있는 맏이명색 대신 살림 두량을 맡아 하는 처지이다.
　기골이 장대하고 엄포가 사나운 수종꾼 넷을 좌우로 두 명씩 거느린 채 오른손에 가죽 채찍을 쥐고 있는 것으로 봐서 사냥을 나가는 모양이었다. 잘배자˚ 위에 두툼한 띠를 두르고 쇠뿔로 만든 남갈개˚에 연환과 부시가 담긴 가죽 주머니를 찼고 오른편 어깨에 화승대를 메었는데, 무엇이 마뜩하지 않은 듯 가늘게 위로

통자(通刺) 명함을 들임. **앙가바틈하다** 조금 짤막하고 딱바라지다. **지차**(至次) 둘째아들. **코그루 박다** 잠을 자다. **잘배자**(-褙子) 상등인 검은 담비 털가죽으로 만들어 저고리 위에 덧입던 조끼 꼴 옷. **남갈개** 탄약을 넣어두는 가죽 갑.

찢어진 눈꼬리가 여간 살차*보이지 않는다.

짐승 가죽으로 된 토시와 행전을 치고 머리에는 무명수건을 질끈 동인 네 명 노복가운데 둘은 상전 것과는 다른 구식 화승대를 메었고 다른 둘 손에는 장창이 들리어 있다. 윤경재 것은 동래인가 제물포에서 들여온 박래품으로 미노랑*에서도 그 지체가 높은 공후백자남公侯伯子男 귀족들이 맹수사냥 때 쓴다는 양식 화승총이었다. 총신에 조준 가늠자가 달려 있고 총구에서 뿜어져 나오는 철환이 굵고 크며 또한 멀리 나가는 것으로 천금을 주고 구한 것이었다.

"어디에 또 화적이라도 났사오니까?"

대문 앞에서 딱 마주쳤는지라 그냥 들어가기가 무엇하여 에멜무지로* 한마디 던져보던 온호방 희끗희끗 잔설 듣는* 관자놀이에 불끈 힘줄이 돋는다. 아무리 만석꾼 소리 듣는 부가옹 자제라고 한다지만 나잇살이나 홈친 그것도 왈 관아 호방명색이 깍듯하게 바치어올리는 예수를 받았음에도 아랑곳없이 한마디 응구첩대는 그만두고 윤아무개라는 자는 한 눈길도 던지어오지 않는 것이었다. 온호방은 밭은기침을 하였다.

"기식이 엄엄하신 게* 똑 우량하이 토평*하러 나가시는 장수

살차다 성미가 붙임성이 없이 차고 매섭다. **미노랑**(米露朗) 미리견·노서아·불랑국. 불랑국佛朗國: 포르투갈. **에멜무지로** 1.뒤를 바라지 않고 헛일하는 셈으로 해보아. 2.몬을 단단히 묶지 않은 채로. **듣다** 떨어지다. **기식**(器識)이 **엄엄**(嚴嚴)**하신** 게 꼴이 틀지고 무서워 보이는 것이. **토평**(討平) 쳐서 바로 잡다.

같사오니다.”

네깐놈이 아무리 그렇게 흰목을 잦혀˚보았자 갈 데 없는 아전 자식이라. 시러베자식˚ 같으니라구. 양총자루나 메었다고해서 네놈이 시방 눈에 보이는 것이 없는 모양이다만, 언젠가는 내 앞에서 덴겁을 할˚ 날이 있을 터.

언제나 그러한 것이어서 새삼스러울 것은 없지만 오늘따라 웬 일로 한껏 고까워진˚ 온호방이 깐에는 희영수˚를 던져보는데, 윤 경재는 여전히 대꾸가 없고,

“화적이 났으면 관에서 물리치면 될 일이지…… 우리 나으리 댁에서 왜 나선단 말이우.”

화승대를 메고 있던 노복 하나가 퉁명스러운 어조로 납박˚을 준다. 온호방이 다시 밭은기침을 하였다.

“고을에 군병명색이 있다지만 윤동지 나으리댁 포수들에도 못 미친다는 것이야 세상이 다 아는 사실 아닌가.”

“날래기가 비호 같다는 변부장이 있잖우.”

“변부장이 아무리 황해바다 수적 때려잡던 솜씨로 출중한 무 예를 지니고 있다 한들 거느리고 나가 싸울 병졸이며 군기 또한 시원찮으니 무슨 소용 있겠나. 그러니 다다˚ 자네들 같은 장한들

흰목을 잦히다 터무니없이 제 힘을 뽐낸다. **시러베자식** 실없는 이를 낮추어 일컫는 말. **덴겁하다** 뜻밖에 일을 맞아 놀라서 허둥지둥하다. **고까워진** 야 속한 느낌이 든. **희영수** 남과 실없는 말이나 짓을 함. **납박[納白]** 퇴짜놓아 무안을 주는 것. 자빡. **다다** 아무쪼록 힘닿는 데까지. 될 수 있는 대로.

30

이 선다님 영 잘 받들어 화적패를 막아내줘야지."

윤경재더러 들으라고 일부러 보비위 섞인 간롱을 피우고 있는 온호방 말은, 진짜였다. 문음무文蔭武 오품군수가 관장으로 되어 다스리는 중읍中邑 대흥에는 병마동첨절제사兵馬同僉節制使를 겸하고 있는 군수 밑에 삼백여 명 군병이 있으나, 이것은 그러나 병안兵案에만 올라있는것이고 실제로 움직일수 있는 병력은 그 십분지 일인 삼십여 명에 지나지 못하였다.

각종 병장기 또한 군기집물안軍器什物案에는 교자궁交子弓 61장張, 장전長箭 1백3부部, 편전片箭 1백20부, 통아筒兒 1백42개, 참도斬刀 1병柄, 환도環刀 6병, 관산대부關山大斧 8좌坐, 소부小斧 2개, 삼혈총三穴銃 2병, 조총鳥銃 1백68병, 천보총千步銃 12병, 마철馬鐵 15부, 화철火鐵 16개, 능철菱鐵 2백98개, 동로구銅爐口 5좌, 고고鼓 1좌, 갑주甲胄 1건, 거마창柜馬鎗 38부, 겸창鎌鎗 6병, 소창小鎗 41병, 등철燈鐵 63개, 화승火繩 13사리沙里, 궁가弓家 30개, 통령기通令旗 각 1쌍雙, 기치旗幟 11면面, 전립戰笠 3백문文, 약통약승藥桶藥升 각 15개, 화약火藥 2천9백2근, 연환鉛丸 2만7천1백50개로 올라 있으나 제대로 점고하여보면 이것저것 합해 봐도 총기라고는 스무남은 자루에 지나지 않고, 녹이 슨 갈과 창 또한 모두 합하여 스무남은 자루에 지나지 않으며, 깃발 몇 개에 화약과 연환이 조금 있을 뿐이다.

관아 형편이 이러하니 윤동지 같은 부잣집에서 걱정되는 일이라면 오직 도적들이었다. 근자에 들어 더욱 그 숫자가 늘어나는 유개流丐 무리들이요, 유개무리들 가운데서 핏종발이나 있는 자들이 모여 이루어진 초적草賊이며, 더하여 명화적明火賊 패거리들이었다.

해를 두고 거듭되는 흉년과 역병에 시달리는데다가 승냥이 같고 호랑이 같은 관장과 이서배며 양반 토호들 갈퀴질 홀태질에 견디지 못하여 남부여대로 저마다 살길 찾아 부평초처럼 떠도는 유개무리들이야 범강장달이 같은 호노한복들 시켜 쫓아버리면 그만이었고, 명색이 초적 무리라고 한달지라도 기껏 구메도적* 떼에 지나지 못하니 또한 그다지 두려울 것이 없었으나, 정작으로 무서운 것은 이른바 불켠당*을 자처하는 명화적 패거리들이었다.

상첨尙忝이라는 요상한 이름 화적승火賊僧을 모반대역률에 걸어 공주감영에서 효수시킨 다음부터는 짐짓 수그러드는 듯하더니 그것도 잠깐, 근자에 들어서는 더욱 창궐하는 것이었다. 말 타고 화승대 멘 대여섯 명 두령급을 중심으로 창갈 든 수십 명 도적들이 밤도와* 횃불을 밝혀 들고 쳐들어오는 건 예사고 대낮에도 숫제 수십 명씩 떼를 지어 몰려다니는가 하면 아예 어느 날 어느

구메도적 좀도둑. **불켠당** 화적들이 처음에는 어두운 세상을 밝혀 새 세상을 열어보겠다는 뜻에서 대낮에도 횃불을 밝혀 들고 다녔던 데서 비롯된 이름임. 못된 사람이나 무리를 일컫는 '불한당'은 이 '불켠당'이 소리바뀜된 것임. **밤도와** 밤에도 낮처럼 힘써.

시에 찾아올 것이라는 통기까지 하고 들어오기에 이르렀다.

다른 토호들 집에도 물론 찾아왔으나 원체 도부로 유명짜한 부가옹인지라 그들이 찾아오는 곳은 거의 윤동지 집이었는데, 포금˚도 장만하여두고 화적간자˚도 두고 때로는 또 가난한 인근 백성 집에 미리 불을 질러 마을사람들을 모이게 하는 것으로 방비책을 세워보는 둥 별의별 꾀를 다 내어보았으나, 아무런 소용이 없었다. 그래서 생각해내게 된 것이 포사砲士였다.

대저 백성 된 자로서 사사로이 병을 기르는 것을 금하여온 것이 국초 이래로 엄히 지켜져 내려온 나라 법도였으나 내우외환에 시달리어 나라 기강이 극도로 문란하고 해이하여진 이즈음에는 관에서 오히려 장려를 하는 형편이었다. 제 집안 생명과 재물은 저마다 스스로 가지고 있는 그 깜냥˚에 따라서 지키라는 것이었다. 이에 사포대士砲隊를 만들어 화초담˚ 둘레를 굴비두름 엮듯 둘러싸게 하였으니, 방포술放砲術에 능하고 담력 좋은 윤동지 지차가 거느리는 사포대 숫자가 그 머릿수만으로는 물경 백여 명에 이르게 되었다.

대흥고을에는 본래 군역 대신으로 뽑히어와 번을 드는 관포수 사십 명이 있어왔다. 그러나 이것 또한 병방리안兵房吏案 관포수 조에만 올라 있는 명목만 숫자일 뿐 참으로는 여남은 명에 지나

포금(包金) 화적들에게 바치기 위하여 미리 마련해두었던 돈. **화적간자**(--間子) 화적들 흐름을 물어나르던 염알이꾼. **깜냥** 일을 해내는 얼마간 힘. **화초담**(花草-) 여러 가지 빛깔로 글자나 무늬를 놓고 치레한 담.

지 않았다. 고을마다 관포수를 뽑아 올리는 명목이 본래는 호환에 대비한다는 것이었으나 참으로는 감사와 병사 수사에 그리고 무엇보다도 한양 세도대감들 곳간에 납상할 호피며 그 안식구들 조바위* 남바위* 풍채* 만선두리* 만드는 데 쓰일 여우가죽 살쾡이가죽에 또 그 자제들 붓 매는 데 쓰일 족제비털 노루 겨드랑이털 모아들이는 일에 쓰여지고 있었는데, 그 가운데서 가장 방포술이 좋은 자로 골라 네 명을 뽑아왔고, 윤경재가 데려온 관동포수 셋에 관서 쪽 포수가 또한 두 명이었다. 나머지는 모두 세곡선 선단 사공들과 포창 객주에서 여리꾼*을 하거나 행창* 기둥서방 노릇을 하는 악소패거리*며 작인*들이었다. 사포대를 세운 다음부터는 한양으로 올려 보내던 피물皮物 든 봉물짐만 한 번 적적암寂寂庵 아래 고갯마루에서 털리었을 뿐 아직까지는 감히 범접을 못하는 화적패들이었다.

"해찰부리다* 날 저물겠구나."

윤경재가 쏘아 붙이었고, 쉰 줄에 접어든 말구종*이

"작은년이가 부담농* 챙기느라 해찰을 부려 그렇지 쇤네 잘못

조바위·남바위·풍채·만선두리 아름다운 모피로 안팎을 꾸미는 사치가 그 악하였던 부녀들 쓰개. 방한구. 여리꾼 손님을 가게로 끌어들여 몬을 사게 하고 가게 주인한테서 구문口文을 받던 사람. 열립군列立軍. 행창(行娼) 떠돌아다니며 몸을 파는 여자. 악소(惡少)패거리 못된 아이들. 작인 병작인幷作人. 지팡사리. 해찰부리다 일에는 힘을 쓰지 않고 쓸데없는 짓만 하다. 말구종 말을 탈 때 고삐를 끌거나 뒤에서 따르는 하인. 마부. 부담농(負擔籠) 옷이나 책 같은 것들을 담아 말 등에 싣는 농짝. 부담.

이 아닙니다요."

하며 '작은년이'라는 말에 힘을 주는데, 윤경재는 헛기침을 하
였다.

"어흐음."

된밀치˚를 몇 번 당기어보다가 말께 오르니, 상모象毛며 주락珠
絡으로 한껏 치장을 하고 은안장까지 지운 돈점총이˚였다. 한양
구리개˚에서 청상淸商한테 천금을 주고 사왔다는 왈 명마名馬인
데 은안장 뒤쪽에는 부담농이 실리어 있다.

"살펴 다녀옵시오."

거만하기 짝이 없게 돈점총이 은안장 위에 빼그어˚ 앉는 윤경
재 뒤꼭지에 대고 말구종이 허리를 굽신하는 것을 보며 온호방
은 크흐윽! 가래침을 돋우어 올리었다. 도무지 비위가 상하는 것
이었다. 아무리 돈만 있으면 개도 멍첨지˚ 소리를 듣고 귀신도 부
릴 수 있는 세상이라지만 저나 나나 한 항렬 아전인 터수에 갈치
가 갈치 꼬리를 문다˚고 더구나 그 자식 된 자한테서까지 홀대를
당하는 것이 영 비위 상하는 노릇이 아닐 수 없었다.

이런 막되어먹은 놈 같으니라구. 자고로 아비만 한 자식 없고˚ 형
만 한 아우 없다˚더니…… 아비 되는 자가 살갑게 맞아주는 것이
야 내가 꼭 입 속 혀같이 일분부시행으로 알아서 모신대서가 아

된밀치 안장을 지울 때 볼기 쪽으로 잇대는 가죽 끈. **돈점총이** 목에 돈짝만
한 점이 박힌 푸른빛 부루말. **구리개** 이제 서울 을지로1가와 2가 사이. **빼그**
어 '뽐내어' 그때 말.

니라 다 제 검은 속셈이 있어 그러는 것이라는 것을 알고 있는지라 굳이 고마울 것도 없지만, 아비와 아랑곳°을 모르지 않을 이 자식은 도대체가 사람을 무엇으로 본다는 말인가. 자고로 조정朝庭에서는 막여작莫如爵이요 향당鄕黨은 막여치莫如齒°라 했거늘……더구나 존장尊丈 나이 내가 아닌가. 어허, 고이한 놈이로고.

"온호방."

윤경재가 부르는 소리가 났고, 돋우어 올린 가래침을 막 뱉아내려던 그 중늙은이 아전은 꿀꺽 소리가 나게 가래침을 다시 삼키었다.

"녜에, 선다님."

감영에서 보인 무과 초시에 입격하였다고 해서 선다님이라고 불러주기는 하지만, 돈 주고 산 한량시켜 대사代射를 하고 대강代講을 시킨 끝에 그나마 겨우 무과 초시에 성명삼자를 올리게 되었다는 것을 잘 알고 있는 온호방인지라, 선다님 소리를 할 때마다 여간 목이 켕기는 것이 아니다.

"불러계시오니까?"

윤경재가 타고 있는 돈점총이 앞으로 진둥한둥 뛰어가는 온호방 눈가에는 그러나 파뿌리 같은 잔주름이 잡힌다. 배암 눈으로 잠깐 째려보던 윤경재가 헛기침을 하였다.

아랑곳 남 일에 나서서 알려고 들거나 타내는 것.

36

"안전께서는 요즘 별래무양*하신가?"

"네에, 선다님. 선다님 같으신 무변께서 화적패를 범접 못하게 해주시니…… 일일시호일*이올시다."

"걱정이 많으시겠지."

혼잣말로 중얼거리던 윤경재는

"네에?"

온호방 눈이 커지는 것을 내려보다가, 다시 헛기침을 하였다.

"호랑이 한 령* 잡아나 주면 얼마 상급을 주오?"

"어디서 호환이 났답디까?"

"얼마냐니까?"

"백목* 열 필이올시다."

"이마빡 흰 놈을 잡아도?"

"네? 이마빡 흰 그 대호가 가야산 인근을 횡행하며 인축을 많이 살상한다고 들었는데…… 본읍에 출몰하였다 이 말이오니까?"

온호방이 놀란 척한 목소리로 묻는데, 윤경재 오른손에 들리어 있던 가죽 채찍이 허공을 갈랐다.

"이랴!"

별래무양(別來無恙) '몸에 별다른 탈이 없느냐?'고 묻는 인사치레. **일일시호일**(日日是好日) 날마다 좋은 날이라는 말. **령**(嶺) 호피虎皮를 세던 낱자리.『연산군일기』에 나옴. 산마루마다 호랑이가 한 마리씩 산다는 데서 생긴 낱자리였을 듯. "연경燕京을 가는 데 호피 스무 령을 보냈다." **백목**(白木) 무명.

"어서 오시게. 춘삼월 호시절에 더구나 오늘은 날씨도 명랑방
창하고 하니 무슨 좋은 소식이라도 들음직하이."

환진갑을 넘긴 노인이라지만 쉰도 채 안 되어보이게끔 피둥피
둥한 윤동지 둥그넓적 기름진 얼굴에 은근한 웃음기가 어리는
데, 두 손을 맞잡으며 게걸음으로 들어서는 온호방 낯빛은 그렇
게 밝지가 않다. 지체로만 따진다면야 한 항렬 아전 집안인 터수
라 평교˚를 해도 그만인 사이로되, 존장 되는 연치˚를 빌미 삼아
간에는 예수를 차린다기보다 그렇게 하는 것을 좋아하는 윤동지
한테 간롱 섞인 보비위를 하느라, 이만큼 떨어져 모꺾어˚ 앉는 시
늉을 하며 온호방은 두 손으로 방바닥을 짚더니, 태 좁은 통량갓
전을 깊숙이 기울이었다.

"기간 별래무양하시오니까?"

"이 사람아, 사흘거리로 대면을 하는 처지에 새삼 무슨 안부라
나. 그것보다도 하회가 어찌 되었는가?"

밤이 이슥할 때까지 왜국에서 들여온 춘화첩˚이며 청국에서
들여온 춘본˚을 들여다보느라 해가 한나절이나 되어서야 일어
나 이제 겨우 삶아서 묽게 만든 표범골로 입매 시늉이나 하였는
지, 반물 들여 은은한 명주저고리에 외올뜨기˚ 명주바지 위로 양

평교(平交) 나이가 서로 비슷한 벗. 연치(年齒) '나이' 높임말. 연세. 모꺾
다 굽어 돌다. 춘화첩(春畫帖) 남녀가 어우르는 판을 담은 그림을 모은
것. 춘본(春本) 남녀가 어우르는 판을 그린 글을 모은 것. 외올뜨기 여러 겹
으로 겹치지 아니한 단 하나만 올로 뜬 것.

색단* 누비배자 전배자 받쳐입고 금향수주* 누비토시 전토시 받쳐
끼고 십장생 병풍 둘러쳐진 아래로 깔려 있는 등메* 위 담방석*에
비스듬히 앉아 있던 윤동지 순금동곳 꽂히어진 민머리가 앞으로
기울어지는데, 호방구실 십 년 넘어 배꼽에 어루쇠*를 단 듯 사람
다루는 데 능구렁이가 다 된 그 중년사내는

"사흘이면 그게 어디 짧은 시각이오니까. 시절이 하 수상하니
만큼 밤새 안녕합시오 하는 속언이 생겨나게 된 까닭입지요."

잔뜩 느물거리다*가, 자 두 치짜리 은수복 대통으로 백통 재떨
이를 끌어당기던 윤동지가

"어허, 웬 사설이 그리 긴가."

마뜩하지 않다는 듯 잔입맛을 다시는 것을 보더니, 휘— 하고
한숨을 내어뿜었다.

"좋은 소식이고 무어고 간에 다 틀린 것 같습니다."

"틀려?"

윤동지 낯빛이 변하는 것을 곁눈으로 훔쳐보고 난 온호방은
다시 한 번 휘— 하고 한숨을 내어뿜었다.

"틀렸다기보다도…… 아무래도 그런 것 같다는 말씀입지요."

딱부러지게 그렇다고 하는 것이 아니라 언제나 한자락 뒤끝을

양색단(兩色緞) 씨와 날 빛이 다른 실로 짠 비단. 금향수주(錦香水紬) 붉은빛
을 띤 검푸른빛 물명주. 등메 헝겊으로 가장자리에 테를 두르고 뒤에 부들
자리를 대어 만든 돗자리. 담방석 꽃무늬가 가득 찬 돗자리. 어루쇠 쇠붙이
를 닦아서 만든 거울. 느물거리다 능글능글한 꼴로 끈덕지게 굴다.

조금 남기어두는 것이 온호방 말투였다. 온호방만이 아니라 각색 아전들 말투가 다 그러하고 아전들만이 아니라 온갖 명색 관차며 수령방백에 팔좌八座 위 삼정승에 이르기까지 백성들이 바치는 세곡 세전으로 살아가는 벼슬아치들 말투가 거지반 다 그러하였으니, 고리공사 사흘°이라고 무슨 일이든지 되는 것도 없고 그렇다고 해서 또 꼭 안 되는 것도 없는 관청물에 젖어든 탓이었다.

"그자가 정녕 그렇게 뻑세게 나오더란 말이지."

씹어 뱉듯 한마디를 던지고 나서 윤동지는 크흐흑! 하고 가래를 끌어올리었다. 그리고 태우고 있던 은수복 대통으로 백통 타구를 끌어당기더니, 퉤에!

미친놈. 네놈이 시방 곤자소니°에 발기름이 좀 끼었다 해서 이 윤아무개 애를 태우겠다 이것인데, 그 곤자소니에 낀 발기름일망정 뉘 덕에 끼게 되었더란 말이냐. 흥, 어림 반푼어치도 없는 수작 마라. 그렇게 자꾸 뜸을 들여서 돈냥이나 더 긁어내자 이거지. 밀양놈 쌈박질°하자는 네놈 속을 내 모를 줄 알고.

아전질로 잔뼈가 굵어온 윤동지인지라 호적단자에 먹물도 마르지 않은 새까만 후래 온호방이 하는 환롱질이 여간 괘씸한 것이 아니었으나, 미운 쥐일수록 품에 안는다°고 알고도 모르는 체

곤자소니 쇠 창자 끝에 달린 기름기가 많은 어섯.

넘어가는 것이었는데, 그러자니 한두 해도 아니고 그때마다 여간 결창*이 터질 노릇이 아니었다.

되로 주고 말로 받을 터인즉, 이놈 어디 한번 두고 보자. 그간 나희만 손에 넣고 보면 네놈 신세 또한 꿩 떨어진 매*가 될 터.

"해가 서쪽에서부터 뜨*지 않는 바에야 인두겁*을 쓰고 태어난 사람명색치고 재물을 탐내지 않을 데가 어디 있단 말인가. 억만 년을 버티고 앉아 청승만 떨고 있는 돌미륵도 공양을 올리면 감응이 있는 법이어늘…… 재물도 싫다는 말인가. 논 서른마지기가 싫다는 말이야."

말은 그렇게 하면서도 그 늙은이 눈은 아까부터 저도 모르게 스르르 감기어져 있는 것이었으니, 고년 참. 인선이였다. 납죽에미 박씨주막에서 단 한 번 그것도 옆모습만을 슬쩍 보았을 뿐이었으되, 달덩이처럼 환한 고 계집아이 얼굴.

윤동지 눈길은 허공으로 던지어져 있다. 맞은편 벽에는 구운 몽九雲夢 성진性眞이가 팔선녀를 희롱하느라 곳을 던져 구슬을 만드는 모양을 진채眞彩 먹여 그려놓은 선녀도가 걸리어 있으니, 도화서 화원한테 천금을 주고 그려받은 것이었다.

"알아들을 만큼 달래기도 하고 빚을 갚지 않으면 관아에 발고* 하겠노라 겁을 주기도 했습니다만……"

결창 내장. 안쩝. **인두겁** 사람 탈. 사람 겉 꼴. **발고**(發告) '고발'은 왜제가 바꾼 것임.

컹 하고 기침을 한 번 하고 난 온호방은 말없이 윤동지를 바라
보았다. 마음속에 먹고 있는 무슨 종요로운 말을 꺼내고자 할 때
면 언제나 나오고는 하는 버릇이다.

"그런데?"

네놈 그 수작을 내 다 안다는 듯 윤동지가 온호방 눈을 마주 바
라보았다.

"그런데 뭐가 어쨌다는 거야?"

되풀이해서 되묻는 윤동지 목소리는 낮게 가라앉아 있었고,
온호방은 히죽 웃으며 두 손바닥을 마주 부비었다.

"어떻다기보다도…… 장아무개라는 위인이 원채 제 무용만
믿고 살아온 강강한 무골이라서 좀체 말귀를 못 알아듣더라 이
말입지요."

"무골이면 무골이지 그까짓 개도 안 물어갈 권관나부랭이 지
낸 것 가지고 뉘 앞에서 잣세를 하자는 게야. 뉘 앞에서 감히 양반
행세를……"

하다가 얼른 말을 끊고 윤동지는 청옥 물부리를 입에 물었다.

"허, 참."

어이가 없다는 듯 헛웃음을 치는데, 장선전한테 하는 것이 아
니라 온가에 대한 말막음 같은 것이었다.

이자가 아무리 내 근지를 알고 있다지만 그렇다고 해서 내 입
으로 내가 양반이 아닌 아전 출신이라고 할 수는 없지 않은가. 내

가 홍주목에서 세업인 이방 구실을 살 때 이자는 어디서 무엇을 해처먹고 살았다 하더라. 그래봤자 저 또한 한낱 가리°에 지나지 않는 이자가 근지를 안다고 해봤자 그거야 다 남의 말 하기 좋아하는 가난뱅이 아랫것들한테 주워들은 뜬소문에 지나지 않고, 무엇보다도 제 눈으로 봤을 턱은 없은즉······ 이런 자들일수록 다다 엄하게 잡도리°를 해놔야 하리. 비록 돈 주고 산 공명첩空名帖일망정 어엿한 참봉체지參奉帖紙를 지니고 있는 나로 말하면 이제는 벌써 나라에서 문부에 올려준 어엿한 양반이어늘······

"원 오래 살다 보니 별 해괴망측한 소리를 다 듣겠군. 조반석죽°도 못하는 주제에 그래 무슨 배짱으루 논 서른 마지기°가 싫다는 게야. 아, 그것두 찰배미논으루 서른 마지기를."

윤동지는 서른 마지기라는 말에 유독 힘을 주었고, 온호방은 얼른 밭은기침을 하였다. 각궁에 매긴 아깃살°에 까딱하면 멱°을 꿰이고 까딱하면 또 집어드는 목침에 골통이 부서질 것을 무릅쓰고 풀방구리 쥐 나들 듯 장선전댁에 드나들며 어르고 뺨을 때리는 수작을 할 때 따님을 소실로 주기만 하면 윤동지가 내놓기로 한 논이 열 마지기라고 하였으니, 스무 마지기를 잘라먹자는 속셈이었던 것이다.

가리(假吏) 그 고을 대물림이 아니고 다른 고을에서 온 아전. **잡도리** 1.잘못되지 않게끔 단단히 잡죄는 일. 2.어떤 일에 대해 미리 잘 맞설 꾀를 갖추는 일. **조반석죽**(朝飯夕粥) 아침에는 밥을, 저녁에는 죽을 먹을 만큼 구차한 삶. **마지기** 논밭 넓이. **아깃살** 두 뼘도 안 되는 작은 살. **멱** 목 앞쪽.

온갖 수모를 다 당해가면서도 내가 당신 앞방석 노릇을 하는 것은 돈이 제갈량˚인 탓이어늘…… 그까짓 스무 마지기를 잘라 먹는다고 해서 무엇이 어쨌다는 말인가. 참깨 들깨 노는데 아주까리 못 놀까˚. 빚지시명색으로 구문˚ 몇 닢 뜯어먹는다지만 그 거야 발 탄 강아지˚한테 떨어지는 당연한 이삭인 것이고, 내가 윤 가네에 매인 종이 아닌 만큼은 무엇을 바라고 그 짓을 하겠는가. 누구는 빚값에 계집 뺏기˚로 나서는데 월하노인˚인 내가 이자 엿 값도 못 되는 논 스무 마지기를 잘라 먹는다고 해서 무에 그리 잘 못이라는 말인가.

"허."

온호방은 부헙어서˚ 다시 한 번 밭은기침을 하였다.

"그 말을 꺼냈다가 그만 덴겁을 했습니다요. 참나무 전대구녕 마냥 속이 꽉 막힌 위인이 어찌나 기승을 해서 날뛰는지……"

"엉?"

"나으리 회춘시켜드리려다 까딱했으면 쉰네 제 명에 못 죽을 뻔했다 이 말씀입지요."

"무슨 소린가?"

"장아무개라는 그 위인이 소포˚를 맞창낼 만큼 용력 출중한 명궁에 더하여 명포수라는 것이야 나으리께서도 익히 아시잖습니까요?"

"크흐음. 그거야 핏종발이나 있을 적 얘기고…… 쉰 줄을 넘긴 시방도 그렇다던가."

말은 그렇게 하면서도 장선전이라는 위인이 원체 유명짜한 무골인지라 은근히 걱정되는 바가 없지도 않은 윤동지는 헛기침과 함께 채수염*을 한 번 쓰다듬어 내리었고, 온호방이 말하였다.

"웬걸입쇼. 아무래도 옛닐만이야 못하겠지만 아직도 범 사냥을 다닐 만큼 그 용력이 숙지지* 않은 것 같았습니다요. 활 쏘고 불질하는 솜씨도 아직 녹슬지 않았고."

"범 사냥이라니? 호핏장이라도 벗겨 팔아 빚 청산을 해보겠다는 건가?"

시쁘다*는 듯 윤동지 입술이 비틀리는데,

"범 사냥을 한다지만 잡기도 어려울 뿐만 아니라……"
하다가 윤경재한테 들었던 말이 떠올라 온호방은 얼른 헛기침을 하였다.

"한두 령이 아니라 설혹 대여섯 령을 잡는다고 한들 그것으로야 어찌 빚 청산이 되겠습니까. 다만 그 솜씨만큼은 아직도 녹슬지 않았다 이 말씀입지요."

채수염 숱은 적으나 퍽 긴 수염. **숙지다** 어떤 바깥 꼴이나 서슬이 차츰 죽어가다. **시쁘다** 마음에 차지 아니하여 시들하다.

"그래서 어찌 되었나?"

"네에?"

"죽을 뻔했다며?"

"아, 네. 각궁에 살을 메기는 것이야 어떻게 간신히 달래서 피했습지요만……"

온호방은 잠깐 말을 중동무이더니 오만상*을 하며 오른손으로 제 왼쪽 어깻죽지를 몇 번 어루만져 보이었다.

"천행으로 설맞기는 했습니다만 목침에 맞은 이쪽 견대팔*이 어찌나 쑤시는지 여태도 갱신을 못할 지경입니다요. 아이구!"

"저런 변을 보았나. 그런데…… 그래 목침을 맞고도 자네는 가만히 있었다는 게야?"

"강약이 부동*인 것을 어찌겠습니까요."

"민인이 관차를 때렸은즉, 갈 데 없는 구상관원률* 아닌가?"

"그렇습지요만……"

"아, 그런데도 그냥 뒀어? 안전께 여쭤 오라를 지우지 않고 그래 그냥 돌아왔느냐 이 말이야?"

"그럴 생각이야 굴뚝 같았습지요만……"

"구상관원률을 범했은즉 장 몇 도인가?"

"호방명색으로 사전은자모가 빚지시를 한다는 것도 그렇고……"

오만상 몹시 얼굴을 찌푸린 꼴. **견대팔** 어깻죽지 팔. **구상관원률**(毆傷官員律) 관아에서 내보낸 사람 말을 따르지 아니하며 관차를 때린 자를 다스리던 형률.

46

온호방이 뒷말을 흐리는데, 윤동지가 혀를 찼다.

"아, 그거야 얼마든지 둘러댈 수 있는 게 아닌가. 녹비에 가로 왈°이요 이현령비현령° 아닌가 이 말이야. 질청밥 먹기 몇 해인데 그만한 꾀도 없어?"

윤동지가 참지 못하고 전배 아전으로서 훈계를 하는데, 계집 사람 그것인 듯 희고 갈강갈강한° 온호방 낯에 가벼운 웃음기가 어리었다. 그 사내는 똑바로 윤동지 얼굴을 바라 보았다.

"그런 꾀를 몰라서가 아니라…… 그렇게 하면 대사가 낭패 되지 않겠습니까요?"

"그러니 뇌를 좀 써보라는 게 아닌가? 다다 많이 쓸수록 느는 게 뇌인즉……"

지청구°를 하듯 짜증기 섞인 목소리로 쏘아붙이던 윤동지는 크흐윽! 가래를 끌어올리며—

자고로 가죽이 있어야 털이 나°더라고, 이런 초남태 같은° 놈하고는. 하기야 네놈 그 새대가리 같은 머리통 속에 써볼 뇌나마 들었다 한들 몇 숟갈이나 들었겠느냐만…… 그러니 밤낮 궁뎅이에서 비파 소리가 나게 가을 중 싸대듯° 종종걸음을 쳐봤자 베주머니로 바람잡기°지.

자 두 치짜리 은수복 대통으로 백통 재떨이를 끌어당기어 퉤

갈강갈강하다 얼굴에 나타난 꼴이 단단하고 힘 있게 가량가량하다. **지청구** 남을 꾸짖거나 탓하며 미워하는 핀잔. **초남태**(初男胎) **같다** 첫 번째 낳은 사내아이 태라는 뜻으로, 아주 어리석은 사람을 비웃는 말.

에! 입 안엣 것을 뱉고 나서 다시 무어라고 타박을 주려던 그 늙은이는 얼른 입을 다물었으니, 삶은 그것과도 같은 온가 눈길이 똑바로 저를 바라보고 있었던 것이다. 윤동지는 헛기침을 한 번 하고나서

"백령백리하고 능소능대°하고, 허허. 구변 좋기로는 소장의 혀°요 뇌가 좋기로는 또 장자방°이라. 뇌 좋고 말 잘하기로 유명짜한 자네니까 하는 말이네만…… 아, 뇌로 말하자면 본읍은 차치물론하고 내포 일원에서도 자넬 따라올 자 그 누구겠는가."

붙들 언치 걸 언치°로 쓰다듬는 시늉을 하는데, 컹 하고 온호방은 기침을 한 번 하였다.

"자고로 안 본 용은 그려도 본 뱀은 못 그리더라°고 쇤네 언변이 부족해서 흉내도 내기 어렵습니다만……"

잠깐 말을 끊더니 휘— 한숨을 내쉬었다.

"얼굴에 근심이 서려 아미를 살풋 찌푸린 자태가 마치 한 가지 곳이 찬 이슬을 머금은 듯…… 곳 같은 용모에 달 같은 자태가 참으로 경성지색°이더이다."

"엉?"

윤동지 민자건°이 앞으로 기울어지면서

소장의 혀 옛날 중국 전국시대戰國時代에 말 잘하기로 유명한 소진蘇秦과 장의張儀를 이름이니, 매우 구변이 좋은 사람을 뜻함. **장자방**(張子房) 중국 전국시대 유방劉邦을 도와 한漢나라를 세운 장량(張良, BC ?~BC 168). **민자건**(民字巾) 검정 베로 만든 유생儒生 예관禮冠.

"누가 말인가?"

간잔조롬하여*진 눈을 깜작깜작하는데, 온호방 입에서 다시 컹 하는 소리가 났다.

"선학동애기씨 말씀이올시다."

"그 아희를 보았던가?"

"보았습지요."

"호오. 그래 뭐라고 하던가?"

"네에?"

"허. 그 아희를 보았은즉 무슨 말이든 말이 있었을 게 아닌가?"

"웬걸입쇼."

"저런."

"그저 먼빛으로 그 치맛자락이나 보았을 뿐, 내외가 엄엄*하기로 김사과댁 뺨치는 양반집안에서 수어수작이 당키나 한 말씀이겠습니까요."

온호방 태 좁은 통량갓전이 옆으로 돌아갔고, 푸우— 윤동지는 담배연기를 내어뿜었다.

"그러니 어쩌면 좋겠나. 찰배미논으루다 서른 마지기나 떼어 준다는데두 외눈 하나 깜짝 안 한다니 이 노릇을 어쩌면 좋겠어. 무슨 모양도리가 없겠는가 이 말일세."

간잔조롬하다 1. 매우 가지런하다. 2. 졸리거나 울 때 위아래 눈이 감길 듯하다. **엄엄(嚴嚴)** 매우 엄한 꼴.

똥 친 막대기*대하듯 한껏 하시를 하며 발끈 핏대를 올리던 것과는 딴판으로 윤동지 목소리는 저도 모르게 한풀*꺾여지는 것이었으니, 차암. 송두리째 입 안에 집어넣고 조곤조곤*날로 씹어 먹어도 비린내 하나 안 날 것 같은 인선이라는 간나희*그 달덩이 같은 얼굴과 그리고 물오른 버들가지 같은 몸매가 아른거리면서, 환진갑을 넘긴 지도 벌써 오랜 그 늙은이 두툼한 눈두덩은 스르르스르르 내려앉는 것이었다.

사내는 늙어갈수록 계집은 다다 젊어야 하는 법. 그래야만 모름지기 반로환동*을 할 수 있으렷다. 늙지 않고 젊을 수만 있다면 그게 바로 신선 아닌가. 이자 말이 아니더라도 미목이 시원하고 행동거조가 아담하여 도무지 여염 상것들하고는 동류가 아닌 그 간나희만 손에 넣을 수 있다면 내 무엇을 아까워하리. 네가 나한테 오기만 한달 것 같으면 세상에서도 부러울 것 없는 온갖 호강이라는 호강은 다 시켜줄 터인즉—

붉은 비가 내리는 듯 복사꽃잎 지고 있는 난간 위 누각에 올라 수놓은 문을 열고 무늬 새긴 창살 안으로 들어서면 자개함롱 반닫이며 용장봉장 게자다리 옷걸이며 쌍룡 그린 비접고비 용두머리 장목비 놋촛대 백통유기 샛별 같은 요강타구 그득히 벌려 있고 우단이불 대단요며 원앙금침 잣베개가 반닫이에 쌓였는데 황

똥 친 막대기 아주 더럽게 되어 값이 없게 된 몬을 가리킴. 한풀 한창 올라서 좋은 풀기. 조곤조곤 꼼꼼하고 차근차근한 꼴. 간나희 시집 안 간 계집아이. 반로환동(返老還童) 늙은이가 젊음을 되찾는 것.

금 백금 오금 십상천은이며 밀화 호박 산호 금패 진주 주사 사향 용뇌 수은이 가득 찬 머리맡 화각함에 연시에서 들여온 각색 비단 모시 명주에 수정 마노 명월주만 해도 각기 한보따리씩이요 능화경菱花鏡 앞에서 황금소黃金梳로 머리 빗고 파사*에서 천금 주고 들여온 진주가루 물에 개어 분단장 마친 다음, 이리 오너라!

윤동지가 인선이를 보고 나서 생병을 앓게 된 것은 납죽에미 박씨주막에서였다. 윤동지가 원래 마음을 두었던 것은 인선이가 아니라 덕금德金이였다. 아니, 덕금이 또한 나중에 마음을 두었던 것이었고 처음에는 박씨였다. 배 부려 선업하고 말 부려 장사하고 전당 잡고 빚주기와 장판에 체계*놓기며 돈 되는 일이라면 수절과부 다리속곳* 속에 감추어져 있는 고린전*까지도 긁어낼 만큼 지악스럽던* 그 늙은이가 비티 밑 박씨주막에 들르게 된 것은 네 해 전이었으니, 전수이 다리쉼이나 하고 가자는 생각에서였다. 홍주 태안에 흩어져 있는 전장을 맡아보는 도마름* 집에를 다녀오던 길이었다. 그렇게 만나게 된 인선이였다.

눈썹 같은 초승달이 봉수산鳳首山 꼭대기에 걸리어 있는 으스름* 달밤이었다. 박씨와 수작을 하다가 소피*를 보려고 뒤란으로

파사(波斯) 페르시아. **장체계**(場遞計) 장에서 돈을 비싼 길미로 꾸어주고 장날마다 본밑에 얼마와 길미를 받아들이던 일. **다리속곳** 여자 아랫도리에서 가장 밑에 입는 속옷. 양말로 '팬티'. **고린전** 보잘것없는 푼돈. **지악스럽다** 무슨 일을 하는 것이 모질고 악착스러운 데가 있다. **도마름** 큰 논밭을 맡아보는 우두머리 마름. **으스름** 멀리 있는 것들이 보일 듯 말 듯할 만큼 어둠. **소피**((所避) 오줌 누는 일.

돌아드는데 아담하게 가꾸어진 화단 너머 창호지에 어리는 것은 계집사람 그것임에 틀림없는 두 개 그림자였다. 하나는 옴파리˚ 같은 덕금이란 년 것인 줄 알겠는데 또 하나는 누구일꼬? 봉노˚와 마굿간이 달려 있는 술청에서 이만큼 떨어져 뒤란 대밭 쪽에 따로 낸 두 간짜리 초가였다. 박씨 서방명색인 방가房哥가 자리보전˚을 하고 누워 지내는 곁방에는 불빛이 보이지 않았고, 오줌독 앞에서 고의춤을 내리려던 윤동지는 문득 숨을 삼키었다. 나지막한 목소리로 언문소설을 읽는데 은쟁반에 옥구슬을 굴리듯 괴고리새끼가 우짖는 듯 참으로 낭랑한 목청이었다. 끼룩…… 안항˚으로 날아가던 가을 기러기 울음소리에 놀래었는가. 출렁하고 그림자가 흔들리더니 문이 열리면서 덕금이가 나왔는데, 아이그머니나. 화들짝 놀라며 얼른 외면을 하던 그 처녀아이 얼굴이라니.

젊어서부터 한다하는 오입쟁이명색으로 본읍은 물론하고 내포 태안 화류계를 뜨르르 꿰기가 옥편이나 진배없었고 더하여 감영이 있는 공주며 한양 다방골˚에 이르기까지 발걸음을 안 해본 데가 없는 윤동지였으나, 고경립이 바지 같은˚ 천창賤娼들만 상관해온 그로서는 입이 딱 벌어지지가 않을 수 없는 것이었다. 시사음률詩詞音律에 통하지 않는 바 없어 제아무리 콧대 높다는

옴파리 아가리가 오목한 사기바리. **봉노** 주막집 대문 가까이 있는, 여럿이 잘 수 있는 방. 봉놋방. **자리보전** 몸져눕는 일. **안항**(雁行) 기러기는 꼭 쌍으로 날아간다고 해서, '동기간'을 말함. **다방골** 조선왕조 끝무렵 기생집이 많던 이제 서울 중구 다동 얼안.

일패기생*이라고 한달지라도 돈 앞에서는 결국 다리속곳을 내리게 마련이었고, 깐에는 제법 정절을 소중히 여기는 계집이라고 하더라도 팔은 봉노 목침과 같고 입술은 청건靑帠 잔과 같아서 여우 교태로써 사람 눈을 속이고 재물만 탐하여 정을 잊으니, 마침내는 다 마찬가지인 것이었다.

일도一盜 이비二婢 삼랑三娘 사기四妓 오과五寡 육무六巫 칠승七僧 팔광八狂이라는 오입쟁이 율 좇아 별의별 오입을 다 하여보았으나 재물만 없이하고 몸뚱이만 축나기는 다 마찬가지였으니, 어허 나이 탓인가. 저 아희로 말할 것 같으면 이제 겨우 귀밑에 솜털이 벗기어져 가랑이 사이에 혼당*을 찬 지 얼마 되지 않은 이팔*이 아닌가. 더구나 무엇보다도 명색이 양반댁 규수짜리가 아닌가.

전날 밤 꿈에 마침 입이 열 개 달린 여자를 보았던 윤동지는 꿈에 본 십일구十一口가 바로 길할길吉자임을 깨닫고는, 무릎을 쳤다.

하늘이 점지하여주시는 인연이로구나.

윤동지가 본래 타고나기를 성품이 붇질긁고* 모질어서 북바리 좆 죄듯° 하는 위인이라 삼동네 이웃과 강근지친은 그만두고 비록 친자식과 동기간이라고 할지라도 닳아진 부채 한 개 거저 주는 법이 없는 사람이었다. 그러던 그가 조금이나마 달라지게 된 것은 인선이를 한 번 보고 난 다음부터였다. 곰곰이 생각하여

일패기생 예술적 솜씨가 뛰어났던 일류기생. **혼당**(溷襠) 월경대. 서답. **이팔** 열여섯 살. **붇질긁다** 인색吝嗇하다.

보니 세상만사가 모두 허사인 것이었다.

그럴 줄 알았으면 그 어미가 올림대 놓았°을 적에 조문이라도 하고 관값이라도 몇 꿰미 던져주는 것을……

생야일편부운기生也一片浮雲起요 사야일편부운멸死也一片浮雲滅이라. 부운자체본무실浮雲自體本無實이니 생사거래역여연生死去來亦如然이라. 산다는 것은 한 조각 뜬구름이 일어나는 것이요 죽는다는 것은 한 조각 뜬구름이 사라지는 것이올시다. 뜬구름이라는 것은 본디 그 참모습이 없는 것이니 태어나고 죽는 것 또한 이와 같다는 말씀입지요…… 어쩌구 지껄여대는 대련사大蓮寺 중놈 말뜻을 알 것도 같았다.

중들이 시주를 얻고자 들를 적이면 팔뚝에 끼고 있던 누비토시 전토시를 밀어 올리며 삿대질로 고래고함°을 지르기를—

내가 평생에 미워하는 자가 둘 있으니, 중과 여승이라. 밭갈지 아니하고 길쌈 하지 아니하며 놀고 입고 놀고 먹으니, 그것은 백성의 좀이라. 네가 어찌 감히 내 집 문전에 이르러 밥과 돈을 구하느뇨?

하고 노복을 시켜 발우 안에다 똥을 하나 가득 담아주는 사람이었다.

윤동지 당자는 그래서 중을 배암 보듯 하는 대신으로 무당 판수°

───────────────

올림대 놓다 죽다. 고래고함 '고래'는 '아우성'이라는 말이니, '커다란 소리'라는 뜻. 판수 점치는 것을 업으로 삼는 소경.

며 술객 같은 방사方士들을 좋아하여 백세발복百世發福할 명당을 찾고자 천금을 아끼지 않으면서도 십 년 넘게 골골하며 안방송장으로 누워 지내는 조강지처를 소 닭 보듯° 하였는데, 그 조강지처를 찾아와 염불독경을 하여주는 중들이 하던 소리였다. 가만히 생각하여보니 자기가 살아온 육십평생이라는 게 참으로 허망하기 짝이 없는 것이었다. 오로지 재물잿財자 한 자에 일평생 종이 되어 살아온 것이었다.

어허. 명정銘旌이 앞을 서니 상엿소리 구슬프고 공산空山에 낙엽 지고 밤비 내리는 쓸쓸한 무덤 속에서 비록 한푼 돈인들 쓸 수가 있으랴!

단정하고 고움이 빼어나서 아름답기 곳이요 온화하기 옥이라. 한 번 그 모습을 본 뒤로는 정신이 황홀하여 도무지 부쩌지를 못하게°끔 끌려들어 가는 정을 걷잡을 수 없는 윤동지였다.

곳도 부러워할 만한 화용월태花容月態가 진실로 일색一色이어늘…… 이야말로 무가보無價寶라. 아, 인생 세간이라는 것은 무릇 가벼운 티끌이 약한 풀잎을 스치는 것과 같다더니…… 천냥 만냥이 아니라 십만냥이 든다 한들 어떠리. 내 무슨 수를 쓰든지 반드시 이 아희와 월승月繩을 맺어 여생을 즐기리라.

굳게 다짐하고 또 다짐하는 윤동지였는데, 그러나 도무지 뜻

부쩌지 못하다 1.가까이 붙어 있지 못함. 2.한곳에 오래 배겨 있지 못함.

대로만은 되지 않는 것이었다. 걸리는 것이 한두 가지가 아니었다. 색을 바치는˚ 큰자식과는 다르게 방포술이나 좋아하는 지차가 아비의 그런 뜻을 달갑게 여기지 않는 것이야 그렇다고 하더라도, 우선 걸리는 것이 지체였다. 조반석죽도 못하는 가난뱅이일망정 장아무개 집은 어엿한 양반인 것이었다. 빚으로 어늬˚를 잡았다고는 하지만 도대체 꼼짝도 하지 않으니, 이 노릇을 어찌할꼬.

단순히 욕심만 채우기로 한다면 힘꼴이나 쓰는 노복들 시켜 보쌈이라도 해오면 그만이겠으나 한 번 상관하고 팽개쳐버릴 것이라면 모르겠으되 사람들 이목이 있는지라 그럴 수도 없는 노릇이고, 또한 아무리 그렇다고 하더라고 나도 이미 양반명색으로 행세하는 터수에 중이든 개든 가리지 않는 새벽호랑이처럼 날뛸 수도 없는 노릇이며. 게다가 근래 들어 근력은 또 왜 이렇게 팽기는지.

하증˚이 부러워할 만큼 상다리가 휘어지는 온갖 산해진미 가운데서도 푹 삶아 묽게 만든 표범골을 마시는 것은 위장을 다칠까 염려함이요, 기름기 쪽빼서 알맞게 구운 낙타발굽도 질다 배알는 것은 치아를 보호하기 위함에서이며, 뿐인가. 녹용에 백청˚에 산삼 가운데서도 동자삼만 장복해오건만 아무래도 양기가 전만

바치다 음식·암수에 주접스럽게 가까이 덤비다. **어늬** 덜미. **하증**(何曾) 전설적인 고대 중국 부자. **백청**(白淸) 빛깔이 희고 바대가 좋은 꿀.

못하니…… 눈알이 시뻘개지도록 춘화며 춘본이나 들여다보아
야 겨우 기동을 하는 외눈박이°인 것이었다.

빡빡 소리가 나게 은수복 대통 끝에 달리어 있는 청옥 물부리
만 빨아대는 것으로써 윤동지는 마음이 약해졌다는 티를 내지
않으려 하는데, 온호방은 쭙쭙 잔입맛을 다시더니—

"그러기에 말씀입니다요. 북두칠성이 앵돌아졌°으니 이 노릇
을 어쩌면 좋겠습니까요."

잠깐 말을 끊고 가재눈°으로 슬쩍 한 번 윤동지 낯을 훔쳐보고
나서

"개도 안 물어갈 그까짓 종구품짜리 권관나부랭이나 살던 하
방궁무라고 하지만 물어도 준치요 썩어도 생치°라고……"

다시 한 번 윤동지 낯을 훔쳐보고 나서

"그래도 대행마마° 눈에 들어 발신을 했던 원체 유명짜한 무골
인지라 그 기백만큼은 여태도 시퍼렇게 살아 있으니…… 오십
평생을 오로지 활 쏘고 불질하고 말 달려 창갈 쓰며 호령호령 살
아온 위인인지라 여간 재물로는 요지부동이더라 이말씀입지요.
아, 재물이 다 무엇입니까. 최도통°을 닮았는지 견금여석見金如石
이라 돈이라면 발샅에 때°만큼도 여기지 않으니 당최 이빨이 들
어가야 말입지요."

외눈박이 남자 생식기. 좆. **북두칠성이 앵돌아졌다** 일이 그릇되어 비꾸러졌
다. **가재눈** 가재걸음처럼 뒤로 들어간 눈. **대행마마** 전 왕 철종哲宗. **최도통**
(崔道統) 최영 장군.

잘래잘래 성긴 염소수염 돋은 턱 끝을 흔들었고, 윤동지는 푸우― 담배연기를 내어뿜었다.

"그래서? 그래서 영 틀려버렸다 이 말인가?"

"글쎄올시다아. 틀려버렸다기보다도…… 원체 불난 강변에 덴 소 날뛰듯°하니 도무지 무슨 말을 붙여볼 수 있어얍지요."

"미친놈. 아, 제아무리 양귀비 외딴치는°딸년을 두었다지만 그렇다고 해서 경화달관°댁에 출가시켜 정경부인°봉할 처지도 아니겠고…… 궁한 살림에 의식 걱정을 하느니 딸년 덕분에 실컷 호사나 하고 살면 좀 좋은가."

"서른 날에 아홉 끼°밖에 못 먹는 부초 같은 양반°이라지만 그래도 명색이 홍당지쪽°받은 양반이올시다."

"제 비록 양반이라지만 세 끼만 굶고 보면 된장 맛보자 안할까. 물에 빠져도 주머니밖에 뜰 것 없는°위인이 큰소리는……"

"물에 빠져도 개헤엄은 안 하고 얼어 죽어도 겻불은 안 쬐는 게 자고로 양반입지요."

"양반은 무슨 얼어 죽을 놈의 양반. 아, 양반이면 저만 양반인가. 양반 못 된 것이 장에 가 호령만 한다°고……"

하다가 온호방은 얼른 입을 다물었으니, 너무 심한가.

경화달관(京華達官) 눈부신 서울에 사는 높은 벼슬아치. **정경부인**(貞敬夫人) 정종일품 안해 봉작. **서른 날에 아홉 끼**[三旬九食] 집이 매우 가난해서 끼니를 제대로 잇지 못한다는 뜻. **부초 같은 양반** 가냘픈 양반이란 뜻. **홍당지쪽** 문과 입격증.

대원위 시절 엽전 삼만냥에 쌀과 콩을 각각 오백 섬씩 바치고 얻은 참봉체지로 깐에는 양반 행세를 하고 있으되, 제 근지를 알고 있는 이들이 안 보는 데서는 구참봉狗參奉 구동지狗同知로 부르고 있다는 것을 잘 알고 있는 윤동지라는 것을 또한 잘 알고 있는 온호방은, 아차 싶었던 것이다. 성은 피가라도 옥관자 맛에 다닌다°고 양반소리만 나오면 공중 낯을 찌푸리는 윤동지였다. 촉새°같은 입방정으로 말이 나온 김에 하다 보니 그렇게 된 것일 뿐, 윤동지를 조롱하자는 뜻은 결코 아니었다. 조롱을 하다니. 그러다가 진실 이 늙은이가 앵돌아지기°라도 한달 것 같으면, 컹.

제아무리 곳같이 빛나는 얼굴에 분결같이 고운 살결이 반짝이고 맑은 노래 묘한 춤이 구름을 막고 눈[雪]을 돌이키며 애교 있는 말과 어여쁜 말씨가 구슬이 우는 것 같으며 연지와 분 향기가 마음과 코에 부딪혀 어지러우며 아름다운 곳자리에 멋있는 맵시 지극한 어여쁨이 한가지로 이에 있는 천하일색 양귀비라고 한달지라도…… 어허. 색이 아무리 좋다지만 재물잿자만은 못하다는 것을 뒤늦게라도 알아차린다면, 나만 공중 끈 떨어진 뒤웅박° 신세 되는 게 아닌가. 아이구우, 태수되자 턱 떨어질라°.

"가만계십쇼. 소인놈이 몇 행보 더 다리품을 파노라면 다 되는 수가 있지 않겠습니까요."

촉새 입이 가벼운 사람. **앵돌아지다** 1.틀어져 홱 돌아가다. 2.마음이 노여워서 토라지다.

갑갑한 놈이 송사한다°고 온호방이 다리아랫소리°를 하는데,

"불 떨어지면 구워 먹지. 어느 천년에."

윤동지는 콧방귀를 뀌었고, 그 중년 아전은 속으로 기역자를 그었다°. 이놈 봐라. 자고로 아무리 사나운 개도 무는 개를 돌아본다°는데 네놈이 시방 나를 쥐 밑살같이° 여기고 있다만, 두고 보라지. 많이 쌓아놓기만 하고 베풀지 않으면 나중에 무엇에 쓰자는 것인가. 재물이란 하늘이 낼 때부터 모였다가는 흘러가는 물과 같은 것이어늘, 주인이 바뀌지 않는 재물이 어디에 있으리요. 네놈이 시방 천년 만년 부자로 살 것같이 흰목을 잦히고 있다만, 네놈 집구석도 언젠가는 의당 쑥밭이 되리라. 언젠가는 내 앞에서 어마 뜨거라 덴겁을 할 날이 있을 터. 온호방은 그러나 금방 깎아놓은 배처럼 사근사근한 목소리로

"그 위인이 그렇게 댓진 먹은 배암 대가리요 똥 찌른 막대꼬챙이°마냥 뻑세게° 나오는 데는 다 딴생각이 있어서가 아니겠습니까."

금쟁이 금 불리듯° 안벽 치고 밭벽 치는° 수작을 하는데, 윤동지 민머리가 앞으로 훨씬 기울어졌다.

"딴생각이라니?"

"건너다보면 절터요 쩍 하면 입맛°인 것을…… 빤히 아시면서

왜 이러십니까요."

"엉?"

"명태 한 마리 놓고 딴전 보기°아니겠습니까요."

"원 사람하고는. 아, 벙거지 시울 만지는 소리°만 하지 말고 탁 털어놔봐. 대관절 그 위인이 바라는 게 뭐든가?"

"차암, 나으리두."

"……."

"그게 그러니까 말씀입지요."

"어허!"

"논 열 마지기 말씀입니다요."

"그거야 내가 주마고 약조한 게 아니든가. 그리고 왜 열 마진 가? 스무 마지기는 어디로 가고 열 마지기야?"

"컹. 아니, 서른 마지기 말씀입니다요."

"그렇지. 그거야 진작부터 주마고 한 것이어늘, 자다가 봉창 두 드리기°로 이제 와서 새꼽빠지게°뭔 소린가?"

"아, 그게 말씀입지요. 찰배미논으루다 서른 마지기가 적다는 게 아니라……."

말을 중동무이°하고 나서, 컹! 온호방은 목울대°가 솟게 기침을 하였으니, 부엉이 곳간°을 얻은 것이었다. 윤동지가 처음 짜증

새꼽빠지게 '새삼스럽게' 충청도 내폿말. **중동무이** 하던 말이나 일을 가운데서 끊어 무지르다. **목울대** 목청.

을 부리고 증을 낼 적에는 이거 다 된 죽에 코 떨어뜨리°는 게 아닌가 싶어 부등가리 안 옆 죄듯° 마음이 여간 조릿조릿°하여지는 게 아니었는데, 그러면 그렇지. 네놈은 이제 노루 친 몽둥이°라. 컹! 컹!

"아무래도 나으리께서 다시 한 번 결단을 내리셔야 될 것 같습니다요."

슬쩍 가재눈을 흡뜨는데, 윤동지가 턱 끝을 주억이었다.

"결단이라아―"

"자고로 십벌지목十伐之木이라고 열 번 찍어 안 넘어가는 나무 있겠습니까요. 먹돌도 뚫으면 굶이 날° 터인즉……"

"찍기는 찍어보았던가?"

"아이구, 나으리두. 그렇게 말씀하시면 섭합니다요. 선학동으루 비티 밑으루 가을 중 싸대듯 하느라 소인놈 짚신짝 갈아댄 것만 해도 열 죽은 넘을 겝니다요."

"신발차°야 후하게 주었을 터인데……"

"그렇다는 말씀입지요."

"그래, 이제 몇 번만 더 찍으면 되겠는가?"

"아홉 번 찍었으니 이제 마지막 한 번이올시다."

"자네 마지막 도끼질은 참으로 길기도 하이."

조릿조릿 조바심이 나서 마음을 놓지 못하고 애타는 꼴. **신발차** 심부름하는 이에게 길삯으로 고맙다고 주는 돈.

"컹!"

"얼마나 더 주면 되겠던가?"

"그거야 나으리 생각대롭지…… 소인이 어찌 알겠습니까요."

"이렇게 하세."

"네에?"

"홍주 읍성안 어디쯤에 집이나 한 채 사주고, 논은 뚝 잘라서 쉰 마지기."

"아이구!"

"자, 어떤가? 그만하면 되겠지?"

"아이구, 나으리. 역시 나으리는 하증이 뺨치는 활수°십니다 요. 득롱망촉°이라고 말 타면 경마 잡히고 싶고° 되면 더 되고 싶은° 게 인지상정이올습니다만, 돈에 범 없다°고 그만하면 소인이 말로써 졸라보기에 훨씬 기운이 나겠습니다요."

"자네만 믿으이."

"일이 성사되고 보면 쇤네 은공도 잊지 않으셔야 합니다요."

"허허, 그야 이를 말인가. 자고로 정에서 노염이 난다°고 언제는 내가 자네를 몰라라 했던가."

"그거야 이를 말씀이겠습니까요만……"

온호방은 잠깐 말을 끊더니,

활수(滑手) 돈을 아끼지 아니하고 시원스럽게 잘 쓰는 큰손. 득롱망촉 말 타면 견마 잡히고 싶다 되면 더 되고 싶다 사람 욕심은 끝이 없다는 말.

"나으리께서 그처럼 큰마음을 써주시니 쇤네 훨씬 기운이 납니다만……"

츱츱 잔입맛을 다시었다.

"한 가지 걸리는 데가 있어놔서……"

"엉?"

"납죽에미 말씀입니다요."

"그 여편네가 서방질이라도 했다든가?"

"그게 아니라 선학동애기씨한테 다리를 놓는 건 덕금이년이고, 덕금이년한테 다리를 놓자면 납죽에미 마음을 움직여야 하는데…… 그것도 요즘은 당최 쉬운 일이 아니라서……"

"납죽에미라면 자네한테는 이미 손에 붙은 밥풀°아닌가."

"킁! 킁! 킁! 아무리 봉충다리 울력걸음°이라지만 그 여편네가 그래도 소싯적엔 금동곳 은동곳 뽑아 던지던 풍류남아들 하고만 놀던 몸이라 여간 눈이 높은 게 아닙니다요. 그래서 부탁을 하러 갈 적마다 비단필이다 뭐다 값진 몬을 꼭 한 보따리씩 싸가지고 가야 하는데…… 다 된 죽에 코 빠뜨리지 않으려면 그년 방뎅이에서두 비파 소리가 나게 해줘야 되지 않겠습니까요."

"놀던 계집이 결딴이 나도 궁뎅이짓은 남더라°이 말인가."

"이를 말씀이겠습니까요. 왈짜가 망해도 왼다리질 하나는 남

봉충다리 울력걸음 사람이나 몬 한쪽이 조금 짧은 다리.

고°종가가 망해도 신주보와 향로 향합은 남고°남산골 생원이
망해도 걸음 걷는 봇수는 남는°게 세상사 이칩지요."
　얼음에 박 밀듯°노뭉치로 개 때리듯°온호방이 슬슬 엮어가는
데, 윤동지 한쪽 입꼬리가 위쪽으로 조금 비틀려 올라갔다.
　"돈냥이나 좋이 부서졌겠네그려."
　"나으리 일이 바로 제 일인데 그까짓 돈냥 부서지는 것이 대수
겠습니까요만……"
하는데, 장지문 밖에서 앳된 계집아이 기침소리가 났다.
　"나으리마님."
　"누구냐?"
　"쇤네 작은년이오니다."
　"무슨 일이냐?"
　"점심 진지 여쭈어계시오니다."
　"염이 없구나."
　"알겠습지오니다."
　몸을 돌리는 듯 치맛자락 쓸리는 소리가 나는데, 윤동지가 헛
기침을 하였다.
　"작은년아."
　"녜에, 나으리마님."
　"이리 들어오너라."
　"녜에."

소리 없이 문이 열리며 작은년이가 들어오는데, 붉은치마에 노랑저고리를 맵시 있게 받쳐입은 나이 겨우 이팔 어린 계집종으로, 제법 해끔한* 낯짝이었다. 간잔조롬하여진 눈으로 그 어린 계집종아이를 바라보던 윤동지는 물러가라는 손짓을 하였다. 그 늙은이는 헛기침을 하였다.

"허, 내가 잊었군그래. 그런 돈을 자네가 써서야 될 말인가. 붕어 한 마리를 잡는 데도 미끼가 있어야 하는 법이어늘 내가 자네를 믿는 마음이 원체 크다 보니 그만 그것을 잊었으이."

"아이구, 나으리. 이것이야말로 조그만 송사리를 던져 큰 자라를 낚는 격입지요."

"가만있게. 우선 얼마를 줄 터이니……"

끙 소리와 함께 윤동지는 무릎을 세우더니 앉은걸음*으로 경상* 앞까지 갔다. 서랍 속에서 무엇을 한 주먹 꺼내어 온호방 앞으로 밀어주는데, 은전銀錢이었다.

"서른 닢이니 우선 용채로 쓰시게. 일만 제대로 성사된즉 내 자네의 그 하해 같은 은공을 잊겠는가."

위에 태극무늬가 도드라져 있는 한냥짜리로 몇 해 전 호조 전환국典圜局에서 찍어내었다는 말만 들었지 처음 보는 온호방은 꼴깍 소리가 나게 생침을 삼키었다. 그 사내가 왼손으로 사양하

해끔하다 빛깔이 조금 하얀 듯하다. 앉은걸음 앉아서 엉덩이와 무릎만 움직여 나가는 것. 경상(經床) 절에서 불경을 얹어놓던 상이나, 반가에서도 썼음.

고 오른손으로 받으며 가로되,

"무슨 말씀이시오니까. 쇤네 그 동안 받아온 은혜만 하여도 태산 같은 데 비하면 이까짓 수고야 아홉 마리 소에 터럭 한 낱°입지요. 터럭 한 낱으로 태산을 어찌 갚겠습지오니까."

쉰 마지기를 내어놓으라고 하였은즉 마흔 마지기는 내 차지라……

히뭇이 웃던 온호방은 힘껏 도머리°를 치었으니—

어허, 이런 좀사내° 같으니라구. 안벽 치고 밭벽 치기로 금쟁이 금 불리듯 하다 보면 금승말 갈기 외로 질지 바로 질지 누가 안다°고 기껏 마흔 마지기뿐이리요. 자고로 부처님 살찌고 파리하기는 돌쪼시° 손에 달렸고 금 잘 치는 서순동이°라고, 다 내 할 탓 아닌가. 컹! 마흔 마지기라니? 애초에는 열 마지기로 꼭지를 땄던° 것이 이제 쉰 마지기까지 올라왔은즉 몇 차례만 더 등치고 배문지르다°보면 백 마지기로 올려세우기는 여반장일 터. 백 마지기라면 여든 마지기는 내 차지리니……

히뭇이 웃던 온호방은 다시 한 번 힘껏 도머리를 치었으니—

어허, 이런 좀사내 같으니라구. 자고로 고기도 먹어본 놈이 먹고° 관덕정 설탕국도 먹어본 놈이 먹는다°더니 대장부사내로서 왜 이리 배포가 작다는 말인가. 내가 작은 물에서만 놀아봐서 그

도머리 '아니다'라는 뜻으로 머리를 좌우로 내젓는 것. 좀사내 성질이 좀스럽고 꾀죄죄한 사내. 돌쪼시 석수장이. 꼭지를 딴다 처음으로 비롯한다는 말.

런가. 장아무개더러 딸내미를 윤동지한테 소실로 주기만 한달 것 같으면 스무 마지기를 준다더라고 하기는 했으되…… 아, 그 거야 백문선의 헛문서°아닌가. 산목°어두운 그 늙다리 무골을 얼려 좆 먹이기°로 공깃돌 놀리듯 하다 보면 열 마지기만 가지고 도 후려때릴 수 있을 터.

가만있자아. 백 마지기에서 열 마지기만 떼어주고 나머지를 다 내가 먹기로 하면, 아흐. 아흔 마지기라. 십년대한°에두 물 걱 정 없는 찰배미논으루다 아흔 마지기면 마지기당 벼가 슥 섬은 나올 터인즉, 열 마지기면 서른 석이요 쉰 마지기면 백쉰 석이니 아흔 마지기면…… 아흐흐. 이백일흔 석. 뿐인가. 재물이라는 것 이 자고로 모으기가 어려워 그렇지 한번 어느 만큼 덩어리가 져 모아지기만 한달 것 같으면 그게 그러니까 눈덩이와도 같은 것 인지라 천 석은 이천 석이 되고 이천 석은 또 사천 석이 되며 사천 석은 다시 팔천 석이 될 것인즉…… 아흐흐흐. 만석꾼이라.

독장수구구°셈하듯 손가락을 꼽작꼽작 산가지°를 놓아가던 그 사내는 어이쿠! 소리와 함께 두 손으로 마리실°을 싸쥐었으 니, 중문 기둥에 대갈받이를 하였던 것이었다. 번쩍하고 눈앞에 벽력신°이 지나가면서 바른쪽 눈두덩 위에 밤톨만한 혹이 부풀 어올랐는데, 크흐음. 그 사내는 짐짓 헛기침을 하며 찌그러진 갓

산목(算木) 산가지. **십년대한**(十年大旱) 십년가뭄. **독장수구구** 이루어질 수 없는 헛된 셈. **산**(算)**가지** 예전 숫자를 점치는 데 쓰던 몬. 대나 뼈로 만들었 음. **마리실** 갓모자 윗 어섯. **벽력신**(霹靂神) 벼락신.

양태[*]를 바로잡는 시늉을 하였으니, 인기척이 났던 것이다.

화초담 밑으로 비오듯 떨어져 내리는 복사곳보다도 더 고운 연분홍치마에 민들레곳빛으로 샛노란 저고리를 받쳐어입고 분세수를 곱다랗게 한 간나희 하나가 스치듯 지나가고 있었다. 작은년이었다.

나이 겨우 이팔에 지나지 않는 어린 계집종아이한테 대갈받이하는 것을 들킨 것이 다만 부끄러워 못 본 척 중문을 나서던 그 사내 찌그러진 갓양태가 비스듬히 기울어졌으니, 이것 봐라. 방금 전 큰사랑채에서 윤동지와 밀고 당기기를 하고 있을 때 설핏 보았던 그 간나희가 아닌가.

그런데 무슨 까닭으로 다시 큰사랑채로 간다는 말인가……하다가, 컹! 얼른 몸을 돌리어 작은년이 쪽으로 쫓아가며 그 중년 사내는 헛기침을 하였다.

"애야."

분명히 들었을 터임에도 그 어린 계집종아이는 대꾸도 없이 걸어갔고,

"애야, 나 좀 보자."

다시 한 번 온호방이 이번에는 아까보다 조금 더 큰 목소리로 불러서야 마지못한 듯 겨우 걸음을 멈추었다. 그러나 걸음만 멈

갓양태 갓 밑둘레 밖으로 넓게 바닥이 된 어섯. 갓양. 양. 양태.

추었을 뿐 도무지 무슨 대꾸가 없이 뻗장다리[*]로 서 있을 뿐이었고, 크으흠! 크흐흠! 하며 온호방이 다시 헛기침을 하였을 때에야 마지못한 듯 비로소 고개만 살짝 비틀어 보이는 것이었다. 눈만 깜작이는 그 계집종아이 붉그족족한[*] 뺨다귀께를 바라보던 온호방 목에서는 꼴깍하고 생침 넘어가는 소리가 났으니, 요년 봐라. 이 집안에서 태어나 어려서부터 바깥 출입을 모르고 자라온 작은년이는 해뜩하니[*] 맑은 얼굴에 흰 이가 가히 아리따운데다가 날오리가 물결을 희롱하는 듯 하늘하늘한[*] 몸매로 걸어가는 자태며가 한다하는 양반댁 규방에 규수짜리와 다름없는 것이었다.

"얘야."

온호방은 히뭇이 웃었다.

"나으리 근력이 어떠하시드냐?"

"근력이라닙쇼?"

"근력도 모르네? 그러니까 큰사랑나으리 힘이 어떠하시든가 이 말이니라."

"새꼽빠지게 무슨 말씀이신지……"

하는데, 컹! 그 중늙은이 사내는 기침을 하였다.

뻗장다리 구부렸다 폈다 하지 못하고 늘 뻗치기만 하는 다리. **붉그족족하다** 고르지 못하고 칙칙하게 불그스름하다. 불그죽죽하다. **해뜩하다** 보기에 해끔하고 흰 데가 있다. **하늘하늘하다** 너무 무르거나 성기어서 뭉그러질 듯하다.

"송곳끝과 같더냐? 혹은 쇠망치와 같더냐? 그것도 아니면 혹 삶은가지와 같더냐?"

"별꼴. 아닌 밤중에 홍두깨°라더니 점점 동이 닿지 않는° 말씀만 하시네."

"홍두깨를 아는 걸 보니 홍동지° 형제도 알겠구나? 홍동지° 형제를 안달 것 같으면 주상시° 또한 알 터이고."

"이년이 시방 큰사랑나으리 부르심 받잡고 가는 길이라서 객쩍은 희영수 받을 틈 없습니다."

암팡지게 쏘아붙이며 작은년이가 고개를 돌리는데, 온호방은 얼른 손사래를 치었다.

"아니, 아니. 다 너를 생각해서 하는 말인즉 잘 들어보거라, 이."

"……"

"만약에 말이다. 만약에 송곳 끝이 찌르는 것 같은즉 청년일 것이요, 쇠망치로 치는 것 같은즉 이는 반다시 장년일 것이며, 삶은가지를 들이미는 것과 같은즉 이는 또한 반다시 어쩔 도리 없는 노인일 것이기 때문에 그러한 것이니라. 널리 기운 나는 고기와 온갖 진귀한 약첩으로 더불어 베갯머리에 놓아두고 매일 아침 따뜻한 계당주°에 섞어 마시기를 끊어지지 않게 한달지라도 마침내는 효험이 없을 터인즉…… 종당에는 너만 꿩 떨어진 매 신

동이 닿지 않다 앞뒤 가리새가 맞지 않다. 가리새: 조리條理. 홍동지(洪同知)·주상시(朱常侍) 사내 생식기 빗댄 말. 계당주(桂當酒) 계피桂皮와 당귀當歸를 넣어 만든 소주.

세가 될 터."

온호방이 잠깐 말을 중동무이하고 슬쩍 보니 아직도 무슨 말인지 못 알아듣는 듯 작은년이는 저고릿고름만 뱌비작거리는° 것이었고, 그 사내가 다시 희떠운° 수작으로 느물거리는데—

"아롱우 어롱우라는 소리를 들어봤더냐?"

"……"

"진흙새 우는 소리는?"

"……"

"철요라는 것은 어찌 생긴 몬인지 아느냐?"

"……"

"허, 이런. 아롱우 어롱우°도 모르고 진흙새 우는 소리°도 모르고 철요°도 모른다면 이거야 어디 말이 되는가. 남이 장에 간다 하니 거름 지고 나선다°더니 네가 바로 그 짝이 아니냐. 네가 큰 사랑 출입하기 얼마인지 모른다만 여태도 아리삼삼° 달콤한 그 맛을 모른다면야 이런 낭패가 있나. 네 나이 이제 이팔이 지나는데 그 맛이 인간에 기중 첫째가는 맛이라. 바야흐로 흥이 익어 사대육신 팔만사천 마디가 무르녹을 적이면 눈은 태산을 보지 못하는 형상이요 귀로는 우뢰소리를 듣지 못할지니, 애닯구나. 네가 아직 그 오묘한 이치를 모른다 하니, 어찌 이와 같이 지극한 맛

뱌비작거리다 자꾸 대고 비비는 짓을 하다. 뱌빚거리다. **희떱다** 속은 비었어도 겉으로는 눈부시다. **아리삼삼** 정신이 아릿거릴 만큼 눈에 어리는 꼴.

을 알 수 있으랴. 큰사랑나으리 그것이 삶은가지와 같은즉……"
하며 메기 잔등에 뱀장어 넘어가듯° 은근슬쩍 육담°을 늘어놓던
온호방은 문득 한숨을 쉬었으니, 작은년이가 보이지 않는 것이
었다.

"휴우우—"

저만치 사라지고 있는 작은년이 뒷모습을 바라보던 그 사내는
츱츱 잔입맛을 다시었다. 또 하나 중문을 지나 큰사랑채 쪽으로
가는 넓찍한 마당가에는 온갖 진귀한 기화요초며 실과나무들이
우거져 있고 마당 한켠에는 석가산石假山이요 그 아래 연못에는
유리장판으로 도배를 한 듯 맑은 물 속에 색다른 물고기들이 헤
엄을 치고 있었다.

"옥식 같은 쌀밥에 갖은 고기반찬도 질린다 이건가."

감투가 커도 귀짐작이라°고 윤동지라는 늙은이가 인선이라는
그 달덩이 같은 양반댁 규수짜리를 첩으로 들여앉히려는 위에
더하여 열쭝이° 같은 계집종까지 불러들여 낮거리°를 하려는 것
에 다만 새암이 나서 공중 희떠운 수작을 하여보던 온호방은 카
악! 가래침을 돋우어 올리었다. 그리고 나서 혼잣말로 중얼거리
는 것이었으니, 가마 밑을 웃는 솥°이었다.

"흰떡 같은 양반댁 애기씨를 데려오려는 마당에 산나물 같은

육담(肉談) 살꽃이야기처럼 던지러운 말. **열쭝이** 이제 겨우 날기 비롯한 어
린 새새끼. **낮거리** 대낮에 하는 남녀관계.

종년을 희롱하다니, 쥑일 놈. 계집질도 이제 퇴낸다*이거지. 패악하여 들어오고 패악*하여 나감은 이치에 상사라. 네놈 평생이 어질지 못함을 두려워하지 아니하고, 행실이 올바르지 못함을 두려워하지 아니하며, 이미 그 많은 재산을 모으고도 오히려 족하게 생각지 아니하니⋯⋯ 재앙이 어찌 미치지 아니하랴. 하늘이 내리는 앙화가 어찌 또 미치지 아니하랴."

무슨 까닭으로 그런데 윤동지 집을 벗어나는 온호방 발길은 술에 취한 듯 구름을 밟는 듯 허청허청*흔들리는 것이었으니, 이러다가 내가 멧돝 잡으려다 집돝까지 잃는 건°아닌지 몰라. 철렁 가슴이 내려앉은 것이었다. 온호방은 그러나 이내 잘래잘래 갓머리를 흔들었다.

어린 종년을 붙잡고 격이 높은 육담을 조금 하였기로서니 무에 대수라는 말인가. 윗상上자와 아래핫下자도 분간 못하는 종년이라 이 어르신네가 파적삼아 던져본 격 높은 해학골계를 알아듣지도 못하였을 터이니 고자질을 할 이치도 없을뿐더러 설령 또한 봄 꿩이 스스로 우는 것°과 같은 이치로 알아듣고서 고자질을 한달지라도 무슨 허물이 된단 말인가.

온호방이 걱정을 하는 것은 그것이 아니라 아까 하여보던 옹기장수 구구였다. 가지 따먹고 외수하기°로 작정하고 하여보는

퇴내다 먹거나 가지거나 누리는 것을 실컷 물리도록 하다. **패악(悖惡)** 참길에 어긋나 감사나움. **허청허청** 몹시 비틀비틀하다.

독장수셈이지만 윤아무개라는 늙은이가 어디 그렇게 녹록한 위인인가.

질청에서 주워들은 온갖 고담이며 구미호* 꼬리라도 뽑아 올 술수로 윤동지를 쑤석거릴 때였는데, 그때 생각만 하면 지금도 등짝에 식은땀이 흐르는 온호방이다. 색계色界에는 녹아나지 않는 것이 없더라고 유난히도 색을 바치는 윤동지 불알 밑을 긁어 염낭끈을 풀게 하는 것까지는 그렇게 어려울 것도 없었다. 그런데 뼈똥 쌀 일*은 온호방이 기껏 패*를 쓴답시고 뇌를 써볼 것 같으면, 아이구 자네가 바로 내 장자방이로세 어쩌구 흡족한 듯 무릎을 치며 염낭끈을 풀기는 풀지만, 나중에 알고 보면 온호방이 뇌를 짜내어 써본 패 속내를 다 알고 있다는 점이었다. 뿐인가. 앞으로 어디어디에 패를 쓸 것이라는 팻감까지도 뜨르르 죄 꿰고 있는 것이었으니, 이런 넨장맞을.

허나, 또한 어찌하랴. 그리고 가로 지나 세로 지나 신발차 명목으로 받는 옆전닢이야 고스란히 떨어지지 않는가. 아니, 왜 엽전닢인가. 은전이지.

한 닢에 한냥씩 나가는 은전 서른 닢이 들어 있는 불두덩* 위 염낭을 툭툭 두드려보는 그 사내 입은 저도 모르게 스르르스르르 벌어지는 것이었으니, 새록새록* 여간 신신한* 것이 아니었

구미호(九尾狐) 능갈맞은 사람을 빗댄 말. 뼈똥 쌀 일 기가 막힌 일이라는 뜻. 패(覇) 남을 속여 꼬이는 꾀. 불두덩 자지와 보지 언저리 두두룩한 곳. 새록새록 일어나는 일이 새롭다. 신신하다 새로운 힘이 넘친다.

다. 같은 엽전이라도 아이들 제기 매는 데나 쓰일 찌그러진 엽전보다는 상평통보常平通寶 당오전當五錢 당십전當十錢 글자도 뚜렷한 새 엽전이 좋듯 엽전보다도 은전이 더 좋고 은전보다는 금전金錢이 더 좋은 게 인지상정 아니던가.

스스로 묻고 스스로 대답하는 것으로써 스스로를 또한 위자하면서도 그 사내 발길은 여전히 허청허청 흔들리는 것이었으니, 아아. 난만히 가댁질하는* 계집사내 모습이 자꾸만 눈에 밟히는 탓이었다.

계집종을 상관함에 지극한 자미가 있기는 하나 마누라한테 들켜 밤낮 낭패만 거듭하니, 이것이 속상한 일이라.

소인에게 묘한 비술이 있은즉 나으리께서도 한번 써보시지 않겠나이까?

원컨대 한번 듣고자 하노라.

첫째가 굶주린 범이 고기를 먹는 격이니 상전이 여비를 겁간코자 함이요, 둘째가 백로가 물고기를 엿보는 격이니 턱을 늘이고 여비를 엿보는 것이요, 셋째는 늙은 여우가 얼음소리를 듣는 격이니 마누라가 잠이 들었는가 들지 않았는가를 살피는 것이요, 넷째는 매미가 껍질을 벗는 격이니 몸을 빼쳐 이불을 벗어나는 것이요, 다섯째가 날랜 고양이가 쥐를 희롱하는 격이니 여러

난만히 가댁질하는 흐드러지게 놀려먹는.

가지 방중 비술로 희롱함이요, 여섯째는 매가 꿩을 채는 격이니 번개같이 빠르게 깔아뭉개는 것이요, 일곱째는 옥토끼가 약을 찧는 격이니 옥문*을 향하여 능수능란하게 진퇴를 하는 것이요, 여덟째는 용이 여의주를 토하는 격이니 토정을 그와 같이 신나게 해야 한다 함이요, 아홉째는 오나라 소가 달을 머금는 격이니 피로로 인한 숨가쁨을 급히 막아야 하는 것이요, 열째는 늙은 말이 집으로 돌아가는 것입지요. 이른바 간비십격姦婢十格이올시다.

"공명이 바람을 얻은 후 머리 풀고 발 벗고 학창의를 거둠거둠 흉중에 탁 붙이고 장막 밖으로 선뜻 나서 총총히 남병산을 나려가 상류를 바라보니 광천이 요색허고 샛별이 둥실 떠 지난 달빛 비켜난 뒤 오강변을 당도허니 그때에 상산 조자룡이 배를 등대허고 선생 오심을 지대린다."

"어허, 조오치."

"자룡이 선생 오심을 보더니만 배에서 급히 나려와 공명 전에 절하여 여짜오되 선생은 위방진중을 평안히 다녀오시니까."

"조코오오!"

"공명 또한 반겨라 자룡의 손을 잡고 주공께서 안녕하옵시며 제장군졸이 다 무사하오. 인사를 마친 후 둥둥둥 떠서 내려간다."

옥문(玉門) 여자 생식기.

사르르사르르 눈을 감았다 떴다 손바닥으로 상다리를 두드려 장단을 맞추며 「적벽가」 가운데 한 대목을 중모리*로 뽑아 넘기던 아낙이 문득 소리를 뚝 그치더니, 추임새*를 넣고 있는 사내들을 쓱 바라본다.

　"그때에 적벽강*에서 조조의 백만대군이 어찌 되었는지들 아슈?"

　탁배기 한 두루미가 달랑 얹히어져 있을 뿐인 귀떨어진 개다리소반* 앞에 둘러앉아 시커먼 된장떡*과 군둥내* 나는 짠지쪽을 씹고 있던 사내들은 모두 꿀 먹은 벙어리*처럼 눈만 꿈벅꿈벅. 받고 앉아 있는 술상이며 입성치레*에다가 그리고 무엇보다도 솜방울 두 개 양쪽에 달린 패랭이*를 머리에 얹고 있는 것으로 봐서 나귀 몰고 장삿길 나선 선길장수* 아니면 소금 건물 진물 솥 그릇 담배 누룩 죽물 석유기름 체 엿 짚신 같은 것들을 쪽지게*에 지고 장이 서는 곳을 돌아다니거나 장이 먼 두메산골 마을을 찾아다니는 등짐장수*들이다. 그 여자는 다시 사르르 눈을 감으며

　"연습을 관망허고 심중에 대희하야 방사원 묘한 계책을 군중

중모리 판소리에서 흔히 빠른박자를 말함. 추임새 곁에서 구경하는 이들이 흥을 돋우어주는 소리. 적벽강 중국 호북성 황강현에 있는, 소동파가 뱃놀이를 하면서 「적벽부」를 지었던 강. 개다리소반 별 꾸밈 없이 휘우듬하게 만든 소반. 된장떡 된장을 섞어서 만든 떡. 군둥내 묵은 김치에서 구리텁텁한 내음이 나는 것. 꿀 먹은 벙어리 벙어리는 맛을 알면서도 어떻다고 말은 못하므로 어떤 일에 대하여 말이 없는 사람을 두고 하는 말. 입성치레 옷차림. 패랭이 천한 사람이나 상제가 쓰는 댓개비로 엮어 만든 갓 한가지. 선길장수 봇짐장수. 쪽지게 부보상들이 지고 다니던 지게로 보통 지게보다 지겟다리가 길었음. 등짐장수 몬을 등에 지고 팔러 다니던 사람.

78

에 자랑허니 정욱 순욱 아뢰는 말이 만일 불로 쳐올진대 어찌 회피허오리까. 조조 듣고 대답허되 화공은 바람을 빙자허니 동절 서북풍에 동남풍을 의심 말라. 내 진은 북에 있고 적의 진은 남에 있으니 만일 불로 쳐올진대 저의 진이 탈 것이라 반다시 승첩할 묘법이로다. 수륙군 정돈허고 싸움을 재촉헐제……"

제갈공명이 동남풍을 불러 조조 백만대군을 물리치게 되는 대목을 아니리*로 한참 늘어놓고 나서는, 다시 사내들을 쓱 둘러본다.

"고 조조란 놈이 적벽강에서 수천 척 배를 죄 불태우고는 생똥을 질질 싸며 삼십육계 줄행랑을 놓았는디, 그 적벽강이란 데가 기가막힌 천하절승이라 이 말이우. 그걸 아슈?"

사내들은 또한 묵묵부답. 백토 한 뼘 없는 사고무친으로 십년을 하루같이 하늘을 지붕 삼아 동가식서가숙으로 촉작대*나 두드리며 떠돌아다니는 장돌림*들인지라 삼국지니 제갈공명이니 조조니 하는 말이야 더러 들어봤지만 적벽강이 어디에 붙어 있는 강인지 알 까닭이 없다. 강이라니까 그저 금강이나 한강 같은 강인 것으로 알 뿐 기가막힌 천하절승인지 아닌지는 알 까닭이 없다. 그래서 기껏

아니리 1.판소리에서 소리꾼이 창을 하면서 고빗사위에 줄거리를 엮어나가는 이야기. 2.곡조 없이 여는 말로 하는 판소리 대사. **촉작대** 부보상들이 지니고 다니던 물미장勿尾杖으로, 용을 새긴 끄트머리에 쇠꼬챙이를 박아, 연장이 되기도 했음. **장돌림** 곳곳 장으로 돌아다니며 몬을 파는 장수.

"허, 적벽강이란 게 그렇게 좋은 강이던가?"

하고 말부주*나 넣어보는데, 철썩 소리가 나게 아낙은 제 무릎을 치더니,

"아, 좋다마다지요."

마치 소싯적에 그 강에서 뱃놀이라도 하여본 가락이 있다는 듯

"소동파라구 있잖우? 만고문장인 그 소동파영감이 칠월 한보름에 그 적벽강에서 달맞이를 허며 뱃놀이를 허넌디……"

구렁이 제 몸 추듯° 유식한 티를 내는 것이었다. 그러자 사내 하나가 쿵쿵 막힌 코를 뚫고 나서

"문장이야 자고로 이태백이지. 이태백이 따를 사람이 있을라구."

귀가 도자전°이라고 주워들은 것이 있어 아는 체를 하는데, 그 여자 눈길은 허공중으로 던지어져 있다. 사십고개 이쪽 저쪽으로 보이는 아낙은 늦가을 맞는 부채자루 같은 제 신세를 생각하는가. 적벽강이 어떻고 소동파가 어떻다고 유식한 티를 내기는 하였으나 에멜무지로 그냥 한번 하여본 소리에 지나지 않는 듯, 무슨 골똘한 생각에 잠기어 있다.

"말허던 사람 장이 갔나? 아무리 생각해봐두 내가 보기엔 소동파버덤은 이태백이 같은디, 워째서 쓰다달다 말이 읎냐?"

기껏 아는 체를 하였으나 무시를 당한 꼴이 된 사내가 무안 타

말부주 곁에서 말로 거드는 것.

는 아이처럼 얼굴이 빨개져서 구시렁거리°었고, 그제서야 아낙은 눈길을 내리었다. 찰싹 소리가 나게 그 여자는 두 손뼉을 마주쳤다.

"아이그으, 이태백이야 그게 주태백이지 무슨 문장이우. 술잔이나 걸쳐야 흥이 나서 싯줄이나 읊었지만 결국은 달 잡으려다 물에 빠져죽은 술귀신이지."

서릿바람 앞에 버림받은 부채도 흔들면 바람은 나는 법. 밤벌레 같은° 얼굴에 살짝 홍조가 어리는가 싶더니, 포옥하고 한숨을 뽑아내었다.

"소동파야말로 천하에 대문장이지요. 적벽강에서 뱃놀이를 허면서 그날 밤 무슨 글을 지었는지들 아시우? 적벽부°유, 적벽부. 적벽부라는 걸 들어들 보시었수? 임술지추 칠월기망에 소자 여객으로 범주유어적벽지하할 제 청풍은 서래하고 수파는 불흥이라. 거주속객허고 송명월지시하여……"

지그시 눈을 감은 채 「적벽부」를 읊어 내려가는데, 사내 하나가 모주 먹은 돼지 껄대청° 같은 소리를 내었다.

"적벽분지 흑벽분지는 갓짜리덜 앞에서나 허구, 여긴 술이나 한 두루미 더 내와봐."

"맞전°만 내셔. 술 아니라 구첩반상이라도 차려 내올 테니."

구시렁거리다 잔소리나 군소리를 듣기 싫게 자꾸 되풀이하다. 밤벌레 같다 살이 토실토실하고 살빛이 보유스름하다. 「적벽부(赤壁賦)」 중국 송宋나라 때 문장가 소식蘇軾이 지은 글. 모주 먹은 돼지 껄대청 컬컬하게 쉰 목소리.

"뉜돈°내구 술밥 사먹넌 촉작대 봤나?"

"누군 흙 파다가 용수°다는 줄 아나 부지."

"그러지 말구 한 두루미만 내와보소."

"목만 축이구 나서 신들메°를 조이겠다더니, 해갈이 아직들 덜 되셨세요?"

"그러지 말구우."

"식채 밀린 게 얼만지나 아슈?"

"식챗닢이나 밀렸단들 까짓게 천냥이 되것어 만냥이 되것어."

"천냥만냥은 못 되지만 돈냥이나 좋이 되지요."

"적벽부넌 내븨두구 육자배기°한 토막이면 황공무질 테니께, 권주가는 떡에 웃길°것이구먼."

"떡 줄 사람은 꿈도 안 꾸는데 김칫국부터 마시네."

"아, 육자배기까장두 소용읎어. 천서이°한 번이면 될 테니께."

수리목진 사내가 문득 어깻짓을 하며 모주 먹은 돼지 껄대청 같은 목소리에 가락을 넣는데, 부보상°들이 신임 접장接長을 뽑는 공문제公文祭를 지낼 때 부르는 소리였다.

맞전 몬을 사고 팔 때 몬값으로 그 자리에서 마주 치르는 돈. 맞돈. 직전. **뉜돈** 현금. '놓여 있는 돈'이라는 말이 줄어든 것으로, 맞전·맞돈·직전과 같은 뜻. **용수** 술이나 장을 거르는 데 쓰던 싸리 또는 대로 만든 둥글고 긴 통. **신들메** 신발이 벗겨지지 않게끔 동여매는 일, 또는 그 끈. **육자배기** 남녘 땅에서 널리 불려지던 걸걸한 잡가雜歌 한가지. **떡에 웃기** 쓸데없는 짓이란 뜻. **천서이** '천세千歲' 충청도 내폿말. **부보상** 봇짐보다 등짐이 주가 되므로 '부보상負褓商'이 맞는데, 왜인들이 '보부상'으로 바꿨던 것임.

82

오늘장이 천냥이요

다음장이 천냥이요

한달육장 매장쳐두

수천냥씩 재수봐요

가넌질이 천냥이요

오넌질이 만냥이요

봇짐장수 등짐장수

간곳마다 짭짤허네

천서어이 천서어이

승수聖壽 천서어이[千歲].

아낙 입이 어쩔 수 없이 벙긋 벌어지는데 목소리에는 그 러나 날이 세워져 있다.

"구렝이 담 넘어가듯˚ 얼렁뚱땅 눙치지˚ 마시고."

"요담 파수˚엔 심˚ 치를 테니께 너무 모주장사 열 바가지 두르듯˚ 허지 마소."

"재상분명 대장분˚데 왜 그렇게 심이들 흐린지."

"식챗닢 밀린 것이야 요번 행보에 놋바리 한 죽˚만 두멧것덜 헌 티 풀어멕이면 될 것이구."

눙치다 좋은 말로 풀어서 마음이 누그러지게 하다. 파수(派收) 장날에서 장 날까지 동안. 심 '셈' 충청도 내폿말. 놋바리 한 죽 놋쇠로 만든 여자 밥그릇 열 개.

"이녁°들 땜에 내가 못살아. 내가 못산다니께."

잘래잘래 트레머리°를 흔들며 아낙은 몸을 일으키었다. 그리고 벌써부터 비어 있는 술두루미를 집어 들더니 질항아리 쪽으로 가는데, 대명전 대들보 명매기걸음°이다.

비티 밑 버드나무 숲속에 술깃대°를 나부끼고 있는 납죽에미 박씨朴氏는 본디부터 그 성이 박씨여서 박씨라고 부르는 것이 아니었다. 납죽에미라는 것은 코가 살짝 주저앉았다고 해서 붙이어진 것이었고 박씨라는 것 또한 얼굴 생김생김이 수박씨처럼 까무잡잡한데다 하관이 빤 것이 꼭 박씨 같다고 해서 붙이어진 별호였다. 이것은 그러나 우스개 섞인 별호에 지나지 않았고, 참으로는 촌간 주막 술어미로서는 보기 드물게 여간 해반주그레한° 용모가 아니었으니, 본디는 감영監營 기방妓房에서도 이름깨나 날리던 기생 퇴물인 탓이었다.

본래 미천한 집안에서 태어났으나 재주가 놀라워 어려서부터 기방에 들어 가무음률을 배운 것이 한때는 순사또 눈에 들어 자못 내 세상인 듯 흥청거리며 뽐내었으나 내직으로 승체되어 간 영감이 발길을 끊은 다음부터는 끈 떨어진 뒤웅박꼴이 된 것이었다. 타고나기를 그 얼굴과 자태가 비록 달덩이 같고 물오른 버들가지 같은 화용월태°는 아니라고 할지라도 가무음률 솜씨 좋

─────────────

이녁 하오할 사람을 마주 보고 낮게 일컫는 말. **트레머리** 꼭뒤에다가 틀어 올렸던 조선조 하층 여자 머리. **술깃대** 예전 주막 앞에 '酒'자를 쓴 깃대를 세워두었던 것. **해반주그레하다** 얼굴이 해말쑥하고 반드르르하다.

기로 충청감영 기생 가운데서도 이름 높던 향월向月이가 눈웃음을 살살 치면서 풍악에 맞추어 날아갈 듯 한바탕 춤을 추노라면 돈냥이나 있는 부자 늙은이들은 정신이 황홀하여 바라보다가 무릎을 탁 치며 온갖 값진 비단필이 쏟아져 나왔고, 흥겨워 노래를 부르게 되면 풍류남아 젊은 한량*들은 신명이 나서 금동곳 은동곳을 뽑아 던지던 것이었다. 글 잘하는 선비들이 비단치마폭에 써준 사륙문*만 하여도 화류장롱 안에 가득하였고, 고과考課며 고적考績을 잘 끊아수게끔 베갯밑송사를 하여달라고 들이밀어주는 열읍수령들 금비녀 옥가락지 비단피륙에 엽전꿰미 또한 헤아릴 수 없이 많았건만, 어허. 권불십년이요 화무십일홍*이라. 순사또영감이 갈려온 다음부터는 갈로 자르듯 사람들 발길이 끊어졌으니, 설 쇤 무*가 된 것이었다.

　그처럼 입에 침이 마르게 춤 솜씨 노래 솜씨며 심설* 서당개 삼년에 풍월 읊기*로 겨우 면무식이나 하는 것에 지나지 않는 붓장난까지도 진이* 후신이니 뭐니 추켜세워주던 선비쳇것들마저 그러고 보면 배 먹고 배 속으로 이나 닦자*는 수작이었다는 말인

화용월태(花容月態) 꽃 같은 얼굴과 달 같은 모습이라 함이니, 여자 뛰어난 아름다운 생김새를 말함. **한량**(閑良) 돈 잘 쓰고 만판 놀기만 하는 사람. **사륙문**(四六文) 네 글자와 여섯 글자로 된 한문문장 체. **권불십년**(權不十年)**이요 화무십일홍**(花無十日紅) 힘 덧없음을 이르는 말. **설 쇤 무** 가을에 뽑아둔 무가 해를 넘기고 나면 속이 비고 맛이 없어지므로 때가 지나 볼 것 없게 된 것을 이르는 말. 삼십 넘은 계집. **심설** 심지어. **진이**(眞伊) 조선왕조 첫때 기운차게 움직였던 명기名妓 황진이黃眞伊.

가. 언제까지나 자못 내 세상이런 듯 재물 귀한 줄을 모르고 활수 노릇만 하던 향월이가 긴 꿈에서 깨었을 적에는 모든 것이 이미 기 들고 북을 친 다음이었으니, 돈냥이나 어떻게 알겨먹어볼까 하고 찾아오는 아전부스러기들이 그래도 옛정을 안 잊고 그러는 것으로 잘못 알아 어떻게 다시 신관 순사또에게 총애를 받아볼까 하던 것이 그만 아전놈 환롱질에 걸려 그나마 지니고 있던 사 슬돈푼마저 죄 올려세우고 말았던 것이었다.

오이가 익으면 꼭지가 떨어지고 곳이 시들면 나비가 안 오는 것이 천지이치어늘, 하물며 갈가위˚ 같은 아전나부랑이들일 것 이랴. 울고 불며 소리쳐 봐야 굿 마친 뒷장구˚ 꼴일 터.

먼촌 떨거지˚ 하나가 사는 예산으로 왔다가 대흥까지 흘러들 어오게 된 것은 나이 서른이 다 되어서였다. 근실한 농군인 방가 를 만나 여염 살림맛에 지나온 세월 그 허망한 아픔을 잊는가 하 였더니, 어허. 면천을 하여 착실하게 땅마지기나 장만하고 살던 서방명색이 늦바람이 곱새˚를 벗긴다고 천창들에게 빠져 논밭전 지를 죄 올려세운 위에 당창˚까지 걸려 인내장에 콩을 팔러 가˚게 된 것이었다. 그래서 꽂게 된 술깃대였는데, 이것은 또 무슨 전생 업보라는 말인가.

배운 도적질로 가무음률에 남다른 재주가 있는데다가 정성껏

<hr>

갈가위 손맑아서 제 알속만 밝히는 사람. 손맑다: 인색하다. **떨거지** 일가친 척붙이에 딸린 무리나 한속으로 지내는 사람들. **곱새** 용마름. **당창**(唐瘡) 매 독梅毒.

빚어내는 술맛이 청상하고 안주가 맛깔스러워 의식 걱정은 안 하게 되어 후유— 한숨 쉬며 비록 흰물결을 날리고° 살망정 개같 이 벌더라도 정승같이 먹으면 될 터라고 스스로를 위자하던 그 여자 꿈이 다시 또 깨어지게 되었으니. 집에서 새는 쪽박 들에서 도 샌다°고, 아무리 제명오리°이기는 하지만 그래도 사람 보는 눈썰미 하나만은 남 못지않다고 자부하고 있던 왕년 감영기생 향월이가 만나게 된 것은, 온호방이었다.

"제미랄 것. 후생에 나는 기생이루나 태어났으면 더 이상 바랄 게 옳것네. 그것두 눈은 가느스름허구 이마는 반듯헌디다가 오 똑 솟은 코에 입술은 또 연지를 바른 듯 고운디 목소리마저 맑구 고와서 무슨 노래던지 다 헤넹길 만허구 뒷모냥이 제븨처럼 아 리따운 몸맵시루 무슨 춤이던지 다 춰낼 만헌 일패기생이 되어 설라무네 위루넌 삼정승 육판서버텀 아래루넌 장서방 싯째아들 리서방 넛째아들이 이르기까지 부잣집 자제 간장을 녹여대며 내 수중이 농락혀서 지극히 호사스런 시상행락을 뜻대루 혀서 일국 에 드날린즉…… 이에 더 지나침이 있을까."

"거글랑 기생이 되소. 나는 연이나 될 테니께. 연이나 되어설라 무네 푸른 하늘 높이 훨훨 날러댕길 테니께. 그러다가 유명짜헌 양반댁 아리따운 지집종이 괴기 광주리를 찌구 오넌 것을 보면

흰물결을 날리다 술장사라는 뜻. 제명오리 행실이 얌전하지 못한 여자.

몸을 가볍게 혜서 네려가 그 괴기를 가루채서 다시 높이 날어오를 테니께. 그런즉 아리따운 지집종이 크게 놀래서 즤 에미를 부르며 나를 우러러 혹은 울구 혹은 또 웃을 것이니…… 그것을 네려다보넌 것이 월마나 재미질 것이여."

"동무님덜은 다 기생이 되구 또 연이 되소. 원컨대 이 몸은 후생이 도야지새끼나 될 테니께."

"크크크. 워째서 해필이면 도야지새깽이라나?"

"빌 옴뚝가지* 같은 소원두 다 들어보것네. 째구 쎈 것 다 냅두구 워째서 해필이면 도야지새깽이여? 프프프."

"동무님덜은 하나만 알구 둘은 물르넌구먼. 그러니께 맨날 쪽작대 신셀 못 믠허지."

"워째서 해필이면 도야지새깽이냐니께?"

"싸게싸게 말혜봐. 이 자리서 시방 우덜만 듣넌 것두 아니잖남."

"간단헌 이치여. 아, 이 시상이서 색버덤 더 존 게 워딧다나? 도야지새깽이는 난 지 저우 대여섯 달이면 음양에 이치를 알지 않넌가베. 그레서 이 몸은 후생이 도야지새깽이루 태어나구 싶다 이 말이구먼."

"허긴 그려."

"색두 좋구 도야지새깽이두 좋지면 그만덜 가세."

옴뚝가지 옴딱지와 같이 쓸모없고 보잘것없는 것.

"가야지."

"싸게싸게 가서 밤질 쳅혀야 새벽장 대지."

"암만. 호미 끝이 거름°이니 한 발짝이래두 남버덤 싸게 가야지."

"뷩재까장 몇 조금여?"

"글쎄에, 한 서너 마장 되나."

"막불겡이 돼 대만 끄실리면 되것구먼."

"암만."

주모더러 들으라고 일부러 왕방울로 솥 가시듯 축축한 음담을 주고받으며 밍기적거리던 사내들이 몸을 일으키었다. 봉노를 내려와 신들메를 조이고 난 패랭이짜리 하나가 모주 먹은 돼지 껄대청으로 박씨이! 소리를 질렀다.

귀먹은 중 마 캐듯° 저만치 떨어진 봉노 한 켠에서 안주거리를 손보고 있던 주모가 이마에 내천자를 그리며 다가왔고, 깐깐오월°미끈유월°어정칠월°동동팔월° 지나고 설 쇤 무를 넘어 구시월 가을바람 맞은 부채자루 같은 나이라고는 하나 아이를 낳아보지 않은 탓에 제법 농염한 색기의 젊은 티가 아직 가시지 않은 아낙을 바라보며 수리목°진 사내는 헛기침을 하였다. 계집사내가 희영수 섞인 수작을 하는데—

깐깐오월(--五月) 오월달은 해가 길어 더디감을 뜻함. 모둔 오월. **미끈유월**(--六月) 유월달은 해는 짧고 해야 할 일은 많아 가는지 모르게 지나가버린다는 뜻. **어정칠월**(--七月) **동동팔월**(--八月) 농가에서 칠월달은 어정어정 무엇 한지도 모르게 지나고 팔월달은 추수 때문에 동동거리며 바삐 지낸다는 말. **수리목** 목청이 곰삭아서 조금 쉰 듯하게 나는 목소리.

"오늘은 그냥 가네."

"하이구우, 원제는 그냥 안 갔던가베."

"그냥 안 가면 자구 가까?"

"네에?"

"살림이 곤혜보이니께 허넌 말여."

"언제라고 살림이 곤허지 않을 때가 있을까만 그렇다구 혜서 끼니를 거를 지경으로까지 곤허지는 않으니, 염려 놓으셔."

"그러면 잠자리가 곤헌가 보네."

"네에?"

"잠자리가 곤허지 않구서야 끼니를 거르넌 헹펜두 아니라면서 살곳*을 팔것다구 나스니 말여."

"살곳을 팔다니?"

"그냥 가지말구 자구 가라구 붙잡으니께 허넌 말 아닌감. 안방이다 원앙금침 쫙 페놓구 아롱우 어롱우 한번 혜봐?"

"보자보자 허니께 은어온 장 한 번 더 뜬다°더니, 이니가 시방."

"배고픈 호랭이가 원님을 알어보것나°."

"안뒷간에 똥누구 안애기씨더러 밑씻겨달랄 사람일세°."

"새벽 호랭이 개나 중이나°."

"이거 왜 이러시우. 지지리두 박복한 년 팔자라서 시방은 비록

살꽃 논다니계집 몸뚱이.

두메 술에미루 네려앉었다지만, 왕년에 감영기생 향월이가 그렇게까지 무너지지는 않았답니다. 조반석죽일망정 창자가 등짝에 달라붙게끔 오그라붙은 것도 아닌데 누구를 들병이°루 아시우. 이 주막 저 주막 기웃거려 동이술을 떼어다가 길손들 내왕이 번다한 길목에 나가 돗자리 한 닢 펴놓구 쪼그리구 앉어 잔술이나 팔며 추파를 던져 살곳을 팔아 입에 풀칠허넌 들병이루 아너냔 말씀이우. 아니면 숯막°이나 주막 또는 보행객주집 뒷방에 붙어 해우채° 몇 닢 챙기려구 봉놋방 숙객덜헌티 아래품° 팔어 이은명 허넌 막창°이나 통지기°루 아너냔 말이우. 운수 븨색하여 향월이 비록 오늘은 흰물결이나 날리구 있다지먼 아직까지 그렇게 무너지진 않었답니다."

"왜 이런다?"

"살곳 주린 등짐장수 봇짐장수며 설레꾼° 날탕패 발피들은 그만두구 세력이 후끈하다는 삼공형°이며 산수털 벙거지°짜리 현감 군수 부사 목사 감사에 암행어사또까지 시침 들구 살수청° 들라구 그렇게 갖은 말과 은금보화루 푀송푀송° 헤두 외눈 하나 깜

<hr />

들병이 돗자리 한 닢과 병술을 들고 다니며 몸을 팔던 여자로, 경복궁 중건 때 생겨났음. **숯막** 숯 굽는 곳에 지은 움막. **해우채** 노는계집과 어르고 주는 돈. 해웃값. '화대花代'는 왜말임. **아래품** 여자 생식기. **막창** 하급 창녀. **통지기** 서방질을 잘하는 계집종. **설레꾼** 직업적인 노름꾼이나 야바위꾼. **삼공형**(三公兄) 모든 고을 호장戶長·이방吏房·수형리首刑吏 세 구실아치. 공형. **산수털 벙거지** 사령군노가 쓰던 모자. **살수청** 잠자리를 모시는 것. **푀송푀송** '푀음푀음' 충청도 내폿말.

짝하지 않는 향월이였다 이런 말씀이지요."

"어허, 왜이러너냐니께."

"허나, 이보시우. 이내 마음 앗아갔던 님이 오신다면 버선발루 쫓어나가 온갖 치레 아름다워 눈부신 안방이루 모시리다. 들어보실라우."

사르르 두 눈이 감기어지면서 구슬픈 계면조˚ 가락이 뽑아져 나오는데,

"몹쓸년에 팔자로다. 이팔청춘 젊은것이 님이별이 웬일이냐. 이별별자 내인사람 나와백년 원수로다. 죽자허니 청춘이요 살자허니 님그리워 어찌허리. 어찌헐거나 내신세를 어찌헐거나. 부질없이 이내몸을 허망허신 말씸이루 진정신세 망쳤구나. 애고애고 내신세야."

발림˚으로 눈물을 훔치는 시늉까지 하는 그 여자인 것이었다.

"이번에도 긋습니까?"

아낙이 사내를 똑바로 바라보았고, 자주꼴뚜기를 진장 발라 구운 듯한˚ 사내는

"귀신은 경문에 맥히구 사람은 인정에 맥히넌˚ 벱인디, 너무 그렇게 빡빡허게 굴지 마소."

"말살에 쇠살에˚ 귀신 씨나락 까먹는 소리˚ 그만허구…… 어쩔

계면조(界面調) 판소리에서 애처롭고 구슬픈 소리. **발림** 판소리에서 하는 몸짓. **말살에 쇠살에** 되는 소리 안 되는 소리 마구 지껄이는 것을 이르는 말.

셈이유?"

"알었으이."

"뭘?"

"까짓거 놋그릇 한 죽만 멧붱이°덜헌티 풀어멕이면 단목°에 심헐 것이니께."

"밤낮 흰목만 잦히지 말구, 다음에는 원제 들를 거유?"

"가만있자아. 그러니께 한 서너 파수는 되야것지."

"아이구우, 세 파수씩이나?"

"대흥 가근방°만 허더래두 그러니께 보자아. 덕산 예산 고덕 삽다리 효림 빌리 사리 오가 두리 용리 됭문 시동 구만 새말 붕산 이렇기 열다섯 장이나 있으니…… 그렇기 안 되것남."

"그 동안 이 납죽에미는 흙 파먹구 살구?"

"흙두 차진 흙이먼 먹을 만허더먼그려."

"이니가 시방 누구 복장을 터쳐 줴일 작정인가."

"아녀, 증말여. 증말루 허넌 소리여. 아랫녘 워딘가 가니께 춘궁 땐디 참말루 흙허구 보릿겨허구 섞어 비벼서 떡을 쪄 먹더라니께. 나두 몇 개 읃어먹어 봤넌디 까실까실°허긴 혜두 그런대루 요기가 되더먼그려."

"듣자듣자 허니께 이니덜이 시방…… 고서바앙!"

멧부엉이 '부엉이처럼 어리석고 메부수하게 생긴 시골뜨기' 놀림말. 촌놈. 단목 1. 매우 중요로운 때나 자리. 단대목. 2. 단 한 번. 가근방 가까운 곳. 까실까실 찰기 없이 거칠고 빳빳하다.

매롱매롱하니* 날카로운 눈으로 쏘아보던 아낙이 부엌문께로 걸어가며 다시 소리를 질렀다.

"고서바앙! 이리 좀 나와보라니까 뭐하는 거야!"

봉놋방 곁에 붙어 있는 닷곱방*에서 벼룩잠*을 자던 중노미* 고도쇠高到釗가 짓무른 눈께를 문지르며 나왔고, 패랭이짜리들이 주춤주춤 다가왔다.

"재상분명 대장부라는데 이녁들처럼 셈이 흐린 사람들은 처음 봤어."

하고 종알거리며 그 여자는 문설주 곁 흙벽을 가리키었다.

"식채 그을 때 고서방도 봤지요?"

"네, 아씨. 장 곁에 있었습쥬."

"작대기가 몇 개나 되는지 똑똑히들 보시우."

곱지 않은 눈으로 주모는 사내들을 흘겨보았고, 수리목이 쿵쿵 콧소리를 내었다.

"몇 개여?"

시커먼 그을음이며 잿먼지가 더뎅이*져 있는 문설주 곁 흙벽에는 작대기같이 가로 그어지고 세로 내리어진 한일一자와 셈대 세울곤ㅣ자에 고무래정丁자며 아래핫下자에 바를정正자 같은 것

___

매롱매롱하다 눈이나 정신이 또렷또렷한 꼴. 닷곱방 아주 작은 방. 벼룩잠 벼룩처럼 몸을 오그리고 잠깐 눈을 붙이는 선잠. 중노미 음식점이나 주막에서 허드렛일을 하는 사내. 더뎅이 부스럼 딱지나 때가 거듭 붙어서 된 조각.

들이 수두룩하였는데, 주모는 그 가운데서 한곳을 가리키었다. 그 여자가 가리키는 곳에는 바를정자를 채운 작대기가 다섯 개를 넘어 하나 더 그어져 있었다. 부지깽이를 집어 든 주모가 한일자 밑에 작대기 두 개를 새로 그려넣자 아래핫자가 되었고, 쿵쿵하고 막힌 코를 뚫고 난 사내는 헛기침을 하였다.

"어허, 벌써 이렇긔 됐나."

"바를정자가 어언 다섯 개를 넘어 여섯 개쩝니다."

"럼려 말라니께. 시방이야 왜화 당화 양화에 밀려 시세가 떨어져 그렇지면 대원위대감이 다시 깅븍궁이루만 들어가시면 우덜두 허리 펼 날 한 번 있을 테니께."

"새꼼빠지게 개갈 안 나는 소리 그만두고 잊지나 마시우."

"잊다니? 아, 아줌니 술두 싸야 먹더라구 심은 다다 분명헌게 좋지."

"암만. 아무리 우덜이 박씨허구 십 년 쿼쥐객 사이라지면 심만은 다다 분명헤야 허구말구."

"이를 말인가."

말부주를 넣는 수리목 동무들을 바라보며 주모는 어쩔 수 없다는 듯 픽 하고 웃는데, 갈 데 없는 마곗말°이다. 서울 까투리°인 그 여자는 아직도 분결 같은 흰 손을 까딱까딱 내저었다.

마곗(馬契)말 나이 이미 늙었으나 아양 부리는 여인. **서울 까투리** 너울가지 좋은 여자.

"알았으면 싸게들 가요. 일 리를 보고 오 리를 다투는 이들이 식채 몇 닢이루 발목이 잽혀서야 쓰것세요."

"암만. 인정이 그레서야 안 되지."

"우덜이 다 인정으루 사넌 사람덜 아닌가베."

"그럼. 십 리 밖이 섰어두 오리나무지."

"싸게싸게들 가라니까. 보리누름*까지 세배덜 그만허구."

"고맙구먼."

"역시 박씨여."

"인정두 품앗이니께."

건성으로 공치사를 주워섬기며 토방을 내려선 사내들이 마당가에 받치어놓은 촉지게를 지고 일어서는데, 워낭*소리가 들리어왔다.

"워워."

나귀 위에 앉아 있던 사내가 아금받게* 고삐를 틀어쥐며 철썩소리가 나게 나귀 볼따구니를 갈기었고, 히이잉! 히이잉! 하면서 몇 번 대가리를 흔들던 그 짐승은 앞발로 땅을 긁었다.

"아이구, 호방으르신 오시네" 어쩌구 중얼거리며 진둥한둥 쫓아 나가는 중노미 고서방 너머로 새초롬한 눈빛을 던지던 주모는 아금받게 백목 치맛자락을 휘어잡으며 부엌으로 들어갔고,

---

보리누름 보리가 누렇게 익는 철. **워낭** 마소 턱 아래 늘어뜨린 쇠고리. 또는 마소 귀에서 턱끝으로 늘여 단 방울. **아금받다** 깐깐하고 다부지다.

탁탁 손바닥을 부딪쳐 털며 사내는 사립문 안으로 들어섰다. 마리실이 쭈그러진 태 좁은 통량갓을 쓴 그 사내는 잔뜩 하시하는 눈빛으로 등짐장수 봇짐장수들을 쓱 훑어보았다.

"요새는 자네들 시세가 좋다며?"

"방죽을 파야 머구리가 뛰어든다°구 이 장 저 장 육장치구 댕기다 보면 산 입에 거미줄은 치지 않습니다유."

"세가 난다든데그래?"

"세가 나다니유?"

"본읍만 해도 그래. 자네들 장돌림 탓에 파리만 날리고 있다고 객주집 퀀들이 난리야."

"아이구우, 그런 말씀 맙시오. 부자리° 뭇 잡구 밤 이슬 짓투디려가며 조동모서 朝東暮西허넌 부평초 신센디…… 뭔 말씸을 그렇그 허십니까유."

"크흐음!"

쇳소리 나게 강퍅한 기침 한 번으로 말을 맺은 사내가 토방 쪽으로 걸음을 옮기었는데, 온호방이다.

"먹기는 홍중군이 먹고 뛰기는 파발말이 뛴다°더니……"

온호방이 내어미는 은전 열 닢을 시쁘다는 눈빛으로 흘겨보며

_____

부자리 살림터.

박씨가 구시렁거리었고,

"그러지 말고오……"

온호방이 한 무릎 더 다가앉으며 마른침을 삼키는데,

"올가미 없는 개장사˚를 해보겠다 이건데…… 오는 정이 있어야 가는 정도 있다˚고 그거야 다 이녁이 할 탓 아니것세요."

석 새에서 한 새 빠지는 소리˚로 이죽거리는˚ 것이었다.

"내 할 탓이라니?"

"울력걸음에 봉충다리로 다리야 놔드리것지만…… 그거야 다 이녁이 할 탓 아니것세요. 굽든 삶든 수단껏."

"허허 격화소양˚이로세."

비록 군두목질˚이나 하는 처지였으되 귀가 도자전˚ 마룻구멍이라 동헌 누마루 밑서껀 책권이나 읽는 양반댁 허술청을 드나들며 주워들은 쪼가리 넉자배기˚로 격에 맞지 않는 겉멋을 한 번 부려보고 나서, 컹! 아전질로 잔뼈가 굵어온 그 중늙은이 사내는 헛기침을 하였다.

"그렇게 빙빙 돌려서만 말하지 말고 아주 탁 까놓고 말을 해보소. 다리를 놓는 건 뭐고 또 내가 할 일이라는 게 뭔지…… 이러구이럴 테니 나더러는 이렇게 이렇게 하라고 명토박아서 말을 해

이죽거리다 지저분한 말을 능청스럽게 지껄이다. **격화소양**(隔靴搔痒) '신을 신고 가려운 데를 긁는다'는 뜻으로, 답답하여 안타깝다는 말. **군두목질** 1.군말질. 2.조선왕조 끝무렵 아전계급이 쓰던 말. **넉자배기** 네 문자로 된 시문. 네 글자로 된 말.

줘야지 늙은 중 먹갈듯 하니 당최 알아들을 수가 있나."

"서당개 삼 년에 풍월하구 산가마귀 염불한다°는데…… 대못박인°가?"

"의뭉한 두꺼비 옛말하고° 있으니 알아들을 도리가 있나."

"아이구우, 사돈네 남 말 하고 있네°. 의뭉하기는 음창벌레°인 게 누군데?"

박씨 눈빛이 더욱 샐쭉하여지는 것을 본 온호방은 밭은기침을 하였다.

"뢰려 마시게, 장부 일언이 중천금이어늘 일구이언할까봐 그러는가."

"말로만."

"내일 당장 십민°을 준다는데도 그러는가."

"십민이 아니라 문권 말입니다."

"허허. 사람도 차암. 우물에 가서 숭늉 달라°시것네. 일이 성사되고 나면 받기로 한 논밭 문권이니 그때 가서 떼어주마고 하지 않는가."

"그 말을 어찌 믿습니까?"

"수결 둔 증서를 준다지 않는가?"

"언제 말씀이우?"

대못박이 대로 만든 못은 뚫을 수 없으니, 어리석고 둔하여 가르칠 수도 없는 사람을 일컫는 곁말. **십민(十緡)** 백냥.

"내일 줌세. 까짓거 이왕 줄 거 내일 돈 십민하구 하냥 주면 되지 않겠는가. 되었는가?"

"몇 마지기라구 하셨지요?"

"닷 마지기."

"어째서 닷 마지기밖에 안 됩니까?"

"어허, 사람하고는. 아, 이마에 송곳을 박아도 진물 한 점 안 날° 솔안말 그 늙은이가 준다는게 모두 스무 마지긴데…… 이것저것 부비°드는 게 열 마지기두 넘으니 자네허구 나허구 반타작하는 셈 아닌가. 반타작이 다 무엇이여. 오히려 자네한테 더 가는 것이라 이 말이여. 알아듣것는가?"

무엇을 생각하여보는 듯 잠깐 눈썹 사이를 찡기고° 있던 그 여자는 포옥 하고 한숨을 깨어물었다.

"그 수결 둔 증서를 받아두었다가 만약에 성사가 안 되면 도로 돌려드릴 테니 염려 마시우."

"누가 그 얘길 하라는 게야."

"큰일을 하자면 피차간에 믿는 구석이 있어야 하잖겠수."

"어서어."

"자, 그럼 말씀드릴 테니 잘 들어보슈. 어떻게 하느냐 하면…… 내가 하루 날을 택해서 그날 하루만은 술깃대를 내립니다. 그리

부비(浮費) 일하는 데 드는 삯. 쏨쏨이. '비용費用'은 왜말임. 찡기다 팽팽하게 켕기지 못하고 구겨서 찌글찌글하게 되다.

고 장선전댁 애기씨를 덕금이 시켜 불러다가 저 안채에다 모셔 놓을 테니 모른 척하고 윤동지를 데리고 오란 말씀여요.”

“올치. 오고말고. 그래서?”

“윤동지 데리고 와서 여기에 앉아들 계시면 내가 재주껏 장애기씨를 데리고 나올 테니…… 그 뒷일이야 알아서들 하시고.”

“발칵 증을 내구 달아나버리면 어쩌나?”

“그만이지요.”

“그만이라니?”

“틀렸단 말씀이지요.”

“어, 그러면 안 되지.”

절레절레 고개를 흔드는 온호방을 보며 그 여자는 생끗 웃었다.

“그거야 내가 다 알아서 할테니 염려 놓으시고…… 그것보다 한 가지 께름한 게 있습니다.”

“엉?”

“만동이라구 김사과댁 종놈 말이우.”

“으응. 그 애기장순지 뭔지 하는 놈 말인가.”

“덕금이년 말 들으면 그 사람이 장애기씨한테 기울이는 정성이 여간은 넘는 모양이든데…… 뒤탈이나 없을는지 몰라.”

“뒤탈은 무슨 얼어 죽을 놈의 뒤탈. 힘꼴이나 쓴답시고 제가 덴소 날치듯 해봤자 빨간상놈°이라. 아니, 빨간상놈도 못 되는 까만 종놈°이지.”

"장선전도 그렇고 아무래도 어째 후꾸룸한* 생각이 드네요."

"원 별 옴뚝가지 같은 걱정 다 허구 있네. 황해바다서 수적 때려잡던 변부장은 뒀다 국 끓여 먹것는가."

"그거야 이녁들이 알아서 할 일이고…… 그것보다 돈 한 짐하고 수결 둔 증서는 내일 꼭 주시는 거유?"

"암만. 주다마다. 다리만 잘 놔줘서 일만 성사되고 보면 그까짓 돈 한 짐이며 논 닷 마지기가 대수것능가. 아무쪼록 다다 일만 성사되게 힘써주소."

컹컹 헛기침 섞어 염소꼬리 같은 노랑수염을 쓰다듬어 내리며 그 사내는 스르르 눈을 감았으니, 천석꾼 만석꾼 부자가 되어 떵떵거리며 살 제 앞날이 눈앞에 어른거리는 탓이었다. 바야흐로 익을 대로 익은 홍시밭에 들어선 격이니 이제 그 밑에 돗자리나 한 닢 펴고 누워 입만 벌리고 있으면 될 터. 제가 써본 패이기는 할망정 아무리 생각해봐도 여간 신통방통한 꾀가 아닌 것이었으니—

윤동지가 하루는 병이 났다 하여 소동이 일어난 적이 있었다. 마침 본댁에 내려와 있던 큰아들이 놀라고 근심하여 그 아비에게 문안하니, 전신이 함께 아프고 한속*이 들어 크게 괴롭다며 신음하는 소리가 입에서 떠나지 아니하다가 깜박깜박 혼절까지 하

후꾸룸하다 어쩐지 무서운 생각이 들다. **한속**(寒粟) 추울 때 몸에 이는 소름.

는 것이었다. 크게 놀란 큰아들이 널리 의원을 구하여 진맥을 하였으나 누구도 그 병 까닭을 몰랐다. 그때에 온호방이 와서 보고 말하기를

엊그제 와서 뵈었을 적에는 그렇지 않더니만 어찌 써 갑자기 병환이 위중하심이 이와 같지오니까. 어르신네 맥도脈度가 이와 같으니 소인 어리석은 생각으로는 천금을 풀어 천하 명의를 구해오는 도리밖에는 없을 듯하오니다.

그 동안 숱한 의원들이 와서 보았으나 모두 처방을 내리지 못하고 돌아갔는지라 다급하여진 큰아들이 온호방 손을 잡고 간청하기를,

어찌 좋은 방책이 없겠는가?

온호방이 깊이 생각하기를 반식경에

백약이 가히 합당할 것이 없으나 다만 한 방도가 있으니, 이는 언어 쓰기가 곤란하고 만약 그릇 쓰면 오히려 해가 되는 까닭으로, 이것이 가히 답답할 뿐이오니다.

어허, 비록 지극히 어려우나 내가 마땅히 진력하여 얻어 쓰리니, 속히 말하라.

병환이 오직 한기寒氣로 인하여 가슴과 배에 맺혔으니, 만약 사내를 겪어보지 못한 십륙칠 세 숫처녀를 얻어서, 따뜻한 방 가운데서 병풍으로 바람을 막고, 가슴을 대신 끌어안고 누워 땀을 쪽 빼고 나면 낫겠거니와, 달리는 백약이 무효니 이 노릇을 어쩌면

좋겠지오니까. 생각건대 십륙칠 세 숫처녀를 구하소서. 다만 한 가지 같은 십륙칠 세 처녀라고 할지라도 상놈 딸인즉 사내를 겪은 바가 매우 많을 것이고, 여염 양반 처녀는 비록 한때 어르신네 약용으로 쏨직하지만, 누가 이를 즐겨 들으리요. 이것이 이른바 어려운 일이라는 것입지요.

    등잔불 심지를 내린 방안에서 계집사내가 문자를 섞어가며 애성교어*로 희학질*을 하는데— 온호방이 먼저 박씨 두 눈썹을 가리키며

"이것이 어떠한 몬인고?"

하고 묻자, 계집이 답하되

"이른바 팔자문八字門이지요."

    사내가 다시 눈을 가리키며

"이것은 무엇이뇨?"

"망부천望夫泉이올시다."

    이번에는 코를 가리키며

"이것은 또 무엇인고?"

"감신현甘辛峴이오."

    등잔 심지는 내렸다지만 찢어지게 밝은 달빛이 봉창을 후비고

애성교어(愛聲嬌語) 어우름질 할 때 주고받는 소리. 희학질(戱虐-) 실없는 말로 하는 농지거리.

들어오는데, 사내가 뚫어져라 하고 계집의 불그스레 고운 입술을 가리키며

"이것은?"

"녜, 토향굴土香窟입지요."

턱을 가리키니

"사인암舍人巖이고요."

흐뭇한 눈으로 사내가 계집의 아직 찰기가 빠지지 않은 젖무덤을 내려다보며

"이것은 또 무엇인고?"

"쌍운령雙雲嶺도 모르시우?"

배를 가리키니

"녜, 이것은 유선곶遊船串이올시다."

도도록 솟아오른 배 아래 언덕을 가리키니

"옥문산玉門山도 여태 모르셨세요?"

게슴츠레하여진 눈으로 그 밑 우거진 잔솔밭을 가리키며

"오호, 이것은?"

하고 사내가 묻자, 계집이 곱게 눈을 흘기며

"감초전甘草田이나이다."

옥문산을 지그시 바라보던 사내 목에서 꼴깍하고 생침 넘어가는 소리가 나면서

"요것은 또 무엇이든고?"

하고 묻는데,

"아이, 온정수溫井水도 모르셔요?"

하고 되물으며 슬그니 몸을 일으킨 계집이 사내 양경陽莖을 어루만지며

"이것은 그러면 무엇이라 하오니까?"

사내가 즉시 대답하기를

"주상시朱常侍니라."

계집이 다시 낭환囊丸을 어루만지며

"이것은 또 무엇이고요?"

"으으…… 그것은 홍동씨洪同氏 형제라."

사지 가닥에서 탕개*줄이 이미 녹작지근하게 풀어진 사내가 더욱 게슴츠레하여진 눈으로 계집 옥문玉門을 바라보며 다시 한번 꼴깍 소리가 나게 생침을 삼키었다. 가느다랗게 흔들리는 손길로 사내는 옥문을 가리키었다.

"이것이 도대체 무슨 몬인고?"

"옥이올시다."

"무슨 옥인고?"

"외눈박이를 가두어두는 옥이올시다."

"나 또한 외눈박이를 가졌은즉 그 옥을 빌려줄 수 없겠는가?"

탕개 몬 동인 줄을 죄는 기구. 동인 줄 중간에 비녀장을 질러서 비비틀면 줄이 죄어들게 됨.

"옥이 이미 비어 있는 마당에 그것이야 무에 어렵것세요."

일착一窄, 이온二溫, 삼치三齒, 사요본四搖本, 오감창五甘唱, 육속필六速筆 계집과 일앙一昻, 이온二溫, 삼두대三頭大, 사경장四莖長, 오건작五健作, 육지필六遲筆 사내가 갖은 재주를 다하여 아롱우 어롱우로 진흙새 우는 소리를 내며 난만한 가댁질*을 치는데—

사내가 처음에는 봄밤 물가에서 노를 젓는 사공처럼 천천히 나아가고 물러나 그 몬으로 하여금 계집 음호陰戶에 가득차게 한 뒤에, 위를 어루만지고 아래를 문지르며, 왼쪽을 치고 오른쪽에 부딪혀서, 그리고 아홉 번 나아가고 아홉 번 물러감에 깊고 깊게 화심花心에 들이밀어, 이와 같이 하기를 수백 차례나 되풀이하니, 두 사람 마음은 부드러워지고 뼈마디는 또 죄 녹아 없어지는 것만 같아서, 살아 있으되 살아 있는 것이 아니요 죽었으되 또한 죽은 것도 아닌 것과 같으니, 사내 그것이 들어올 때 아롱우 하고 나갈 때 어롱우 하던 계집 코먹은 소리가 시각이 흐름에 따라 아롱아롱 어롱어롱이 되었다가, 알알 어어로 바뀌더니, 마침내는 아 어 하는 외마디 소리로 숨이 끊어지는 것이었다.

달이 졌다.

가댁질 서로 숨고 잡고 하며 노는 아이들 장난.

제10장
떠나는 사람들

"이츠사으르신네 원제 데려다 줄 쳐?"

"글쎄요오. 시방두 댁이 지시거나 헐넌지 물르것네유. 원체 역마직성°이라……"

"춘됭이가 그러넌디 댁이 지시다던디."

"그래요오?"

"그러엄. 그러니 싸게 점 데려다 달란 말여."

"그러십시다."

"증마알?"

"여부가 있것습니까. 어느 영이라구."

"약조헌 겨?"

역마직성(驛馬直星) 늘 바쁘게 떠돌아다니는 사람을 이름.

"예에, 약조헸습니다."

"원제 가넌 겨?"

"일간 한번 짬을 내보지유."

"늦어두 사흘 안이룬 가야 되넌 겨?"

기슭집까지 쫓아와 오복전조르듯* 졸라대는 상전댁 도령 성
화에 건성으로 대꾸하던 그 총각종은 쑥대살* 다듬던 것을 밀쳐
놓고 조대*를 집어 들었다. 그리고 찰쌈지*에서 박초*를 꺼내어
대통에 다져넣은 다음 부시를 댕기었다.

"왜 대답을 안 헌다?"

"예에. 사흘 안이루 뵈시구 갑지유."

담배연기를 길게 내어뿜고 나서

"요번이 대국하시면 그 이츠사럴 이길 수 있으시것습니까?"

만동萬同이가 빙긋 웃는데, 주먹을 입에 대고 기침을 한번 하고
난 석규石圭는

"유천하지승唯天下之誠이야 능진긔승能盡其性이니 능진긔승허
면 능진물지승能盡物之性허구 능진물지승허면 능진천지지승能盡
天地之性허여……"

하며 열 살 먹은 어린아이답지 않게 문자속을 내어보이는 것이
었다.

오복전조르듯 몹시 심하게 조르는 꼴. 쑥대살 쑥대로 만든 장난감 화살. 조
대 진흙이나 대로 담배통을 만든 담뱃대. 찰쌈지 허리띠에 차게 된 주머니
꼴 담배 쌈지. 박초 질 낮은 아래치 담배.

무슨 일을 하는 데 있어 온 정성을 다 기울이면 무엇이나 안되는 것이 없다는 뜻인 염력통암念力通巖이며 정신을 한곳에만 모으고 보면 못 이루어낼 일이 없다는 뜻 주자어록朱子語錄인 양기발처陽氣發處 금석가투金石可透 정신일도精神一到 하사불성何事不成쯤 문자야 들어 알고 있는 만동이는, 가만히 한숨을 삼키었다. 뵝생뵝이요 용생용이며 호부에 긘자 날 리 읎다더니…… 작은사랑 서방님 그 깎은 밤 같고°대추씨처럼 뻣뻣하게°끼끗하°기만 하던 기상이 떠올랐던 것이었다.

　"되련님, 시방은 뭔 책을 읽으시우?"

　마음속으로 힘껏 도머리를 치며 만동이가 웃는데, 석규 입이 빙긋 벌어진다.

　"정용."

　"아이구 되련님."

　"왜?"

　"아니, 긩사자집 중의서두 긔중 그 뜻이 짚어 헌다허넌 선븨덜두 머리를 싸맨다넌 그 책을 발써 읽으신다니 말씸이우."

　"으응, 이제 막 배구 있넌 참이야. 오늘 아침이두 할아부지 앞이서 배강헤드렸넌걸."

　"시상에. 그 어려운 글을 발써 배강까장 허시우?"

뻣뻣하다 반듯하게 날이 섰다. **끼끗하다** 1. 생기가 있고 깨끗하다. 2.싱싱하고 길차다.

"뜻은 어렵지면 글은 아주 짧어. 모두 합혜서 백아홉 자밖이 안 되거던."

"그레유우?"

"응. 자사子思라구 공자님 손자가 쓴 즌傳 서른두 장이 있구 주자가 단 주註가 있지먼…… 긩經만침은 백아홉 자백긔 안 되어."

"그렇군유우."

"그럼. 한번 오여보까. 한번 오이구 또 그 뜻을 새겨볼 테니께 들어볼쳐?"

"허어. 장허시우."

벌어진 입을 다물지 못한 채 제 몸 일인 듯 진심으로 기뻐하는 만동이를 보며 그 아이는 다시 주먹을 입에 대고 기침을 하였다. 그러고 나서 올방자˙를 틀고 앉더니 할아버지 앞에서 배강을 할 때처럼 보일 듯 말 듯 윗몸을 좌우로 흔들며 골짜기를 흘러가는 가을 물같이 또랑또랑 맑은 목소리로

"천명지위성天命之謂性 솔성지위도率性之謂道 수도지위교修道之謂教 도야자불가수유이야道也者不可須臾離也 가이비도야可離非道也 시고군자是故君子 계신호기소부도戒慎乎其所不睹 공구호기소불문恐懼乎其所不聞 막견호은막현호미莫見乎隱莫顯乎微 고군자신기독야故君子慎其獨也 희로애락지미발喜怒哀樂之未發 위지중謂之中 발이개

───────────────
올방자 책상다리. 양반다리.

중절發而皆中節 위지화謂之和 중야자中也者 천하지대본야天下之大本也 화야자和也者 천하지달도야天下之達道也 치중화致中和 천지위언天地位焉 만물육언萬物育焉."

하고『중용中庸』일백아홉 자를 외우고 나서

"하늘을 밝혀보자는 것이 내 마음이다. 마음이 이루어져야 사람 구실을 한다. 사람이 된 다음에야 다른 사람을 가르칠 수 있다. 사람됨이란 잠깐 동안이라도 떠날 수가 없는 것이니, 떠난즉 이미 사람이 아니다. 그러므로 군자는 모름지기 남이 보건 안 보건 남이 듣건 안 듣건 간에 떨거나 삼가거나 하는 것이 아니다. 세상에는 슬쩍이 없는 것이니 숨은 것이 드러나지 않는 것이 없고 적다고 해서 나타나지 않는 법도 없다. 그러므로 군자는 언제나 모름지기 홀로 있을 적에 더욱 삼가야 하는 것이다. 희로애락 감정에 끌려다니지 않는 것을 가운데라고한다. 모든 사람에게 그 가운데 자리를 일러주는 것을 화라고 한다. 가운데 자리가 이 세상에서 그중 근본이 되고 사람들을 살려내는 것이 가장 귀한 일이다. 중화에 이르고 보면 하늘과 땅이 제자리를 잡아 만물을 제대로 기를 수 있으리라."

하며 그 뜻을 새기어 나가는데(대중말과 쓰기로 하였음.), 담장 밖에서 만동이를 찾는 소리가 났다.

삼청동 화개동 도화동 옥류동두 동이요

112

뒹소문 밖 쏙― 나서서 안암동두 동이요

깅상도루 네려가서 모시 닷 동 베 닷 동

충청도루 올러와서

광목 닷 동 무멍 닷 동

사, 오, 이십 스무 동을

돌돌 말어 짊어지구

문겅새재를 쏙― 늠어스니 난데읎넌 도적늠이.

타령조로 구성지게 뽑고 나서

"스산나귀 손질하야 호피 안장 드룹 놔가지구 앞 남산 밖 남산 쌍계동 빅계동 칠패 팔패 돌모루루 뒹작강을 느즛 근너 남대문을 쏙 들어스니 일, 간동 이, 먹골 삼, 천동 사, 직골 오, 궁토 육, 조앞 칠, 가남 팔, 각재 구, 리개 십, 자각 아믜머리 다방골루 으른머리 감투머리 전골루 언청다리 쇠깅다리를 근너서 배우개 안네거리를 쏙― 나서서 아래위를 치더듬구 내리더듬어두 샌님 색긔란 한 마리 읎기에 아넌 친구를 만나 물어봤더니 뒹소문 밖이루 나가드라 허기에 차츰 양주골에 당도헤보니 내 증손자 아들놈을 여기서 만나넌구려."

　곁에 앉아 있던 떠꺼머리* 얼굴을 탁 치는 시늉을 하더니,

_____

떠꺼머리 장가나 시집갈 나이가 넘은 총각이나 처녀가 땋아 늘인 긴 머리로, 총각을 가리킴.

"크르륵 크흐윽!"

하고 얄망궂게 웃으며

"그느믜 소리를 들으니 청올치* 허것다."

양주 별산대놀이 가운데서 샌님춤 대목 흉내를 내보는 것은, 이 집 주인인 박서방朴書房이다. 시커먼 박초 연기 자욱한 간 반 통방에는 콩기름 시루 앉듯 대여섯 명 장정들이 옹기종기 모여 앉아 있는데, 저마다 짚신을 삼거나 피나무 껍질로 신날을 꼬거나 낫자루를 깎거나 멱둥구미*를 틀거나 벌건 웃통을 벗어붙인 채로 베잠방이 등 터진 데를 꿰매거나 하여간에 빈손을 놀리지 않는 리개노미李介老味 복개福介 신창쇠新昌釗 밤쇠 명동이命童伊 맹출이孟出伊 같은 양반댁 종 아니면 밥술이나 먹는 집 머슴이니, 모두 궁가 박가요* 하는 동무 사이들이다.

바람벽에 걸린 등잔불 아래서 두 무릎 세우고 앉아 손짓 발짓 어깻짓에 엉덩이짓까지 섞인 깨끼 짐걸이 고기잡이 멍석말이 곱 사위 여닫이 끄덕이 용트림 사방치기 삼진삼퇴 너울질 팔뚝잡이 활개펴기 활개꺾기춤 곁들여 초저녁 밤마실 나선 젊은이들 흥을 돋우워주는 박서방은 입성치레야 남보다 조금도 나을 게 없었으나 머리에 망건을 썼고 손길이 곱다. 오대조인가 육대조 할아버지가 어느 고을 현감을 했다니 근본은 양반이라 하겠으되 그 뒤

청올치 겉껍질을 벗겨낸 칡덩굴 속껍질. **멱둥구미** 둥글고 울이 높게 짚으로 엮어서 만든 그릇으로 농가에서 곡식 따위를 담아두었음. **궁가(宮哥) 박가(朴哥)요** 서로 한패가 되어 잘 어울리는 사람.

114

로는 백당지쪽 한 장 받은 적 없는데다 당자 또한 손에서 책을 놓은 지 오래니 이미 바닥상것과 진배없는 처지였다. 안식구와 과년한 딸내미 삯일에 의지하여 겨우 입에 풀칠이나 하는 처지이면서도 살림두량에는 도무지 오불관언으로 풍타죽낭타죽하는 사람이다. 리처사 리평진이처럼 역마직성에 들려 짠지패 날탕패나 쫓아다니며 주워들은 풍월일망정 타령에 잡가에 모르는 것이 없고 또랑광대 노랑목 흉내일망정 어지간한 판소리쯤은 도드락장단° 맞춰 막힘 없이 해넘길 만한데다가 그리고 무엇보다도 타고나기를 천성이 선량해서 젊은 상것들이 아주 좋아하였다.

"만뎅이 뾩딕이두 안 뵈구…… 오늘은 워째덜 꿀 먹은 벙어리요 침 먹은 지네°로세그려. 나잇살이나 훔친 사람이 각구목질°까지 허넌디 워째 쓰다 달다 말들이 읎어."

둥그넓적한 얼굴 바탕에 눈이 크고 검실검실하여° 천생 호인으로 보이는 박서방이 좌중을 휘 둘러보는데, 맹출이가 잠방이를 걸치며 킁킁 콧소리를 내었다. 범둥골 황생원네서 상머슴을 사는 그 총각은 허리에 찬 쌈지를 풀었다.

"워째 호환을 당헤두 똑 불쌍헌 사람덜만 당허넌지 물러. 동헌 누마루 높이 차구 앉은 날도적늠덜이나 솔안말 윤뎅지 같은 것덜은 안 물어가구 맨날 불쌍헌 넝사꾼덜만 잡어가녀냔말여."

도드락장단 1.잔가락을 많이 넣는, 격이 낮은 장단. 2.손바닥 장단. **각구목질** 성음을 여러 가지로 잇달아서 바꾸는 판소리 발성법. **검실검실하다** 조금 검숭검숭하다. 어떤 몬이 먼 곳에서 자꾸 어렴풋이 움직이다.

"누가 또 호환을 당헸다나?"

낫자루를 깎고 있던 신창쇠가 묻는데, 리개노미가 틀고 있던 먹둥구미를 옆으로 밀어놓으며 조대를 꺼내었다.

"발써 몇 사람째여?"

"관포수 풀었다넌 게 원젠디 여적지 호환여."

"윤뎡지네 지차가 저느리넌 사포대두 눈이 불을 킈구 댕긴다메."

"상급 내건 게 월마랴?"

"맨날 뗑그렁인* 윤가네가 그까짓 상급 몇 푼 바라구 사포댈 풀 었것남."

"암만. 그게 다 꿍심*이 있넌 수작이지. 꿩 먹구 알 먹구…… 상둣 술에 낯내기* 아니것어."

복개 명동이 밤쇠까지 나서서 저마다 한마디씩 찧고 까불어 쌓는데,

"가마안."

박서방이 낮게 소리치며 손가락 한 개를 들어 제 입 위에 세웠 다. 개 짖는 소리였다. 날카롭게 짖어대는 동네개들 부르짖음이 시나브로 잦아드는가 싶은데, 이번에는 토방 아래서 검둥이 짖 는 소리가 났다. 죽는시늉으로 짖어대는 검둥이 소리 사이로 황 황하게 뛰어오는 발짝 소리가 나더니, 지게문이 벌컥 열리었다.

맨날 뗑그렁이라 살림이 넉넉하여 걱정이 없고 언제나 흔전만전하다는 말. **꿍심** 남에게 드러내 보이지 않고 우물쭈물하는 셈속. 꿍꿍이셈. **상둣술 에 낯내기** 남 것을 가지고 생색내는 것.

"아이구 숨차."

가쁜 숨을 몰아쉬며 방안으로 들어서는 장정은 선학동에서 병작을 부치는 몽득夢得이다. 그 총각 낯빛은 문창호지빛깔로 하얗게 질려 있었다.

"웬일이여? 이 사람."

박서방이 묻는데, 몽득이는 몇 번이고 마른침을 삼키고 나서 후유— 하고 긴 숨을 내려쉬었다.

"만됭이 안 왔수?"

"아직 안 왔넌디…… 뭔 일이냐니께?"

"나 담배 점 줘."

하며 제 동무들을 둘러보다가 맹출이가 내어미는 곰방대를 빼앗듯이 받아 든 그 총각은 급하게 몇 모금을 빨아들이더니

"또 한 니가 당헸어."

하고 말하였다.

"범등골 증서방이 또 호환을 당헸다니께."

"증서방이라니? 아, 숯무지°허넌 증수뵉이 아저씨 말여?"

숨가쁘게 되묻는 것은 방금 곰방대를 넘기어준 맹출이다.

"그렇다니께."

"아이구우!"

숯무지 숯을 구워 파는 사람.

하면서 맹출이는 두 손으로 제 머리통을 싸쥐었고, 박서방이 물었다.

"요번이두 그늠인감? 그 이마빡 희다넌 늠여?"

"그류."

"원제여?"

"아까유. 아까 즘심때 그 댁 아줌니가 보리감자 삶은 것 가지구 숯막이루 올라갔넌디…… 그레서 하냥 즘심을 먹구설랑 수븍이 아저씨가 뒤를 볼라구 솔푸데기 속이루 들어갔넌디…… 그 이마빡 흰 대호가 번개같이 물어갔다잖유."

산자락을 내려와 경결천京結川가로 난 큰길을 따라 걷다가 아귀할미다리 쪽으로 모꺾어 돌아가려던 만동이는, 무춤* 그 자리에 서버리었다.

여남은 명 장정들이 큰길이 좁다며 와자지껄 몰려나오는데, 윤동지네 사포대士砲隊였다. 상모며 주락으로 한껏 치장을 한 위에 은안장까지 지운 돈점총이 위로 잔뜩 빼그어 앉아 있는 것은 윤경재尹敬才였고, 무슨 본쉬* 행차를 모시는 관차들이라도 된다는 듯 거들먹거리고 있는 것은 윤경재 복심들이었다. 술방구리에 찬합에다 밥함지며 돗자리까지 지운 부담마* 한 필이 따로 있

무춤 놀라거나 열적은 느낌이 들어 하던 짓을 갑자기 멈추는 꼴. **본쉬**(本 倅) 제 고을 원. **부담마** 부담농을 싣고 그 위에 사람이 타게 꾸민 말.

고 말구종에 짐꾼까지 뒤를 따랐는데, 화승대를 멘 자가 둘이요 나머지는 다 환도며 장창에 실팍한 몽둥이를 들고 있었다. 이마빡 흰 가야산 대호가 어떻고 상급이 어떻고 씩둑깍둑˚ 지껄여대는 소리로 봐서 범 사냥을 나선 것이 틀림없는데, 마치 천렵이라도 나선 한량들 같았다. 길라잡이˚하는 사내들이 광릉을 부라리며˚ 으르딱딱거리자, 길가 나무그늘 밑에 올라앉아 낮뒤˚ 새참˚을 먹고 있던 맨발에 붉은 정강이 농군들이 조밥 헤어지듯 길 아래로 흩어지는 것이었다.

"이런 가이색긔덜을 그냥!"

한달음에 뛰어가 박살을 내려는 듯 부릅뜬 눈으로 주먹을 부르쥐어보던 만동이는 푸우— 하고 긴 숨을 뱉아내더니, 사포대를 등지고 몸을 돌리었다.

고리태봉高麗胎峰 넘어 팔봉산 연봉을 타고 비티飛峙고갯마루에까지 오른 만동이는 바윗전에 궁둥이를 걸치었다. 나지막하게 올망졸망˚ 엎드려 있는 팔봉산 연봉들을 돌아보며 쌈지에서 박초를 꺼낸 그는 조대에 다져넣고 부시를 쳤다. 벌써 또 날은 저물어서 깃을 찾아 숲으로 모여들기 시작하는 멧새들이 지저귀는 소리 귀가 따가운데, 하늘은 아직도 짙은 반물빛˚이었다.

씩둑깍둑 이런저런 되잖은 소리. **길라잡이** 길을 이끄는 사람. **광릉(光陵)을 부라리며** 눈을 부라리며. **낮뒤** 하오下午. **새참** 사이참. 일을 하다가 잠깐 쉬는 동안, 또는 그때 먹는 음식. **올망졸망** 귀엽게 생긴 작고 또렷한 여러 덩어리가 고르지 않게 벌려 있는 꼴. **반물빛** 쪽빛.

산군山君이 납시니 그 밖 잔짐승들은 모두 꼬리를 내리었는가. 팔봉산 쪽으로 홅어오기는 오늘이 처음이나 사자산獅子山 줄기를 타고 금롱사金籠寺 거처 멧잣*까지 짐승 붙는 골마다 짯짯이 뒤져오기 사흘째건만, 호랑이는 그만두고 그 흔하던 노루 한 마리 볼 수가 없는 것이었다. 장선전한테서 들은 것이지만 대호는 보통 일곱 자가 넘는 몸 길이에 오백근이 넘는 몸무게라고 하였다. 사방 백 리 안팎을 제 집으로 해서 살며 하루 저녁에 이삼백 리씩 가는데 먹성 또한 대단하다고 하였다. 이레에 한 번꼴로 먹는 날고기만 보통 칠팔십 근으로 백 근짜리 집톨쯤은 단 한 번에 먹어치운다고 하였다.

대호 한 끼니가 백 근이면 그만한 산짐승들이 있어야 하는데, 너도 아다시피 꿩이나 토끼마리 빼놓고는 인근에 어디 짐승다운 짐승이 있더냐. 여우 노루 산양 족제비 살쾡이까지 뵈는 족족 죄 잡아다가 그 가죽을 벗겨 한양 세도대감댁 곳간에 납상하느라 남아날 틈이 없지. 그러니 예까지 출몰하여 인축을 살상하게 되는 것이야.

고을 안에서도 그중 가난한 상것들이 사는 동네인 숯뱅이가 자리잡고 있는 곳은 아사衙舍에서 동북간인 근동면近東面이다. 그 동네는 또 아랫숯뱅이 중숯뱅이 윗숯뱅이 세 군데로 나뉘어지

멧잣 산성山城.

120

는데, 세 군데 다 합쳐서 이백오십여 명 숯무지들이 저마다 숯막을 묻어 입에 풀칠이나 하는 빈촌이다. 정수복鄭壽福이가 호환을 당하였다는 윗숯뱅이는 물론이고 중숯뱅이며 아랫숯뱅이까지, 그리고 숯무지들이 건너다니고 넘어다니는 골짜기와 언덕인 독쟁이 복골 홋곳골 숯돌봉 언고개 턱거리고개에 이르기까지 하루에도 대여섯 고팽이*씩 싸질러 오르내리며 짯짯이* 더듬어보았건만, 이마빡 흰 호랑이는 그만두고 들고양이 한 마리 볼 수가 없었다.

저 아래 버드나무 숲속에 자리잡은 박씨주막 주등에 불이 밝혀지는 것을 본 만동이는 힘껏 도머리를 치었다. 그리고 새끼로 동여맨 오금* 밑 미투리가 발에서 벗기어지지 않게끔 들메를 단단히 하고 나서 몸을 일으키었다.

멧잣 쪽으로 이어지는 연봉 등성이를 타고 가는데 위로 오를수록 숲은 점점 더 깊어지고 있었다. 내일이 보름이라고 하지만 해가 꼴깍 지고 난 산길은 한 간통 앞이 잘 안보였다. 소나무 잣나무 전나무가 하늘을 찌를 듯 서있는데, 비가 오시려는가. 바람이 높은 가지 위로 너울소리를 내며 지나갔다.

연봉을 몇 개 넘어 봉수산鳳首山 자락으로 접어들자 여기저기 마을이 엎드려 있는데, 불빛이 보이는 집이 드물었다. 어쩌다 불

고팽이 일정한 거리를 한 번 다녀오는 것. 또는 그 세는 낱자리. **짯짯이** 빈틈없이. **오금** 무릎 구부리는 안쪽.

빛이 있어도 모두 잠들이 들었는지 불빛 없는 집과 다름없이 괴괴하기 짝이 없다. 아무리 여름 일이 바쁜 깐깐오월이라고 하지만 언문소설책 읽는 소리가 나지 않는 것은 그만두고 사람들 이야기 소리 하나 없이 들리는 것은 오직 바람소리밖에 없다. 호망이랍시고 집집마다 앞뒤에 새끼줄 엮은 것을 둘러치고 호환이 무서워 이웃간에 밤마실도 못 다니며 저저금 제 집에서 일찍 코그루를 박는 모양이었다.

휘적휘적* 멧잣 너덜겅*을 오르던 만동이는 무춤 그 자리에 서버리었다. 어두컴컴한 숲속을 쏘아보며 몽둥이를 쥐고 있는 손에 힘을 주던 왼손을 등뒤로 넘기어 활을 잡으려다 말고 쓴웃음을 머금었다. 푸르릉 하고 날짐승 하나가 날아올랐는데 꿩이었던 것이다. 쪽빛으로 가느다란 모가지에 눈부시게 흰 목댕기를 두르고 있는 장끼*였다. 저만치 덤불 위로 날아 앉는 빳빳하게 곧추세운 장끼 꼬리 위로 은가루같이 하얀 달빛이 쏟아져 내리고 있었다.

모기 보고 환도 빼기*를 할 뻔한 만동이는 스스로 그 지망지망한 마음 바탕이 여간 부끄러워지는 것이 아니었다. 남의 집에 들매인 몸으로 그럴 것 없다고 따라 나서겠다는 동무들을 말렸으나 용력을 한 번 뽐내어 보여주고 싶다는 게 솔직한 속마음이었

휘적휘적 걸을 때 팔을 몹시 휘젓는 꼴. **너덜겅** 돌이 많이 깔린 비탈. **장끼** 수꿩.

는데…… 어허, 이런 좀사내 같으니라구.

　힘껏 도머리를 치며 그는 성큼성큼 너덜겅을 올랐다. 이마빡
흰 대호가 아니라 대호 할아비가 온다고 할지라도 조금도 두렵
지 않다는 마음이었다.

　잰걸음으로 앞만 보고 걸어가던 만동이는 다시 무춤 서버리었
다. 시퍼런 불이 눈앞을 휙 스치고 지나갔던 것이다. 궂은비 오는
날 밤 상여집°이나 애장터°에서 보이는 인불°처럼 시퍼런 그 불
은 흐르다 꺼졌다 하였는데, 눈앞에서 불과 서너 간통이나 될락
말락한 곳이었다. 가만히 소리나지 않게 활을 내린 그는 화살 한
대를 시위에 메기었다. 그리고 불을 어림잡아 힘껏 시위를 당기
었는데, 가뭇없이 사라지는 불빛이었다. 어흥! 소리 한마디가 산
골을 울리었을 뿐이었다.

　봉수산 중턱 칠성바위 밑까지 갔을 때였다. 도대체 시장기가
몰려와 견딜 수 없었다. 제대로 배를 채우기로 한다면 말밥을 먹
어도 시원하지 않은데 새벽밥 한 끼만 먹고 꼬박 굶은 것이었다.
정수복이 여편네한테서 보리감자 찐 것 몇 알을 얻어먹기는 하
였으나 그것으로는 간에 기별도 가지 않았다. 봉수산에 범이 나
타난 것을 내 눈으로 본 만큼은 언제 잡아도 잡을 것이고, 오늘은

상여집 상여喪輿 및 그에 딸린 연장들을 넣어두는 초막草幕. 애장터 어린아
이 송장을 담은 단지를 두던 산자락. 인불 으슥한 산소나 진펄 같은 데서 스
스로 일어나는 불빛으로, 떠돌던 인燐이 겉불꽃이 되면서 푸른빛을 띠어
보임. 도깨비불.

그만 내려가자.

바위 옆댕이로 난 조도鳥道 쪽으로 걸어가던 만동이 코가 벌름하여졌다. 노린내가 확 끼쳐왔던 것이다. 바위 밑으로 우거진 으악새가 바람에 흔들리는가 싶은데 다시 짙은 노린내가 확 끼쳐왔고, 막막강궁莫莫强弓에 그는 장군전將軍箭을 메기었다. 고무래 정丁자 꼴도 아니요, 여덟팔八자 꼴도 아니게 두 발을 벌리고 서서 활을 잡는데, 줌손˚바닥에 기름처럼 끈적끈적한 땀이 돋았다.

줄먹줄먹˚한 바위너덜˚을 때리며 흘러 내려가는 골짜기 물소리가 쨍하게˚ 들렸고, 발 밑에서 가냘프게 울고 있는 풀벌레 소리가 또렷하게 들려왔다. 이따금 나뭇가지 위에서 무엇이 떨어지는 소리만이 들려왔고 송림을 헤치는 바람소리만 가득하였다. 노린내는 줄대어서 코를 찔러오는데 장군전˚ 메긴 막막강궁˚을 잡은 만동이는 직수긋이 고개를 숙인 채로 꼼짝도 하지 않았다.

풍기어오는 내음갈피˚로 미루어 호랑이는 칠성바위 위쪽에 있는 것 같은데, 막다른 길이었다. 바위 옆댕이로 약초꾼들이나 지나다니는 조도가 있을 뿐 바위 너머는 대패로 민 듯한 민탈˚이었다. 제아무리 날래고 세찬 짐승이라고 할지라도 움직이자면 만동이가 서 있는 곳말고는 길이 없었고, 만동이 또한 마찬가지

줌손 활을 쥔 손. **줄먹줄먹** 여러 개 크고 작은 몬이 뒤섞여 그 다름이 두드러진 꼴. **바위너덜** 바위가 많은 비탈. **쨍하게** 속비치게. **장군전(將軍箭)** 순전히 쇠로 만든 화살. **막막강궁(莫莫强弓)** 아주 센 활. **내음갈피** 냄새나는 갈피. 꼴. **민탈** 낭떠러지.

였다.

만동이가 허리를 편 것과 바위 꼭대기에 엎드려 있던 호랑이가 몸을 일으킨 것은 거의 같은 때 일어난 일이었다. 칠성바위는 장정 키로 세 길 반쯤 되었고 만동이가 서 있는 곳과 바위 사이는 열 자가 채 못 되는 거리였다.

베잠방이를 걸치고 있는 만동이 등짝은 진땀으로 축축하게 젖어 있었다. 호랑이는 만동이를 내려다보고 만동이는 호랑이를 올려다보고 있었는데 어둠 속으로 호랑이를 노려보느라 너무 눈에 힘을 주었으므로 그 온몸은 굳어지고 입천장에 소금기가 앉으면서 눈앞이 가물가물하였다.

시퍼런 불이 뚝뚝 떨어지는 화등잔만 하게 큰 호랑이 두 눈 사이가 눈빛처럼 하얀 것을 보며 만동이는 줌손을 내어뻗었다. 그리고 힘껏 잡아당기던 깍짓손˚을 떼는 순간, 아뿔사˚! 시위를 떠난 장군전이 왼구비˚로 힘차게 날아오르는 것과 어흥! 온 산을 울리는 부르짖음과 함께 호랑이가 바위 밑으로 날아 내린 것은 똑같이 일어난 일이었다.

만동이가 휘청 몸을 비트는데 왼쪽 견대팔께가 불에 덴 듯 화끈하였다. 팽그르르 한 바퀴 몸을 돌려 덮쳐오는 호랑이를 피한 그는 몽둥이를 집어 들고 힘껏 후려갈기었다. 나무와 나무가 부

깍짓손 깍지를 끼는 손. **아뿔사** 망했구나. **왼구비** 화살이 높이 가는 것.

딪치는 것처럼 퍽 하고 둔탁한 소리가 나는가 싶은데 그는 다시 한 번 몽둥이를 후려갈기었고, 퍽 하는 소리가 났다. 그 짐승은 뒷다리만으로 땅을 딛고 서서 대가리를 바짝 치켜들며 어흥! 시뻘건 아가리를 활짝 벌리었는데, 앞다리 두 개가 덜렁거리었다.

열두 살 적에 이미 노둣돌*을 한 손으로 뽑아들었을 만큼 장정 스무 명 힘은 능준히 지니고 있는 만동이가 철퇴나 진배없는 홍두깨만큼 굵은 물푸레나무 몽둥이로 대가리를 겨냥하고 후려갈 겼던 것인데, 그만 앞다리에 빗맞았던 것이다. 천하장사가 젖 먹던 힘을 다해서 내려친 것이니만큼 정통으로 맞기만 했다면 호랑이 대가리는 햇박쪼가리 부서지듯 가루가 되었을 것이나 대신 앞다리 두 개가 부러져버린 것이었다.

만동이가 비 오듯 쏟아지는 이마 땀을 팔뚝으로 훔치는데, 병신이 된 호랑이가 어흥! 하고 성한 뒷다리만으로 뛰어서 만동이 한테 덤벼들었다. 새 정신이 번쩍 난 만동이는 멧잣 안 해자*를 뛰어넘고 상여바위를 뛰어 오르내리던 솜씨로 훌쩍 뛰어 호랑이 뒤쪽으로 돌아 내리었다. 그 장사는 그리고 퉤! 퉤! 두 손바닥에 침을 뱉아 몇 번 부비더니 억! 소리와 함께 호랑이 잔등으로 올라타며 두 팔을 훨씬 벌려 그 짐승 모가지를 끌어안았다. 호랑이가 솥뚜껑만 한 대가리를 이리저리 흔들며 꼬리로 만동이 등짝을

노둣돌 말을 탈 때 딛는 돌. 해자(垓子) 성 밖으로 둘러 판 못.

후려치는데, 어찌나 세게 목을 조르는지 그 짐승은 어흥! 소리를 못 내고 앙! 앙! 소리만 내었다. 만동이가 모가지를 조르고 있는 두 팔에 힘을 줄 때마다 호랑이 뒷다리에 파인 땅에서 올라오는 흙덩어리가 눈보라처럼 흩날렸고 뼈가 퉁기어져 나간 앞다리는 바람맞은 문고리처럼 덜렁거리었다. 어억! 벽력 같은 한고함*을 내어지르며 만동이는 두 무릎으로 호랑이 허리를 누르더니 모가지를 끌어안고 있던 두 팔을 뒤로 한껏 젖히었다. 우두둑 하고 실팍한 나뭇가지 꺾어지는 소리가 나면서 호랑이는 묽은똥을 확 내어갈기었다.

오백 근도 넘는 그 짐승 태산처럼 육중한 몸뚱이가 축 늘어지면서 성한 뒷다리 끝으로 땅을 밀치며 몇 번 버르적거리는가 싶더니, 움직임이 차츰 가늘어지다가, 이윽고는 움직임을 멈추었다.

만동이는 호랑이 등짝에 얼굴을 묻은 채로 꼼짝도 하지 않았다. 마치 어머니 젖무덤에 얼굴을 박은 채로 깊은 잠이 든 아이와도 같았다.

아이고땜*을 놓고 울어싸면서 엎더지며 곱더져° 쫓아오는 정수복이 여편네를 데리고 칠성바위 쪽으로 올라가던 만동이는, 잠깐 걸음을 멈추었다. 한쪽 손을 들어올려 따라오는 아낙한테

한고함 큰 고함. 아이고땜 '통곡' 충청도 내폿말.

조용히 있으라는 눈치를 보내면서 그는 얼른 나뭇가지 뒤로 몸을 숨기었다. 두세거리는 사내들 말소리가 들리어 왔던 것이다. 아직 낮전°인 시각에 무리사내들이 깊은 산속을 내려오고 있다는 것이 도무지 야릇한 일이어서 그는 숨을 삼키었다.

가만히 살펴보니 얼크러지고 설크러진 저만치 나뭇가지 사이로 여남은 명 장정들이 노느매기°가 어떻고 따깜질°이 어떠며 겨끔내기°는 또 어떻다고 씩둑깍둑 지껄여대며 숨찬 발걸음으로 내려오고 있는데, 그 사내들 어깨 위로 보이는 것은 뜻밖에도 호랑이였다. 화승대를 멘 포수 차림 사내 둘이 앞장을 섰고 네 활개를 쫙 펴고 축 늘어진 호랑이 다리 하나씩을 잡아 어깨에 메고 있는 것은 몰이꾼으로 보이었다. 또한 몰이꾼으로 보이는 사내들 넷이 그 뒤를 따라오고 있었는데 아마도 겨끔내기를 하는 듯하였다. 어제 저녁 숯뱅이를 내려오던 길에 보았던 윤경재네 사포대는 아니었고 처음 보는 얼굴들이었다. 잡고 있던 나뭇가지를 거칠게 젖히며 앞으로 썩 나선 만동이는 헛기침을 하였고, 화들짝 놀라는 시늉으로 사내들은 걸음을 멈추었다.

"당신덜 뭐허넌 사람덜이우?"

곱지 않은 눈으로 훑어보며 만동이가 말하였고

"보면 모르것소."

낮전 상오上午. **노느매기** 몫을 여러 몫으로 나누는 일, 또 그 몫. 분배分配. **따깜질** 큰 덩어리에서 조금씩 뜯어내는 것. **겨끔내기** 어떤 일을 서로 번갈아하는 것.

화승대를 메고 있던 사내 하나가 잔뜩 살피는 눈빛으로 쏘아보았는데, 그 사내 손에는 물푸레나무 몽둥이가 들리어 있었다. 막막강궁은 가지고 내려왔으나 몽둥이까지는 챙기지 못하였다는 데 생각이 미친 만동이 한쪽 입꼬리가 위쪽으로 조금 비틀려 올라갔다.

"봐허니 불질허넌 분덜 같은디…… 워느 골 으른덜이시우?"

"덕산읍내 총댕이*요. 이마빡 흰 개산* 대호를 잡어가지구 내려오넌 덕산골 관포수덜이란 말이오."

"저 붐을 당신덜이 잡었단 말이우?"

"아, 잡다마다지. 놈이 워찌나 흉맹헌지 하마터면 골루 갈 뻔 했구먼. 안 그런가? 박포수."

"뭘루 잡으셨수?"

"포수가 불질해서 잡지 뭘루 잡어? 수알치*나 가루택이* 같은 동네 사냥꾼이 아니라 큰불놓이*허넌 관포수다 이 말이우. 저 사람덜은 뙹배*구."

대수롭지 않다는 듯 제법 흰목까지 잦혀가며 큰소리를 치는 그 사내는 마흔 고개를 넘겨보이는 장년이었는데, 무엇이 켕기는 듯 자꾸 네둘레*를 둘러보았다. 하도 어처구니가 없어 기콧구

총댕이 포수砲手. **개산** 가야산伽倻山. **수할치** 매사냥꾼. **가루택이** 긴 나뭇가지를 휘어 말뚝에 걸치고 그 끝에 낫이나 칼 또는 창날을 매어두어 지나가던 짐승이 건드리면 큰 생채기를 주어 잡게 만든 덫. **큰불놓이** 총을 가지고 큰 짐승을 잡는 것. **뙹배** 몰이꾼과 목을 지키는 사람. **네둘레** 사방四方.

멍이 막힌 만동이는 히뭇이 웃었다.

"저게 그러니께 불치*다 이 말이우?"

만동이가 호랑이 쪽을 가리키는데, 포수는 몽둥이를 고쳐잡으며 눈을 지릅떴다.

"불치가 아니면 물칠까?"

"이녁들이 불질해서 잡았다먼 불 맞은 자리가 있겠구려?"

"듣자듣자 허니 이자가 시방 누구헌티 희영수허자넌 게여 뭐여!"

힘주어 지릅떠* 보이는 눈두덩이가 소복하고 팽팽한 것이 불뚱이*깨나 있어보이는 사내가 뺏성*을 내었다.

"갈 질 바쁜 사람덜 붙잡구 티집을 걸어보것다 이 말인가 본디……"

몽둥이를 들어올려 상앗대질*을 하며

"싸게싸게 뭇 비키것남. 지엄허신 안전 영 받들어 불질 나선 관포수 붙잡구 진대붙다* 깅치지 말구."

제법 호령기 있게 말하는데, 만동이는 씩 웃었다.

"얼라? 웟다 대구 호령이랴? 도적늠 심뽀루 야로*부리넌 게 누군디 적반하장*이루 호령여?"

"이자가 증말?"

불치 총을 쏘아 잡은 짐승. 지릅뜨다 눈을 치올려 뜨다. 불뚱이 걸핏하면 불뚱거리며 화를 잘 내는 사람. 뺏성 갑자기 발칵 일어나는 짜증. 상앗대질 삿대질. 진대붙다 괴롭도록 떼를 쓰며 달라붙다. 야로 남한테 숨기고 있는 우물쭈물한 속셈이나 짓. 적반하장(賊反荷杖) 도둑이 도리어 몽둥이를 든다는 말.

130

발칵 증을 내며 몽둥이를 치켜들던 포수는 어! 소리와 함께 숨을 삼키었다. 허공중으로 치켜올라가던 몽둥이가 꼼짝도 하지 않았던 것이다.

"어어……"

어마지두˚에 붙잡히게 된 몽둥이를 빼어내려고 포수가 용을 써보지만 만동이 솥뚜껑 같은 손아귀 속으로 한번 잡혀 들어간 몽둥이는 꼼짝도 하지 않았다. 예닐곱 자는 좋이 떨어져 있던 이자가 어떻게 몸을 날려 단목에 몽둥이를 잡았는지 생각할 틈도 없이 포수가 끙끙 앓는 소리를 내는데, 곁에 서 있던 동무 포수는 잽싸게 옆으로 물러섰다. 그 사내가 어깨에 메고 있던 화승대를 내리는 것을 보며 만동이는 잡고 있던 몽둥이를 앞으로 홱 낚아 채었다.

"어어……"

소리와 함께 앙가슴˚ 가득 안기어드는 사내 두 어깨를 잡던 만동이는 이맛전을 잔뜩 으등그려 붙이었다. 발감개˚로 동여맨 왼쪽 견대팔께가 욱신욱신 쑤시면서 이마에 진땀이 돋았던 것이었다. 장선전한테 얻어 언제나 지니고 다니던 금창산金瘡散을 바르고 한저녁 푹 자고 나서 아침에 나올 때 다시 새것으로 갈아 붙이기는 하였지만 어제 저녁 호랑이 발톱에 할퀴어진 자리가 여간

───────────

어마지두 무섭고 놀라워서 정신이 얼떨떨한 판. 앙가슴 두 젖 사이 가슴. 발감개 버선이나 양말 대신으로 발에 감는 좁고 긴 무명. 상일을 하는 사람들이나 먼 길을 걷는 사람들이 흔히 했음.

아픈 것이 아니었다. 견대팔이 쑤시는 데다가 코앞까지 바짝 끌려온 포수 입구린내까지 겹쳐 다시 한 번 눈살을 찌푸리던 그는 외손잡이*로 슬쩍 밀치었는데,

"어쿠!"

타고난 사냥꾼 몸짓으로 화승대를 내리기는 하였으나 어떻게 해야 좋을지 분간이 안 되어 머뭇거리고 있던 포수는 어마지두 가슴에 와 부딪히는 동무 포수 등짝을 끌어안으며 넉장거리*를 하였다.

"똑똑히덜 보시우!"

만동이는 포수한테 빼앗은 몽둥이를 거꾸로 잡더니 패대기질* 당한 개구리꼴로 널부러져 있는 포수들 눈앞에 들어밀어주었다. 몽둥이 손잡이 쪽 조롱목* 안켠에 화젓가락으로 지져 새겨놓은 것은, 일만만萬 자였다. 화승대와 막막강궁이며 환도에 창은 물론이고 몽둥이에 이르기까지 손때 묻은 병장기마다 제 이름자 하나를 새기어놓는 게 그의 버릇이었고, 그것은 하마* 면천*과 함께 출신을 바라며 무예를 익혀오던 어린시절부터 있어온 일이었다.

"내 손이루 새겨논 이 이름자가 안 보이냐 이 말이우."

포수들이 핏기 빠진 얼굴로 눈만 껌벅이고 있는데, 만동이는

외손잡이 한손잡이. **넉장거리** 네 활개를 벌리고 뒤로 벌떡 나자빠짐. **패대기질** 집어 던져 내팽개치는 것. **조롱목** 조롱박꼴 어섯. **하마** 벌써. 이미. **면천 (免賤)** 평민이 되는 것.

성큼성큼 호랑이 쪽으로 다가갔다. 벌써부터 내려놓은 호랑이 둘레로 퍼질러 앉아 찍쩍 소리도 없이 다만 담배나 태우고 있던 몰이꾼들이 궁싯궁싯* 비켜났고 외손잡이로 호랑이 먹줄기를 틀어잡아 일으킨 만동이는 엎었다 잦혔다 뒤집었다 세웠다 마치 공깃돌 놀리듯 오백 근도 넘는 대호大虎 널브러진 몸뚱이를 가지고 그것도 외손잡이로 마구 된장질*을 하여 보이는 것이었다. 그 무서운 힘에 놀라 담배 피우는 것도 잊어버린 몰이꾼들 눈이 화등잔*만 하게 벌어지는데, 그제서야 간신히 몸을 추슬러 앉아 팔다리서껀 어깨를 주무르고 있던 포수들은 마른침만 삼키었다.

"똑똑히덜 보셨수?"

한참 동안이나 호랑이 죽은 몸뚱이를 된장질시켜 불맞은 자리는 그만두고 쇳날* 하나 스친 데 없어 피 한 방울 흐르지 않고 다만 몽둥이에 맞아 앞다리 뼈마디가 퉁기어져 나갔을 뿐이며 그리고 무엇보다도 더하여 목울대가 꺾이어져 있다는 것을 보여주고 난 만동이는 탁탁 소리가 나게 손바닥을 털었다.

"이것은 어젯밤 내가 잡은 것이우. 내가 맨손이루다 쎄려잡었다 이 말이우. 살 한 대를 날렸으나 어둠 속이라 빗나갔구 빙장기라면 이 몽딩이 하나를 썼을 뿐인디…… 이 물푸레나무루 깎은 몽딩이루 말하면 내가 산에 오를 적마다 장 지니구 댕기넌 것이

궁싯궁싯 이리저리 몸을 움직이는 것. 된장질 사람이나 어떤 몬 따위를 뒤져내는 것. 수색. 화등잔(火燈盞) 놀라거나 앓아서 퀭해진 눈을 그려내는 말. 쇳날 창칼 같은 쇠붙이 날.

니 여기 일만만 자가 새겨져 있넌 게 그 증질이우."

"얼라? 이녁이 그러면 만됭이 아닌가베. 애긔장사루 유명짜헌 그 만됭이칭각 아녀?"

귀찮다는 듯 슬쩍 한 번 밀었을 뿐임에도 아랑곳하지 않고 강풍 맞은 짚단처럼 떠밀려와 쓰러지는 동무 포수와 함께 넉장거리를 하였던 포수가 주춤주춤 다가서며 목소리를 높이었는데, 생광스러워°하는 말소리와는 다르게 낯빛은 어두웠다.

"아이구우, 이거 장사님을 물러뵙구 죽을 조이를 지었수그려. 성화는 진즉 들어뫼셨지면 원체 멧뵝이덜이 되놔서 이거 크게 삐끗하였°수. 나 덕산 사넌 박포수유."

박포수朴砲手라는 사내가 연신 허리를 굽신거리었고, 만동이 낯이 살짝 붉어졌다.

"이 골 사넌 천만됭이우."

"아니, 이 칭각이 그러니께 그 유명짜헌 대흥 애긔장사시란 말인감?"

"자다가 봉창 뚜디리넌 소리° 허구 있기는. 아, 함자까지 시방 들려주시잖넌가베. 그러니 몽딩이질 한 번이 집채만 헌 대호를 쌔려잡으셨지."

"몽딩이질두 몽딩이질이지면 울대뼈°가 절단난 것 뭇덜 봤녕

생광(生光)스럽다 1.보람이 있어 낯이 나다. 2.아쉬운 때에 잘 쓰게 되다. 삐끗하다 어긋나다. 울대뼈 앞 목에 두드러져 나온 뼈.

가? 삭젱이 부서지듯 작신˚부서졌잖남."

"암만. 천하장사로세. 우리 내포 땅이 천하장사 한 분 나셨어."

"수호지에 보면 무청이란 장사가 맨손이루다 대호를 쎄려잡넌 얘기가 나온다던디…… 우덜 눈이루 시방 그런 출천지 천하장사분을 뵙구 있음이니 이런 이웅광이 워디 있것넌가."

몰이꾼들이 받고차기˚로 입에 침이 마르게 칭송을 해쌓는데, 면치레˚를 하던 포수가 제 동무 포수를 바라보며 소리를 질렀다.

"황포수, 뭐허구 있다나? 싸게 와서 장사님헌티 인사 여쭙지 않구!"

직수굿이˚고개를 숙인 채 무릎만 주무르고 있던 포수가 자축자축˚다가오며 허리를 굽신하여 보이었다.

"천하장사를 물러뵙구 죽을 조이를 지었소이다. 눈은 있으되 망울이 읎어˚그런 것이니 늘리 살펴주시우. 덕산골 사넌 황포수라구 허우."

깍듯하게 개어올리는˚사죄를 겸한 수인사에 공중 면구하여진 만동이가 마주 허리를 숙이며

"이 골 사넌 천만됭이우."

하는데,

___

작신 '한목' 충청도 내폿말. 받고차기 말을 서로 재게 주고받는 것. 면치레 겉으로만 꾸며 볼썽을 닦는 것. 직수굿하다 거스를 뜻이 없이 풀기가 죽어 수그러져 있다. 자축자축 다리에 힘이 없어 절룩거리는 것. 개어올리다 맞수 비위를 맞춰 추어올리며 구슬리다. 개올리다.

"으흐흐흐!"

난데없는 울음소리가 났다. 그때까지 저만치 떨어진 숲속에 퍼대고 앉아˚ 되어가는 꼴을 보던 정수복이 여편네가 내어지르는 웃음소리 같은 울음소리였다.

"아이고오! 아이고오!"

엎더지며 곱더져 호랑이 앞까지 온 그 여자는 무너지듯 섰던 자리에 주저앉았다. 그리고 힘없이 땅을 두드리며 눈물을 흘리었는데 울음이 한번 터져 나오자 통곡이 되는 것이었다. 호랑이한테 서방을 물려 보내고 나서 깃옷˚이라고 급하게 지어입은 것이 무명을 아끼려고 그러한 것인지 동구래˚요 사발옷˚이라 아이고땜을 놓으며 땅바닥을 두드릴 때마다 허옇게 비듬돋은 옆구리와 종아리가 다 드러나는 것이었다.

만동이는 하늘만 바라보았고 포수 일행은 숫제 외면을 한 채로 담배만 빨았는데 그 여자는 살그니 몸을 일으키었다. 그리고 사발옷 속으로 손을 집어넣어 무엇인가를 꺼내어 잡는가 싶더니, 이 웬수야! 소리치며 호랑이한테로 달려드는 것이었다. 그제서야 아낙이 무엇을 하려는 것인지를 알아차린 몰이꾼들이 어어…… 반벙어리 소리만 내는데, 만동이가 앉은걸음으로 훌쩍 뛰어오르며 그 여자 손목을 잡았다. 쨍그랑 소리와 함께 땅바닥

퍼대고 앉다 '퍼더버리고 앉다' 내폿말. 깃옷 졸곡쭈哭 때까지 입는 생무명으로 지은 상복. 동구래 길이가 짧고 섶이 좁으며 도련이 둥근 저고리. 사발옷 가랑이가 짧은 여자 옷.

으로 떨어지는 것은 시퍼렇게 날을 세운 겻갈*이었다.

"족제비두 낯짝이 있구° 미꾸라지두 먹통이 있구 빈대두 콧등이 있다°넌디 장사님헌티 이거 따귀 맞을 소린지는 물르겠습니다만……"

만동이와 몰이꾼들이 좋은 말로 한참 동안이나 달래어 아낙을 겨우 부쩌지시키고 났을 때, 박포수가 출반주*하며 꺼내는 말머리였다. 코허리가 움푹 꺼진데다가 눈 윗꺼풀이 야릇하게 모가 져서 눈 모두가 세모꼴로 보이는 그 사내는 자꾸 헛기침을 하였다.

"참이루 장허시우. 아까 고서방두 말혔듯이 수호지에 보면 무쉥이란 장사가 맨손이루 호랭이 쌔려잡넌 얘기가 나온다지먼 그거야 백발이 삼천 척이루 헛장*지르기 좋아허넌 되늠덜이 공중 져낸 얘길 것이구…… 아, 맨손이루다 집채만 헌 사또*를 담어내오신 건 아마 물르먼 물러두 우리 조선역사 자고이래루 천장사님께서 츰일 겝넌다. 나잇살이나 훔친 내가 이 나이 먹두룩 짐승붙는 골루만 싸댕기며 큰 짐승두 숱허게 잡어봤구 힘꼴이나 쓴다던 이덜두 즉잖게 봐왔수만 천장사 같으신 천하영웅은 츰 보우. 츰 보넌 게 다 뭐여. 그런 천하영웅이 지시다던 말씀은 옛날 얘기루두 못 들어봤다마다. 헌데, 그런 천하영웅 천하장사분을

겻칼 장도粧刀. 출반주(出班奏) 맨 먼저 말을 꺼냄. 헛장 허풍을 치며 떠벌리는 큰소리. 사또 범.

이렇게 즉접 믄대까장 허게 되었은즉…… 도대처 이거 황송혜서 몸둘 바를 물르것다 이 말씸이외다. 몇백 년씩이나 묵어 온갖 구신이루 도섭을 허넌 이마빡 흰 개산 사또를 한 주먹이 담어내오신 장사님 덕분이 이제 우리 내포 사람덜은 두 다리 쭉 뻗구 코그루를 박게 되었소그려. 장사님 하혜 같으신 은덕이야 수덕절 대웅전 부처님 전이 백날마지°를 올려두 모지랄 것이나……"

무슨 비라리°를 하려는 듯 늘어놓는 군두목질이 길었는데, 나비눈°을 한 채로 곁에 앉아 짜른대만 빨고 있던 황포수가 한숨을 길게 내려쉬었다. 그리고

"천장사께서야 이제 율에 따러 상급두 받으시구 믄천,"
하다가 얼른 말을 끊더니, 다시 한 번 긴 한숨을 내려쉬었다.

"지엄허신 안전 분부 받잡구 예까지 나선 우린 뭔 낯을 들구 돌어간단 말이우. 사또 한분 담어내려구 츠자권속 떠나 장근 달포 동안이나 밤이슬 짓투디려가머 이 산 저 골짜기루 한둔°을 혜온 것이 다 헛일이 되었으니…… 우린 어쩌면 좋단 말이우. 도무지 요량이 안 섭넨다그려."

"허 참. 딱허신 사정이올시다그려."

겉발림°으로 엉너리°나 치며 진피°를 붙는 것에는 딱 질색인

백날마지 백일 불공. 비라리 구구한 말로 남에게 무엇을 바라는 것. 나비눈 못마땅해서 사르르 굴려 못 본 체하는 눈짓. 한둔 한데서 밤을 지냄. 노숙. 겉발림 속과 다르게 겉만 그럴듯하게 발라맞춤. 엉너리 남 마음을 끌기 위하여 어벌쩡하게 서두르는 짓. 진피 검질긴 성미로 끈질기게 달라붙는 것.

만동이였으나 듣고 보니 짜장° 빈말로 하는 죽는시늉만은 아닌 것 같아 잔입맛만 다시는데, 박포수가 밭은기침을 하였다.

"막대 잃은 장님같이 옴나위°를 뭇허게 된 우리야 오로지 장사님 츠분만 바랄 뿐이올시다."

"그게 뭔 말씸이우?"

"천장사께서두 불질깨나 혜보셨으니 잘 아시것지먼…… 노느매기라는 말이 있지 않소이까."

"무슨 말인지 당최 물르것수."

"우덜허구 하냥 동패헤서 잡었다구 이 고을 안전께 고헤바치구 상급을 나눠 받자 이런 말이우."

"이건 목침행하°유?"

"사정이 그렇다는 말씀이올시다."

그 장년 포수사내가 눈웃음을 살살 치는데, 노느매기를 하자니? 어허, 이런 경우 읎넌 작자덜을 보것나! 말은 파발이 달리구 상급은 초관이 먹넌다더니, 내가 잡은 호랭이 상급을 짜개발리자°. 말살에 쇠살°에 지집사람 모냥이루 왼갖 간롱스러운 보비우 말루 비라리를 허더니, 말말 끝에 단 장 달라°.

만동이 송충이눈썹이 꿈틀거리는데,

"이냥 빈손이루 돌아갔다간 상급은 그만두구 볼기살이 남어

짜장 과연. 정말로. **옴나위** 1. 몸을 어떻게 놀리는 것. 2. 꼼짝할 쯤. **목침행하** (木枕行下) 까닭 없이 공으로 달라는 것. **짜개발리자** '찢어발기자' 충청도 내포말.

날까 걱정이우."

"까짓 볼기야 맞는 볼기라지면 우덜이 상급 타오기만 눈이 빠지게 지달리구 지실 늙으신 부모님과 조이 읎넌 처자권속덜은 워쩐단 말이우."

들보기장사˚애 말라 죽는 소리˚를 하는 포수들인 것이었다.

사정이야 듣기에 차마 딱하였으나 그렇다고 해서 족제비 잡아 꼬리를 남 줄 수˚도 없는 노릇이라 만동이가 조대만 빨고 있는데,

"자고루 재수 읎넌 포수는 곰을 잡어두 쓸개가 읎구˚ 칠십이 능참봉을 허니 하루이 거둥이 열아홉 번씩˚이라더니…… 우덜이 시방 똑 그 짝일세그려. 불질허시넌 칭댕이님덜두 칭댕이님덜이지먼 우덜은 또 당장 워치게 헌다나?"

"그러게 말여. 노느매기 받은 뗑짜나 돈사서 좁쌀되래두 들구 들어가지넌 뭇헐망정 사령늠덜헌티 사다듬질˚이나 당헐 판이니 이 노릇을 워척혀."

"수양산 그늘이 강동 팔십 리를 간다˚넌디 설마 이냥 돌어가기야 허것능가."

"이냥 돌어가잖으면?"

"아, 자고루 장사 소릴 듣넌 이덜이 똑 글력만 세다구 헤서 장사 소릴 듣넌다던가. 글력이 센 맨치루 인정 또한 세야만 왈 장산

─────────────

들보기장사 여기저기 물계를 듣보면서 까딱수를 바라고 하는 장사. **사다듬질** 매나 몽둥이로 봐주지 않고 마구 때리는 것. 몽둥이찜.

140

즉……"

"얼라? 이 사람 점 보소. 에 헤 다르구 애 헤 다르다°구 뭔 말을 그렇기 헌다나."

"내가 시방 뭇헐 말 헷다나?"

"장사가 뭐여. 장사먼 그냥 장사간듸. 아, 여기 천장사님이루 말헐 것 같으면 소싯적버텀 애긔장수루 뜨르르허게 유명짜허신 천하장사시잖남."

잔 잡은 팔이 안으로 굽는다°고 몰이꾼들까지 나서 봉홧불 받듯° 저마다 한마디씩 말농사를 짓는 것이었다. 천성으로 타고나기를 물욕이 적고 남 딱한 소리를 듣고는 그냥 지나치지 못하는 성품인 만동이는 끙 소리와 함께 몸을 일으키었다.

"군짓°덜 그만두구 일어납시다. 뒤조지°를 허구 나서야 도차지°를 허던 베름질°을 허던 헐 것인즉."

"산군을 잡어온 자에 대헌 치조이럴 거행허랍신다아!"

군수 호령을 되받아 급장이°가 길게 늘여 뺐었고, 수형리首刑吏 영 받은 집장사령執杖使令들이 형틀과 겨릅대° 세 개를 가지고 들어왔다. 장선전한테서 들은 말이 있기는 하였으나 처음 당하는 일이어서 만동이가 멈칫거리는데, 급장이가 다시 원 영을 되받

군짓 안 해도 좋을 쓸데없는 짓. 뒤조지 뒷마무리. 도차지 도맡거나 혼자서 다 차지하는 것. 베름질 고루 별러서 나누어주는 것. 급장이 '급창及唱'을 그때 일컫던 말. 겨릅대 삼대 껍질을 벗긴 것.

아 소리쳤다.

"형틀에 묶으랍신다아!"

사령 둘이 만동이 양쪽 팔을 잡아 형틀에 오르게 하더니 배를
깔고 엎드리게 한 다음 뒷결박을 지우는데, 오랏줄 대신 가느다
란 새끼줄로 묶는 시늉만 하는 것이었다. 동헌 누마루 높이 놓여
진 교의에 좌기하고 있던 군수가 헛기침을 하고 나더니 등채˚든
팔을 허공중으로 내어뻗었다.

"네 이놈! 산군도 군이어늘 어찌 감히 범하였는고?"

만동이가 변백˚을 하려고 고개를 치켜 드는데, 원이 다시 소리
쳤다.

"네 죄를 네가 알 것인즉 긴말은 하지 않겠거니와…… 여봐라,
형바앙!"

"네이!"

"산군을 범한 죄를 어찌 다스려야 되는고?"

"네에, 고례˚에 좇아 볼기 세 대올시다아."

"볼기 세 대만 때리거라!"

"볼기 세 대만 때리랍신다아!"

"네이이!"

길게 늘여 빼는 소리와 함께 집장사령이 들고 있던 겨릅대로

등채 예전 벼슬아치들이 드레를 세우고자 지녔던 채찍. **변백**(辨白) 변명. **고
례**(古例) 예로부터 내려오는 차례.

만동이 볼기짝을 세 번 때리는 시늉을 하였다. 가잠나룻*을 한 번 쓰다듬어 내리고 나서 군수가 말하였다.

"호방 게 있느냐?"

"녜에, 사또오. 소인 대령해 있사오니이다."

"산군을 범한 자에게 어찌해야 되느냐?"

"녜에, 사또오."

두 손을 앞으로 모아 잡은 호방이 허리를 한 번 굽신하고 나서

"모셔온 산군은 관고에 입고하고 산군을 모셔온 자에게는 쌀 한 섬과 백목 일곱 필을 상급으로 내리게 되어 있습니다요."

하는데, 형틀 뒤쪽으로 조금 떨어져서 조마조마* 하회*를 보고 있 던 덕산고을 관포수 일행 입에서 에개개…… 하는 탄식소리가 흘러 나왔으니—

각 고을마다 그 살림 형편에 따라 시행되는 율이 조금씩 다르 기는 하였으나, 호랑이를 잡아온 사람한테 내리는 상급치고는 너무 적은 것이었다. 더구나, 내포 태안 열읍*마다 저마다 먼저 잡아들이고자 방을 내어붙이고 있는 이마빡 흰 가야산 대호가 아닌가. 병전兵典 포호조捕虎條에 나와 있기를—

악호惡虎로서 인명을 많이 살상한 놈을 잡아온 사람이 출신이 면 변장邊將을 내리고, 유품 한량 군병 천인일지면 면포 스무 필

___

가잠나룻 짧고 성기게 난 턱수염. 조마조마 두려운 조바심. 하회(下回) 다음 차례. 열읍(列邑) 여러 고을.

을 주고, 악호 두 마리 이상을 잡아온 경우에는 출신 유품*에게는 가자加資하고, 한량 군병에게는 면포 스무 필을 가급한다. 금군禁軍에 입속하기를 원하는 자면 들어주고, 향리일지면 이역을 면제하고, 공사천일지면 면천한다. 호피는 모두 잡은 사람에게 준다. 상급하는 면포는 각기 도에서 출급하되 만일 면포가 없을 때는 쌀로 환산하여 준다. 사람을 해치는 악호가 아니더라도 대호를 잡은 자에게는 면포 열 필을 주고, 소호에 이를수록 그 크기에 따라 점차 면포 필수를 줄인다. 악호가 아닌 것을 기만하여 악호라고 보고한 당해 군관이나 관리는 모두 각별히 치죄한다.

"율대로 거행하라."

한마디 영을 내리고 난 군수가 몸을 일으키려는데, 만동이가 몇 걸음 앞으로 나서며 허리를 굽신하였다.

"황감하오신 분부올시다만 안전께 한 가지 발괄*헐 것이 있나이다."

"엉?"

이맛전을 잔뜩 으등그려 붙이며* 군수는 다시 궁둥이를 내리었고, 만동이가 우렁우렁한 목소리로 말하였다.

"이 호랭이는 소인 혼자서 잡은 것이 아니옵구 덕산골 관포수덜과 동패루 잡은 것이니 저들에게두 상급을 네려줍시우. 소인

유품(儒品) 선비. 발괄(白活) 관청에 분하고 답답한 까닭을 말이나 글로 하소연하던 일. 으등그려 붙이다 비틀어 찌푸리다.

은 본래 상급을 타구자 호랭이를 잡은 것이 아니옵구 인멩을 살
상허년 숭악헌 맹호를 잡어 사람덜 웬수를 갚어주구자 헌 것뿐
이올시다. 하오니 덕산골 관포수 일행에게두 상급을 네리시구
호환당헌 백성덜헌티두 사또 은덕이 네리시길 바라나이다."

군수 이맛전이 다시 잔뜩 으등그려 붙여졌으니, 건방진놈. 다
만 그 힘이 세기만 할 뿐인 장사가 아니라 통감권이나 읽어 제법
사리분별을 할 줄 아는 자라는 것이야 내 이미 들어 알고 있거니
와, 과시 허언이 아니로고. 허나, 괘씸한 놈이 아닌가. 그렇다고
해서 관장 앞에 감히 이로왈 저로왈 세치혀를 놀리다니. 더구나
까만종놈 주제에. 뺏성이 돋는 것으로 해서는 당장 엎어놓고 사
다듬이를 퍼붓고 싶었으나, 음직으로 백리를 얻어 다만 역려지
과객*일 뿐인 그 수령사내는 어금니에 지그시 힘만 주었을 뿐이
었다. 말썽 없이 다만 과만*을 채우고 나서 내직으로 승체되거나
웅주거목*으로 올라서는 데 지장되는 일을 만들고 싶지도 않았
거니와, 무엇보다도 호방한테서 들은 귀띔이 있었던 것이다. 그
사내는 짐짓 인자한 웃음기를 보이며 이렇게 말하였다.

"네 말이 근리하구나. 그러지 않어도 그럴 작정이었으니 일러
무삼하리요."

만동이가 상급을 받고자 관고 앞으로 가는데 무리 사내들이

역려지과객(逆旅之過客) 지나가는 나그네. **과만**(瓜滿) 벼슬 맡은 동안이나
참. **웅주거목**(雄州巨牧) 큰 고을.

뒤를 쫓아왔다. 덕산고을 관포수 일행으로 코들을 쑥 빼고 있었다. 사정을 들어본즉 준다던 백목 한 필씩을 받을 길이 없다는 것이었다. 말인즉 덕산 관아로 통기하여 관포수 여부를 맞춰본 다음 준다는 것이나 그것은 다만 입에 발린 면치레에 지나지 않는다는 것이니, 덕산고을에서도 그런 경우를 숱하게 보아왔다는 것이었다. 직수굿이 듣고만 있던 만동이가 썩썩하게˚ 말하였다.

"좀사내덜 같으니라구. 그까짓 일에 이다지두 코덜을 빼구있단 말이우? 나두 가진 건 불알 두 쪽밖이 읎지먼 속 하나넌 터진 늠이우. 쌀은 전부 이녁덜헌티 줄 테니 가용이나덜 보태쓰시우."

백목 일곱 필만 받아 들고 아문 쪽으로 나오던 그는 무춤 그 자리에 서버리었다. 더그레˚짜리들이 지나가며 이렇게 말하였던 것이었다.

"장선전이란 양반을 왜 잡어왔다넌 겨?"

"보슈!"

뒤쪽에서 부르는 꺽진˚ 소리에 멈칫하며 고개를 돌리던 더그레짜리 눈이 화등잔만 하게 벌어졌다. 칠 척이 넘어보이는 키에 깍짓동만이나 하게 우람한 체수의 엄지머리˚ 하나가 서너 간통쯤 떨어진 곳에 서 있는데, 예닐곱 필은 좋이 되어보이는 무명을

썩썩하다 시원시원하다. **더그레** 아래치 군사들이 입던 세자락 웃옷. **꺽지다** 억세고 꿋꿋하게 용감하다. **엄지머리** 노총각.

146

한쪽 옆구리에 끼고 있는 것이었다. 네둘레를 둘러보았으나 사람이라고는 그 기골이 장대한 엄지머리 하나밖에 보이지 않았고, 더그레짜리 눈꼬리가 샐쭉하여졌다. 엄장 큰 체수며 부리부리한 눈매가 여느 사람은 아닌 것 같아 잠깐 주눅이 들어 있던 그 포졸은, 저도 모르게 그만 욱기*가 돋았던 것이다.

체수와 용모가 남다르다는 것말고는 베잠방이에 붉은 정강이인 차림새로 봐하니 그래봤자 제가 어느 대갓집 노복 아니면 밥술이나 먹는 집 머슴질을 하는 아랫것이 틀림없는데, 감히 관인을 불러 세워. 거기다가 벌건 대낮 관아에서. 더구나 그리고 짚단처럼 가볍게 한쪽 옆구리에 끼고 있는 무명필은 또 주제에 어디서 난 것이라는 말인가?

홍주목洪州牧 병방비장兵房裨將 밑에 있다가 관비 하나를 건드린 것이 잘못되어 먹잘 것 없는 하읍으로 밀려 내려오게 된 지 얼마 안 되는 그 젊은 포졸은 몇 걸음 앞으로 나서며 목소리에 날을 세웠다.

"날 불렀네?"

"그렇수."

"왜."

"말 점 물어볼 게 있어 그러우."

욱기 참지 못하고 한때에만 솟는 성질.

"얼라?"

"아까 뭐라구 했수?"

"하릅강아지° 범 무서운 줄 모른다더니…… 이 자식이 시방 누구한테 따져 묻고 있지 않나?"

어이없다는 낯꼴로 살차게 웃으며 포졸이 한쪽 팔을 들어올려 손가락질을 하는데, 엄지머리가 픽 웃었다. 그리고 착 가라앉은 목소리로 이렇게 되묻는 것이었다.

"봄 잡어다 주구 상급받어 나오넌 하릅강아지두 있나?"

"이 자식이 관인 앞에서 말하는 뽄새° 좀 보게?"

포졸이 개골°을 부리는데, 엄지머리가 빙글거리었다.

"촌년이 아전서방을 허먼 중의 꼬리에 단추를 붙이구 육가이장 아니면 밥을 안 먹넌다°더니…… 무릎치기° 주제에 같잖게 관인 행세는."

"이 자식이 시방……"

하면서 포졸이 뼛성을 돋구는데, 엄지머리가 버럭 소리를 질렀다.

"이 자식이 싸래기 밥만 처먹었나°, 웠다 대구 호놈여?"

새까맣게 젊은 후래인 동무 포졸이 따라오거나 말거나 허술청 뒤 닷곱방에 가서 때늦은 쪽잠°으로 어제 저녁 여윈잠°이나 벌충하여보려고 어슬렁어슬렁 걸어가던 중늙은이 포졸은, 무춤 그

하릅강아지 난 지 한 해 되는 강아지. 뽄새 본새. 됨됨이. 개골 까닭 없이 내는 골. 무릎치기 무릎까지 내려오는 세폭자락을 걸쳤던 아래치 군졸. 쪽잠 짧은 틈을 타서 잠깐 자는 것. 여윈잠 넉넉하지 못한 잠.

자리에 서버리었다. 뒤꼭지에서 들려오는 소리가 아무래도 귀설지 않다 싶었는데, 아니나 다를까. 몸을 돌려 엄지머리 쪽을 바라보던 그는 흠칫 몸을 떨었다. 속마음으로 잠깐 산가지를 놓아보던 그 사내는 잰걸음으로 다가갔다.

"천장사 이거 오랜만일세."

오십 줄을 바라보는 그 늙은 포졸이 알은체를 하자 만동이는 조금 벙벙한 낯빛이 되었다.

"날⋯⋯ 아슈?"

"아다마다."

"빌꼴일세."

"아, 이 대흥 바닥서 밥 먹넌 사람치구 천하가 뜨르르허게 유명짜헌 천장사 모르는 사람이 있것능가."

무슨 사연이라도 있는 사이인가 하였다가 판막음장사˚가 된 다음부터 어디서나 듣게 되는 입에 발린 소리임을 알게 된 만동이가 쓴웃음을 지으며,

"난 또⋯⋯"

멋적은 듯 입맛을 다시며

"아까 뭐라구덜 허셨수?"

하고 묻는데, 포졸이 누런 이빨을 드러내며 사람 좋아보이는 웃

판막음장사 그 판을 끝낸 장사.

음을 흘리었다.

"연전이 비석거리서 봤잖던가베."

"예에?"

"아, 천총각 판막음장사 되가지구설랑 벽창우* 끌구가던 날 말여."

"이녁이 그럼……"

그제서야 사내 얼굴이 생각난 듯 만동이 송충이눈썹이 꿈틀하는데,

"아녀, 아녀."

포졸이 한걸음 앞으로 더 다가서며 홰홰 손사래를 치었다. 그 늙은 포졸사내 입꼬리에 츱츱한* 웃음기가 떠올랐다.

"항것* 뫼시너라 허리 필 날 읎을 자네니까 허넌 말이네만…… 층층시하루 윗사람덜 턱짓 따러 움직이는 무릎치기가 별조 있다는가. 시키는 대루 헐밖의. 허나, 어쨌든 미안허게 됬으이. 왕사는 그렇다지먼 그러나 천장사허구 나 사이는 아무런 혐의 질 일 읎넌 거 아니것나. 그것두 인연이니 우리 툉승밍이나 험세. 나 지 사령여."

"천만동이우."

한걸음 옆으로 비켜서서 벌레 씹은 낯짝을 하고 있는 젊은 포

벽창우 평안도 벽동碧潼·창성昌城에서 나던 크고 억센 소. **츱츱한** 더러운. 비루한. **항것** 노복·머슴들이 모시는 주인. 상전.

졸을 보고 지사령池使令이 꾸짖듯 말하였다.

"아무리 이 골 온 지 달포두 안 된다지면 눈은 있으되 망울이 읎어두 유만부동이지, 그래 천하장사루 유명짜헌 천장사 승화두 뭇 들어봤단 말인가. 어서 인사 나누시게."

피새*인 포졸이 어색하게 웃었다.

"안띤이 슬다 보니 이거 미안허게 되었수. 나 구사령이오."

"천만뎡이우."

웃는 낯에 침 뱉으랴고 떨떠름한 낯빛으로나마 두 포졸과 인사를 닦고 난 만동이가 헛기침을 하였다.

"아까 듣자니 누가 잽혀왔다구 헙디다만……"

만동이와 장선전 사이 도타운 사이를 아는 지사령이

"우덜 같은 하졸이 뭘 알것나……"

하며 민인들한테 무슨 청을 받을 때마다 하던 버릇대로 먼저 뜸을 들이고 보는데, 속이 타는지 혀끝을 핥던 만동이가 그만 참지 못하고 버럭 소리를 질렀다.

"도대체 그 으르신이 누구라구 헸수?"

벽력 같은 고함소리에 흠칫 놀란 지사령이 한 발짝 뒤로 물러서며 마른침을 삼키었다. 그 사내는 한 손으로 제 가슴께를 쓸어내리는 시늉을 하였다.

피새 바탕이 급하고 날카로와 툭하면 성깔을 내는 사람.

"간떨어져, 이 사람아. 좀 살살 말허소."

"말 안 헐 테유?"

"안 허긴……"

"누구유?"

"장선전나으리셔."

장선전 어쩌고 하는 말을 아까 이미 들었던 터이므로 다시 한 번 그것을 맞추어보는 것에 지나지 않는 만동이는 푸우 하고 거친 한숨을 내쉬었다. 짐작 가는 바가 없지 않은 그 엄지머리 목소리는 허청허청 들떠나왔다.

"대관절 무슨 조이뫽˚이루 그 으른을 잡어들였답디까?"

"우덜 같은 하졸이 그 깊은 속내까지야 알 도리가 있나. 온호방 따러간 빈부장이 즉접 헌 일이니께……"

"구이곽나래˚유?"

"아녀. 그렇진 않은 것 같더먼."

대흥군 군옥은 아문 밖 객관 뒤편에 있었다. 가락지 형국으로 돌아간 원옥圓獄이었는데, 시골 중읍 토옥치고는 제법 규모가 크고 반듯한 것이어서 어지간히 큰 고을 부옥은 물론이고 감영 도옥 못지않았다. 무인년˚ 어름에 세워지게 된 것으로서 여기에는

조이뫽 죄목罪目. 구격나래(具格拿來) 중죄인을 수갑 지르고 차꼬 채우고 칼 씌워 잡아들이던 것. 무인년(戊寅年) 1878년.

그럴 만한 까닭이 있으니, '상첨의 난*'이 그것이다.

　예로부터 상문상무尚文尚武하는 예향으로 대여섯 간짜리 시늉만 토옥에 어쩌다 잡혀오는 투구鬪毆 매리罵詈 간범姦犯 도박賭搏 절도竊盜 친속상도親屬相盜 따위 소소한 율을 범한 자들이나 가두어두던 것이, 초적과 강도와 화적을 넘어 마침내는 모반대역률을 범하는 자들까지 생겨나게 된 것이었으니, 그래서 서둘러 늘려 짓게 된 원옥이었다. 철종 말년 임술민란을 거치며 기세를 올리던 명화적 패거리들은 무인년 삼월 일곱 명이 잡혀 공주감영 뒷산에서 능지처참됨으로써 짐짓 그 세가 꺾이는가 싶더니, 근자에 들어 문득 다시 창궐하는 것이었다. 해마다 되풀이되는 가뭄이기는 하였으나 예년에 없던 큰 가뭄이 든 올 봄*부터 부쩍 더 늘어나는 화적떼였다.

　"경외에서 절발竊發의 환난 소리가 만근挽近에 여기저기서 놀랍게 들린다. 여염집이 총집되어 있는 가운데서까지 비상한 투도偸盜 변이 있는 지경이다. (…) 비록 외읍에 대해서 말할지라도 명화방포明火放砲 적적賊이 무리를 모아 떼로 인명을 죽이고 재화를 약탈하여 장시는 문이 공폐하게 되고 민정이 크게 소요되어 그치지 않는다."

　의정부 계啓에 나와 있고,

상첨(尚忝)의 난(亂) 1878년 충청우도 대흥 테안에서 일어났던 민요民擾. 올 봄 1889년.

옛날에는 기한과 죽음에 절박해서 도적질을 하는 것이었으나, 오늘 도적은 병기가 정예하여 백주에 횡행하니 그 까닭을 찾는다면 사치한 습속이 도적질을 가르치는 것이라…… 근래 부세결복賦稅結卜이 해마다 가중되어 지어 증뢰물까지 주구誅求되니 이는 곧 탐학하는 정사가 도적질을 가르치는 것이다.

영의정 심순택沈舜澤이 상년 섣달 말하기를—

"지금 경외 절발 환患을 돌이켜본다면 이때보다도 더 심한 때는 없어도 황년荒年 기한에 군박한 유가 아닌 것이다. 재화를 겁탈해서도 부족하면 사람을 죽이고 사람을 죽여서도 부족하면 남무덤을 파헤치는 따위 경악할 소리가 들려오지 않는 날이 없거니와, 그런 중에서도 기호 외방에서 가장 심하여 서울 근교에까지 미쳐왔다."

원래 있던 토옥은 좀도둑이나 부녀자들이 갇혀 있는 곳이다. 별옥 격으로 달아낸 곳에는 강상綱常율을 범하였거나 강도와 화적 그리고 살범들을 가두어두었다. 장선전이 끌려들어 가게 된 곳은 별옥이었다.

저녁밥 때가 멀지 않은 옥담거리는 저자를 이루고 있었다. 옥바라지 나선 죄수들 식구들을 받으려고 봉놋방 뒤란으로 좁좁하게* 달아낸 닷곱방이 대여섯 간씩 되는 주막집만 세 곳이었고 온

좁좁하다 꽤 좁다.

갖 먹을거리를 파는 밥집이며 떡집에 인삼장수 꿀장수 엿장수며 신전까지 없는 게 없을 푼수였다.

먹는 것들이야 옥바라지 나선 사람들을 상대로 하는 것이었지만 신전만은 달랐으니, 읍내에서 밥술이나 먹는 축들을 상대로 하는 것이었다. 관아에서 죄수들에게 주는 밥이라는 것은 조석 두 끼밖에 없었는데, 그것도 보리곱삶미에 거친 수수가 반 넘어 섞인 것 한 덩이와 반찬이라고는 멀건 진잎국 한 대접과 소태처럼 쓴 짠지 몇 쪽이 고작이었다. 점심은 아예 주는 법이 없었고 어쩌다 아침밥 때 껴서 나오는 누룽지를 모았다가 내어주면 그것으로 눌은밥을 만들어주기도 하였으나, 그것은 오로지 대신장大神將이나 신장神將 뜻에 달린 일이었다. 이러니 자연 짚신을 삼아 판 돈으로 점심밥을 사먹게 되는 것이었다.

죄수들이 삼는 것은 멱신 석새 엄신 왕얼기 같은 짚신만이 아니라 단총박이 청올치 두메싸립 같은 미투리며 조락신 노파리*같이 노끈으로 삼은 신발에 이르기까지 갖가지였는데, 삼음씨가 꼼꼼하고 야무져 상등품으로 꼽히었다.

신발을 삼는 데 소용되는 짚이며 칡끈이며 삼끈에 노끈을 살 돈이 있을 리 없는 죄수들은 압뢰押牢에게 빌린 돈으로 그것들을 사들여서 삼아 또한 압뢰한테 부탁하여 팔 수 밖에 없었으니, 겨

노파리 삼·종이·짚 따위로 만들어 집 안에서 신던 신.

우 점심 한 끼 얻어먹는 것을 빼놓고는 죄 압뢰 손으로 들어가게 되는 것이었다. 죄수들 가운데는 압뢰와 함께 저자에 나가 몸소 팔기도 하였는데, 신발값을 받아쥔 다음에는 함께 주막에 들러 거나하게 취흥을 돋운 끝에 밤이 이슥해져서야 갈지자걸음을 하며 옥으로 돌아오기도 하였다.

원옥 밖으로는 둥그런 돌담으로 울을 둘러 쌓았는데 네 귀퉁이마다 두 명씩 옥졸들이 번을 서고 있었다. 토옥과 별옥이 합쳐지는 안쪽으로 들여놓은 네간방이 옥졸들 숙소였고 어구 쪽 좌우로 낸 두간방에서는 옥리들이 일을 보며 죄수들 동정을 살피었으니, 좌우사방 구석구석이 한눈에 들어왔다. 별옥은 또 안쪽이 여옥女獄이요 바깥쪽이 남옥男獄인데 사내 수인들이 많이 들어올 때면 비어 있는 여옥 쪽까지 차지하게 되었다.

옥 간과 간 사이에는 빙지목憑支木을 질러 서로 들여다 보이게 하였고 옥문에는 나무판자로 문을 해 달았는데, 기다란 철봉鐵棒으로 엇질러놓아 옥졸이 차고 있는 쇠가 아니면 여닫지 못하게 하였다. 여름에는 흙바닥 위에 판자를 깔았고 겨울이면 그 위에 멍석을 덮어 찬 기운을 막았으며, 판자문에는 구멍을 뚫어 수화음식水火飮食 출입과 함께 덥고 찬 기운이 서로 넘나들게 하였다.

죄수들을 다루는 데 쓰여지는 형구刑具로는 태笞·장杖·신장訊杖·가枷·축柸·철삭鐵索·요鐐 같은 것들이 있었는데, 태와 장은 태형笞刑과 장형杖刑을 집행하는 데 쓰였고, 신장은 족대기질을 하면서 죄수를 신문하는 데 쓰였으며, 가·축·철삭·요는 죄수들 도주를 막기 위하여 쓰여지는 형구였다. 『대명률大明律』에 나와 있기를—

태는 작은 가시나무로 만드는데, 밑어섯은 지름이 2푼 7리요 끝어섯 지름은 1푼 7리이며, 길이는 3자 5치였다. 태장은 큰 가시나무로 만드는데, 밑어섯 지름은 3푼 2리요 끝어섯 지름은 2푼 2리이며 길이는 3자 5치이니, 나무 마디와 눈을 모두 깎아내어야 하였고 아교를 발라 짐승 힘줄 같은 것들을 덧붙이지 못하게 하였다. 장 길이는 3자 5치에 지름이 3푼 2리를 넘지 못하게 하였으며 아울러 태 경우와 똑같은 율을 두었다. 길이가 5자 5치요 폭이 1자 5치인 장방형 판때기 위쪽에 구멍을 뚫어 목에 씌우는 나무칼인 가는 그 형량에 따라 무게가 각기 달랐으니, 대벽수大辟囚는 25근짜리이고, 유형수流刑囚는 20근짜리며, 장수杖囚는 15근이다. 대벽수에게는 가를 씌우고 축과 족쇄를 채웠는데, 축은 대벽수에게만 채우는 나무수갑으로 두께가 1치요, 길이가 1자 6치짜리 축에 오른쪽 손과 팔을 집어넣은 다음 못질을 하여 움직일 수 없게 만드는 것이었다. 철삭은 길이가 1길쯤 되는 쇠줄로서 비교적 가벼운 율을 범한 죄수 목이나 발을 묶어두는 데 쓰였는데, 목을 묶는 것을 항쇄項鎖라 하고 발을 묶는 것이 족쇄足鎖였다. 끄트머리에 3근쯤 되는 쇳덩어리인 연환連環 달린 쇠사슬로 죄수 발목을 묶는 것을 요라고 하는데, 도형徒刑을 받은 죄수들은 이 요로 발목을 묶인 채 출역을 하기도 하였다.

가장 중한 형벌인 대벽감 죄수는 감영이나 한양 형조로 올려 보내졌지만, 열읍수령들이 집행하는 형벌만 하여도 이지가지로 끔찍한 것들이 많았으니―

도적질을 한 자 왼쪽 다리 아래 복사뼈 살을 1치 5푼 길이로 베어내거나 도려내는 단근형에, 남을 비방하고 무함하는 낭설을 퍼뜨린 자에 대하여 그 죄를 저지르는 데 쓰여진 혀를 잘라내는 단설형, 남의 부인네를 능욕하거나 서로 정을 통하는 유부녀통간을 저지른 자에 대하여 그 죄 씨앗이 되었던 양근을 잘라버리는 궁형, 강도질한 자 팔과 다리를 잘라내는 양수절단형 같은 것들이 그것인데, 이것은 그러나 『대명률직해』나 『대정통편』 같은 법전에 나와 있는 판박이틀인 형벌들이고, 법전에도 없는 형벌들이 많았으니―

죄수 온몸에 미끄러운 기름으로 뒤발을 한 다음 타오르는 불길 위로 건너지른 쇠다리를 건너가게 하는 포락형炮烙刑이 있고, 코를 베는 의형劓刑, 발뒤꿈치를 쪼개는 고형剕刑, 몸에 글자를 새겨넣는 경면형黥面刑 같은 것들이 그것이다. 한갈래 불족대기질인 포락형을 받는 죄수는 뜨겁게 달구어진 쇠다리에 발을 올려놓기도 전에 타오르는 불속으로 떨어져 타 죽게 마련이었고, 어떻게 간신히 다리를 건넜다고 하더라도 몸에 칠하여진 기름으로 해서 화상을 입고 죽어갈 수밖에 없었다. 주로 재물과 연관된 죄를 범한 사람들에게 행하여지는 경면형은, 커다란 침을 여남은 개쯤 한 묶음으로 묶어가지고 글자 모양대로 살을 쪼아내어 먹물을 집어넣은 다음 헝겊으로 그 자리를 꽁꽁 동여매는 것이다. 그런 다음 옥에 가두어두고 먹이 들어간 것을 씻어내지 못하게끔 매일같이 불러내어 살펴보기를 사흘이 지나 먹물이 제대로 들어갔다 싶으면 비로소 옥에서 내어보낸다. 관물 훔친 자에게는 훔친 몬 갈래에 따라 '도관전盜官錢' '도관량盜官糧' '도관물盜官物', 백주에 남의 재물을 훔쳐낸 자에게는 '창탈搶奪', 남의 소나 말을 세 차례 위로 잡아죽인 자에게는 '견우牽牛' '견마牽馬', 강도질한 자에게는 '강도强盜', 강도 우두머리되는 자에게는 '강와强窩'라는 글자를 위로는 팔꿈치를 못넘고 아래로는 팔목을 못넘게 1치 5푼 크기로 새겨넣는 것이었다. 팔뚝에 글자를 새겨넣는 것은 그래도 나은 편이고 뺨 위에 새겨넣은 경우까지 있었으니— 처음 도적질한 자에게는 오른팔에 새기었고 두번째 도적질한 자에게는 나머지 왼팔에다 새겨넣었는데, 이것을 뺨 위에 새겨넣었던 것이었다. 이 밖에도 거꾸로 매달아놓고 콧구멍에 횟물을 들이붓는 비공입회수형鼻孔入灰水刑, 종지뼈에 막대기를 가로지르고 네 명 내지 여섯 명 사령들이 양쪽에서 눌러대는 압슬형壓膝刑, 두 다리를 위아래로 단단히 묶은 다음 그 틈에 두 개 주장朱杖을 집어넣어 양쪽에서 번갈아 눌러댐으로써 종지뼈를 휘거나 퉁겨져 나오게 만드는 주릿대질, 형틀에 엎어놓고 등짝을 마구 내려치는 태배형笞背刑, 거적을 씌워놓고 서너 명 형리들이 사정없이 마구 내려치는 난장형亂杖刑 같은 것들이 있었다.

"주장으로 허리 부분을 치는 법은 비록 압슬과 낙형에 비할 바는 아니지만, 그 혹독함은 더욱 심하다. 압슬과 낙형은 기구를 설치한 연후에 시행하지만, 이것은 명령이 떨어지자마자 많은 주장으로 한꺼번에 치니, 만약 치사할 경우에는 난살과 무엇이 다르겠는가. 이후에는 그런 형벌을 시행하지 말 것이다."

영조 46년 6월 임금 금령이 있은 다음부터 처음에는 조금 수그러드는가 하였으나 그 뜻이 고루 미치지는 못하였고, 천주학쟁이들에 대한 박해가 시작된 병인년 어름부터 오히려 더욱 혹독하여진 것이었으니, 양인들이 저희들 나라에 돌아가 써낸 책에 이렇게 적혀 있다.

"밤낮없이 족가足枷를 끼고 있어야 하니 옴으로 곪지 않은 몸이 없고, 장독으로 썩지 않은 살이 없다. 수수밥 한 덩이에 굶주림이 겹쳐 살아 나간 사람보다 죽어 나간 사람이 더 많았다. 죽으면 병사한 것으로 하여 시방屍房에 버려졌다가 밤이 되면 두엄터에서 태워버린다."*

"수인 사지를 네 마리 소에 잡아매고 소에 채찍질을 하면 사형수 몸은 네 토막으로 갈라진다. 머리와 동체 및 사지 따위 여섯 토

---

* 리델『경성유수기(京城幽囚記)』에서

160

막이 된 수인 찢긴 몸뚱이는 각기 한 토막씩 각도에 보내져 백성들로 하여금 보게 하는 것이 관례가 되어 있다. 천한 관노가 이 흉칙한 살덩어리를 대로상으로 끌고 다니면서 구경을 시키고 통행인들한테 돈을 요구한다. 국왕 이름으로 또 국사를 위하여 돌아다니므로 누구 하나 이 시체 구경값을 받지 못하게 말릴 수가 없었다. 또 수인 시체를 매장하지 않고 버려두기에 거지들이 시체 팔에 끈을 매달아 거리로 끌고 다니며 구걸하였다. 주민들은 이 무서운 광경으로부터 해방되기 위하여 재빨리 돈을 던져주는 것이었다."*

옥 안에서도 죄수들 사이에 다스리는 율과 형벌이 옥리들 그것에 못지않게 악독하고 포악하였으니, 사람세상에서는 보지도 못하고 듣지도 못하였던 것들이 많았다. 학춤, 원숭이걸이, 알짜기, 골밀이 따위 여러가지 변말*로 불리는 형벌이 있는데—

두 손을 등 뒤로 묶어 대들보에 매달아놓고 회초리로 종아리를 갈기는 것이 학춤이요, 팔다리를 함께 묶어 간살*에 매달아놓고 그 엉덩이를 회초리로 갈기는 것이 원숭이걸이며, 두 팔을 오금 사이에 집어넣고 바닥을 짚어 두 다리를 공중에 뜨게 한 다음 사타구니 사이로 머리를 집어넣게 하는 것이 알짜기요, 두 손은 뒷짐을 지고 정수리를 바닥에 박은 채 방안을 뱅뱅 돌아다니게

---

* 달레『조선교회사 서설』에서 변말 남이 모르게 저희끼리만 쓰는 남모르는 암호 말. 변. 은어. 간살 문 사이를 가로지르는 나무.

하는 것이 골밀이였다.

옥사장은 스스로 대신장이라고 부르고 옥졸 또한 스스로를 신장이라고 부르며 오래 묵은 노수老囚는 마왕魔王이라고 자칭하며 아귀가 서로 물어뜯듯 연기를 내어뿜고 불길을 토하니, 이승 사람으로서는 능히 헤아릴 수 없는 바가 있었다. 옥방 안에서 우두머리 노릇을 하는 마왕은 영좌領座 공원公員 장무掌務라고 불리는 수하를 거느리고 죄수들을 다스렸는데, 그 수가 여간 악독한 것이 아니었다.

매양 새 죄수를 맞을 때마다 다섯 가지 포악한 형벌을 섞어 쓰는 것이었으니, 이른바 '오례五禮'였다. 처음 옥방 문설주를 넘어설 때 받는 '유문례踰門禮'가 있고, 방안으로 들어서면서 받는 '지면례知面禮'가 있고, 목에 쓴 칼을 벗으면서 받는 '환골례幻骨禮'가 있고, 앉을 자리를 정해주면서 받는 '착좌례着座禮'가 있고, 여러 날이 지난 다음 비로소 한 식구로 인정해주면서 받는 '면신례免新禮'가 있다. 하나 예를 치를 때마다 정해진 돈머리가 있어 지니고 들어온 돈이 있거나 옥바라지 온 식구들이 넣어주는 돈과 음식을 바치면 예를 치른 것으로 하여주었으나 돈이 없고 찾아오는 사람도 없는 자면 아침저녁 두 끼씩 들어오는 주먹밥에서 절반씩을 떼어 그 정해진 돈머릿수가 찰 때까지 바쳐야 하였으며, 밥으로라도 갚지 못하는 자에게는 무릿매를 놓아 반병신을 만들어버리는 것이었다.

돈냥이나 있는 죄수일 경우에는 '오례' 밖에 다시 '깔개값'과 '초변初便값'과 '신유薪油값'을 바쳐야 했고, 더하여 '계간鷄姦값'까지 바쳐야만 하였으니, 돈을 바치지 않으면 마왕한테 밤마다 대신 후정*을 맡겨야만 하였다. 뿐만 아니라 식구들이 넣어주는 여러가지 입성은 마왕부터 시작해서 영좌 공원 장무 차례대로 며칠씩 입고 난 다음 거의 헌털뱅이가 되어서야 내어주는 것이었다. 포흠질을 하다가 들어온 구실아치이거나 방귀깨나 뀌는 집안 자제들은 옥에 들어와서도 독간에서 호사를 하거나 그 돈힘으로 신장과 마왕 고임을 받아 여전히 거들먹거리며 지내었고, 완력이 세거나 독기가 있는 자들 또한 나름대로 행세를 하였으니, 죽어나는 것은 밖에서나 옥에서나 돈 없고 세력 없고 완력과 독기마저 없는 가난한 상것들인 것이었다. 그런 사람들이 할수 있는 오직 한 가지 일이 있다면 짚신을 삼는 일이었다. 그러나 하루종일 짚신을 삼고 미투리를 삼고 마른신을 만들고 더하여 멍석을 짜고 부들자리를 짜서 내다 팔아보아도 대신장과 신장과 마왕과 마왕 수하들이 다 차지하고 겨우 점심밥 한 끼를 얻어먹는 것에 지나지 않았다. 사대육신을 놀려 일이라도 할 수 있는 근력이 있는 축들은 그래도 나은 편이었고, 기력이 쇠한 늙은이거나 병이 든 자들에게는 다만 죽음만이 있을 뿐이었다.

후정(後庭) 뒤꼍을 말하니, 곧 똥구멍.

무릇 수령 된 자라면 언제나 맑은 마음으로 수인들 형편을 살펴보아야 하는 것이겠거늘, 술에 취하여 있는 경우가 많아 죄수를 한번 가둔 다음 드디어 잊어버리고 다시 찾지 않으니, 아전과 형리들더러 제 마음대로 작간질을 하라는 것과 진배없었다. 뜻있는 선비 있어 일찍이 이렇게 말하고 있다.

형옥은 중대한 일이요 감옥은 흉악한 곳이다. 수인들 질병은 반드시 보살펴야 하고 굶주림과 추위도 반드시 알아보아야 한다. 그런데 참으로는 병이 있어도 아전이 알리지 않는 경우가 많고, 병이 아닌데도 아전이 거짓으로 알리는 경우도 많다. 거반 아전은 죄수 보기를 개 돼지같이 하여 마음속에 두지 않는다. 처음에 조금 아플 때에는 살펴보지 않다가 반드시 그 병이 위독하게 되어서야 바야흐로 수령에게 알리고 지어는 죽은 후에라야 알린다. 재물이 있는 죄수에게는 꾀병을 앓도록 만들어놓고 교묘한 말로 꾸미어 백방되도록 꾀한다.

"아니, 이게 뉘기여?"

진둥한둥 옥담거리를 지나가는 만동이한테 알은체를 하는 사내가 있었다. 사발잠방이*에 땀등거리* 차림인 그 중늙은이 사내는 한쪽 입마구리에 파뿌리 같은 잔주름을 모으며 만동이 앞으로 다가섰다.

"만됭이 아닌가베."

한시바삐 옥으로 가서 장선전나으리를 만나뵈어야겠다는 생각에만 골똘한 나머지 전후좌우를 돌아보지 않고 황새걸음*만 하고 있던 만동이 두 눈이 휘둥그렇게 벌어지었다.

"얼라? 이게 누구시랴?"

"나여, 이 사람. 마서방."

"마서방아저씨가 웬일이시래유?"

"으응……"

하면서 어색하게 웃던 그 사내는 뒤쪽으로 저만치 떨어진 데 있는 길가 주막을 가리키었다.

"나 저 집이 있구먼."

"얼라아. 떠돌뱅이*허시넌 중 알었더니…… 원제버텀 저기 지시넌규?"

"으응…… 그렇긔 됬으이. 나같이 매인 뫽심이 워디 가면 별조 있다던가."

한숨을 내려쉬는 마서방馬書房은 향곳말 오진사吳進士댁 머슴이었다. 가난도 비단가난인 오진사댁에서 새경도 제대로 안 나

사발잠방이 농군이 여름에 입는 무릎까지 오는 짧은 잠방이. 가랑이가 잠방이보다 길고 사발고의보다 짧음. 쇠코잠방이. **땀등거리** 베로 만들어서 여름에 등과 가슴에만 걸쳐 입는 웃옷. **황새걸음** 긴 다리로 성큼성큼 걷는 걸음. **떠돌뱅이** 붙박힌 살림터가 없이 떠돌아다니며 사는 사람.

오는 상머슴을 살면서도 지극정성으로 항것 뫼시는 순박한 마음씨로 해서 법 없이도 살 사람이라는 칭송이 자자하던 홀아비 마서방이 대홍고을을 떠나게 된 것은 서너 해 전이었다. 향곳말에서 살변殺變이 났을 때 겨린잡혀가*온갖 사다듬이*를 당한 끝에 떠돌뱅이가 되었던 사람이었다. 피붙이 하나 없는 혈혈단신으로 조진모초*하다가 없는 놈이 살기는 그래도 아는 데가 낫다고 십여 년간 정 붙이고 살아 온 대홍고을로 다시 돌아온 것이 서너 달 전이었다. 오진사댁으로 우선 가보았으나 오진사가 돌림병으로 땅보탬*이 된 다음 나머지 식구들이 살길 찾아 먼 일가붙이가 고을살이하는 충청좌도 어디로 떠나버린 그 집에는 주인이 바뀌어 있었고, 하릴없이 옥담거리 주막집 중노미가 된 것이었다. 만동이 아비 되는 천서방과는 너나들이를 하는 사이였는데, 한번 찾아 가본다본다 하면서도 제 꼬락서니가 스스로 차마 할딱하여*미루고 있던 차에, 저녁손을 받기 위한 여리질*나섰다가 그만 그 자식 되는 아이를 만나게 된 마서방은, 도무지 반가우면서도 또 여간 서글퍼지는 마음이 아니었다. 그 사내는 검실검실한 눈을 꿈벅꿈벅하였다.

"다들 별고 옰으시것지?"

겨린잡혀가 살인사건이 났을 때에 그 범인 집 이웃에 사는 사람이나 또는 범죄현장 둘레로 다니는 사람까지라도 증거인으로 잡아가던 것. 사다듬이 몽둥이로 사정없이 마구 때리는 짓. 조진모초(朝秦暮楚) 사는 곳을 이곳 저곳으로 옮기어 자리 잡지 못함을 이르는 말. 땅보탬 죽어서 땅에 묻힘을 이르는 말. 할딱하다 초췌하다. 여리질 손님을 끌어들이는 짓.

"예. 장 그렇지유 뭐."

"이럴 게 아니라 잠시 나 있는 집이루 점 들어감세. 노상이서 이럴 수 있는가."

하는데, 만동이가 옆구리에 끼고 있던 무명필을 추스르며 원옥 쪽을 바라보았다.

"아뉴. 싸게 가볼 디가 있슈."

"알어."

"예에?"

"장슨전나으리 땜에 그러넌 거 아닌감."

"얼라. 아저씨가 워치게 그걸 아신대유?"

"다 알구 있으이. 장슨전나으리 하옥되신 것두 알구, 자네가 이 마빡 흰 개산 대호를 맨손이루 쌔려잡어다 주구 멩 일곱 필 상급 받어 나오넌 질인 것두 알구……"

"얼라아?"

"우덜 주막이 덕산골 관포수 일행이 와 있거던. 긔네덜헌티 죄 들었구먼."

"긔덜이 왜 집이루덜 안 가구 거깃대유?"

"자네가 준 쌀섬 메구 와서 요긔덜 허넌 참여. 하룻저녁 유허구 가것다던디…… 칭댕이 중 하나가 장슨전나리허구 아넌 사이더먼그려."

"그류우?"

"그려. 그러니 잠시래두 들렀다 가란 말 아닌감. 글력 팽길텐디 요기나 점 허구."

"알것슈. 허나, 나으리를 우선 뵈야 허니께…… 싸게 댕겨나오쥬."

원옥 어구 문턱에 퍼지르고 앉아 연방 찢어지게 입을 벌려 하품을 하는 틈틈이 말린 육포쪼가리를 입에 넣고 잘근거리던 문지기 옥졸 두 명이, 벌떡 몸을 일으키었다. 어처구니* 하나가 황새걸음으로 다가오더니 잡담 제하고 문안으로 들어가려고 하였던 것이다.

"누구냐?"

첫된 소리로 외치며 문빗장에 기대어 세워두었던 장창을 꼬나쥐었다.

"웬 놈이냐?"

송충이눈썹이 꿈틀하면서 잠깐 이맛살을 찌푸리던 만동이가 말없이 한걸음 더 앞으로 다가섰고,

"어어…… 이 자식 보게."

하면서 두 옥졸이 쥐고 있던 장창을 가위 모양으로 엇세워 막았다.

"워딜 가는 게여?"

"보면 몰르것나?"

어처구니 상상 밖으로 엄청나게 큰 몬이나 사람.

만동이가 되묻는데, 어이가 없는지 옥졸들은 서로 얼굴을 마주 바라보며 픽 웃었다.

"워딜 함부로 들어가려는 게냐 이 말이여?"

"장슨전나으리 좀 뵈려구 그런다, 왜?"

"이 자식이 시방 관인 앞에서 말하는 뽄새 좀 보게."

"면수시각 끝난 게 언젠데 누굴 만나겠다는 수작이여?"

같잖다는 듯 떫은 표정으로 옥졸들이 콧방귀를 뀌는데, 만동이 관자놀이께에 굵은 힘줄이 돋아났다. 무엇을 생각하는 듯 잠깐 직수굿하고 있던 고개를 들며 그는 착 가라앉은 목소리로 말하였다.

"긴말헐 틈 읎으니 싸게덜 비키슈."

"어, 이 자식이 뉘 앞에서 희떠운 수작여?"

"안 되것네. 아무래두 뜨건 맛을 봐야 알어들을 모냥여."

옥졸들이 받고차기로 지껄이는 수작을 듣고 있던 만동이는 푸우— 하고 뜨거운 숨을 뱉아내었다. 그리고

"에잇, 성가셔 죽것네."

입안엣소리로 중얼거리더니 한걸음 앞으로 다가서며 활줌통 내미듯° 바른손을 쭉 뻗어 엇질러 세우고 있던 장창 윗모가지를 모아 잡았다. 옥졸들이 잡힌 창을 빼어내려고 용을 쓰는데 만동이가 옆으로 슬쩍 비켜서며 잡고 있던 창모가지를 앞으로 홱 낚아채었고, 몇 걸음 앞으로 딸려 나오다가 창을 놓친 두 옥졸은 어

쿠! 소리를 내며 땅바닥에 고꾸라졌다. 자갈박힌 맨땅에 정통으로 면상받이*를 하게 된 옥졸들이 경칩 전 개구리꼴로 엎어져 고불이*이 앓는 소리만 내고 있는데, 만동이는 뒤도 돌아보지 않고 원옥 안으로 들어섰다.

저만큼 가락지 형국으로 에둘러 있는 옥이 보이기는 하지만 난생 처음 들어와보는 옥인지라 어디가 어딘지 요량이 서지를 않는 만동이가 네둘레를 두리번거리고 있는데, 문 안쪽으로 붙어 있는 방에서 장기를 두고 있던 옥졸 두 명이 뛰쳐나왔다. 그 사내들 손에는 박달나무로 깎아 만든 몽치*가 들리어 있었다.

"웬 놈이냐?"

"웬 놈이 범옥을 하는 게냐?"

옥졸들이 쇳된 소리로 외치며 앞을 막아섰고, 만동이가 말하였다.

"장슨전나리를 뵈려구 온 사람이우."

"어디 사는 누구냐?"

"윗말 짐사과 으르신댁 사넌 천만뎡이라구 하우."

"그것보다두 어떻게 들어왔네?"

"두 발루 걸어 들어왔수다."

"별꼴일세. 이 사람들이 그럼 또 술추렴 나갔단 말인가?"

면상받이 얼굴을 무엇에 정면으로 부딪치는 것. 고불이 매우 나이 많은 늙은이. 몽치 박달나무나 물푸레나무로 깎아 만든 단단하고 짤막한 몽둥이로 병장기 하나였음.

옥졸 하나가 입안엣소리로 중얼거리며 문밖 쪽을 넘겨다보는데 문밖에서는 아무런 기척도 없다. 천하장사로 유명짜한 만동이 이름자를 들어 알고 있는 옥졸들은 만동이 엄엄한 기세에 눌려 가까이 다가오지는 못하고 안쪽에 붙어 있는 사령청에서 쉬고 있을 제 동아리*들이 들으라고 공중 헛고함*만 질러대고 있는데, 만동이가 앞으로 다가갔다.

"장슨전나리 지신 디가 워디유?"

"면수패도 없이 옥에 들어오면 무단범옥률에 걸리는지 알고나 이러는 게여?"

"봄옥이구 호랭이옥이구 간이 워다냐니께?"

짜증기 섞어 말하며 만동이는 앞으로 나아갔고, 몽치를 꼬나쥔 두 옥졸이 서로 눈짓을 하더니 악! 소리와 함께 만동이 양쪽 어깨를 겨냥하고 몽치를 내려찍었다. 만동이 양 어깨가 하마 섭산적*이 되는가 싶은데, 만동이가 섰던 자리에서 홀쩍 뛰어올랐다. 헛손질을 한 두 옥졸 몸이 앞으로 푹 숙이어지는데, 한 길이나 되게 허공중으로 솟구쳐 올랐던 만동이가 양발차기로 두 옥졸 견대팔을 내려찍으며 사뿐 내려섰다. 옥 안에 있던 수인들이 빙지목에 달라붙어 웅성거리었고 사령청에 있던 옥졸 대여섯 명이 다같이 쫓아 나왔다. 만동이가 잠깐 숨길을 고르며 전후좌우

동아리 한패. 헛고함 겁을 주려고 일부러 지르는 소리. 섭산적 쇠고기를 난도하여 주무른 다음에 갖은 양념을 치고 반대기를 지어서 구운 적.

테와 거리를 뼘어보고* 있는데, 한쪽 옆구리에는 여전히 일곱 필 무명을 끼고 있는 채로였다.

저마다 창과 뭉치를 꼬나쥔 옥졸들은 만동이와 대여섯 발짝쯤 떨어진 앞까지 와서 무춤 서버리었다. 옥졸들 가운데는 한눈에 만동이를 알아보는 자도 있었고 무엇보다도 그리고 저희 동패 옥졸 두 명이 넉장거리로 나가자빠져 있는 것을 보게 되자 그만 겁이 덜컥 났던 것이다. 어떻게 하여볼 생각은 못한 채 저마다 헛고함만 질러대고 있는데 옥졸 하나가 사령청으로 뛰어갔다. 점심상에 오른 계당주 반주가 지나쳐 긴 낮잠에 곯아떨어져 있던 옥사장이*를 흔들어 깨우자 처음에는 개골을 부리더니, 범옥…… 어쩌고 하는 말을 듣고는 벌떡 몸을 일으키었다. 옥졸들 앞으로 나선 그는 채수염을 쓰다듬어 내리었다.

"무단범옥률이면 그 벌이 얼마인 줄 알고나 이 행짜*인가?"

옥사장이가 짐짓 헛기침 섞어 위엄을 보이는데 만동이가 착가라앉은 목소리로 말하였다.

"행짜라니요? 행짜부린 건 이녁들이지 내가 아니우. 난 그저 장슨전나리나 뵙구 가려구 온 사람이우."

"면수에도 정해진 시각이 있음이어늘……"

넉장거리로 나가자빠져 있다가 그제서야 겨우 일어나 어깨를

뼘어보다 재어보다. **옥사장이** 옥쇄장鎖匠. 옥에 갇힌 사람을 지키는 하례下隸. 옥졸. 사장이. **행짜** 심술을 부려 남을 해롭게 하는 것.

주무르고 있는 제 동무들을 바라보며 옥사장이는 혀를 찼다.

"무단범옥률에 더하여 구상관원률까지 범하였은즉 대벽大辟
감 버금가는 율을 범했음이어늘…… 어찌 감당할 작정인고?"

강다짐˚을 두는 말투는 엄하였으나 옥졸로 늙어온 그 사내는
만동이가 옆구리에 끼고 있는 무명필을 힐끔힐끔 바라보며 동무
들에게 어떻게 하라는 말은 하지 않는 것이었고, 만동이가 말하
였다.

"벼락방맹이˚루 선손질˚한 건 이녁들이지 내가 아니우."

"일의 자초지종이야 어찌 되었든 자네는 이미 구상관원률에
무단범옥률까지 범했음이야. 어쩔 텐가?"

"이쨌든 미안히게 됐수. 허나, 족심˚ 빼구 슬쩍 한 번 갖다대기
만 헸으니 뼈가 상허지는 않았을 규."

"어쩔 테냐니까?"

옥사장이가 자꾸 되물어왔고, 만동이가 옆구리에 끼고 있던
무명필을 앞으로 쑥 내어밀었다.

"옛수. 이걸루 찜질이나 시키구 밤저녁이 요기덜이나 허슈."

옥사장이 곁 옥졸들에게 눈짓을 하였고, 두 명 옥졸이 달려 나
와 무명필을 받아갔다. 옥사장이가 헛기침을 하였다.

"무명필로 자네가 인정을 썼대서가 아니라…… 오늘 일은 내

강다짐 덮어놓고 억눌러 꾸짖는 것. **벼락방맹이** 갑자기 얻어맞는 매, 또는
벼락같이 호된 매. **선손질** 먼저 손찌검하는 짓. **족심**(足心) 발바닥 힘.

효주°함세. 없었던 것으로 덮어두겠다 이 말인즉."

"고맙수."

"자네가 이 고을이 낳은 드문 장사인데다가 특히나 수많은 인명을 살상한 악호인 이마빡 흰 개산 대호를 맨주먹으로 때려잡은 공을 가상히 여겨 하는 말이야."

"우리 나으리 좀 뵙게 헤주시우."

욱기가 솟는 것을 꾹 눌러 참으며 만동이가 말하는데, 옥사장이는 다시 한 번 채수염을 쓰다듬어 내리며 헛기침을 하였다.

"크흐음. 대저 군사부일체라. 스승을 생각하는 너의 그 마음씨가 어여뻐 특면°을 시켜주는 것인즉…… 일후 오늘 같은 일이 다시 있어서는 아니될 것이야. 알겠느뇨?"

"고맙수."

손짓으로 일동무들을 흩어지게 하고 난 옥사장이는 만동이 귀에 대고 이렇게 말하였다.

"주막집에 일러 민식°을 넣어줄 터이니라."

"이 노릇을 어찌허누. 이 노릇을 어찌허누."

허희탄식°을 하며 원옥을 벗어나 옥담거리로 들어서던 만동이는 무춤 그 자리에 서버리었다. 저만치 바라다보이는 옥담거

효주(爻周) 장부 따위를 헤아릴 때 가새표와 동그라미표를 나타내어 지워버리는 것. **특면** 특별 면수面囚. **민식**(民食) 사식. **허희탄식**(歔欷歎息) 한숨짓고 탄식함.

리 초입 쪽으로 뭇사내들이 몰려들어오고 있는데, 시끌벅쩍 여간 소란스러운 것이 아니었다. 땀에 전 세폭자락*을 흩날리며 옥졸들이 뛰어갔고, 떡전이며 엿목판 앞을 기웃거리던 중다버지* 들이 떼를 지어 몰려갔으며, 주막에 유숙하며 옥바라지를 하고 있던 사람들이 무슨 일인가 하여 울타리 밖으로 고개들을 내어 밀고 있었다.

가까이 다가오는 그들을 피하여 길가에 쳐놓은 국밥집 차일속으로 들어서는 만동이 송충이눈썹이 꿈틀하고 비틀려 올라갔다. 윤동지네 사포대였던 것이다. 한양 세도대감댁으로 올려 보내던 피물 든 봉물짐을 적적암 아래 고갯마루에서 털린 다음부터 사포대를 기르기 시작하더니, 드디어 화적들을 잡아낸 모양이었다.

어제 낮뒤에 숯뱅이 골짜기를 내려오다가 보았던 바로 그 무리였는데, 범 사냥 대신 화적 사냥을 한 듯 으르딱딱거리*며 거들먹거리는 자세가 여간 아니었다. 막대잡이*하는 군졸 뒤로 제가 무슨 융복한 장수라도 된다는 양 상모며 주락으로 한껏 치장을 하고 은안장까지 지운 돈점총이 위에 높이 빼그어 앉아 한껏 자세를 부리고 있는 윤경재 양옆으로는 관아 군관들과 군졸들이 둘러싸듯 따라붙고 있었다. 그 뒤로는 오라지어진 화적들 세 명이 끌려오고 있었는데, 맞붙이*에 맨발이었다. 풀어헤쳐 산발된

세폭자락 사령군노들이 입던 세 갈래진 웃옷. **중다버지** 길게 자라 더펄더펄한 아이들 머리, 또는 그런 아이. **으르딱딱거리다** 잇달아서 을러대며 딱딱거리다. **막대잡이** 길잡이. **맞붙이** 솜옷을 입어야 할 때 입는 겹옷.

머리칼 아래로 드러나는 얼굴에는 핏기 한 점 없었고 사포대와
접전을 하다가 다친 것인지 견대팔과 팔뚝이며 허벅지에서는 피
가 배어 나왔으며 하나는 다리까지 절고 있었다. 하나같이 늙수
그레한 초로의 사내들로 피골이 상접한 몰골만을 보더라도 도무
지 우선 힘꼴이나 쓰는 도적떼같아 보이지가 않았다. 바라보던
사람들이 서로 눈짓을 하며 고개를 끄떡이었으니, 말을 안 해도
알조°라는 투였다.

내포 테안에 봄부터 가뭄이 계속되니, 물에는 조개가 살지 못
하고 뭍에는 풀조차 죄 시들어버릴 지경이었다. 내포 테안만이
아니었다. 근기를 넣은 삼남 모두가 다 그악한° 올서리와 가뭄에
시달리었으니, 병정 년간 큰 가물과 엇비슷한 것이었다. 복날이
면 개와 닭을 잡고 섣달이면 돼지 잡아 두레잔치 벌였더니, 앞마
당 뒤뜰에서 노래하고 춤추며 흥겹게 놀던 때가 하마 그 언제였
던가.

양식은 진작 떨어지고
새로 핀 이삭 여물 날 언제런지
날마다 서쪽 언덕 나물을 뜯어도
허기를 채우기에 부족하다.

알조 알 만한 일. 알괘. **그악하다** 사납고 모질다.

176

아이들 배고파 보채는 거야 참는다지만
늙으신 부모님은 어찌하리요?
사립문 밖에 나가보아도
어디로 갈지 막막하구나.

예로부터 대흥은 살기 좋은 고장이었다. 산은 높고 골은 깊어
맑은 물이 흐르는 들판은 기름졌으며 온갖 곳들이 우거진 사이
로 짐승이 뛰어다니고 새가 노래하던 산에는 또 낙락장송 하늘
을 가리고 있었으니, 예로부터 사람이 살 만한 곳이라고 일렀음
이다. 물산이 풍부하기로 내포에서 으뜸이요 성읍城邑은 한양을
본떠서 거리마다 온갖 물화를 파는 가가假家가 즐비하며 닭울음
개 짖는 소리 백 리를 이어 전후좌우 사방으로 들리고 밭갈이 누
에치기 마을마다 즐거웠다. 봇도랑물 백 리를 끌어가고 밭이랑
은 또 이우명˚ 산허리를 둘렀으니, 보리갈이 가을이 되어 바쁘고
모종하기 초여름에 또한 바빴다. 논두렁이 넘치게 물을 아무리
끌어대어도 솥뚜껑을 엎어놓은 듯 고을을 둘러싸고 있는 산골짜
기에서 흘러내리는 맑은 물 졸졸졸 그치지 않고, 긍이˚ 넣은 그루
갈이 해를 거듭해도 흙주접˚ 한번 뜨는 법 없었으니, 갓난아이 보
살피듯 지극정성으로 농사일 보살펴 소소한 홍수와 가뭄에도 별

이우명(二牛鳴) 두 마리 소가 잇따라서 우는 소리가 들릴 만한 거리. 2킬로
쯤. **긍이** 한 해에 같은 땅에 두 번째 농사짓는 일. **흙주접** 한 가지 농작물만
줄대어 심은 탓에 땅이 메말라지는 일.

탈이 없었다. 격양가 풍물소리 드높은 풍년에는 떡이야 술이야 배부르고 흉년에도 비록 점심은 거를망정 겨는 먹지 않았다. 여가에 닥나무 옻나무에 대밭을 돌보고 지황 창출 백출 택사를 거두며 알밴 게를 건져 장독에 묻으니, 백 리에 빈 땅이 없고 닭울음 소리 끊어지지 않았다. 예를 높이 받들고 문과 무를 똑같이 숭상하였으며 의를 지키는 데 목숨을 아끼지 않는 대흥 사람들은 풍속 또한 유순하여 북녘 억센 사람들과 같지 않으니, 밤에도 사립을 닫지 않고 들판에는 그냥 낟가리를 쌓아두었다.

이렇던 고을이 사람이 살기 어려운 곳으로 바뀌어버린 것은 병정 년간 어름부터였다. 봄부터 흙비*가 내리고 바람이 심하게 불며 가물다가는 오뉴월에 우박이 떨어지고 올서리가 내리고 흰 무지개가 해를 꿰뚫는 일이 자주 일어나 들판에 풀들이 하얗게 타 죽는가 싶으면 꼭 찾아오는 늦장마는 또 홍수가 되고는 하는 것이었으니, 해마다 되풀이되는 천재지변은 하삼도 가운데서도 충청도요 충청도 가운데서도 우도인 내포 태안이 더구나 지독한 것이었다.

올 봄에도 장근 달포가 넘게 구질구질 흙비가 날리더니 보리 이삭 쌌이 나고 못자리판에 뿌려둔 볏모는 또 썩어 들어가는 것이었다. 모내기를 한 지도 어언 석 달이 다 되건만 볏줄기에는 도

흙비 바람결에 날아 떨어지는 보드라운 모래흙으로, 흔히 바람이 센 봄날에 일어난다.

178

무지 곳이 피지를 않으니, 어찌 또 이삭이 패고 나락이 여물기를
바라겠는가.

　뿐인가. 상수리 도토리 벌레 먹고 오이 덩굴 말라지며 여뀌°야
납가새°야 덧거침°에 목잠°만 자꾸 밀어닥쳐 농군들 입에서는 나
오느니 한숨이라. 어린것들 밥 달라고 보채는 소리 애를 에건만
아전놈들 붓끝 농간으로 온갖 잡세는 또 해마다 늘어나고 오르
기만 하니, 어미는 동쪽으로 자식은 서쪽으로 아비는 남쪽으로
구름처럼 흘러가고 빗물처럼 흩어져서 천지간에 아득한 유개무
리가 되는 것이었다. 자애로운 원님이야 애당초 바라지도 않았
지만 오 년 가고 십 년 가도 어진 사또 오지 않으니 혹독한 정사는
범보다도 더 무서운 것이었다.

　뒤주 항아리 텅 비고 빈 베틀만 덩그런데 부뚜막에는 노구솥°
가마솥 진작에 빠져 나갔으며, 아전한테 대어들다 서방은 칼 쓰
고 자식은 차꼬° 차고 원옥에 갇혔으니, 옥졸들 사다듬이에 남은
살갗에서는 욕창이 나는 것이었다. 너도나도 옛터전 버리고 흙
바람 부는 길가에서 서로 붙잡으며 갈팡질팡. 해진 입성으로 살
만 겨우 가린 채 어릿어릿° 걷다거 짚단처럼 힘없이 쓰러지는 자
부지기수.

여뀌 축축한 땅이나 시냇가에서 자라는 한해살이 풀. **납가새** 물가 모래땅
에서 나는 한해살이 풀. **덧거침** 논밭에 잡풀이나 가시나무가 덩굴지게 우
거지는 것. **목잠** 곡식 이삭 줄기가 말라서 죽는 병. **노구솥** 놋쇠나 구리로 만
든 솥으로, 맘대로 옮기어 따로 걸고 음식을 익히는데 쓰였음. **차꼬** 손목 발
목을 옭아매던 쇠사슬. **어릿어릿** 씩씩하지 못하고 늘어진 꼴.

오로지 다만 먹을 것을 찾아 동서남북으로 흩어진 식구들이 혹은 죽어 진구렁 메우고, 혹은 장돌뱅이로 떠돌고, 혹은 비렁뱅이로 바가지를 두드리며 떠돌고, 혹은 절간 몽구리*로 몸을 던지고, 혹은 도적떼로 숨어들었다. 마침내 견디지 못한 유민들이 수십 명 혹은 수백 명으로까지 떼를 지어 노략질을 하며 대낮에도 사람 목숨을 살상하고 야밤에는 횃불을 밝혀들고 날뛰니, 왈 화적이었다. 수십 고을이 서로 이어져 도적무리는 늘어나고 형세는 점점 커져서 대낮에도 길에서 행인 그림자가 끊어졌는데, 파리한 염소 꼴인 관아 군병으로서는 감히 대적할 엄두도 못하는 것이었다.

"싸게싸게 뭇 갈까!"

저마다 화승대 메고 환도 차고 창 잡고 몽둥이 쥔 윤경재 복심들이 화적들을 원옥 쪽으로 몰아가고 있었다. 화적을 잡았노라 고해바치고 윤동지한테 받을 상급 헤아려보느라 벌써부터 신바람이 나 있는 그 들때밑*들은 이따금 몽둥이나 창대 또는 환도자루로 그들 파리한 화적들 등짝을 밀거나 어깻죽지를 후려치며 거칠게 또 발길질을 해대는 것이었고, 그때마다 화적들 입에서는 죽는소리가 터져 나오고는 하였다. 만동이 숨소리가 거칠어지는데, 슬그머니 곁으로 다가서는 사람이 있었다.

몽구리 중. 들때밑 세력 있는 집 감사납고 도도한 종.

"인저 나오넌가?"

마서방이었다.

"권관도나리께서넌 워떠시던가?"

만동이는 묵묵히 화적떼를 끌고 가는 무리 뒤를 쫓아가고 있는 중다버지들 너풀거리는 뒷머리만 바라보았고, 마서방이 말하였다.

"가세. 우선 나 있넌 디루 가서 요기나 점 허구…… 덕산골 칭댕이 일행두 지달라구 있으니께."

"저 사람덜이 분맹 화적이랍니까?"

마서방을 따라가며 만동이가 물었고, 마서방은 혀를 찼다.

"웬걸. 저렇긔 시흘이 피죽 한 모금두 못 은어먹은 것 같은 몰골 허며…… 저런 연생이*덜이 뭔 글력이루 화적질을 헌다넝가. 긔껏 헤봐야 구메도적질이나 허던 떠돌뱅이덜이것지."

마서방이 중노미로 몸을 붙이고 있는 주막 봉놋방에서는 덕산고을 관포수 일행이 술상을 받고 앉아 있었다. 만동이한테 받은 쌀 한 섬을 노느매기하여가지고 몇 사람은 떠났는지 그 숫자가 반 넘어 줄어 있었다. 겉절이 한 접시에 풋고추와 통마늘을 밥장에 찍어 탁배기를 마시고 있던 사내들이 벌떡벌떡 몸을 일으키었다. 황포수가 얼른 손등으로 입을 훔치었다.

연생이 잔약하고 보잘것없는 사람이나 몬.

"천장사, 어서 오시오."

그 사내는 굳이 마다하는 만동이 팔을 잡아 끌어 제가 앉아 있던 상석으로 앉히더니, 두 손으로 대접을 받쳐올리는 것이었다.

"우선 술 한잔 받으시오."

"아니, 이거 왜 이러시우."

아저씨를 받치는 마서방과 어상반하여보이는 연배 사내가 너무 깍듯하게 예수를 받치는 게 면구하여진 만동이가 낯을 붉히며 손사래를 치는데, 황포수는 기침을 한 번 하였다. 그 중늙은이 사내는 말투를 바꾸었다.

"천장사 오시기 지둘리다가 젊은 사람덜이 하두 시장허다기에 초다짐°이루 목이나 축이구 있넌 것이니 예를 물르넌 것덜이라구 너무 나무라지 마시구…… 받으시오."

만동이가 어쩔 수 없이 두 손으로 대접을 받았고, 황포수는 술두루미를 기울이었다. 만동이가 빈 대접을 내어미는데, 황포수가 말하였다.

"마서방헌티서 대충 듣기는 헸소만…… 권관도나으리께서는 어찌 지내십디까?"

통마늘 한쪽을 집어들던 만동이는 푸우— 하고 뜨거운 한숨을 내어쉬었다.

초다짐 끼닛밥이나 좋은 음식을 먹기 전에 먼저 배고픈 것을 면하려고 간동한 음식을 조금 먹는 것.

"아저씨헌티 들으셨다니 긴말헐 것은 읎구…… 윤가늠 속내평*은 딴 디 있으니 그게 걱정이우."

"또한 짐작이 가오. 우리 골이두 그런 자가 하나 있었넌디 당최 옴나위를 못허게 만들더먼."

황포수 또한 한숨을 내쉬는데 만동이가 말하였다.

"으르신께서는 참 우리 나리허구 잘 아신다규?"

"알지유."

하면서 황포수는 다시 한 번 한숨을 내려쉬었다.

"차차 알게 될 것이오만…… 이 몸은 그 으른께 큰 은혜를 입은 사람이라우."

고개를 떨구는 그 사내 목소리는 가느다랗게 떨려 나왔다.

"나으리께서는 숭악헌 옥이서 그 쥘겅을 치르구 지신디…… 이놈은 주막이서 술이나 마시구 있소그려. 나두 왕시에 옥살이를 점 헤봐서 아오만, 잡숫넌 게 우선 여간 부실허지 않으실 터인디……"

"옥쇄쟁이헌티 밍필 받은 거 찔러줬으니 그건 뤰려 마시우. 민식을 들여주마구 헸으니께."

하는데, 마서방이 혀를 찼다.

"아니, 상급받은 밍 일곱 필을 죄 찔러줬단 말여?"

속내평 겉으로 드러내지 않는 속마음.

"주먼 죄 주지, 그럼 찢어주우."

"그게 아니구우. 옥쇄쟁이란 자가 원체 쥐알봉수*라 그러지. 잔풀내기*꿩다리*다 이 말이여."

"그자가 그런 자유?"

"그자뿐이것나. 꿩다리덜이란 게 다 그렇지."

"이 자식을 그냥!"

하면서 만동이가 궁둥이를 들썩하는데, 마서방이 얼른 손사래를 치었다.

"참어, 이 사람아. 그거야 그자가 야비다리* 치구 안 치구넌 금방 알어볼 수 있으니께."

주먹을 부르쥔* 만동이가

"만약이 우리 나리께 믿식 안 느드리구 저 혼자 딲어먹으먼 내 이자를 한 주먹에 요정낼 튜!"

하다 말고 입을 딱 벌리더니, 부르쥐었던 오른손으로 왼쪽 견대 팔을 잡았다.

"심줄을 상허잖은 게 천행이우."

만동이 왼쪽 견대팔에 친친 동여매어진 발감개를 끄르고 난

쥐알봉수 약은 꾀가 많고 잔졸한 사람. **잔풀나기** 작은 보람이나 출세를 자랑하여 꺼떡거리는 사람. **꿍다리** 힘부림하며 백성을 괴롭히는 관원. **야비다리** 보잘것없는 사람이 제 딴에 가장 흐뭇한 듯이 부리는 건방짐. **부르쥐다** 힘들여 주먹을 쥐다.

황포수가 환부를 들여다보며 한 말이었다. 그는 염낭 속에서 무슨 진자줏빛 나는 가루약을 꺼내더니 곪긴 데 뿌린 다음 만동이 것과는 다른 금창산을 덧바르고는 다시 발감개를 동여매었는데, 왜상한테서 구한 것이라고 하였다.

"한 사날 지나면 아물 거외다. 허나 봄 발톱이 할퀸 디던 욱기가 금물이니 화증이 솟넌 일이 있더래두 다다 참어야 되우."

아야 소리 한 번 내지는 않았으나 지그시 눈을 감고 있는 만동이 굵은 송충이눈썹 위로는 송진처럼 끈적끈적한 진땀이 돋아나고 있었다. 칠성바위 밑에 호랑이를 뉘어놓고 산을 내려오는 길로 제 방에 들어가 잠깐 눈을 붙였다고는 하나 기껏 풋잠*에 지나지 않았고, 진종일을 두고 산고랑탱이로만 산고랑탱이로만 몇 고팽이씩 헤매고 다니던 끝에 오백 근도 넘는 대호를 때려잡느라 젖먹던 힘까지 죄 쏟아부은 데다가 호환 당한 집 아낙이 내어온 보리밥 한 덩이로 겨우 중화시늉만 하고 관아에서 산군 잡은 예를 치른 위에 무명 일곱 필을 그쪽 겨드랑이에 낀 채로 원옥에 들러 한바탕 또 힘을 쏟은 뒤끝이라, 호랑이 발톱에 할퀴당한 왼쪽 어깻부들기가 덧났던 것이었다.

"아저씨, 쐬주는 읇수?"

눈을 감은 채로 만동이가 말하였고, 마서방은 걱정스러운 눈

풋잠 잠이 든 지 오래지 않아 깊이 들지 않은 잠. 여원잠. 수잠.

빛으로 만동이를 바라보았다.

"멍색이 옥담거리 주막인디 쐬주가 웂것나만…… 갱긔찮을런
지 물르것네."

"속이 늑늑혀서* 그러니 다뫼퇴리* 한잔 주시우."

"저녁상 곧 내올 텐디……"

"밥님은 웂으니 다뫼퇴리나 주시우."

황포수 눈짓을 받고 밖으로 나갔다가 다시 들어오는 마서방
손에는 그러나 아무것도 들려 있지 않았다. 허둥지둥 만동이한
테로 다가오는 그 중늙은이 중노미 낯에는 핏기가 걷혀 있었다.
그는 쩝쩝 입맛을 다시었다.

"어허, 낭패로세."

"뭔 말씸이시우?"

"슨학동애긔씨께서 아무래두 뵝욕허시넌 것 같다 이 말이여."

"예에?"

만동이 두 눈이 화등잔만 하게 벌어지는데, 마서방은 혀를 찼다.

"윤뵝진지 가이다리참뵝인지 허넌 자가 들때밀덜 풀어 슨학동
애긔씨럴 뒹여가려구 헌단 말여, 시방."

"증말유?"

하며 솟구치듯 벌떡 몸을 일으키던 만동이가 마서방을 쏘아보

늑늑하다 속이 개운하지 않다. **다모토리** 큰 잔으로 파는 소주.

186

왔다.

"그란듸 마서방아저씨가 워치게 아신대유?"

"하회를 점 살펴보구 오너라구 보냈던 손대긔°가 방금 전 돌어 왔잖것넝가."

"얼라?"

"아까 들오던 질루 급즌령을 띠웠잖었것남. 자네가 시방 워디 루 갈 것인 중 다 알구 있으니께 말여."

"그레서유?"

"윤가네 들때밑덜이 가마채 메구 와설라무네 안 가시것다구 버팅기시넌 애긔씨 붙잡구설랑 실갱이를 허구 있더라니께. 앞채 잽이 뒤채잽이가 각각 둘씩 있넌듸 목대잽이°허넌 늠은 등짝이 환두까장 질렀다잖여."

"이런 가이색긔덜을 당장……"

벗어두었던 막막강궁을 서둘러 어깨에 멘 만동이가 봉당을 내 려서는데,

"천장사, 하냥 갑시다."

하면서 황포수가 화승대를 집어들었다.

"권관도 나으리댁 애긔씨께서 괵겡을 치르구 지신다넌듸 나 또한 이냥은 못 있것소."

손대기 잔심부름을 해줄 만한 아이. **목대잡이** 여러 사람을 도맡아 거느리고 일을 시키는 이.

잠깐 무엇을 생각하는 듯하던 만동이 입가에 엷은 웃음기가
떠올랐다.

"말씀은 고맙수만…… 나 혼자 가두 되니 그만두시우."

"듣자 허니 완악허기 븜강장달이 같은 들때밑덜이라니 허넌
말이오. 더구나 한쪽 팔두 온전치 못허신 터에 만에 하나라두 무
슨 일이 있을까 헤서 허넌 소리요."

"허허, 으중이뜨중이덜이 힘꼴이나 쓴다구 헤봤자 깽비리°덜
아니것수. 일읇수."

"천장사 무예나 용력을 감히 낮춰 봐서가 아니라……"

하는데, 만동이가 목소리를 바꾸더니

"내게두 다 요량이 있어 허넌 말이니 아저씨는 예 지시우."

하고 나서, 마서방을 바라보았다.

"싸게 댕겨올 테니 아저씨는 그동안 허실 일이 있습니다."

"무슨……"

"꾕다리덜 오늘 밤 움직임과 장교며 군졸서껀 왹졸나부랭이
덜 움직임을 점 살펴봐주시란 말씀이우. 특히나 삼부리° 빈부장
이란 자가 워디 있넌지두 점 알어봐주시구."

서둘러 주막을 나선 만동이가 객관을 지나면서부터 기급 단 벙

깽비리 어린아이나 한 동아리 가운데 작은 사람같이 하잘것없는 사람을 낮
잡아 일컫는 말. **삼부리** 우두머리 포교.

거지 꼴로 달음박질쳐 한달음에 오른 등성이를 넘어 뒷들로 접어들기까지에는 단죽 한 대를 태울 시각도 채 걸리지 않았다. 저만치 건너다보이는 불당골 쪽으로는 이내*가 깔리고 있었고, 걸음발을 죽인 그는 조대에 박초를 다져넣었다. 부시를 쳐 댕기어 한 모금 깊숙이 빨아들였다가 천천히 뱉아가며 노량으로* 걸어가는 그 엄지머리는 뛰던 가슴이 조금은 가라앉는 느낌이었다.

제아무리 용뻬는 재주를 지닌 자라고 하더라도 선학동을 나와 솔안말로 가고자 한다면 호리병* 조롱목처럼 조붓한 골짜기를 나와 불당골 건너편 산자락 곁으로 나 있는 솔밭길을 따라 나오지 않을 도리가 없는데, 여기서부터는 불당골 쪽이 한눈에 들어오는 것이었다. 만에 하나라도 그 사이 저곳을 지나갔는지도 모르지만 또한 대수가 아니었으니, 나으리댁 헛간에 매어둔 철총이 잡아타고 풍우같이 내달아 요정을 내버리면 될 것이었다. 이내 위로 연분홍빛 노을이 깔리고 있는 불당골 쪽으로는 사람 그림자도 보이지 않았고, 가마를 메고 나오는 뭇사내들 모습은 더구나 눈에 띄지 않았다. 바둑판을 잇달아 늘어놓은 듯 네모 반듯 반듯하게 펼치어진 뒷들에도 사람 그림자가 보이지 않으니, 당기어진 활과 찢어진 북 꼴 다랑논들만 좁좁하게 달라붙어 있을 뿐인 불당골 쪽에 사람 자취가 있을 까닭이 없었다. 봄부터 이어

이내 해 질 무렵에 멀리 보이는 흐릿하게 푸르스름한 서슬. **노량으로** 어정어정 놀아가면서. 느릿느릿한 움직임으로. **호리병** 가운데가 잘록한 호리병박 꼴로 만든 병. 흔히 먼 길 갈 때 약이나 술을 넣어가지고 다녔음.

지고 있는 가뭄 탓이었다. 만동이는 힘껏 연기를 빨아들이었다.

내게도 다 요량이 있노라며 굳이 따라나서겠다는 황포수를 떼어놓고 달음박질쳐 여기까지 오기는 하였으나, 도무지 어찌해야 좋을 것인지 요량이 안 서는 만동이였다. 하늘 같은 인선아기씨를 동여가려 한다니 우선 막아야 하기는 하겠는데, 그다음에는 그리고 과연 어떻게 한다는 말인가. 십 년을 두고 하루같이 갈고 닦은 온갖 무예며 용력으로만 한다면야 윤동지네 들때밑 다섯 명이 아니라 관아 꼭두군사˚ 쉰 명이라도 외손잡이로 물리칠 수 있다지만, 그러고 나서는 또 어떻게 한다는 말인가. 아무리 깽비리 같은 체메꾼˚ 패거리들이라고 한달지라도 호랑이 같은 항것 영을 받고 나온 자들인지라 호령 한마디에 순순히 물러나지는 않을 것이고, 그러고 보면 의당 몇 놈쯤은 초죽음을 시켜놔야 될 터인데…… 그러고 보면 또 어찌 되는가. 장선전나으리께서 역쥐다리˚ 온가놈 귀쌈 한 대 올려붙인 것 가지고 구상관원률로 걸어 하옥까지 시킨 마당에 모르쇠˚할 리는 만무한 것이고, 그러고 보면 더더욱 언턱˚만 커지게 되는 게 아닌가.

다시 한 번 힘껏 연기를 빨아들이는데, 목구멍으로는 들어오는 게 없다. 좌상우사로 터져버릴 것 같은 머리를 식혀보고자 너

꼭두군사 꼭두각시놀음에 나오는 군사처럼 재빠름이 없는 군사. **체메꾼** 남에게 체메잡히어 대신 돈을 쓰거나 힘을 내주는 사람. **역쥐다리** 약은 꾀를 잘 쓰는 사람. 꾀보. **모르쇠** 아무것도 모른 체하거나 모른다고 잡아떼는 것. **언턱** 사단事端. 실마리.

무 급하게 빨아들였던 탓에 벌써부터 남초가 다 타버린 조대를 염낭 속에 집어넣은 만동이는 우휴— 하고 고불이처럼 긴 한숨을 내려쉬었다. 그러고 나서 몇 발짝 걸음을 옮기던 그는 무춤 그 자리에 서버리었다. 솔밭길을 지나 막 호리병 조롱목 같은 선학동 어귀로 접어들었을 때였다.

두세거리는 소리가 나면서 허우대가 제법인 자가 산모롱이*를 돌아 나오는데, 허. 뒤를 따르고 있는 것은 공주나 옹주가 탄다는 그것처럼 오색 구슬 꿰어 만든 발치레로 한껏 멋을 부린 보교步轎였다. 엎더지며 곱더지며 저만큼 가마 뒤를 쫓아오고 있는 것은, 그리고 덕금德金이. 앞채꾼 하나와 무슨 말인가를 나누느라 고개를 돌리고 있던 목대잡이가 그제서야 만동이를 보고, 무춤 서버리었다. 오른편으로는 비스듬히 달라붙은 다랑논*아래로 시퍼런 개울이 흐르고 왼편으로는 잔솔밭 위로 왕소나무 우거진 산비탈이라는 것을 재빨리 살펴보고 난 그 사내는 짐짓 헛기침을 하였다.

"길 좀 비키슈."

"이녁들이 점 비켜줘야 쓰것넌디."

착 가라앉은 목소리로 만동이가 말하였고, 목대잡이는 받은기침을 하였다.

산모롱이 산 모퉁이 빙 둘린 곳. **다랑논** 산비탈에 있는 층층으로 된 좁고 작은 논배미.

"솔안말 윤참봉 나으리댁 내행*길이니 썩 비키슈."

"별꼴일세. 솔안말이 윤아무개라는 보리됭지* 되맥이*가 산다넌 말은 들었지먼 윤참뵝이라넌 양반이 사신다넌 말은 금시초문일세. 더구나 그 댁 내행질이라니 당최 뭔 말인지 못 알어듣것네."

"이 총각이 시방 나잇살이나 먹은 사람 붙잡구 희영수허자넌 게여 뭐여! 썩 븨키지 못헐까?"

목대잡이가 제법 호령기 있게 을러대는데,

"돌려!"

하고 한고함을 질러대며 만동이는 오른발로 땅을 한 번 쾅 내려찍었다.

"싸게 돌리라니께!"

만동이 천둥 같은 고함소리에 놀란 목대잡이가 저도 모르게 한걸음 곁으로 물러섰고, 앞뒤채꾼들은 또 어마지두에 가마채를 내려놓았다.

"애긔씨이!"

만동이가 나타난 것을 보고 너무도 반갑고 놀라운 나머지 가마 뒤쪽으로 저만치 떨어져 우두망찰* 서 있던 덕금이가 진둥한둥 뛰어오며 소리쳤다.

내행(內行) 아녀자들 여행. **보리됭지** 곡식이나 돈을 바치고 벼슬이름을 얻은 사람. **도막이** 시골 지주나 늙은이. **우두망찰** 갑자기 닥친 일에 정신이 얼떨떨하여 할 바를 모름.

"아이구, 애긔씨이!"

마리사기* 드린 오색 구슬주렴을 들치며 너울 쓴 댕기머리 하나가 나오는데, 노을에 비낀 그 젊은 양반댁 꽃두레* 얼굴이 너무도 눈부셔 만동이는 잠깐 눈을 감았다.

"월마나 놀래셨대유?"

만동이가 주춤주춤 다가서며 말하였고, 하마 쏟아질 듯 그렁그렁 물기 어린 눈으로 만동이를 바라보던 인선이는 너울자락을 잡고 있던 두 손을 안쪽으로 모으며 포옥 하고 짧은 한숨을 삼키었다.

"나야 괜찮지만, 아버지가……"

"방금 뵙구 나오넌 질이니께 너무 심려 마세유."

"얼마나 졸경을 치르실고……"

"옥쇄쟁이헌티 손을 써놨으니께 너무……"

하는데, 덕금이가 다급하게 소리쳤다.

"만됭이이!"

반팔등거리* 뒤쪽으로 지르고 있던 짜른 환도를 빼어 든 목대잡이가 만동이 뒤꼭지를 노리며 다가서는 것이었다. 두 손으로 환도자루를 움켜잡은 그 사내가 두 팔을 높이 치켜드는데, 바짝 윗몸을 낮추며 한 서너 자나 되게 오른쪽으로 허리를 비튼 만동

마리사기 가마에 꾸미는 술. 꽃두레 처녀. 반팔등거리 짧은 소매가 달린 등거리.

이가 앉은뱅이돌려차기*로 사내 정강이를 걷어찼다. 사내 몸뚱이가 앞으로 휙 기울어지면서 푯대를 놓친 환도가 가마 뚜껑에 박히었고, 벌써 사내 뒤로 돌아서 있던 만동이가 발뒤꿈치로 사내 등짝을 내려찍었다. 헉! 하는 외마디소리와 함께 코그루를 박는 것을 보며 만동이는 버럭 고함을 질렀다.

"이루덜 뭇 와!"

슬그머니 줄행랑을 놓으려던 가마꾼 네 명이 주춤주춤 다가왔고, 만동이는 발을 굴렀다.

"얼릉 다시 뭇 뫼셔다 드리것남!"

사내들이 가마 곁으로 다가서는데, 만동이가 고개를 흔들었다. 그리고 가마 뚜껑에 박혀 있는 환도를 뽑아 들더니 땅바닥에 코그루를 박고 엎어져 있는 목대잡이를 가리키었다.

"들어."

무슨 말인지를 못 알아들은 사내들이 멀뚱한 눈으로 바라보는데, 만동이가 짜증기 있게 소리쳤다.

"그 자식 떼메가지구 날 쫓어오란 말여."

목대잡이 팔다리를 나누어 잡은 사내들을 휘몰아 산비탈로 올라간 만동이는 사내들을 시켜 목대잡이를 왕소나무에 묶게 하였다. 그 사내 짚신을 벗겨 재갈을 먹이게 하고 난 그는 두 손으로

앉은뱅이돌려차기 택견 솜씨 하나.

194

사내들 두 명씩 뒷고대*를 움켜잡더니 호되게 대갈받이*를 시키었다. 그리고 코피를 주르르 흘리며 죽는시늉을 하는 사내들을 한 명씩 왕소나무에 뒷결박을 지은 다음 저마다 걸치고 있던 등거리*를 찢어 아갈잡이를 시키었다. 인선이 앞으로 온 만동이가 말하였다.

"나으리 뫼시구 올 테니 댁이 가서 지달리시지유. 옷가지나 점 허구 사랑채 있넌 청포허구 빙장기 챙겨 철청이 져가지구……"

"긔어이 파옥을 허시것다 그 말이우?"

입에 물고 있던 단죽을 뽑아내며 황포수가 물었고, 무슨 골똘한 생각에 잠겨 있는 듯 만동이는 턱 끝만 주억이었다. 단죽을 다시 입에 물고 따악, 따악, 아궁이 불에 올려놓은 풋콩깍지 터지는 소리가 나게 오른손 엄지손가락으로 그쪽 제 손마디를 꺾고 있던 황포수가

"여늬 시굴 토옥관 다릅넨다. 천장사께서 개산 대호를 잡으셨은즉 관포수뭥색덜이야 흩어버렸다지면 그레두 군졸과 옥졸덜이……"

하는데, 만동이가 씩 웃었다.

"겁나시우?"

뒷고대 깃고대 목 뒤쪽이 닿는 어섯. **대갈받이** 박치기. **등거리** 등만 덮는 홑옷.

"겁난다기버덤두……"

"오여발° 구르구 침 뱉으시넌 규°?"

"쇵곳두 끝버텀 들어가야° 허지 않겠소."

"외루 지든 바루 지든° 나 혼자 헐 것이니 황포수아저씨는 돌어가시라구 그러잖습디까."

"허허."

황포수가 쓰게 웃더니 짜장 서운하다는 듯 잔입맛을 다시었다.

"천장사, 이거 섭허우. 천장사가 모르쇠헌다면 이 몸 혼자서라두 파옥헐 만큼 권관도나으리와 이 몸은 승부동남°이오그려. 손톱 여물을 쓰넌° 게 아니라 매사는 불여튼튼°이라구 사내가 죽더라두 즌장에 가서 죽어야 허니 말 아니오. 모루 던져 마름쇠°가 되어야 헐 것이니 허넌 말이외다."

"내게두 다 생각이 있으니 뤔려 놓으시우. 생낭구 휩잡기°허자넌 게 아니다 이런 말씸이우."

무거운 목소리로 두 사람이 이야기를 나누고 있는 곳은 마서방이 중노미로 있는 주막집 기슭집이었다. 한일자로 세 간 방이 잇달아 달려 있는데, 안쪽으로 붙은 두 간에는 본채 봉놋방에 차고 넘친 손들을 받았고, 그들이 앉아 있는 곳은 가운데벽을 쳐 두 간으로 늘려낸 앞칸으로 마서방과 손대기 자는 데였다.

오여발 왼발. **성부동남**(姓不同-) 성이 달라서 남일 뿐, 피붙이처럼 가까운 사람이라는 뜻.

봄부터 이어지는 가뭄으로 도적무리가 늘어나기 시작하면서 수지를 맞추는 것은 오로지 주막쟁이들뿐이었으니, 원옥으로 끌려들어 가는 자들이 끊어지지 않는 탓이었다. 그들 옥바라지를 하기 위하여 찾아오는 식구들이 머물 수 있는 데라고는 옥담거리 주막밖에 없었으므로, 남 켠 횃불에 조개잡듯° 부엉이 곳간을 얻은 것이었다. 세 군데 주막집 쥔들이 서로 통짜서° 된이문°을 남기는데—

한 푼짜리 탁배기 한 대접에 두 푼이요, 두 돈짜리 중화 한 상에서 돈에서 심하면 너 돈까지 받았으며, 한 사람이 하루 묵는 데 한 냥 닷 돈에서 두냥까지 받았으니, 잠자리값까지 따로 받는 것이 있다. 옥에 갇혀 있는 자식이나 서방이나 아비 낯짝이라도 한번 보고자 할진대 적어도 사흘은 묵어야 하였으니, 오례값은 그만두고 민식 한 상이라도 넣어주려면 옥리한테 찔러주어야 할 인정전까지 합해 적어도 다섯냥에서 일곱냥까지 들었다. 주막집에 사처를 잡고 면수面囚를 하는 이들은 죽는소리를 하지만 그래도 형편이 나은 축들이었고, 거개 민인들은 들판이나 산자락에서 한둔을 하였다.

옆방과 뒷방에서 들려오던 구슬픈 신세자탄소리도 끊어진 지 오래인데, 술을 내와라 밥을 내와라 새 손이 들어가신다 본채 쪽

통짜다 여럿이 한 동아리가 되기를 다짐하다. **된이문** 당찮은 이문. 폭리暴利.

에서는 여전히 시끌벅적하였다. 새로운 손이 또 찾아드는 듯 사립 쪽에서 워낭소리가 들려왔고, 진둥한둥 뛰어나가는 발걸음소리와 함께 들려오는 것은 마서방 사근사근한 목소리였다.

"어서 옵시오."

반자 돌림˚인 듯 들려오는 사내 목소리는 잔뜩 조빼는 것이었다.

"한 사날 유할까 하네만…… 정갈한 처소가 있겠는가?"

"한저녁˚이야 지어올릴 수 있습지요만, 묵을 곳은 죄 찼습니다유."

"어허, 낭패로고."

혀를 차는 소리가 나더니, 양반사내 목소리는 비라리치듯 숙지는 것이었다.

"긴한 일이 있어 그러니 어떻게 좀 변통해볼 방도가 없겠는가?"

"마련해볼 방도가 숫제 읎지는 않습지요만……"

"부탁함세."

"조석 두 상 쪄서 하룻저녁 유허시넌디 두냥 반 받습니다유. 중화참값은 빌도루 치르셔야 허구."

"과허이."

"과허면 딴 디루 가보슈."

"허허."

"기슭집 딸린 닷곱방이올습니다유."

반자 돌림 양반 명색. 한저녁 끼니때가 지난 뒤에 간동하게 차린 저녁.

"하는 수 없지."

나귀를 마방에 안돈°시키고 손을 봉노에 우선 앉혀두고 나서 마서방이 닷곱방으로 온 것은 그러고도 한참을 지나서였다.

"허허. 아무리 쇳자돌림°이라지먼 중뇌미 노릇두 헐 게 못되넌군."

황포수가 웃음기 섞어 말하는데, 마서방은 혀를 찼다.

"업세. 내 헐말을 사둔이 허구° 있네. 눈먼 퇴깽이 한 마리 못잡년 헛불질이나 헤서 먹구 살기나 말질 헤서 먹구 살기나 돗진갯 진여. 갈 중 싸대덧° 헤봤자 입에 풀칠허기 글력 팽기긴 피장파장 아니것남."

"솥 떼놓구 삼 년°인디, 웬 사설이 그리 긴가."

"솥 속이 콩두 쪄야 먹지°."

두 사내가 속담 섞어 정분을 나누는데, 만동이가 헛기침을 하였다.

"원옥 쪽 사정이 워떻습디까?"

"이 방두 벼줘야 헐 모냥인디……"

"누가 예서 잔다구 헸습니까. 그버덤두 오늘 밤 꿩다리덜 자취나 말씀헤보시우."

"둘씩 번들어 겨끔내기루 지키넌 욀리덜이야 만됭이두 낮에 젂어 봤으니 더 말헐 것 윲구 관아 철릭짜리°덜이 거느리넌 시폭

<hr>

안돈(安頓) 일몬을 잘 간추림. 쇳자 돌림 마당쇠·바닥쇠처럼 '아랫것'이라는 뜻. 철릭짜리 장교.

자락덜만……"

하다가 잠깐 말을 끊고 황포수를 바라보며

"이 시각이 이르두룩 뜸을 들였던 건 다 요량이 있어 그랬던건
듸, 공중 암것두 물르면서……"

하고 밉지않게 타박을 주고 나서 만동이 쪽으로 다시 고개를 돌
리었다.

"시방 혹부리 주막이덜 뙤 있네."

"누가 말씸이우?"

"헌다넌 꾕다리쳇것들이 거지반 혹부리 조가네 주막에서 관
긔 불러 풍악을 잽히구 있단 말여. 초저녁버팀 잡가 소리 끊어지
지 않었으니 시방은 댓진 먹은 뱜°꼴 아니것남."

"군관덜은유?"

"웅. 이방 빙방이 윤가네 지차 데리구 술대접 허넌디 철릭짜리
두 하나 있더먼. 아까 자네가 봤던 그자여. 윤가네 들때밑늠덜 싯
허구 군졸 둘이서넌 그 절방서 따루 한 상 받구 있구."

"삼부리 븬부장은유?"

"그자는 온가늠허구 시방 솔안말 윤가네 사랑이 있다더먼. 윤
가가 따루 불러 한 상 내넌 모넁여."

"온가란 늠이 솔안말 있다규?"

"그려."

무엇을 생각하는 듯 잠깐 송충이눈썹을 찌푸리고 있던 만동이

가 벽에 세워두었던 짜른 환도를 집어 드는데, 마서방이 마른침을 삼키었다.

"파옥을 헤서 나으리를 빼쳐내구 나면…… 나두 예서넌 더 살 수 윲것지."

"그렇긔 되것지유."

하다가 만동이는 픽 웃었다.

"아저씨두 겁나시우?"

"그게 아니구우…… 파옥을 허자면 아무래두 인멍이 상헐 것이니 허넌 말이지."

"까짓 썩은 꾁뒤군사나부랭이덜이야 나 혼자서두 능준히 물리칠 수 있으니 아무 렴려 마시우. 게다가 츤하 멩포수이신 황포수 아저씨까장 지시넌디 뭔 걱정이우. 아저씨는 그저 지가 시킨 대루만 허시면 되우."

"허, 츤하 멩포수라니. 아무리 넝이라지먼 나잇살이나 훔친 사람 놀리먼 조이루 가이."

황포수가 겸연쩍게 웃는데, 만동이는 벌떡 몸을 일으키었다.

"가십시다."

유월도 보름이 다 된 밤 하늘에는 둥두렷* 달이 떠올라 있었다.

둥두렷 온달처럼 둥그렇게.

밤이 얼마나 깊었는가. 개 짖는 소리도 끊어진 옥담거리 고샅길에는 가냘프게 울어대는 풀벌레 소리만 세 사내 발걸음 소리를 쫓아가고 있었다. 하루에도 몇 고팽이씩 싸돌아다녀 옥담거리라면 제 손금 들여다보듯 하는 마서방을 막대잡이 삼아 두 사내가 그 뒤를 따라가는데, 빨랫돌처럼 넓고 두터운 등판에 막막강궁을 멘 만동이는 윤동지네 목대잡이한테서 빼앗은 짜른 환도를 오른손에 쥐었고, 황포수는 손때 묻은 제 화승대를 어깨에 메었으니, 마서방만 빈손이었다.

고양이걸음˚으로 다가가 살그머니 사립문에 손을 대어보던 마서방은 잘래잘래 고개를 흔들었다. 흉악한 첩첩산골이면 또 모르되 사람들 왕래가 번다한 읍치 저잣거리에서 용수를 내걸고 있는 명색이 주막집이라면 밤새도록 문을 달아걸지 않는 것이 예로부터 내려오는 법도였는데, 한 길이나 되게 높직한 왕대나무로 발을 엮어 둘러놓은 문 안쪽에 빗장을 질러 꼼짝도 하지 않는 것이었다. 용수 걸린 바지랑대 위로 달아놓은 주등에 불이 꺼져 있는 것도 그렇고, 귀한 손이 들었으므로 다른 손은 받지 않는다는 뜻이었다.

마서방이 딱한 눈빛으로 두 사내 얼굴을 바라보는데, 만동이가 앞으로 나아갔다. 문 생김새를 잠깐 살펴보던 그는 오른손에

고양이걸음 고양이처럼 살금살금 소리 나지 않게 걷는 것.

쥐고 있던 환도를 고의춤에 찔러둔 갈집에 넣더니, 왕대나무 울을 묶어놓은 한쪽 기둥을 잡았다. 뺌 가웃은 실히 넘는 통나무였는데 힘을 쓸 것도 없이 모래밭에 무 뽑히 듯 쑤욱 뽑히어 나왔고, 마서방과 황포수가 그것을 받아 가만가만 소리나지 않게 뒤쪽으로 활짝 젖혀두었다.

널찍한 마당 한복판에서 타오르는 마른쑥 내음이 매캐한데, 유월이라지만 밤이 깊어 제법 싸늘한 야기를 막기 위함인지 방문은 죄 닫혀 있었다. 휘영청 밝은 달빛이 쏟아져 내리는 것이어서 방안에서 수작하고 있는 자들 그림자가 용자창˚ 위로 뚜렷이 찍혀 있었다. 동기당 당당 당기당 동동 거문고줄 희롱하는 소리 사이로 웃고 떠들어쌓는 사내들 술취한 목소리가 들려오는데, 초저녁부터 마시기 시작하여 제법 주기들이 올랐는지 창에 어리는 그림자들이 어지러웠다.

만동이와 황포수는 사립 안쪽 토담 밑으로 우뚝 솟은 오동나무 뒤편에 쭈그리고 앉았고, 마서방 혼자서 마방으로 갔다. 처음에는 그저 한달음에 원옥으로 짓쳐 들어가 장선전을 빼쳐올 생각만 한 만동이였다. 그러나 가만히 생각하여보니 장선전을 빼쳐내오더라도 뒤쫓는 관군들을 따돌리고 선학동까지 가기 위해서는 무엇보다도 우선 탈것이 있어야겠다는 데 생각이 미쳤고,

---

용자창(用字窓) 가로살 두 개와 세로살 한 개로 '用'자 꼴로 창살을 성기게 대어 짠 창.

그러고 보니 문득 떠오르는 것이 아까 보았던 윤경재 돈점총이였다. 돈점총이로 말하자면 더구나 윤아무개라는 자가 한양 구리개 청상한테서 천금을 주고 손에 넣었다는 왈 명마가 아닌가.

떠돌뱅이질을 하는 동안 한양 어느 대갓집에서 말구종으로 밥을 먹기도 하였다는 마서방인지라 긴 소피 한 번 볼 동안 돈점총이 고삐를 잡고 나오는데 과연 워낭소리 한번 나지 않는 것이었다. 저도 모르게 벌떡 몸을 일으키는 만동이를 보고 놀랐는지 돈점총이가 투레질*을 하는데, 만동이가 빙긋 웃으며 갈기를 두어 번 쓸어주자 이내 잠잠하여졌다.

"싸게 나가잖구 뭐허넝감?"

마서방이 봉노 쪽을 바라보며 소리를 죽이는데,

"다른 말은 읎습디까?"

만동이가 물었고,

"츨릭짜리가 타구 온게 있던디……."

하는데 만동이가 얼른 되물었다.

"쓸 만헙디까?"

"암만. 이늠만은 못헤두 구렁말 은총이*더먼."

"그것두 마저 끌어오슈."

말이며 병장기 욕심이 많은 만동이인 줄 잘 아는지라 두말없

투레질 젖먹이 아이나 짐승이 두 입술을 떨며 투루루 소리를 내는 짓. **구렁말 은총이** 털이 밤빛이고 불알이 흰 말.

이 은총이를 끌고 오던 마서방은 무춤 그 자리에 서버리었다. 등 뒤쪽에서 벌컥 방문이 열리는 소리가 났던 것이었다. 윤경재 복심인 들때밑 하나가 비틀거리며 토방을 내려서더니 소피가 급한지 마당 쪽은 쳐다보지도 않고 제가 나온 방앞을 모꺾어 돌아가는 것을 보며 만동이는 손짓을 하였다. 고양이걸음으로 다가와 후유 한숨을 내쉬는 마서방한테 돈점총이 고삐를 넘기어주며 만동이가 말하였다.

"아저씨는 밖이서 지다리슈."

"왜? 하냥 안 나가구?"

난생처음 해보는 말도적질인데다가 아까 말과는 달라 마서방 목소리가 가느다랗게 떨려 나오는데, 만동이 입에서 혀끝 말아 올리는 소리가 났다.

"실. 이르는 대루만 허슈."

돈점총이와 은총이 고삐를 양손으로 나누어 쥔 마서방이 사립 밖으로 나가는 것을 본 만동이는 황포수를 바라보았다.

"아저씨는 그저 윤가늠 양총질만 뭇허게 막어주슈."

황포수가 고개를 주억이며 바라보는 기슭집에는 불이 꺼져 있었다. 주인인 혹부리* 조가 내외가 쓰는 살림방은 본채 뒤란 쪽에 있었고 기슭집은 마서방이 있는 곳과 마찬가지로 중노미와 손대

혹부리 얼굴에 혹이 달린 사람 딴이름.

기 자는 데였는데, 모두들 본채 쪽에 있는 모양이었다. 윤경재가 술잔을 기울이고 있는 봉노와 기슭집 곁 헛간 사이를 뺌어보던 황포수가 화승대를 내리었다.

"저자 불질 솜씨가 웬만허우?"

"삼방술°이 제법이라구 횐목을 잦힌다지면 시방은 취중 아니우. 여차직허면 아저씨가 먼저 방포허슈."

"알것소."

황포수가 기슭집 곁 헛간 속으로 몸을 숨기었고 조심조심 발소리 죽여가며 본채를 모꺾어 돌아가자 저만치 아까 들때밑이 보이었다. 취기가 오르는지 그 사내는 한 손으로 엉거주춤 토담 벽을 짚고 서서 소피를 보고 있었는데, 피꺽피꺽 딸꾹질 섞어가며 흥얼거리고 있는 것은 가루지기타령° 가운데 한 대목이었다.

사랑 사랑이아
태산갓치 놉푼 사랑
하해갓치 깁푼 사랑
남창북창 노적갓치
다물다물 싸인 사랑
은하직녀 직금갓치

삼방술(三放術) 화승총을 잇달아 세 방 쏠 수 있는 솜씨. **가루지기타령** '변강쇠타령' 딴이름.

206

올올이 맺친 사랑……

달밤에 삿갓 쓰고 나오는 격이었으나, 만동이는 문득 스산하여지는 마음이었다. 아무리 호가호위*하는 들때밑이라지만 그래봤자 갈 데 없는 체메꾼 아닌가. 어쨌든 그리고 또한 타령가락까지 흥얼거리며 볼일을 보고 있는 자를 도모한다는 것은 장부된 자로서 취할 바 그 몸가짐이 아닐 것이었다. 둥두렷 떠올라 있는 달을 바라보며 그는 한숨을 삼키었다.

나니나 산이지로구나
어뒤여나네 나나지루에
산이로구나……

뒷산타령*을 흥얼거리며 부르르 한 번 진저리를 치고 나서 고의춤을 여미던 그 들때밑 사내는 흑! 하고 외마디 숨을 삼키었다. 솥뚜껑 같은 오른손으로 사내 뒷고대를 움켜잡은 만동이가 난짝* 치켜올렸던 것이다. 바투* 치켜올라간 제 반팔등거리 깃고대에 목울대가 막혀 숨을 쉴 수 없게 된 그 사내 낯짝이 잘 익은 홍시빛깔로 바뀌는데, 공중제비*로 서너번 훼술레*를 시킨 다음 부

호가호위(狐假虎威) 여우가 범 힘을 빌어 겁을 준다 함이니, 남 힘을 등대고 힘부림 함을 뜻하는 말. **뒷산타령** 잡가 하나. **난짝** 단목에 바짝. **바투** 썩 가깝게. **공중제비** 공중에서 거꾸로 떨어지는 것.

르퀸 왼쪽 주먹으로 명치께를 한 번 쥐어질렀다. 쥐어짠 빨래꼴
로 맥없이 모가지를 꺾으며 축 늘어지는 사내를 명아주대 우거
진 토담 곁에 뉘어놓고 나오는데 비틀거리는 발짝 소리가 났고,
만동이는 얼른 허리를 숙이었다. 살그니 고개를 들고 보니 사내
하나가 다시 토담벽에 대고 소피를 갈기고 있는데, 이번에는 왜
청 더그레짜리였다. 잠깐 무엇인가를 생각하던 만동이가 발소리
를 죽일 것도 없는 화장걸음으로 다가섰고, 제 동패로 아는지 그
사내는 볼일만 보고 있었다.

"먹기는 발장이 먹구 뛰기는 말더러 뛰란다°더니⋯⋯ 안 그런가?"

군졸이 투덜거리는데, 저희들끼리만 온갖 좋은 술에 갖은 안
주로 관기까지 끼고 풍악을 잡히면서 덥추°는 몰라도 통지기나
막창 한 년 없이 강술이나 안겨주는 높은 놈들에 대한 불평인 듯
하였다. 만동이가 빙긋 웃으며 말하였다.

"재미나는 골에 붐 나너니°."

"재민지 중이 양식인지⋯⋯"

하다 말고 그제서야 만동이 얼굴을 보게 된 그 사내는 황급히 고
의춤을 여미며

"이, 이녁은⋯⋯"

뒷말을 잇지 못하는데,

훼술레 1. 사람을 함부로 끌고 돌아다니며 우세를 주는 일. 2. 남 슬쩍을 들추
어 널리 퍼뜨리는 일. **덥추** 일패·이패·삼패기생.

208

"나여, 이 사람."

속삭이듯 낮게 말하며 만동이는 군졸 양 어깨를 잡았다. 번쩍 술이 깨면서 새 정신이 난 군졸이 잡힌 어깨를 뿌리치며 무어라고 소리를 지르려는데 만동이 한쪽 무릎이 명치끝에 와 박히었고, 흑! 하는 외마디 숨을 삼키었다. 맥없이 주저앉는 군졸을 한 손으로 집어올린 만동이는 명아주대 속으로 갔다. 더그레를 벗기어 한쪽 팔에 꿰어보는데 후두둑 하고 솔기 틀어지는 소리가 났다. 군졸 또한 체수가 제법인 자였으나 만동이 그것에는 도무지 미치지 못하였으므로 억지로 덧입다보면 깃이고 단이고 섶이고 간에 죄 틀어지다 못하여 숫제 찢어져버릴 판이었다.

팔을 뺀 만동이는 더그레를 둘둘 말아쥐고 마당으로 나아갔다. 당기당 동동 동기동 당당…… 봉노 쪽에서는 여전히 거문고 줄 희롱하는 소리 낭자하고 본채를 모꺾어 돌아가는 청마루 건넌방에서는 술취한 사내들 목소리 시끄러운데, 기슭집 헛간 쪽으로 희끗 보이는 것은 몸을 일으킨 황포수였다. 몇 걸음 더 그쪽으로 걸어가다가 둘둘 말아쥐고 있던 더그레를 휙 집어 던지고 난 만동이는 다시 건넌방 앞으로 갔다.

"이 사람들이 워치게 된 겨? 막창 한 년 안 느준다구 툴툴대더니 꿩 대신 닭°이라구 돈 안드는 오형제 부역°이나 시키구 있넌

오형제 부역 용두질. 사내 자위행위.

겨 뭐허넌 겨, 시방."

"얼라. 사내가 둘인디 왜 용두질을 헌다나. 비역질*을 허것지."

"암만. 용두질버덤 비역질이 낫다마다."

축축한 웃음소리 섞어 허텅지거리*로 음담을 주고받는데, 벌컥 방문이 열리었다.

"믠*은 워쩌구 혼자여?"

동패 아니면 윤가네 들때밑이라고 생각한 더그레짜리가 쳐다보지도 않고 말하는데, 만동이가 성큼 방안으로 들어서며

"믠버덤이야 덥추가 낫지."

착 가라앉은 목소리로 나직하게 말하였다. 그제서야 만동이 얼굴을 본 그 사내가

"너, 너는……"

너무도 놀란 나머지 목안엣소리로 더듬거리며 벽에 세워두었던 장창을 잡으려는데, 만동이가 갈집째로 후려쳤고, 정수리를 정통으로 얻어맞은 더그레짜리는 맥없이 나가자빠졌다. 거멀못*이 솟아난 개다리소반을 마주하고 앉아 있던 들때밑들이 어마지두에 몸을 일으키기는 하였으나 너무도 창졸간에 일어난 일이어서 어 어 외마디소리만 내며 우왕좌왕하는데, 모두거리*로

비역질 사내끼리 하는 성행위. 계간. 남색. **허텅지거리** 매겨진 맞수가 없이 들떼놓고 하는 말. '예기', '제기' 같은 말. **믠** 면. 남색 상대자. 남창. **거멀못** 벌어지거나 벌어질 염려가 있는 나무그릇 따위 모서리에 걸쳐 박는 못. **모두거리** 한데 몰아서 하는 것.

뛰어오른 만동이가 소반을 넘는가 싶더니, 양발차기로 두 사내 옆구리를 찍었다. 우두둑하고 갈비뼈 부러지는 소리가 났고, 두 무릎을 꺾어 주저앉으며 두 사내는 머리를 떨구었다. 그들 뒤쪽 벽에 세워진 화승대 세 자루를 집어 든 만동이가 기슭집 쪽으로 가는데, 고양이걸음으로 다가오는 것은 마서방이었다. 만동이 가 낮게 물었다.

"말덜은 워쩌셨수?"

"원제라두 타구 내뺄 수 있게끔 문밖이다 갈망*시켜놨으니께 립려 말어. 그것버덤두……"

마서방은 봉노 용자창에 어리는 그림자를 바라보며 목소리를 더욱 낮추었다.

"저자들두 쥑일 작정인감?"

만동이 손에 들려 있는 화승대를 보고 건넌방 사내들을 요정 낸 것으로 아는 모양이었는데, 만동이가 화승대를 내어밀었다.

"잘 간수혜두슈."

"자네가 다 잘 알어서 헐 것이네만…… 덮어놓구 인명을 상허 게 허지 마소."

"싸게 받기나 혜유."

만동이 목소리가 조금 높아지는데, 거문고소리가 문득 멎었

---

*갈망 갈무리.

다. 마당에서 들려오는 사람 기척에 후꾸룸하여진 기생이 농현*
하던 손길을 거두었고, 사내들 사이에서 술을 치던 기생이 창문
을 열다 말고 기겁을 하여 소리쳤다.

"아이그머니나! 웬 사람들이 마당에 쫙 깔렸네!"

"어허, 웬 호들갑인고?"

이방이 점잖게 나무라는데, 기생이 창문을 마저 활짝 열어젖
히며 겁먹은 소리를 내었다.

"저기 저 사람들 좀 보셔요."

두 팔로 무슨 길쭉한 몽둥이 같은 것을 안고 있던 사내 하나가
사립 밖으로 뛰어가는 것을 보며 철릭짜리가 벌떡 몸을 일으키
었다.

"아니, 저자는……"

마당 한복판에 우뚝 서 있는 어처구니사내를 똑바로 보게된
기생들은 우선 그 엄장 큰 체수에 놀라 자지러지는 소리를 내며
손을 맞잡았고, 이방과 형방은 좌불안석으로 궁둥이만 달싹거리
었는데, 상석에 행감을 치고* 앉아 있던 윤경재는 날카로운 눈빛
으로 쏘아보기만 할 뿐 꼼짝도 하지 않았다. 환도를 집어든 철릭
짜리가 토방으로 내려서며 헛기침을 하였다.

"야심한 시각에 웬일이냐?"

농현(弄絃) 현악기 줄을 튕기는 것. 행감치다 바짝 틀어치는 책상다리 비슷
한 앉음새.

몇 걸음 앞으로 다가서며 만동이가 빙글거리었다.

"나으리는 웬일이슈?"

"어허!"

초저녁부터 사립문을 닫아걸고 잡인 출입을 금하게 하였었다는 데 생각이 미친 그 사내는 낯빛깔이 바뀌어졌다. 장선전을 생무지*로 하옥시키고 난 관아에서 제일로 께름하게 여기는 것은 만동이였다. 온갖 무예를 배워준 장선전을 스승으로 모시는 몸가짐이 끔찍할 정도로 깍듯한데다가 그 출중한 용력과 무예를 두려워한 탓이었다. 야심한 시각에 더구나 빗장 지른 문을 열고 들어왔다면 반드시 곡절이 있을 터인데, 아마도 그것은 장선전과 연관된 일일 것이었다. 병안兵案에는 스무 명으로 되어 있으나 참으로는 다섯 명에 지나지 않는 군관 가운데 하나인 박포교朴捕校는 이 자리를 어떻게 넘겨야 할 것인지 도무지 아득하기만 한 것이었다. 박포교는 다시 한 번 헛기침을 하였다. 될 수 있는 대로 이 항우 같은 녀석을 달래어 돌려보내는 것이 상책이라고 생각한 그는 얼굴에 웃음기를 띠며 부드럽게 말하였다.

"무슨 일인지는 모르지만 밝는 낮에 하고 그만 돌아가도록 하거라."

"나으리나 돌어가슈."

생무지 터무니없는 생짜.

"어허, 이런 말버릇하고는……"

쩝쩝 입맛을 다시던 박포교가 건넌방 쪽을 보고 소리쳤다.

"애들아, 어서 나와보지 않고 뭣들 하는 게냐?"

아무런 대꾸가 없었고, 다시 한 번 소리를 질렀지만 마찬가지였다. 그제서야 판세가 심상하지 아니하다고 느낀 박포교 낯에 핏기가 가시는데, 방안에서 병방이 소리쳤다.

"박군관, 뭣허우! 혼찌검을 내서 쫓아버리잖구!"

박포교가 하는 수 없이 갈을 뽑아드는데 석 자 가웃쯤 되는 본국검˚이었다. 그는 소리쳤다.

"썩 물러가지 못하느냐!"

만동이 눈길은 여전히 방안으로만 쏠려 있을 뿐 들은 체도 하지 않았고,

"말이 안 들리느냐!"

다시 한 번 호령기 있게 소리치며 박포교는 본국검을 곧추 세웠다. 단칼에 벨 듯한 자세로 한걸음 다가서는데 만동이는 숫제 피할 생각도 하지 않고 윤경재만 노려보는 것이었다. 이놈 봐라. 인정을 베풀려는 사람 마음을 몰라주고 네가 숫제 나를 똥 친 막대기 취급을 하겠다 이거지. 명색이 무인武人으로서 무엇보다도 견딜 수 없는 업신여김을 당하고 있다는 생각에 발끈 욱기가 솟

본국검(本國劍) 신라시대 화랑 황창黃昌으로부터 비롯된 우리나라 본디 검.

구친 그 사내가 치켜들었던 본국검으로 그래도 차마 머리는 피하여 어깻부들기 쪽을 겨냥대어 내려치는데, 챙 소리가 나면서 그는 한걸음 뒤로 물러섰다. 어느 틈에 짜른 환도를 꺼내어 든 만동이가 쳐내려오는 본국검을 맞받아 쳐올렸던 것이었다. 밑에서 밀고 올라오는 태산 같은 힘에 밀려 뒷걸음질을 치는데, 만동이가 왼쪽 발을 들어올려 박포교 갈 든 손목을 걸어찼다. 챙그랑 소리와 함께 본국검이 저만치 마당 한가운데로 떨어졌고, 왼손으로 시큰거리는 오른손목을 부여잡던 박포교는 어쿠! 하면서 궁둥방아를 찧었다. 만동이가 한쪽 발을 들더니 쓰러져 있는 그 가슴팍을 슬쩍 밟았고, 박포교 코와 입에서는 검붉은 피가 쏟아져 나왔다. 박포교가 목안엣소리로 무어라고 웅얼거리는데 만동이가 말하였다.

"당분간만 이냥° 지슈."

몸을 돌이키던 만동이는 문득 숨이 멎는 느낌이었다. 윤경재가 문지방에 엎드려 있는데 어깨에 붙이고 있는 총대에서 타 들어가고 있는 것은 빨간 불꽃이었던 것이다. 윤경재가 겨누고 있는 양총으로 말하자면 철환°이 화승대 그것보다 두 배는 되게 크고 굵으며 또한 멀리 나가는데다가 겨냥 가늠자까지 달려 있어 한번 겨냥에 걸렸다 하면 옴치고 뛸 재주가 없는 것이었다. 만동

이냥 이대로 내쳐. 보이는 꼴 그대로. **철환**(鐵丸) 총알.

이가 이를 옥물며 바짝 몸을 낮추는데, 귓청이 찢어지는 듯한 총소리가 났다. 구르듯 뛰어오며 황포수가 소리쳤다.

"괜치않소?"

옥마당에 득시글거리던 주막집 중노미며 상노서껀 옥바라지 나선 사람들을 몰아낸 내졸內卒은 옥문마다 다시 쇠를 질렀다. 각방 수인점고囚人點考가 끝난 다음 번이 갈려 나갔고, 옥마당에는 화톳불이 타올랐다. 수인들 시켜 온갖 짚신과 미투리를 삼고 명석이며 부들자리를 짜게 하여 내어다 판 돈과 수인들한테 울궈낸 돈으로 다담에 못지않은 저녁상을 물리고 난 마왕이 식후 남초를 즐기며 심심함을 달래는데—

"그대는 무슨 율을 범하였기에 여기에까지 이르게 되었는고?"

잔뜩 위엄을 갖추어 형리 흉내를 내는 것은 간장間長인 마왕 노수老囚 밑에서 옥방 안 율을 다스리는 직책인 장무를 맡고 있는 수인이었다. 청 아래 깔린 명석 위에 두 무릎 꿇고 앉아 있던 신참 수인은 한숨만 내려쉬었고, 눈매가 사나운 장무가 호통을 내질렀다.

"어허! 마왕어르신 분부가 지엄하시거늘 어찌 대꾸가 없는고?"

안쪽 벽 밑 청 위에 비스듬히 누워 반불겅이˚다져진 짜른대를

반불겅이 빛깔과 맛이 꽤 좋은 불그스름한 가운데치 살담배.

216

빨고 있는 마왕과 그 곁에 앉아 과줄*쪽을 우물거리고 있는 영좌와 공원을 힐끗 바라보고 난 그 사내는 어금니에 힘을 주었다. 그 끔찍하다는 오례 대신으로 치르게 된 돈냥이 적지 않은데다가 더하여 깔개값에 초변값에 신유값에 계간값까지 또한 적지 않게 바쳤음에도 무릅쓰고 벌써 며칠 동안이나 똑같은 곤욕을 되풀이해서 치러야 하는데 진력이 났던 것이다. 신참들이 들어와야만 이짓을 면하게 될 터인데 화적명색으로 잡혀 들어오는 수인들은 별칸에 가두어두는 것이어서 어쩔 수 없이 치르게 되는 졸경이었다. 다시 호통을 치려는 듯 장무라는 자 눈에 독기가 오르는 것을 보며 쇠도적질로 이골이 난 쉰 줄 그 사내는 빙긋 웃었다.

"고삐를 취한 까닭이올시다."

"고삐라니?"

"남의 한 끝 고삐를 취했던 까닭이다 이런 말씀이외다."

"그것이 무슨 죄가 되는가?"

"고삐 줄 끝에 무엇이 달려 있었던 까닭이지요."

"그것이 무엇이었는데?"

"동부레기*였소이다."

너무도 태연자약한 쇠도적놈 말에 숫제 어이가 없어진 수인들이 어쩔 수 없는 웃음을 터뜨리는데, 마왕이 짜증을 부렸다.

과줄 밀가루를 꿀물이나 설탕물에 반죽하여 만든 과자. **동부레기** 뿔이 날 만한 나이 송아지.

"자미가 없도다."

쇠도적놈이 간살 쪽으로 물러나 앉았고, 다른 수인 하나가 그 자리에 불려 나왔다. 서른 남짓 되어보이는 젊은 사내였는데 입성도 제법 깨끗하였고 머리도 봉두난발이 아니라 말끔하게 틀어 올린 상투 그대로였으며 씻어놓은 배추 줄거리같이 희여멀끔한 것이 한눈에도 돈냥이나 있는 오입쟁이로 보이었다. 장무가 물었다.

"그대는 또 무슨 율을 범하였기로 여기에까지 이르게 되었는가?"

"부끄럽소이다."

"대장부사내로서 한세상을 살다 보면 한번 이런 데 들어올 수도 있는 법이어늘, 부끄러울 게 무에 있으리요. 어서 말하라."

"다만 엎드려 자다가 이 지경에까지 이르게 되었은즉, 그것이 부끄럽다는 말씀이올시다."

"그것이 무슨 죄가 된다는 말인가?"

"배 밑에 사람이 있었던 까닭이올시다."

"호오, 그것이 누구였는고?"

"계집사람이었소이다."

"어찌 생긴 계집이었던고?"

"국색이었지요."

"허허. 아무리 사람세상에서 기중 첫째가는 낙이 여색이라고는 하나, 모를 일이로다."

"꽂 같은 얼굴이 빛나며, 바늘로 따고 분가루를 집어넣은 듯 살결이 반짝이고, 맑은 노래와 묘한 춤이 구름을 막고 눈[雪]을 돌이키며, 애교 있게 어여쁜 말씨가 구슬이 우는 것 같으며, 연지와 지분 향기는 또 마음과 코에 부딪혀 어지러운데, 아름다운 곳자리에 멋있는 맵시와 지극한 어여쁨이 한가지로 이에 있은즉……오히려 정을 이끌거늘 하물며 장부에 철석심장이라고 할지라도 어찌 동하지 않으오리까?"

"그러한 계집이 어디에 있다는 말인가?"

"있지요."

"통간을 하게 된 자초지종을 일러보라."

"장무어른께서는 무얼 잘 모르시는 모양이올시다만, 자고로 운우에 품격에는 두 가지가 있소이다그려. 그 하나는 깊이 꽂아 오래 희롱하여 계집으로 하여금 사대육신 팔만사천 마디 뼈가 죄 녹아들게 하는 것이 상품이요, 그 둘은 격동하는 소리만 요란하여 번갯불처럼 휘황할 뿐 잠깐 동안에 방설하는 것이 하품이올시다. 계집을 상관하고자 할진대 다다 상품과 하품을 잘 분간하셔야 합넨다."

수인들 입에서 침 넘어가는 소리가 났고, 좌중을 완전히 제 손아귀에 넣었다고 생각한 조간범*사내가

"하루는 어느 과부 집에서 자게 되었는데, 밤 깊은 후에 가만히

조간범(刁姦犯) 여자를 꾀어내서 간음한 죄인.

방문 가까이 가서 본즉, 때에 새벽달이 만정하여 방 가운데 비치는지라. 과부가 여름 달 아래 홑이불자락을 걷고 몸을 드러냈는데, 바야흐로 우레*를 벌린 듯 뜨거워서 풍만하고 비대한 살결이 달을 가리어서 희거늘, 한 번 보매 정신이 아찔하고 다시 보매 혼백이 하마 꺼질 지경이라……"

어쩌고 하면서 주워들은 이야기 섞어 철요凸凹 거쳐 진흙골 지나 아롱우阿籠牛 어롱우於籠牛로 난만한 입가댁질을 치는데, 끙 소리와 함께 오만상을 잔뜩 으등그려 붙이는 장무인 것이었다. 마왕 입에서 밭은기침소리가 터져 나왔고 영좌와 공원은 물론이요 옥방 안에 있던 여남은 명 수인들 모두 스산한 낯빛이었다.

간살 틈으로 달빛이 쏟아져 들어오고 있었다. 웅얼웅얼 들려오던 옆칸 축축한 음담이 문득 멎으면서 출렁 하고 달빛이 물결쳤고, 소쩍새 울음소리 탓인가 하는데, 노랫소리였다. 소쩍새 울음소리보다 더 구슬프게 여옥 쪽에서 흘러 나오는 그 소리는 바람소리인 듯 물결소리인 듯 달빛에 실려 출렁이며 원옥 안을 떠돌아다니는 것이어서 송곳인 듯 더욱 애달프고 구슬프게 듣는 이 가슴을 파고드는 것이었다.

우레 꿩 사냥할 때 입에 넣고 불어서 수컷이 암컷을 부르는 소리처럼 낼 수 있게 된 몬으로, 거의 살구씨나 복숭아씨에 구멍을 뚫어 만들었음.

애고애고 설운지고

복이라 하난 것이 엇지하면 잘 타난고

북두칠성님이 마련을 하시난가

제왕산신님이 점지를 하시난가

생년 생월 생일 생시 팔자에 매였난가

숭금상수 현토인목 뫼씨기에 매였난가

이목구비 오악으로 생기기에 매였난가

소리 죽여 흐느끼는 울음소리가 나면서 노랫가락이 끊어지는가 싶더니 무어라고 폭백*하는 푸념소리가 들려왔고, 푸념소리가 멎으면서 다시 또 이어지는 노랫가락인 것이었다.

인생이 생겨날 제 남자로 생겨나서

글 배워 성공하고 활 쏘아 급제하며

기린각 일평석에 제일공신 그려내며

부모님께 영화 뵈고 자손에게 현달하여

장부의 쾌한 이름 후세에 전할 것을

전생에 무슨 죄로 이내 몸 여자 되어

거년 가고 금년 오니 생각하면 목이 멘다

───────────────

폭백(暴白) 성난 까닭을 들어 함부로 화를 내어 말로 발뺌함.

남 잘 자는 긴긴밤에 무슨 일로 못 자는고
슬프고도 가련하다 이내 팔자 어이할꼬

신음소리와도 같은 노랫소리는 끊어질 듯 끊어질 듯 그러나 끊어지지 않은 채 다시 또 느리고 길게 이어지고 있었는데, 아아. 장선전은 힘껏 도머리를 치었다. 간살을 부여잡고 별이 총총한 밤 하늘을 올려다보는 그 늙은 무골 두 눈은 뿌옇게 흐려오는 것이었다.

딸꾹질 섞인 구슬픈 울음소리로 신세자탄을 하고 있는 저 아낙네도 그렇고 화적명색으로 잡혀 들어오는 남정네들도 그렇고, 모두가 하나같이 가엾은 생령들이 아닌가. 굶주림을 견디다 못하여 보릿되나 훔치고 유개무리로 떠돌던 끝에 구메도적질이나 하던 저들을 어찌 써 나무랄 수만 있단 말인가.

조금 여유가 있으면 사치하게 마련이고 조금 넉넉하지 못하면 검소하게 마련인 게 장삼이사張三李四들 살림살이 아니던가. 남이 금하지 않으면 음탕하게 마련이고 법이 없으면 방종하게 마련이며 제 욕심대로만 좇아서 하다 보면 마침내는 패하게 마련 아니던가. 까닭에 자식을 때리기만 한즉 아비 교훈도 따르지 않는 것이며 백성을 형벌로만 다스리다 보면 임금 영도 듣지 않는 것이니, 아픈 것은 참기 어렵고 급한 것은 행하기 힘든 때문이라. 대저 백성을 다스리는 바른 길은 말 먹이는 일과 같은즉 백성을 부리되 그 힘을 궁하게 해서는 안 된다고 했던 것은 안자°였던가. 군왕 권세만을 믿고 거기에 의지해서 백성을 강압하여 다룸으로써 복종을 얻으려 한즉 거기에는 백성들 참된 충의지심忠義之心을 바랄 수 없을 터. 모름지기 배[舟]라는 것은 물이 아니면 다니지 못하는 것이지만 물이 배 속에 들어가게 되면 배는 물 속에 **빠**져버리는 것이며, 임금은 백성이 아니면 다스릴 수가 없지만 백성이 임금을 범하게 되면 나라는 마침내 기울어지고 마는 것이니, 이미 기울어진 지 오랜 나라 아닌가.

밤이 얼마나 깊었는가.

호곡소리와도 같은 노랫소리도 끊어지고 화톳불°마저 사위어 가는 옥마당을 바라보며 장선전은 도무지 부쩌지를 할 수 없게 민민하여지는 것이었다. 과연 돈이 제갈량이라더니 만동이가 다녀간 다음부터 매우 너그럽게 대하여주는 옥사장이며 옥졸들이었다. 목에 갈을 씌우지 않고 손발에 차꼬를 채우지 않는 것은 물론이요 남초 담긴 곰방대까지 얹히어진 상밥을 날라다 주며 깐에는 제법 양반 대접을 하여주는 것이었는데, 그럴수록 더 더욱 민민하여°지는 장선전이었다.

집에서도 마찬가지였다.

낮뒤가 훨씬 지난 마당귀°로는 벌써부터 산그늘이 내리고 있

안자(顔子) 공자 제자인 안회顔回 높임말. **화톳불** 장작 따위를 한군데에 수북하게 모아 질러놓은 불. **민민하다** 매우 딱하다. **마당귀** 마당 귀퉁이.

는데, 인선이가 보이지 않았다. 덕금이라는 년을 따라 잠깐 다녀오마고 나선 지 한나절이 지난 뒤였고, 그러고 보니 만동이놈까지 요며칠 보이지 않는다는 데 생각이 미친 그는 문득 불길한 마음이 들었다. 마방에 들러 철총이를 살펴보고 나오는데, 온호방이라는 자가 들어서는 것이었다. 계집사람 모양으로 살살 눈웃음을 치며 야비다리질을 치다가 윤참봉나으리와 옹서지간翁婿之間이 되고 보면 금시발복 어쩌구 하는 소리에 그만 참지 못하고 귀쌈을 한 대 올려 붙이었던 것이었으니, 아뿔싸. 이미 기 들고 북을 친°지 오래인 잔반°으로 옴나위를 못하게 된 장선전이라고 하지만 쇠같이 강강하고 대쪽처럼 꼿꼿하여 어떠한 위력 앞이나 돈 힘이라고 할지라도 결코 머리를 숙이지 않을 외고집 성품이라는 것을 잘 알고 있는 사면발이°온가가 쓴 패였던 것이었다. 이른바 구상관원률이었다. 사령 가운데서도 힘깨나 쓴다는 자들 다섯을 휘몰고 와서 문밖에 숨어 있던 삼부리 변부장이라는 자가 득달같이 들어섰고, 장선전은 제 발로 집을 나섰다. 비록 늙었다고는 하나 내력 있는 장종將種인 만큼 손질 몇 번에 골패쪽처럼 쓰러뜨릴 자신이 있었으나 다만 힘으로 될 일이 아니었으니, 천라지망°에 빠져든 까닭이었다.

간살에서 손을 떼어 습벅습벅하여°지는 눈을 부벼보던 장선

잔반(殘班) 살림살이가 시든 양반. **사면발이** 거웃 속에 붙어 사는 작고 납작한 이. 교묘한 수단으로 여러 군데를 다니며 알랑거리는 사람. **천라지망(天羅地網)** 비키기 어려운 언걸을 말함. **습벅습벅하다** 눈을 감았다 떴다 하다.

224

전은 다시 손을 떼었다. 어느덧 달도 기울어 풀벌레 소리만 고즈넉한데 옥마당을 건너오는 사람 자취가 보였던 것이다.

기골이 장대한 더그레짜리였다. 번이 갈릴 시각이 아니었으므로 무슨 일인가 싶었으나 상관할 일이 아니었고, 그는 몸을 돌리었다. 몇 발짝 걸어가는데 뒤에서 부르는 소리가 났다.

"나으리."

장선전이 간살을 잡고 밖을 내다보는데 아까 그 더그레짜리가 그의 손을 덥썩 잡았다.

"나으리, 소인이올시다."

장선전이 가만히 보니 뜻밖에도 만동이였다.

"네가 웬일로……"

하는데 만동이가 소리 죽여 말하였다.

"아무 말씀 마세유우."

제11장
천원지방

"곳이 지구 봄이 가면 여름이 오구, 여름이 가면 가을이 오며, 가을이 가면 겨울이 오구, 겨울이 가면 다시 또 봄이 오리니…… 세월이로구나. 건곤乾坤이 불로不老 월장재月長在허니 적막강산寂 莫江山이 금백년今百年이라……"

불 꺼진 장죽을 몇 번 빨아보던 김사과金司果는 나직한 목소리로 말을 이었다.

"곳이 지구 봄이 가면 어여쁘구 아리땁던 사람 얼굴 또한 빈혜시든 배추닢마냥 쭈그러지게 마련이니, 늙넌 까닭이로구나. 곳이야 다시 내년이 핀다지먼 한번 늙어진 사람 얼굴은 다시 젊어질 수 읎넌 벱이니, 승헌즉 쇠허게 마련인 천지이치로구나. 옛 모이마당이 섰던 쇵백은 도치 아래 장작이 되구, 모이마당은 갈어엎어 밭이 되며, 뽕나무밭은 또 푸른 바다루 빈허니…… 인생사

덧읊음을 태항*에 산과 무협*에 물을 빌려 옛 시인이 탄식헌 까닭이로구나. 허허. 참으로 허망헌 것이 인생사인저, 한번 간 옛사람은 다시금 곳을 보고자 낙양성* 동쪽이루 돌어올 수가 읎으며, 시방 사람덜이 저렇긔 비바람이 지넌 곳을 보구 있지먼 모든 게 다 남가일몽*이니⋯⋯"

하늘에 기는 위로 올라가고 땅에 기는 아래로 내려와서 폐색하여 겨울을 이루는 시월이기 때문인가. 겨울이 가까워지면서 새삼 참척* 본 절통함에 애가 에는 듯*, 그 늙은 선비 목소리는 가느다랗게 떨려 나왔다.

"연년세세루 곳은 픠서 그 모냥이 비슷허거니와, 해마다 사람은 늙어가니 그 얼굴이 똑같을 수가 읎구나. 어허 쇠운이 있은즉 승운이 있넌 법. 승쇠 뒤바뀜이 빠르기가 살 같은즉⋯⋯ 사람 멩운 또한 언제구 장 영달만 있넌 게 아니로구나. 마찬가지 이치루 원제구 장 쇠락허기만 헐 이치 또한 읎넌 벱이며⋯⋯"

김사과가 잠깐 말을 끊고 퍼부어 내리는 빗줄기를 바라보는데, 두 무릎을 꿇고 앉어 있던 석규石圭는 궁둥이를 조금 들어올리었다.

"할아버지."

태항(太行) 중국 산서성에 있는 험산. 무협(巫峽) 중국 사천성에 있는 급류. 낙양성(洛陽城) 중국 후한·진·후당 도읍지. 남가일몽(南柯一夢) 꿈처럼 헛된 한때 부귀영화. 참척(慘慽) 아들딸이나 손자손녀가 일찍 죽음. 애가 에는 듯 창자가 끊어지는 듯.

"오냐."

"곳만 다시 픠년 게 아니라 사람두 다시 태날 수 있잖남유?"

"무어라고 하였는고?"

"추수뒹장혔다가 봄이면 다시 생겨나넌 천지만물과 마찬가지 이치루 사람 또한 다시 태날 수 있다넌 말씀이지유."

"호오? 워쩨서 무슨 이치루 그러한고?"

"아뉴. 제 생각이 아니라 불가에서넌 그렇긔 말헌다넌 말씀이쥬."

"불가라니? 천축노인에 저 공문을 말함이드뇨?"

"예."

"공문을 아난다?"

"안다넌 말씀이 아니라……"

뒷머리를 만지며

"할머니가 그러시잖남유, 사람은 죽어서 죽은 담이두 다시 또 태난다구…… 사람만이 아니라……"

하는데, 김사과는 헛기침을 하였다.

"크흐음. 미지생未知生이어늘 언지기사호焉知其死乎아니, 살아서 한평생 일두 다 물르구 사넌 게 사람이어늘…… 어찌 써 죽은 담 일까지 헤아릴 수가 있다넌 말이드뇨. 획죄우천獲罪于天이면 무소도야無所逃也라. 하늘께 죄를 은으면 도망 갈 곳이 윲은즉 다만 힘써 사람으루서 도리만 다헐 뿐. 슨불가仙佛家 말이 다 황탄허고녀. 모름지기 긩서를 읽어 긕물치지格物致知를 헤야만 천지

228

이치를 헤아릴 수 있넌 법이니, 다만 스사루 배우구 익힐 뿐인저. 배우구 익혀 스사루 그 몸을 세울 뿐인저."

퍼부어 내리는 빗줄기를 구슬픈 눈빛으로 바라보고 나서

"대저 천지만물이 생겨나게 되넌 것은 오직 하나에서 나왔은 즉, 역이로구나. 한 번 닫히구 한 번 열리넌 역에 이치가 그것이야."

책을 읽듯이 나직한 목소리로 김사과는 또박또박 말을 이어나가는 것이었는데, 공구孔丘˙ 말씀이었다. 아니, 공부자 말씀이 아니라 공문십철孔門十哲 가운데 한 분인 자하子夏라는 이가 공부자께 여쭈어보았다는 말씀이었다. 1892년 가을. 열 세 살로 접어들면서부터 육경六經을 배우기 시작한 석규라고는 하나 숫자 셈이 복잡한데다 그 뜻이 너무도 깊고 넓게 그윽하여 헤아리기 어려운 것이었지만, 이따금 들려주시고는 하는 말씀이었다.

역易의 이치로 이 세상 온갖 만물만상이 생겨나게 되는데, 사람을 첫째로 한 나는 새와 기는 짐승이며 미물곤충에 이르기까지 각각 기우奇偶 곧 홀수와 짝수 구별이 있고, 따라서 몫몫이 그 기품이 다르다고 하였다. 그런데 한낱 여느 사람으로서는 그 이치를 알 수가 없고, 오직 도성덕립道成德立한 성현만이 오묘부사의한 그 본바탕 이치를 알 수 있다는 것이었다.

천지만물이 생겨나게 되는 순차를 따지자면 하늘이 제일 먼저

丘 공자를 우러르므로 이름자인 '丘'에서 한 획을 빼고 '丘'로 쓰니, '결필缺筆'이라고 함. 어버이나 조상 이름자를 쓸 때도 마찬가지임.

로서 하나에 당해하고, 땅이 다음으로서 둘에 당해하며, 사람이
또 그 다음으로서 셋에 당해한다고 하였다. 이른바 천일天一이요
지이地二며 인삼人三이 되는 이치라고 하였다.

이 이치에 따라서 나오게 되는 것이 삼삼三三 구구九九라는 숫
자풀이라고 하였다.

구구는 팔십일 하는 그 일一이라는 숫자는 날짜가 주가 되는
것으로서 날짜를 따져보면 열이 끝인 까닭에 사람이 열 달 만에
태어나게 되는 것이라고 하였다.

팔구는 칠십이 이二라는 숫자는 쌍이 되는 숫자로서 쌍이 되면
외로이 있는 숫자를 합쳐야 된다고 하였다. 외로이 있는 숫자는
용[辰]이 주가 되는 것으로서 용은 달[月]에 속하고, 달은 말[馬]이
주가 되는 까닭에 말은 열두 달 만에 낳게 된다고 하였다.

칠구는 육십삼 삼三이라는 숫자는 북두北斗가 주가 된다고 하
였다. 북두는 또 개가 주가 되기 때문에 개는 석 달 만에 낳게 된
다고 하였다.

육구 오십사 사四라는 숫자는 주가 되는 것이 시時라고 하였다.
시는 또 도야지가 주이기 때문에 도야지는 넉 달 만에 낳게 된다
고 하였다.

오구 사십오 오五라는 숫자는 음陰이 주라고 하였다. 음은 또
잔나비가 주이기 때문에 잔나비는 다섯 달 만에 낳게 된다고 하
였다.

사구 삼십륙 육六이라는 숫자는 율律이 주라고 하였다. 율은 또 사슴이 주이기 때문에 사슴은 여섯 달 만에 낳게 된다고 하였다.

삼구 이십칠 칠七이라는 숫자는 별이 주라고 하였다. 별은 또 범이 주이기 때문에 범은 일곱 달 만에 낳게 된다고 하였다.

이구 십팔 팔八이라는 숫자는 바람이 주라고 하였다. 바람은 또 벌레가 주이기 때문에 벌레는 여덟 달 만에 낳게 된다고 하였다.

이 밖에도 온갖 생령들이 모두 다 몫몫이 그 갈래를 따라서 낳는 달수가 따로 있다고 하였다. 새와 물고기는 음陰에서 나서 양陽에 딸려 있기 때문에 이것들은 모두 알을 낳게 된다고 하였다. 그런데 헤엄치는 물고기는 물에서 놀고 날아다니는 새는 구름 속에서 노는 까닭에, 입동 절후가 되면 제비는 남쪽 바다로 돌아가서 조개로 변하고, 누에는 마른 것만 먹고 물은 마시지 않으며, 매미는 거꾸로 물만 마시고 마른 것은 먹지 않는데, 날파리는 또 아무것도 먹지도 마시지도 않은 채 산다고 하였다. 이것은 온갖 생령들이 사는 모양새가 저마다 다 다르다는 증좌라고 하였다.

몸뚱이에 갑주를 두른 숨탄것*은 여름철이면 밖에 나와서 먹고 살다가 겨울이 되면 구멍에 들어가서 살고, 부리로 쪼아서 먹는 숨탄것은 몸뚱이에 구멍이 여덟으로 되었는데 이것들은 알로

숨탄것 하늘과 땅한테서 숨이 불어넣어졌다고 해서 '동물'을 가리킴.

새끼를 치며, 이빨로 씹어서 먹는 숨탄것은 구멍이 아홉인데 이것들은 배[胎]로 새끼를 낳는다고 하였다.

네 발 가진 짐승은 날개가 없고, 뿔이 있는 짐승은 앞니가 없다고 하였다. 뿔도 없고 앞니도 없는 것은 도야지에 딸려 있으며, 뿔은 있으나 이가 없는 것은 염소에 딸려 있다고 하였다.

낮에 태어나는 것은 그 아비를 닮고 밤에 태어나는 것은 그 어미를 닮는다고 하였다. 그러므로 음이 꼭대기에 달하면 암컷이 되고, 양이 꼭대기에 달하면 수컷이 된다고 하였다.

동서가 위緯가 되고 남북이 경經이 되며, 산은 적덕積德이 되고 내는 적형積刑이 되며, 높이 올라가는 것은 산 맥脈이고 낮게 내려가는 것은 죽은 맥이 되며, 언덕은 수컷이 되고 개울은 암컷이 되며, 비치는 달빛을 따라 영롱하게 아름다운 빛을 내는 진주조개 속에서 나오는 조개인 방합귀주蚌蛤龜珠가 일월日月과 함께 찼다 비었다 하게 된다는 것이었다.

그런 까닭으로 단단한 흙 위에서 사는 사람들은 그 성품이 강하고 약한 흙 위에서 사는 사람들은 부드러우며, 늙은 흙 위에서 사는 사람들은 그 신체가 크고 모래흙 위에서 사는 사람들은 작으며, 고운 흙에서 사는 사람들은 그 용모가 아리땁고 거친 흙에서 사는 사람들은 추하다고 하였다.

물만 먹고 사는 숨탄것은 헤엄치기를 잘하면서 추위를 이겨내고, 흙만 먹고 사는 숨탄것은 마음도 쓰지 않고 숨쉬기도 하지 않으며, 나무만 먹고 사는 것은 힘은 많으나 남을 다스릴 줄 모르며, 풀잎만 먹고 사는 것은 달아나기는 잘하나 어리석으며, 뽕잎만 먹고 사는 것은 비단실을 풀다가 나비로 화하고, 고기를 먹고 사는 것은 용맹이 있고 사나우며, 바람만 먹고 사는 것은 신명神明을 통해서 오래 살며, 곡식을 먹고 사는 것은 슬기가 있으나 건방지며, 그리고 마지막으로 아무것도 먹지않고 사는 것은 영구히 죽지 않는 신神이 된다고 하였다.

그런 까닭에 말하기를 날개가 돋친 새는 3백60가지나 되는데 그 가운데서 봉황이 그중 어른이 되었고, 털이 난 짐승은 3백60가지나 되는데 그 가운데서 기린이 그중 어른이 되었고, 갑주를 두른 숨탄것은 3백60가지나 되는데 그 가운데서 거북이 그중 어른이 되었고, 비늘 달린 물고기가 3백60가지나 되는데 그 가운데서 용이 그중 어른이 되었고, 발가숭이로 된 숨탄것도 3백60가지나 되는데 그 가운데서 사람이 그중 어른이 되었다고 하였다.

이렇게 가지각색으로 생긴 여러가지 숨탄것 가운데서 천지와 비슷할 만큼 높고 귀해서 그중 첫째로 아름다운 것은 오직 사람 하나뿐이라고 하였다. 천지지간天地之間 만물지중萬物之中에 유인唯人이 최귀最貴라. 하늘과 땅 사이에 있는 모든 것들 가운데 오직 사람만이 가장 귀하다는 것이었다.

그런 까닭에 사람이라는 것은 모름지기 그 몸을 움직일 때에 반드시 올바른 도道로써 하며, 고요히 거처해 있을 때에는 반드시 그 마음쓰는 이치를 순하게 하며, 천지 사이에 타고난 성품을 그대로 받들어 그 살아 나가는바 근본 도리를 어긋나지 않게 하여야만 하는 것이니, 오직 이렇게 함으로써만 어질고 착한 사람이 될 수 있는 것이라고 하였다. 한마디로 군자君子가 되라는 것이었는데, 군자에게는 세 가지 근심이 있다고 하였다. 듣지 못한 것이 있을 때에는 그것을 미처 듣지 못할까 근심하며, 이미 듣고서는 배우지 못할까 근심하며, 또 이미 배우고 나서는 능히 행하지 못할까 근심하는 것이 그것이라고 하였다. 그 덕德은 있어도 그 문장文章이 없으면 군자는 그것을 부끄러워하며, 이미 얻었던 것을 잃게 되어도 그것을 부끄러워하며, 그 문장은 있어도 그 해냄이 없으면 그것을 부끄러워하는 것이 왈 군자라고 하였다. 세 가지 생각하는 것이 있어야만 또한 왈 군자니, 모름지기 얼음에 발대듯 잘 살펴서 행하지 않으면 안 된다고 하였다. 젊었을 때 부지런히 힘써 배워두지 않으면 자라서 무능하게 되는 것이요, 늙도록 자식을 가르치지 않으면 죽어서는 아무것도 생각하지 못하게 되는 것이며, 재물이 있으면서도 남에게 베풀지 않으면 제가 궁해져도 남이 도와주지 않게 되는 까닭이라고 하였다. 그런 까닭에 군자는 모름지기 젊어서는 그 자랐을 때 일을 생각해서 학문에 힘쓰는 것이요, 늙어서는 그 죽을 때 일을 생각해서 가르치기를 힘써 하며, 재물이 있을 때에는 그 곤궁할 때 일을 생각해서 남을 건져주기에 힘써야 하는 것이라고 하였다.

"문질빈빈文質彬彬하여야만 왈 군자가 될 수 있는 법이니……"

김사과가 말하는데, 춘동이 목소리가 퇴를 넘어왔다.

"나으리마님, 즘심진지 여쭈오니다."

크으흠! 하고 메마른 바람소리와도 같은 헛기침을 하고 난 김
사과는 이윽한 눈빛으로 이쁘둥이*손자아이를 바라보았다.

"시장한고?"

"아뉴."

"조반은 든든히 먹었던고?"

"그럼유우. 조반 든 게 아직 자위두 돌지 않았넌걸유."

"되었느니라. 연인즉, 잠시만 더 머물다 가거라."

"예."

"쉑귀야."

"예에?"

"조불가허朝不可虛요 모불가실暮不可實이라. 옛사람이 이르기
를 아침이는 속을 허허게 헤서넌 안 되구 저녁이는 속을 가득 채
우면 안 된다 허였으니, 아침일수룩 다다 굉복을 피혜야 허너니
라. 추삼월秋三月을 일러 또한 용평容平이라 허였으니…… 천긔이
급天氣以急이요 지긔이밍地氣以明인즉 조와조긔早臥早起허구 여계

이쁘둥이 귀엽게 생긴 어린아이. 손자를 귀여워해서 부르던 말.

구흥與雞俱興허라. 하늘 긔운은 성급허구 땅 긔운은 밝은즉 이러 헌 때에는 일찍 자구 닭울음 소리와 함께 일어나야 헌다넌 말이 로구나. 마음을 늘 푄안히 허구 횡벌두 온화허게 허며 정신을 한 곳이 모아 다잡어 정긔를 깨깟이 헤야 헌다. 이것이 가을 긔운에 따르넌 질이며 거둠을 돕넌 질이로구나. 그 뜻을 밖이 두지 말어 폐긔肺氣를 다다 맑게 헤야만 허나니, 이러헌 천지이치를 그역헌 즉 폐를 상허게 되넌 까닭이라."

『예기禮記』나『주례周禮』또는『음선정요飮膳正要』며『거가필용 사류전집居家必用事類全集』같은 '식경食經'에 나오는 조섭법으로 일장 훈시를 하는데,

"나으리 마님, 즘심진지 여쭈오니다."

춘동이 목소리가 다시 퇴를 넘어왔고, 김사과는 미세기* 쪽을 바라보았다.

"넘이 읊구나."

"진지를 거르시면……"

하는 소리가 들리어오는데, 그 늙은 선비는 다시 한 번 헛기침을 하였다.

"어허, 넘이 읊다넌디두 그러넌구나."

"그렇긔 여쭙겠지오니다."

미세기 두 짝을 한쪽으로 밀어 겹처서 여닫는 문.

조심스럽게 발길을 돌리는 소리를 들으며 석규는 궁둥이를 달싹거리었고, 김사과가 말하였다.

"워디가 븨편헌고?"

"소피가……"

"댕겨오너라."

"예에."

조심스러운 뒷걸음질로 그 아이가 미세기를 열고 나오는데, 보름치*를 하는 산돌림*이었던가. 퇴 아래 곳밭에 파초 잎 때리는 소리 요란하던 비는 그쳐 있었다. 퇴를 내려온 석규가 손짓하여 춘동이를 불렀고, 고양이걸음으로 다가오는 그 종아이 낯빛은 무슨 까닭으로 밝지가 않았다. 사랑채 뒤란 뒷간 앞에 놓여진 독 앞에서 마렵지도 않은 오줌을 질금거리며 석규는 말하였다.

"리처사댁 가기루 헌 게 원제지?"

마침 오줌이 마려웠던 참인지 석규와는 다르게 제법 굵직한 오줌발을 그리고 있던 춘동이는 부르르 진저리를 쳤다.

"우중*이니께 벌써 시각이 지났구먼유."

"워떡허지? 오늘따라 할아버지가 안 뉘주시니."

"헐 수 읎지유 뭐."

"으제두 그렇구 벌써 두 번씩이나 약조를 으겼잖남."

보름치 음력 보름께 내리는 비나 눈. **산돌림** 산기슭에 내리는 소나기 또는 여기저기 잠깐씩 퍼붓는 소나기. **우중**(禺中) 상오 9~11시.

"날 가시지유 뭐."

"춘뒹아."

"녜에."

"니가 한 번 더 댕겨와야것다."

"그러지유 뭐."

"골났남?"

"누가유?"

"무슨 대꾸가 그렇다네? 위째 그렇게 낙낙헌 얼굴이 아녀?"

"냅두셔유."

"얼라?"

"싸게 들어가 보셔유. 공중 또 꾸중 듣지 마시구."

"날 우중이는 꼭 대국허러 가것다구 말씀디리구 오란 말여, 알었남?"

"그류."

빌꼴.

꾸벅하고 고개를 숙여 보이고 나서 사잇문 쪽으로 걸어가는 중다버지를 바라보며 석규는 고개를 갸웃하였다.

아무리 주종간이라지만 길카리* 위쪽 가는 동무로 허물없이 지내는 사이였다. 종 자식을 귀애하면 생원님 나룻에 꼬꼬마*를

___

길카리 먼촌 일가붙이. 꼬꼬마 병졸들 벙거지 뒤에 늘이던 붉은 말총으로 만든 길고 부풀한 수술.

단다°고 하지만, 타고나기를 종 자식으로 타고나서 그렇지 여간
썻은 팥알 같은° 아이가 아니었다. 여느 종아이들과는 다르게 고
집이 세고 주장이 강하되 어정잡이°나 팽패리°도 아니요 욱동이°
나 잔말쟁이°는 더욱 아닌 그 아이를 석규는 함부로 대하지를 아
니하였다. 시키는 일이 사리에 맞거나 장난의 것이라고 하더라
도 일분부시행으로 깍듯하게 받들어 모시되 낯을 찌푸리는 법이
없는 그 아이가 석규는 좋았다.

　석규와는 자치동갑°으로 키나 몸매도 어상반하였고 천출답지
않게 이목구비 또한 청수하여 상전댁 사람들 귀여움을 받았으
니, 비록 어른이라고 할지라도 함부로 대하지를 못하였다. 상전
댁 도련님과 동무하면서 어깨너머로나마 천자 떼고 통감초권이
라도 읽을 만하니, 타고난 용력과 체수만 장하다면 배 다른 언니
되는 만동이와 진배없을 재목이었다.

　제 어미 탓에 그러한 것인가? 만동이 이야기가 나온 끝에 천서
방과 크게 다투었다더니, 그래서 그러한 것인가? 마음이 영 편하
지가 않은데……

　"육긩이란 무엇이드뇨?"

　김사과가 물었고, 석규는 두 주먹을 꼭 오므리었다.

어정잡이 겉모양만 꾸미며 일을 잘 맺지 못하는 사람. **팽패리** 성질이 부드
럽지 못하고 괴팍한 사람. **욱동이** 앞뒤를 재지 못하는 성미 급한 사람. **잔말
쟁이** 잔말을 잘하는 버릇이 있는 사람. **자치동갑** 나이가 한 살 틀리는 동갑
同甲.

"예. 역易 시詩 서書 예禮 악樂 춘추春秋를 가리켜 육깅이라 하옵
니다."

"허면?"

"예. 무릇 모든 궁구 가운데 으뜸이 되옵니다."

"오올치."

양쪽 입가에 파뿌리 같은 잔주름을 모으며 두어 번 턱 끝을 주
억이던 그 늙은 선비는 헛기침을 한 번 하였다.

"대저 그 나라에 들어가거던 그 가르침을 알어야 하나니……
그 사람됨이 온화허구 부드러우며 돈독허구 두터움은 '시'에 가
르침이이요, 툭 트이구 믈리 아넌 것은 '서'에 가르침이요, 너그
럽구 넓으면서두 펑이허구 슨량함은 '악'에 가르침이요, 조촐허
구 고요하며 또한 정미로움은 '역'에 가르침이요, 굉손허구 금소
허며 씩씩허구 꿩깅스러움은 '예'에 가르침이요, 문사文辭를 엮
구 사류事類를 펀찬험은 '춘추'에 가르침이니…… 공부자 말씀이
시로구나. 모름지기 승현에 가르치심을 일러 깅이라 허니, 돌에
새겨 수천 년을 전하여왔음이라."

장죽에 부시를 댕기어 몇 모금 빨아들이던 김사과는 지그시
눈을 감았다.

"즌전긍긍戰戰兢兢허기를 고임심연顧臨深淵허구 여리박빙如履
薄氷허라. 두려워허구 조심허기를 마치 깊은 못에 임헌 듯허구 엷
은 얼음을 밟넌 듯허라구 하였으니, 시깅이서 이르넌 말이로구

240

나. 첫째루 삼가야 헐 것이 말인즉, 사람이 저마다 몸 가지기를 이와 같이 허구 보면 어찌 써 입에 과실이 있을까 걱정허것느뇨. 일렀으되— 긍계할지어다. 말을 많이 허지 말라. 말이 많은즉 낭패험이 많느니라."

책을 읽듯이 나직한 목소리로 느릿느릿 말을 이어나가는 것이었으니, 언제나 되풀이하여 들려주시고는 하는 성현 말씀이었다.

여러가지 일을 함부로 하지 말라. 일이 많은즉 걱정이 많느니라. 안락한 데 있어서도 반드시 자기 몸을 경계하라. 그런즉 후회되는 바가 없느니라. 무엇이 근심인가를 말하지 말라. 그 화가 장차 자라느니라. 무엇이 해로운가를 말하지 말라. 그 화가 장차 커질 것이니라. 듣는 자가 없다고 말하지 말라. 귀신이 곁에서 지켜보고 있느니라. 조그만 불꽃을 끄지 못한다면 크게 번지는 불을 막아내지 못할 것이니라. 연연涓涓히 흐르는 물을 막지 못한다면 필경에는 강물이 되고 마느니라. 가느다란 실도 끊어지지 않는다면 혹 그물을 만들 수 있느니라. 털끝만 한 나무도 꺾지 않고 둔다면 장차 도끼자루로 쓸 수도 있느니라.

진실로 말을 삼간다면 복에 근원이 될 것이니라. 입바른 말이 무엇이 해로우랴고 생각한다면 화에 문이 될 것이니라. 그러므로 강한 자는 제 명에 죽지 못하며, 이기기를 좋아하는 자는 반드시 저를 대적할 사람을 만나게 된다. 도적놈은 그 주인을 미워하고 백성들은 그 윗사람을 원망한다.

군자는 천하에서 내가 제일이라고 자부하는 것이 옳지 못한 것을 알기 때문에 남보다 못한 체한다. 여러 사람보다 먼저 하는 것이 옳지 못함을 알기 때문에 남보다 뒤에 선다. 까닭에 온순하고 삼가는 덕은 남들이 이를 사모하게 하여, 큰소리를 하지 않고 남 아래 있는 것으로 자처하면 남이 나를 더 넘어가지 못한다. 남들이 모두 저쪽으로 간다 해도 나만은 홀로 여기에서 옳은 길을 지킬 것이며, 남들이 모두 이리저리 옮겨간다 해도 나는 홀로 흔들리지 않을 것이다.

지혜와 재주는 마음속에 감추어두고 남에게 나타내 보이지 않으며, 내가 아무리 높이 된다 할지라도 남들은 나를 해치지 못하게 될 것이다. 누가 능히 이런 일을 할 것인가? 강과 바다가 비록 왼쪽으로 흐른다 해도 여러 시냇물의 어른이 되는 것은 그 낮은 데 처하여 있기 때문이다. 천도天道는 더 친하고 친하지 않은 데가 없으되 언제나 사람들에게는 아래가 된다는 뜻을 가지고 있는 것이다. 대저 말하는 자가 말에 실수가 있고 보면 듣는 자도 말을 어지럽게 듣게 되는 것이니, 이 두 가지를 알게 된즉 도는 스스로 잊지 못하게 될 것이니라.

"자단향나무는 자고루 그 떡잎 적버텀 향기롭다던 옛사람 말은 증녕 허언이 아니었고녀."

김사과는 잠깐 말을 끊더니 천장을 한 번 올려다보았다. 그 늙

242

은 선비는 후유— 하고 긴 한숨을 내려쉬었다.

"저 하늘에는 일월성신이 저렇듯 일호차착두 윲이 어김윲이 운행되구, 땅에는 초목금수와 으빌백곡이 때를 좇아 이처럼 븐식 무성허며, 또 사람이라는 숨탄것은 무엇이루 인허여 다른 숨탄것이 지니구 있지 뭇헌 소위 사단칠정 슬기와 재조를 받어 만물에 영장이라 일컫게 되었는지요?"

김사과가 말하는 것은 참척 본 자식이었다. 그 자식이 열두 살 때 허담虛潭선생한테 여쭈어 보았다는 말이었다.

"자연이구루 그렇게 되었다구 허자 다시 또 묻기를, 사람은 오히려 모르겠으되 하늘과 땅이며 산천초목이 다 자연이구루 생긴 것이리면 주야한서와 풍운우설이 어찌 써 어김없이 왕복자연하게 되는 것이옵니까? 아, 황구의 아희가 이렇게 물어오니 아무리 문장이루 유명짜헌 사람이라지면 응답이 막힐밖의. 그레서 헌다넌 말인즉…… 그렇다. 너만 그것을 물러 궁금허구 답답헌 게 아니다. 나 또한 백수문을 읽기 시작헌 저 네 살적버텀 쉰이 넘은 지금에 이르기까지 주사야탁 쉬지 않구 그 이치를 궁구하여보구 있음이로구나. 천문지리와 역이며 산학을 아무리 궁구하구 또 궁구혜봐두 알 도리가 윲은즉, 이것은 맴돌어 우리 해동은 물론허구 중화에두 아직까지 참문장 참승인이 윲다넌 까닭이 아니겠너냐. 어허—. 참문장은 그렇다구 허더래두 참승인이 윲다면 공부자는 어찌 되는 것인고? 획죄우천이면 무소도야라. 하늘께 죄를 은즉 도망갈 곳이 읎으니, 사람은 그저 죽는 날까지 다만 사람으루서 사람이 배우구 지킬 도리를 다하여 하늘께 죄를 짓지 않어야 된다 허셨지. 또한 미지생이어늘 언지기사호아라. 살아 있는 동안 일두 아지 뭇허거늘 어찌 써 죽은 다음 일까지 알겠느뇨? 다만 살아있는 동안 힘써 배우구 익혀 스사로 닦어갈 뿐이로구나."

두 무릎을 꿇고 앉아 꿇고 앉은 두 무릎 위에 두 주먹을 올려놓은 채 한마디로 사람다운 사람이 되어야 한다는 할아버지 말씀을 듣고 있으면서도 석규 마음은 도무지 콩밭에만 가 있는 것이었으니, 바둑이었다. 리처사 리평진李平眞이와 할 내기바둑.

춘동이 짚신발이 대문 밖으로 나오는 것을 보자마자 노둣돌 위에 엉거주춤 궁둥이를 걸치고 있던 석규는 발딱 몸을 일으키었다. 나이보다 훨씬 숙성하여보이는데다 친탁°을 하여 닦은 방울 같은° 그 도령은 잘생긴 이맛전에 내천자를 그리었다.

"워째서 그렇게 해찰을 부려쌓넌다네."

"사연이 있구먼유."

"얼라."

"노마님께서 당최 놔주셔야 말씀이쥬."

친탁 생김새나 성질이 아버지나 할아버지를 닮음. 진탁.

"할머니가?"

"오늘이 재여리*오넌 날이잖남유."

"븰꼴."

"그렇다니께유. 접때 구곗집헌티서 즌갈이 왔었잖남유."

"싸게 가자."

춘동이를 앞세워 리처사댁으로 가는 석규 마음은 무슨 까닭으로 영 편하지가 않다. 구계九溪집 아파가 풀방구리 쥐 나들 듯 하는 것이야 장 있어온 일이지만 월하노인月下老人 명색 낯선 사람들이 드나들기 비롯한 것은 봄부터였으니, 누나가 남인맞는*다는 것이었다.

혼삿말이 오간다고 하더라도 내년 봄이나 되어야 대례가 이루어지겠지만, 어쨌든 누나는 남의집 사람이 되는게 아닌가. 무슨 까닭으로 자꾸만 식구들이 줄어들고 있다. 뇌성에 벽력이요 설상에 가상으로 아버지가 돌아가신 다음, 비록 종이라고는 하나 어쩐지 든든하기만 하던 만동이까지 그 큰일을 저지르고 집을 나가버린 뒤 끝에 처음 찾아오는 경사이건만, 허전하다.

"춘됭아."

"예."

상전을 모시고 길라잡이 나선 하인 법도에 따라 왼편으로 조

재여리 중매쟁이. 남인맞다 시집가다.

금 비켜 서너 발짝 앞서 걷고 있던 춘동이가 걸음을 멈추고 고개를 돌리는데, 석규는 말이 없다. 말없이 산비탈 좌우로 펼쳐진 천둥지기°나 자드락밭°만 바라다본다.

며칠 전부터 는개°가 내리고 산돌림이 잦더니 간밤에는 또 무서리가 내리었는가. 아니면 도둑눈°. 되지기°에 지나지 않는 자드락 논밭이 하얗다. 빈 논바닥 위로는 짚단더미만 여기저기 짐승들처럼 둘러앉아 있고 모가지가 꺾이어진 허수아비 복장에서 비어져 나온 헝겊 조각들만 바람에 나부끼며 번쩍이는 빛을 낸다. 아직 낮전이라지만 사람들 자취가 보이지 않으니, 가을걷이가 벌써 끝났다고 하나 환자쌀 갚고 나면 생쥐 볼가심할 것도 되지 않는°곡식자루 아껴가며 기나긴 삼동을 넘기고 올보리°풋바심°이라도 하여볼 날이나 기다리기 막막한 농군들은 저마다 굴왕신 같은°방안에 틀어박혀 남정네는 짚신을 삼고 자리를 짜며 아낙들은 또 힘겹게 북 쥔 손을 휘두르기 바빠 집 밖으로 나와볼 틈이 없는 것이었다.

"춘뎡아."

석규가 다시 부르는데 벌써부터 바로 곁에 붙어 걷고 있는 춘

천둥지기 물끈이 없어 비가 와야만 모를 심을 수 있는 논. 천수답. **자드락밭** 낮은 산기슭 비탈진 곳에 있는 밭. **는개** 안개보다 조금 굵고 이슬보다 조금 가는 비. **도둑눈** 밤 사이에 내린 눈. **되지기** 볍씨 한 되를 부어낼 수 있는 넓이 논. **올보리** 일찍 익는 벼. **풋바심** 채 익기 전 벼나 보리를 지레 베어 떨거나 훑는 일. **굴왕신 같다** 낡고 찌들고 더러워서 흉하게 보이는 것을 흉보는 일.

246

동이였다. 아무리 법이 무서운 주종간이라지만 자치동갑으로 어상반한 체수인 두 도령은 무엇보다도 불알동무였다. 법도 따지는 사람들이 보는 앞이라거나 석규가 골부림할 때를 빼놓고는 누구보다도 다정한 동무로 허물없이 지내는 사이였다. 뱁새가 수리를 낳는다°고 춘동이 또한 미천한 출신답지 않게 매우 잘생긴 아이였다.

"빌꼴일세. 아까버텀 대이구 불러만 놓구 워째 말씀이 읎으시냐."

춘동이가 흘낏 바라보는데 석규는 할아버지 흉내로 헛기침을 하였다.

"언니헌테선 여적 징무소식인감?"

"소식두 읎구 긔별두 읎슈."

"장슨전댁두?"

"그 댁이야 더구나 적몰된 지 오랜디……"

"덕금이란 지집사람헌티두?"

"물류."

"뭐허구 산다네?"

"술장사 지집이니께 술 팔어먹구 살것쥬."

"소리가 장허다며?"

"또랑광대 뇌랑목° 숭내는 낼 중 아넌 모냥이데유."

"삼월이두 목이 좋더라."

"미친년."

넓적한 잎사귀 팽나무와 동백나무 숲이 울창한 등 하나를 넘으면 개울 건너 야트막한 산자락 밑에 자리잡고 있는 마을이 아랫말이었다. 왼쪽으로는 행세깨나 한다는 양반들이 사는 향곳말이요 바른쪽 등 너머로는 상민들이 얼추 사는 큰뜸이니, 아랫말에는 대개 구실아치들이 모여 살았다. 반듯한 와가는 드물고 고만고만한 초가인 일잣집 곱팻집들이 스무남은 가구 모여 있는데, 마을 도린곁*에 있는 것이 리처사 집이었다.

기역자 몸채 곁으로 사랑채 기슭집까지 거느린 명색이 양반네 기와집이었으나, 헌집이 되어버린 뜰아랫채는 헛간으로 썼고 몸채며 사랑채 지붕 위 깨어진 기왓장 사이로는 잡풀이 수북하고 지붕마루며 초가리*에는 또 시퍼렇게 이끼가 앉아 있어, 한눈에도 애옥살이하는 반치기* 집이었다. 석규는 뒷짐을 진 채로 몇 발짝 떨어져 있고,

"이리 오너라."

춘동이가 제법 호기 있게 목소리를 높이는데, 눈곱 낀 불강아지* 한 마리만 달려 나와 낑낑댈 뿐, 아무런 기척이 없다. 석규 쪽을 한 번 돌아보고 난 춘동이가 동개철*도 떨어져 나가고 여기저기 관솔 구멍이 나 있는 대문을 두드리며

도린곁 사람이 별로 가지 않는 외진 곳. 초가리 서까래 끝에 붙이는 기와. 반치기 가난한 양반 또는 쓸모 없는 사람. 불강아지 몸이 바짝 여윈 강아지. 동개철 대문짝 위아래 문장부가 쪼개져 나가지 않게끔 양쪽으로 대거나 걸치어 대는 길쭉한 쇠.

248

"이리 오너라."

다시 한 번 소리를 질렀고, 그제서야 신발 끄는 소리가 나면서 빼꼼히 얼굴만 내어미는 것은 열서너살 난 어린 계집종이었다.

"누군디 공중 식전아침버텀 남이 집 대문을 탕탕 뚜디리며 난리랴."

뾰루퉁한 낯빛으로 종알거리는데, 허. 요년 봐라 싶은 춘동이였다. 저나 나나 똑같이 항것 뫼시고 사는 아랫것 주제에 더구나 한두 번 본 것도 아닌 처지에 언제나 이런 식인 것이었다. 작달막한 키에 얼굴 모양이 방울처럼 동글동글하대서 붙여진 이름이라는 방울이方乙伊년 속내평을 모르지 않는 춘동이는 상전들 흉내를 내어 짐짓 헛기침을 하였다.

"주부나으리 지신지 이으쭈어라."

육대조인가 칠대조가 종육품 벼슬인 사복시司僕寺 주부主簿를 지내었을 뿐 그 뒤로는 백당지 한쪽 못 받은 민머리 백두로 내려옴으로써 이미 양반이라고 할 수조차 없게 된 리처사 집안이었으나 사람들이 듣기 좋으라고 불러주는 택호인 주부댁을 따라 주부나으리를 받치어올리는데, 방울이 대꾸는 여전히 밤 문 소리*였다.

"지시넌디 왜 그러시너냐구 이으쭈어라."

밤 문 소리 또렷하지 않은 소리.

"윗말 김사과 으르신댁 되렌님께서 오셨다구 이으쭈어라."

문 앞으로 다가서며 석규가 헛기침을 하였고, 그제서야

"잠시 지달리시라구 이으쭈어라."

하고 나서 쪼르르 사랑채를 다녀온 방울이가 말하였다.

"진작버텀 지달리구 지신다구 이으쭈어라."

"막판인가?"

검정 조약돌과 흰 조개껍질 도스린* 것 여덟 개씩으로 구궁九宮마다 찍히어 있는 매화점梅花點에 석규가 초석草石을 하고 났을 때, 리처사가 한 말이었다. 석규는 묵묵히 바둑판만 내려다보았고 검정 조약돌 두 개를 더 판 위에 올려놓고 난 리처사가 다시 말하였다.

"한 판만 더 지면 슨 점이란 말이지."

칫수를 말하는 것이었다. 네 해 전 첫 대국에서 가장질*하는 노름꾼처럼 암수를 씀으로써 가까스로 뒤집어 이긴 다음부터 두 사람이 바둑을 둔 것은 몇 판 되지 않았다. 풍타낭타하는 유산 끝에 다시 집으로 돌아온 것은 그 다음 해였다.

이것은 다만 네 그 출중헌 긔재를 곳피워주기 위한 권도요 또한 슨교방편인 것인즉……

도스리다 둘레를 잘 다듬다. 가장질 투전판에서 패를 속이는 짓.

열 살짜리 어린아이로서는 알아듣기 어려운 불가 문자까지 섞어가며 리처사가 꺼낸 말은 한마디로 내기바둑을 두자는 것이었다. 첫판을 두었을 때 이미 알아챈 것이었으니, 대부동에 곁낫질°이었다. 힘 한번 써보지 못하고 돌을 던지고 난 다음이었다. 내기바둑이라고 하지만 총죽지교를 맺은 바 있는 친구 자식과 차마 돈을 걸자는 말은 할 수 없는 천생 놀량패 리처사다운 말이었다.

내리 세 번 이기면 치수를 고치기로 하였는데, 백을 넘겨주고 나서 집을 떠났다가 다시 돌아왔던 상년 겨울에 두 점으로 올라갔고, 사풍악四楓嶽 구경을 마치고 돌아온 이달 들어 벌써 잇달아 지고 있으니, 한 판만 더 지면 석 점. 스스로는 국수國手노라 흰목을 잦히는 그였으나 어쨌든 군기郡棋는 넘는 바둑으로 행세깨나 하면서 풍류를 좋아하는 이들 사랑에서도 상수 대접을 받아온 그로서는 도무지 면이 서지를 않는 노릇이었다. 초석을 끝내고 바둑은 이제 막 중판으로 접어들고 있었는데, 리처사는 지그시 눈을 감았다.

나무 줄기를 헤치고 가시덤불 더듬어 발목에 잠기는 묵은 낙엽 헤치며 숲길을 뚫고 허위단심 나아가보니, 몇백 년씩 묵은 고목들이 가지만 앙상하게 하늘을 찌르고 있는 조붓한 골짜기 바위 밑을 파서 굴을 만들고 산죽을 쳐 시늉만 바람막이를 한 문 앞 바위틈으로는 물고기 뱃가죽처럼 흰 물이 흐르고 있었다. 일부러 발걸음 소리를 크게 내며 어흠! 어흠! 큰기침을 터뜨려보았으나 아무런 기척도 없이 고요하기만 하였다. 두근거리는 가슴을 달래며 조각문을 열고 굴속을 삐끔 들여다보니 백발이 등을 덮은 노인 한 사람이 벽을 향하여 그린 듯 앉아 있었다. 알아들을 만하게 큰기침소리를 내었으나 면벽한 노인은 꼼짝도 하지 않았고 벌써 또 날은 저물어서 골짜기 이곳저곳에서는 굶주리고 고적한 짐승들 울부짖음이 들려오는 것이어서, 신선이 되는 궁구는 그만두고 잘못하면 깊은 산속 무주고혼이 될 판인지라, 참지 못하고 다시 한 번 큰기침소리와 함께 탕탕 발을 구르며 크게 소리쳤다.

으르신! 도 닦는 궁구를 배우고자 불원천리 달려온 나그네이온대 잠시 인사 여쭙겠습니다.

그제서야 노인이 고개를 돌리는데, 깊숙한 가람물처럼 맑고 시원해보이는 눈빛이었다.

황황히 찾아뵙게 되어 송구스럽기 짝이 읎습니다.

두 손바닥을 맞부비며 노인 앞으로 나아가 큰절을 올리었다.

뉘신지?

호젓이 도를 닦으시는 데 훼방이 되어 죄송천만이올시다. 실은 바둑 국수와 통소 일수—手가 되어보고자 허는 자로서 상상봉 반석 위에서 바둑을 두고 통소를 부는 노인장들헌테서 으르신 계신 곳을 알아 이렇게 찾아뵙게 되었습니다. 무례한 진세 탁물을 꾸짖지 마시구 거두어주소서.

　허, 실없는 작자들 같으니……

　두어 번 잔입맛을 다시고 난 노인이 한쪽 벽을 가리키며

　앉아보슈.

　한마디 던지고는 다시 또 아까처럼 벽을 향하여 결가부좌를 틀고 앉는 것이었다. 거두어주는 것만이 다만 황감할 뿐이어서 노인 흉내로 벽을 보고 가부좌를 틀고 앉아보았는데, 당최 견딜 수가 없는 것이었다. 짧은 향 한 대 태울 시각도 되기 전부터 가부좌를 틀고 앉은 발끝에서부터 시작하여 종아리와 무릎이며 넓적다리를 지나 방치에 이르기까지 허리 아래가 온통 끊어질 듯 저려오다가 마침내는 손톱으로 힘껏 꼬집어보아도 하얀 자국만 날 뿐 남의살인 듯 도대체가 아프지도 않은 것이어서, 덜컥 겁부터 났다. 송진 같은 식은땀을 흘리며 그래도 명색이 그 도를 깨우쳐 국수가 되고 또 일수가 되어보겠다는 자로서 이깟 어려움쯤이야 견디어내야지 이를 옹송그려 물어보았으나, 장죽 한 대를 태울 시각이 지난 다음부터는 마침내 견디지 못하고 가부좌를 풀어버리고 말았는데, 나무토막인 듯 아무런 느낌도 없는 아랫도리 스스로는 도무지 꼼짝도 할 수 없는 것이어서, 두 손으로 간신히 떼어놓은 것이었다.

　아아.

리처사가 마음속으로 힘껏 도머리를 치는데, 문밖에서 인기척이 났다.

"아버지."

그 도를 깨우쳐 국수가 되고 그 묘리를 깨우쳐 일수가 되어 보고자 도인道人이며 이인異人이며 이승異僧이며 방사方士들을 찾아다니던 생각을 하느라 돌 놓는 것조차 잊고 있던 리처사는 대꾸가 없는데, 다시 한 번 조심스러운 잔기침소리가 들리어왔다.

"아버지, 소녀이옵니다."

그제서야 눈을 뜬 리처사는 헛기침을 하였다.

"은수냐?"

"예, 아버지."

"방울이년은 무얼 하건대 네가 나왔는고?"

"그 아이는 시방 찬수 장만을 하옵기에……"

"크흠. 그래, 무슨 일이드냐?"

"소찬이나마 점심 진지를 올려두 되올는지요?"

바둑판을 바라보며 리처사는 다시 한 번 헛기침을 하였다.

"막판이 멀지 않았은즉, 잠시만 기다리거라."

"예, 아버지."

차분하게 가라앉은 목소리로 그러나 참벌소리와도 같이 낭랑한 목소리가 들리어오는데, 리처사는 쩝쩝 소리가 나게 군입맛을 다시었다. 사십 줄이 내일 모레인 장년 그 사내는 시든 배추잎처럼 빛이 바래인 갑창 쪽을 바라보았다.

"아가."

"예에?"

"안에서는 무엇들을 허시드냐?"

"할머니는 누워 계시옵구 어머니는 아버지 의관 손질을 허구 계시옵니다."

"크흠. 목이 컬컬혜서 그런즉……"

"……"

"전내기*나 송이술* 남은 것 있거든 어머니 모르게 한 대접만 내오너라."

"예에."

리처사 리평진이 무남독녀 외동딸인 은수銀秀가 조심스럽게 발길을 돌리는 소리를 들으며 석규는 백돌 한 개를 집어들었다. 남녀칠세부동석이라는 『예기』 가르침에 따라 일곱 살이 되면서부터는 누나인 준정이와도 호젓한 방안에 단둘이 앉아 있어본 적이 없고 그럴 경우에는 반드시 방문을 열어놓은 채 앉아 있어온 석규였으나, 무슨 까닭으로 그런지 은수라는 처녀 생각이 날 때면 새새끼인 듯 가슴이 콩당거리면서, 그리고 또 얼굴이 홧홧하게 달아오르는 것이었다.

전내기 물을 조금도 타지 않은 제국인 술. **송이술** 익은 술독에서 떠낸 물을 섞지 않은 술.

석규보다 두 살 위요 준정이보다는 한 살 밑이니 열다섯인가. 대국을 하기 위하여 리처사댁 사랑 출입을 하기 시작하면서 먼 빛으로나마 몇 차례 본 적이 있고 드문 경우이기는 하지만 군입 맛이나 다셔보라고 강정이며 과줄 같은 것들을 목예반에 받쳐 들고 나올 때 보았던 적이 있는 꽃두레였다. 한 손으로 남갑사 치 맛자락을 모아 잡고 모걸음으로 조심조심 들어와서 바둑판곁에 목예반을 내려놓고 수북한 재떨이를 비워낸 다음 또한 소리 나 지 않는 뒷걸음으로 나가는 그 규수짜리 눈은 가느스름하고 이 마는 반듯한데 오똑 솟은 코에 연지를 바른 듯 입술은 또 고운 것 이었다.

처녀명색이라고는 세 살 위인 누나 준정이와 한 살 밑인 계집 종 삼월이만 보고 자라난 궁도련님˙인 석규는 눈앞이 문득 아득 하여지면서, 그만 헛수를 두고 말았던 적도 있었다. 헛수를 두었 다지만 워낙 판세가 좋았던 바둑이어서 패국에까지 이르지는 않 았으나 어지러워진 판세를 수습하느라 여간 애를 먹지 않았다.

이른바 경국지색이요 경성지색이라는 문자가 있다더니 이를 두고 이름인가. 『백수문』을 떼고 나서 처음 읽었던 책인 『한고조 기漢高祖記』에 나오는 우미인˙이 떠오르면서 열세 살짜리 그 도령 은 눈앞이 다시 가물가물하여지는 것이었다.

궁도련님 유복하게 자라서 세상 물정에 어두운 도령. **우미인**(虞美人) 항우 정인.

"따악!"

하는 소리와 함께 흑돌 한 개를 판 위에 올려놓고 난 리처사는

"푸우―"

긴 연기를 내어뿜었고, 석규는 오른손 주먹을 입에 대고 잔기침을 하였다. 바둑은 어느덧 중판인 어지러운 대마상전大馬相戰으로 치닫고 있었는데, 견디기 어려운 것은 용고뚜리* 리처사가 뿜어내는 담배연기였다. 집만 나서고 보면 그 무슨 수를 쓰든지 간에 풍타낭타 거칠 것 없는 한량이었으나 도부지 집안 살림은 돌아보지 않아 불경이*나 반불경이는 그만두고 겨우 풋담배* 부스러기나 곱돌 곰방조대에 다져넣고 줄창 빨아대는 그 연기는 여간 맵고 또 독한 것이 아니었다.

그러나 비록 노소동락으로 수담手談을 나누고 있다고는 하나 부집존장에 대한 예수를 아는 석규로서는 무어라고 말을 할 수도 없어 여간만 괴로운 것이 아니었다. 살그니 몸을 일으키어 갑창을 조금 열어놓을까말까 얼른 작정을 못한 채로 돌을 놓아가고 있는데,

"아버지."

하고 들려오는 것은 은수 목소리였다.

"반주상 내어왔습니다."

용고뚜리 골초. **불경이** 붉은빛이 나는 고급 살담배. **풋담배** 푸른 잎을 썰어 곧장 말린 담배.

"오오냐. 이리 들여놓거라."

리처사 얼굴에 화색이 돌면서 손에 쥐고 있던 흑돌을 바둑통 속에 집어넣었고, 소리 나지 않게 갑창이 열리면서 석규 코끝에 와 감기는 것은, 그리고 방향이었다. 보름치나 그믐치*를 하는 산돌림 뒤 끝에 맡아보는 산풀내음 같기도 하고 수리취나 산딸기 내음 같기도 하며 어쩌면 또 할아버지를 모시고 아버지 산소를 다녀오던 길에 요기를 위하여 들렀던 주막에서 맡았던 술어미계집 지분내음 같기도 한 그 얄망궂은 내음에 석규가 바둑판만 내려다보고 있는데, 잠자리 나래짓인 듯 소리 없이 남갑사 치맛자락 쓸리는 소리가 나면서, 꿈결인 듯 멀어져가는 그 규수짜리 발소리인 것이었다.

"카아!"

술두루미를 기울여 용수뒤* 한잔을 다모토리로 비우고 난 리처사는 꼴깍 소리가 나게 침안주를 삼키었다. 눈을 찌르는 풋담배연기와 코를 찌르는 보리소주* 내음에 석규 행마行馬가 어지러워지는데, 리처사는 지그시 눈을 감았다.

김신선金神仙이라는 사람이 있었는데, 연소한 시절에는 별다르게 색다른 점이 읎더니 혼인한 첫날밤 단 한 번에 아들 하나를

그믐치 음력 그믐께 오는 비나 눈. 용수뒤 용수를 박아 맑은술을 떠낸 뒤 찌꺼기 술. 보리소주 보리밥에 누룩을 섞어 담갔다가 곤 소주.

얻고는 종신토록 홀로 살았습니다그려. 신선이라지만 걸음걸이는 여느 사람과 같았는데, 금강산에 세 번이나 들어갔으나 짚신 한 짝도 닳지 않았다 합니다. 오곡을 먹지 않으며 일주문 출입을 하지 않은 지 이미 십 년이 된 한 늙은 중이 정양사正陽寺에 있었습니다. 김신선이 들어가보니 중이 가부좌를 한 채 눈을 감고 있었습니다. 김신선이 말 한마디 주고받지 않은 채 마주 꿇어앉았습니다.

김사과 얼굴을 슬쩍 한 번 훔쳐보고 나서 리처사는 말을 이었다.

조금 있으니 도리*가 송화가루 물을 중한테 올리구 다음에 김신선에게도 올렸습니다. 김신선이 눈을 감은 채 응허지 않으니 도리가 제 스승이 마시는 것을 부끄럽게 여겨 김신선이 떠나가기를 기다리는 것이었습니다. 이렇게 하기를 사흘 낮 사흘 밤 동안을 이어가니 중이 드디어 부끄러워허며 고패*를 떨어뜨렸다고 합니다. 집에 있을 적이면 간혹 새벽에 일어나서 냇물에 가 하문을 드러내구 물 속에 들어앉아 있는데, 뱃속에서 소리가 나면서 시냇물이 입 밖으로 나왔습니다. 입으로 물을 들이마시면 쏟아지듯 물이 하문으로 나왔습니다. 이와 같이 두어 번 허구는 그치곤 하였습니다. 무병허게 임종하였는데 이상한 향기가 방안에 가득하여 한 이틀 간 끊이지 않았습니다. 시해*를 하였던 것이지

도리(闍梨) 귀한 집 아들로 중이 된 아이를 대접하여 부르던 말. **고패** 하인이 뜰 아래서 상전에게 절하다. **시해**(尸解) 몸은 남기고 영혼은 신선이 된다는 도가 말.

요. 죽은 지 하루 뒤에 한 풍채 좋은 사람이 와서 영위에 곡하였습니다. 그때 아들 재현載鉉은 묘에 올라가고 손자 성윤性潤이 집에 있었습니다. 그 사람이 성윤에게 말허기를

나는 네 할아버지와 교분이 좋았다. 내 책 한 권을 빌려 간 것이 있는데 응당 경상 속에 있을 것인즉, 나에게 돌려줘야겠다.

그때에 성윤은 어렸으나 경상을 뒤져보니 과연 책 한 권이 있었는데 집안에서 일찍이 보지 못하던 것이었습니다. 책을 내보이니 그 사람이 말하기를

그것이다.

하고는 소매 속에 넣고 문밖으로 나가니, 그 간 곳을 볼 수 없었다고 하는 김신선 이름은 가기可基올시다.

금강산을 오가며 주워들은 신선 이야기를 하는데, 김사과 눈은 감기어 있었다. 눈을 감은 채로 김사과가 말하였다.

신선을 과연 배워서 이룰 수 있넌가. 대저 신선이라는 것은 인간세상에 있지 아니하니, 누구에게서 그 법을 배우겠넌가. 그렇다면 도덕경道德經 참동경參同經 금벽경金碧經 황정경黃庭經 같은 도가道家 경을 향불을 피워놓구 예배허며 외우면 될 것인가. 곰이 앞발루 나무를 댕겨 잡구 서서 숨을 들이쉬넌 것[態經]처럼 허구, 새가 날개를 펴구 목을 길게 늘이넌 것[鳥伸]처럼 몸을 펴며, 용처럼 읊구 붐처럼 휘파람을 부넌 따위 도인법導引法이 과연 신선세계루 날어 올라가는 계제가 될 것인가. 수긔와 화긔가 교구허구

260

오긔가 조화되넌 것이 과연 신선이 되어 온 집안이 승천허넌 참 궁구법이겠넌가.

그레서 올려보는 말씀이올시다만……

리처사가 입을 여는데 올방자를 틀고 앉은 김사과 유건이 보일 듯 말 듯 흔들리었다.

시상에는 혹간 공긔를 들이마시구 침을 삼키며 식량을 멈추구 곡식을 멈추며 주문을 외서 사귀를 물리친다구 허넌 자가 있넌디 마침내는 굶어서 요사헐 뿐, 백일白日에 훌쩍 날어 올러가서 사람덜을 놀라게 했다넌 말은 아직 듣지 못하였으이. 그렇다면 소위 도서에 말헌 봉황새를 멍에허구 교룡蛟龍에 참승驂乘허며 북두성北斗星을 밟구 다닌다넌 것은 과연 또 어떠헌 술법이루 이룰 수 있다넌 말인가. 왕릴王烈이 해강嵇康에게 이르기럴 슨골仙骨은 있으되 신선 될 인연이 읎다 하였지. 그렇다면 신선이 될 수 있넌 끨긕과 신선이 될 인연이라넌 것은 날 적버텀 타구나야 헐 것이구 배워서 읃을 수는 읎넌 것 아니것넌가. 슨골두 슨연두 읎으면서 한갓 신선 되넌 약 맨드넌 화로와 솥이만 매달린다면 그러한 사람은 굶주리지 않으면 마침내는 요사허구 말 것이야.

그렇다면 신선이라넌 것은 이 세상에 읎넌 것이오이까?

김아무개라는 이가 허공을 글어댕긔구 끽기를 금허며 정헌물을 마셔 내장을 씻어내넌 것을 으찌 써 븜부가 배워서 헐 수 있넌 일이것넌가. 또 여러 신선 이야기덜을 적어논 글을 읽어보면 다만 신선덜 자신이 믈리 뛰어나게 신선을 이룩헌 일만을 적어놓았을 뿐이고, 관윤關尹이 노자老子의게, 장량張良이 적쑹자赤松子의게 슨술仙術을 배웠다구 허넌 이야기 따위는 많이 볼 수가 읎네. 그러므루 나는 감히 말 헐 수 있으이. 배워서 이룰 수 읎넌 것이 신선이니, 사람사람이 제 몸이서 스사루 찾어내서 가질 수 있넌 것은 다만 효제 충신 예의 염치일 뿐이라구.

"졌다."

눈을 뜬 리처사가 판 위 흑돌을 들어내며 한 말이었다. 대마상전이 붙었으나 패를 낸 리처사가 대마를 살려냄으로써 그런대로 계가였으나 아무래도 대여섯 집은 모자라는 바둑이었다. 내리 세 번 이겨 셋겹복*이 되었지만 어쩐지 시들한 기분이 되는 석규였으니, 그 수를 배울 바 없는 하수하고 두어서 아무리 많이 이겨본들 무슨 소용이 있겠는가. 더구나 그리고 대국중에 술까지 마시는 사람한테서 무엇을 배우겠는가. 바둑통 속에 백돌을 쏟어 담고 난 석규가 지그시 어금니에 힘을 주는데, 술두루미를 기울여 마지막 한 방울까지 대접에 따르고 난 리처사는 푸우— 하고 긴 연기를 내어뿜었다.

"석규야."

셋겹복 석 점.

"예."

"이제 셋겹복이 되었구나."

석 점을 놓고 다시 한판 두자고 하는가 싶어 석규가 꿇고 앉아 있던 두 무릎 위에 올려놓은 주먹을 꼭 오므리는데, 리처사가 말하였다.

"박초시라고 들어봤더냐?"

"뉘신지요?"

"충청지중에 유박이상수니, 충청도 안에서는 오직 박초시가 기중 상수니…… 도긔니라."

"어디에 사시는 어른이신지요?"

"공주니라."

"공주라면…… 감영이 있는 곳 아닌지요?"

"왜 아니겠느냐. 금백이 좌긔허구 계신 곳이지."

"그 어르신과 대국을 해보셨는지요?"

"암만. 나한테는 전배시다만…… 막역한 사이니라."

"도긔면…… 몇 점 칫수셨는지요?"

"겹복*으로는 조금 버겁고 셋겹복으로는 상승상부니, 너허구는 호적수가 될 것이다."

겹복 두 점.

리처사가 말하는 충청도 도기道棋 박초시朴初試는 원래 신동 소리를 듣던 사람이었다. 쉰 줄에 접어든 근래에는 바둑을 거의 끊고 가무와 음률이며 서화에만 낙을 붙이고 살아가는 사람이지만 젊은 시절에는 제 바둑수에 대한 자긍심이 대단하였던 재사였다. 그 뿌리를 거슬러 올라가보면 내력 있는 반가 후예로 태어났으나 겨우 초시를 한 다음부터 글궁구에는 그렇게 힘쓰지를 아니하고 유유히 산수간을 돌아다니며 노닐기를 좋아하였는데, 바둑만 잘 두는 것이 아니라 복서卜筮와 산수算數에 더욱 밝아 삼절三絶 소리를 듣던 사람이었다. 그러나 재주가 많은 이들이 흔히 그러하듯 그 성품이 괴팍해서 괴짜로도 이름이 높았으니, 국수에 뜻을 두고 적수를 찾아 세상을 떠돌면서도 콧대가 세어 어지간한 상대는 안하무인으로 대하였다.

하루는 영남 땅 경주慶州고을에 바둑 상수가 있다는 말을 듣고 찾아가는 길인데, 날이 저물었다. 인적도 끊어진 첩첩산중에서 낙담을 하고 있는 그 눈에 문득 희미한 불빛이 보이었다. 삼간초옥 앞에서 사립문을 흔들며 주인을 찾으니 한 동자가 나왔다. 하루 저녁을 유하게 되었는데 어른들은 보이지 않고 중다버지 동자와 이팔에 갓 오른 처녀 남매만 살고 있었다. 저녁 대접을 받은 다음 곁방에서 자리에 들려다 보니 방구석에 바둑판이 보이었다. 사정을 물어보니 남매간에 심심파적으로 바둑을 둔다는 것이었다. 호승심이 동한 박초시가 처녀와 바둑을 두게 되었는데,

산속에 사는 간나희가 바둑을 두면 얼마나 두랴 싶어 슬슬 두어 나갔다. 복˙을 넘고 겹복을 지나 셋겹복이 아니라 비어 있는 구궁마다 죄 흑돌을 놓게 하고도 한팔잡이에 지나지 않을 간나희한테 장난삼아 다만 복을 접어주었을 뿐이니 이기는 것이야 떼어 놓은 당상˚이라고 믿고 있었는데, 어? 법수法手에 맞추어 운석運石을 하여 나가는 행마 솜씨가 여간이 아닌 것이었다. 식은땀을 흘리며 간신히 계가를 맞추기는 하였으나, 한 집 부족. 새 정신이 번쩍 난 박초시가 마음을 단단히 고쳐먹고 이번에는…… 하고 다시 두어보았으나 또다시 한 집을 지고 말았다. 세 판을 내리 한 집씩 지고 나서 백을 넘겨주고 다시 두었으나 또한 한 집 부족.

날이 새어 그 집을 나서던 박초시는 도무지 기가 막히는 심정이었다. 충청지중忠淸之中에 유박이상수唯朴而上手라는 말을 듣는 왈 도기인 그로서는 꼭 귀신에게 홀린 것만 같았다. 세상에 이런 일도 있을 수 있다는 말인가. 허희탄식을 하며 뒤를 돌아보는데, 어? 밤새도록 바둑을 두고 나왔던 그 삼간초옥은 씻은 듯 간 곳이 없고, 백일몽이었던가. 비바람에 씻기어져 희미한 장승 하나가 홀로 서 있는 것이었다. 그때부터 박초시는 국수가 되어보고자 하는 꿈을 버리게 되었다.

복(腹) 흑.

"석규야."

"예."

"박초시와 한번 자웅을 겨루어보지 않겠느냐?"

"불감청이언정 깨소금°이올습니다만…… 감영곳에 사신다는 어른을 어찌 뵈올 수 있겠는지요."

"찾아가 뵈면 될 게 아니겠느냐."

"그럴 마음이 없는 것은 아니오나 할아버지께서 허락을……" 하는데, 리처사는 껄껄 웃음을 터뜨리었다.

"할아버지가 바둑을 못 두게 하시느냐?"

"예."

"글 읽는데 훼방만 될 뿐인 잡기다 이런 말씀이시겠지."

리처사가 곱돌 곰방조대를 입에 물며 지그시 눈을 감는데, 석규는 두 주먹을 꼭 오므리었다. 금방이라도 방구들이 내려앉을 것만 같은 할아버지 장탄식이 귀를 찔러왔던 것이다.

대저 바둑이라넌 것은 원래 심신을 쉬구 풍진시상 걱정을 잠시 잊고자 두넌 것이어늘…… 도리어 뇌를 고달프게허구 생각을 괴롭힌다면, 그만두넌 것만 못허다구 이르지 않었던고?

아버지가 쓰시던 작은사랑에서 『현현기경玄玄棋經』을 꺼내어 놓고 혼자서 바둑을 두고 있을 때였다. 문풍지가 부르르부르르 떨릴 만큼 쇳소리 나는 기침소리와 함께 떨어지던 할아버지 꾸중이시었다.

　박혁유현호기博奕猶賢乎棋라 이르지 않었던고? 공자님께서두 일찍이 바둑이라두 두넌 것이 아무것두 허넌 일 웂이 그냥 노넌 것버덤은 낫다구 허셨지 글 읽넌 사람이 바둑 장긔 같은 잡긔에 뇌를 쓰라구는 허지 않으셨다구 이르지 않었던고?

　밭 가는 법을 가르쳐주신 것은 백수문을 마악 떼었을 때였으니, 다섯 살 적이었던가.

　대저 바둑이라넌 것은 장난놀이 한가지에 불과한 것이로되 여타 장난놀이와넌 진배웂게 논헐 바가 아니라. 쌍륙*뒤패*강 패*척사* 같은 것덜은 오로지 긜판을 그 목적으루 허므루 이기기 위헤서는 온갖 술수를 가리지 않으므루 이를 일러 왈 도박賭博이라구 허너니라. 허나 바둑만이 예로부터 선븨덜 유희요 오락이 되었던 것은 그 판가리가 오로지 저마다 가진바 재주에 우열루 써 가려질 뿐 그 어떤 븬사變詐에 술법이루두 좌우헐 수 웂넌 까닭이라. 금긔서화琴棋書畵니, 예로부터 선븨덜 여긔에 거문고줄 을 뜯넌 것 다음이루 쳤던 것이 바둑인 까닭이 여긔에 있음이라. 보아라.

　할아버지는 바둑판을 가리키시었다.

　바둑판이 이처럼 모가 나구 바둑돌은 또 둥글지 않으냐. 천원지방天圓地方이니, 둥근 바둑돌은 하늘이요 모난 바둑판은 땅이라. 뿐인가. 바둑돌이 하나는 회구 하나는 검은 것은 천지간 삼라만상을 나타내는 양동음정陽動陰靜 도리를 말험이라. 거기다가 일월승신 나뉨이 있구. 풍운조화허넌 긔운이 있구, 춘하추동 사시며 춘생추살春生秋殺허넌 조화가 있구, 산고수저山高水低와 표리表裏 횡세가 있구, 새도世道 즉 나라와 인간시상 흥망승쇠며 일신일가 영고승쇠가 있음이라. 대저 천지간에 일어나구 사라지넌 모든 것덜이 한판 바둑 가운데 드러나지 않음이 욹구나. 그르므루 승인이신 욧임금이 바둑을 만든 것은 참으루 짚은 뜻이 있어 그러헌 것이지 굉연헌 파적거리루 만든 것이 아니라는 말이니라. 지긔일知其一이 미지긔이未知其二루 하나는 알구 둘은 물러서는 왈 책 읽넌 자라구 헐 수 욶넌 벱이니……

"바둑이 아무리 슨수善手라구 허더래두 유희허넌 연장에 지나지 않는다구 말씀하시지요. 어찌 그러한 것에 마음을 뺏겨 학문에 큰일을 그르칠 수 있겠느냐는 꾸중이 지엄하십니다."

포옥 하고 석규가 한숨을 깨어무는데, 리처사가 말하였다.

"유술부庾述夫라는 이가 있었구나. 그는 어려서부터 총민허구 월총°이 좋았다. 그러나 술부는 제 재주만 믿구 배우기를 힘쓰지

월총 잘 외워 새겨두는 총기. 웜재주.

않으면서 바둑 두는 사람들허구만 상종을 헤서 법수를 익혔다. 그 조부장 되는 이가 아침마다 매를 들어 술부 오른쪽 손가락을 치면서 네가 책은 읽지 않구 그 손가락으루 바둑만 두니 될 것이 무엇이냐? 허구 꾸짖었다. 그런데두 술부는 바둑에 묘리를 궁구허는 데만 더욱 뇌를 쓰더니, 마침내는 그를 당해내는 사람이 옰어 왈 국수가 되었구나."

상청자上淸子 리 필李祕이며 김종귀*김한흥金漢興 고 동高同 리 학술李學述을 거쳐 현숙顯肅 년간 종실宗室이었던 넉원군德源君에 윤홍임尹弘任 최칠칠崔七七 지석관池錫觀 지우연池遇淵 같은 아조 국수들 이야기를 들려주던 리처사는 푸우— 하고 긴 연기를 내어뿜었다.

"김승긔*라는 이가 있었구나. 젊어서는 활 쏘구 말 달리는 무예를 익혔으나 나중에는 활과 말을 버리구 거문고를 익히기 시작하였다. 그는 또한 퉁소와 비파에도 능하여 교방教坊 자제들이 모두 그에게 그 긔예를 배워 이름을 드날린 사람이 많았다. 그는 승가를 한 후에두 음률에 대한 재주만을 자부허구 구구히 처자들을 돌보는 일에 구애허지 않았으며 물욕에도 마음이 옰었다. 그 승품이 이러구 보니 치가에 마음이 옰어 집안은 날로 가난할 수밖에 옰었다. 그는 조그만 배 하나를 만들어 고기를 잡으며 소일

김종귀(金鐘貴) 조선왕조 가운데 때 국수. 김성기(金聖器) 영조 때 금객琴客.

하였는데, 제 호를 조은釣隱이라 하였다. 혹 강물이 맑구 달이 밝은 날이면 노를 저어 강 위에 둥실 떠서 퉁소를 끌어당겨 서너 곡조를 부는데, 그 소리가 심히 비장해서 강 위를 나는 기러기떼나 갈매기떼는 모두 갈대밭 사이에 날아와 엿들었으며, 이웃 배에 있는 사람들은 모두 일어나 배안에서 서성대며 떠날 줄을 몰렀구나. 어찌 써 아릿다운 삶이라 허지 않겠는가."

풍타죽낭타죽으로 떠도는 비가비°일망정 제 반평생에 그 어떤 뜻을 두려는 듯 리처사 목소리가 비감하여지는데, 석규는 여간만 궁금한 것이 아니었다. 궁금한 것들이 한두 가지가 아니었으나 가무음곡에 평생을 던진다는 가인歌人이며 더구나 바기비들 삶은 잘 모르겠고, 오로지 바둑이었다. 국수. 그 아이는 궁둥이를 조금 들어올리었다.

"으르신."

"오냐."

"근자에 국수는 어느 으른이신지요?"

"국수라?"

되받아 조그맣게 중얼거리고 난 리처사 눈가에 잔주름이 모아졌다.

"나라 안에서 바둑을 기중 첫째루 질 두는 이두 국수요, 나라

비가비 소리꾼으로 나선 양반.

안에서 의술에 기중 첫째루 뛰어난 이두 국수며, 나라 안에서 기중 첫째루 뇌를 쓰는 손재주가 뛰어난 이들 또한 더하여 국수라 부르거늘…… 어느 국수를 말하는고?"

"바둑국수 말씀이올시다."

독한 풋담배 내음에 잔기침을 하며 석규가 말하는데, 리처사는 헛기침을 하였다.

"김긔니라."

"어디 사시는 뉘신지요?"

"영남 쪽 김해사람으로 김만수* 김국수니라. 녹일이라구두 부르지."

"녹일이라시면……"

"압록강 이남에서는 당헐 사람이 읎다구 해서 붙여진 빌호야. 국박이신 대원위대감과 장긔루 겨뤄서 이긴 적두 있는 이지."

"뵈온 적이 있으신지요?"

"암만."

"대국도 하여보신 적이……"

하는데, 리처사는 헛기침을 하였다.

"암만."

"칫수는……"

김만수(金萬秀) 1830년대에 태어났던 조선왕조 끝무렵 바둑국수였음.

하는데, 리처사는 또다시 헛기침을 하였다.

"나 또한 밍색이 국수가 되어보고자 주유천하를 헸던 사람이 아니더냐."

"그 으른께 한 수 가르침을 받어볼 수 있을는지요?"

"그래서 박초시를 만나보라는 말이 아니더냐. 군괴를 이겼은 즉 도괴를 이겨야 헐 것이구, 그런 연휴에라야 마침내는 국수와 겨뤄볼 수 있는게 아니겠어."

"그런데 윗사랑이서……"

석규 목소리에 풀기가 빠지면서 고개가 밑으로 숙이어지는데, 리처사는 턱 끝을 주억이었다.

"다 수가 있느니라."

"예에?"

"머지않아 그 때가 올 것이야."

"……"

"박초시 질항* 되넌 이가 광시 쪽에 사넌디 세전이 한번 들른다 헸으니 그때 만날 수 있겠지."

소찬일망정 정갈하게 차려 내온 늦은점심 대접을 받고 나서 리처사댁을 나서는 석규 발걸음은 마치 물 본 기러기요 곳 본 나

질항(姪行) 조카뻘.

비°였다. 『명물도수』를 익히기 비롯하던 다섯 살 적부터 구사
九思와 구용九容이며 사물四勿에 더하여 칠호七好까지를 귀에 못
이 박이도록 할아버지한테서 듣고 또 들어온 터이므로 그 걸음
걸음이며 몸짓이 초라니 수고채 메듯°하는 것은 아니었으나, 심
기가 꼭 그러하였다. 마음. 리처사 무남독녀 외동딸인 은수라는
꽃두레를 보았을 때처럼 새새끼인 듯 가슴이 콩당거리면서, 그
리고 또 참나무 장작불을 쬔 듯 홧홧하게 달아오르는 얼굴인 것
이었다.

언제나 한껏 흰목 잦히기를 좋아하기는 하나 기껏 군기에 지
나지 않는 리처사한테 복을 넘어 겹복을 접어주고도 내리 세 판
을 이겨 셋겹복 치수까지 만든 것이야 일찍이 그 수를 알고 있던
터이므로 새삼스레 생광스러울 것이 없다고 하더라도, 도기인
박초시라는 이와 자웅을 겨루어볼 날이 멀지 않은 것이다. 겹복
으로는 조금 버거웁고 셋겹복으로는 상승상부니 나하고는 호적
수일 것이라고 하였지만 원래 흰목 잦히기를 좋아하는 어른 말
씀인지라 두려울 것이 없고, 녹일綠一이다. 김만수金萬秀 김국수
金國手라고 하였던가.

"춘됭아."

석규 목소리가 어쩔 수 없이 허청허청 들떠 나오는데, 눈꼬리
에 장난살이 잔뜩 오른 춘동이가 석규 옆얼굴을 바라본다.

"이기셨남유."

"춘됭아."

"이겨두 몰판˚이루 이기셨구먼그류."

하는데, 석규는 어른스레 헛기침을 하였다.

"뇍하지중에 유김이최상수니……"

"얼라? 점 쉽게 풀어서 말쏨헤주셔유. 쉰네 같은 뫽불식정 무지렝이 아랫것덜은 당최 알어듣기 어렵습니다유. 글력만 팽긴다니께유."

"압록강 아랫녘에서는 오직 김아무개 바둑이 기중 상수니, 국수로구나."

"얼라? 베슬은 높이구 뜻은 낮추라˚구 헸넌디, 왜 또 이러신댜."

"국수라니께 그러는구나."

"알어유. 안다니께유."

"나두 모르는데 황차 네가 무엇을 안다구 그러는고?"

"되렌님 바둑수 높으신 거야 우리 대홍골 안의서넌 물르넌 사람이 읎넌디, 새꼼빠지게 뭔 소리래유?"

"허허."

"그렇다지면, 아무리 이군긔를 셋겹복이루 맨들었다구 혜서 워치게 금방 국수가 된대유. 재는 넘을수룩 높구 내는 근널수룩 짚다˚구 군긔 담이 도긔가 있구 도긔 담이 국수가 있넌 벱인

몰판(沒板) 온 바둑판에 한 군데도 산 말이 없이 지는 일.

디……"

"내가 그렇다넌 게 아니구우…… 국수가 누군 중 알었단 말여."

"누군디유."

"저 아랫녘 영남 땅 김해라넌 디 사넌 김만수라는 이랴."

"그래서 긔허구 저뤄보기루 헸남유?"

하는데, 석규는 다시 어른스럽게 헛기침을 허더니 말투를 바꾸었다.

"낙락장송두 근본은 종자°니, 만릿길두 한걸음부터°디녀 나가야겠지."

"암만유."

"군긔를 이겼은즉 도긔를 이겨야 할 것이구, 그런 연후에라야 국수와 겨뤄볼 수 있을 것이며, 그런 연후에라야 또한 어시호 국수가 되어볼 수 있을 터이지. 싸게 가자."

바늘 가는 데 실이 가고°봉 가는 데 황이 가듯 비구니 다니듯°앞서거니뒤서거니 두 도령이 등 위에 올랐은 때는 낮뒤가 훨씬 지나 있었다. 휘늘어진 낙락장송이며 전나무 오리나무 떡갈나무 가문비나무 물푸레나무 단풍나무 사이로 지는 햇살이 한결 밝고 따스하게 비쳐들고 있는데, 콸콸 촤르르 흘러가는 골짜기 물소리 사이로 들려오는 것은, 그리고 때 이른 부엉이 울음소리. 잎

───────────────

비구니(比丘尼) 다니듯 둘씩 다니는 것.

떨어진 단풍나무 가지에 앉아 있던 고추잠자리 한 마리가 포르르 날아오른다. 잰걸음으로 등을 내려가 성황당길을 오르던 도령들은 누가 먼저라고 할 것도 없이 무춤 서버리었다. 구슬픈 진양조*판소리가락이 들려왔던 것이었다.

한곳에 다다르니

오선위기五仙圍棋 허넌구나

한노인은 백긔白碁 들구

한노인은 흑긔黑碁 들구

초한풍진楚漢風塵 일어나니

상산사호商山四皓 아니런가

한노인은 누구신고

주인노인 분멍허다

주인노인 체면보소

시절풍류 그뿐이라

상승상부 길승헐제

양편훈수 못허구서

친가유무親家有無 공궤헐제

손님접대 헐뿐일세

진양조 늦은 중모리(박자)에 '한각'을 더 넣은 것.

수數는즘점 높어가구
밤은즘점 짚어간다.

이 깊은 두메산골에 웬 판소리라는 말인가? 득음*을 하기 위하여 명경천하*를 하고 있는 소릿광대*인가? 두 도령은 걸음을 빨리 하였고, 진양조로 구슬프게 흘러가는 청담한 소리는 더욱 또렷하게 들리어왔다.

원촌에 닭이우니
태극성이 븨쳤구나
가히짖구 날이새니
각자귀가 허넌구나
주인노인 거동보소
일장춘몽 깨어보니
상산사호 네노인은
저갈디루 다가구서
바둑판과 바둑돌은
주인차지 되었구나

득음(得音) 오음과 음양을 뚜렷하게 나타내는 소리 갈피를 깨우치는 것. **명경천하**(名景天下) 목소리를 닦으려고 좋은 산천을 찾아다니는 것. **소릿광대** 판소리를 아주 잘하는 광대.

소리가 멎었고, 두 도령은 우뚝 걸음을 멈추었다. 푸르고 누렇고 붉고 희고 검은 갖가지 색깔 헝겊쪼가리며 명다리*가 걸리어 있는 서낭목 아래 바윗전에 웬 중늙은이 사내가 걸터앉아 있었다. 찌그러지고 흙먼지가 더뎅이져 있을망정 머리 위에 태 넓은 흑립을 얹고 있어 양반임에는 틀림없어보이는데, 물 빠진 항라* 중치막자락에는 땟국이 졸졸 흘렀고, 손에는 또 상제들이나 쓰는 죽장竹杖을 짚고 있었다.

"얘들아."

못 본 체하고 지나치는데 사내가 불렀고, 두 도령은 걸음을 멈추었다.

"왜 그러시우?"

밤 문 소리로 춘동이가 묻는데, 석규 얼굴을 유심히 바라보던 사내는 춘동이 쪽으로 고개를 돌리었다.

"리주부댁 나으리가 댁에 지신지 물르것구나."

"리주부댁이라면…… 리처사댁 말씀이시우?"

"옳지."

"시방 그 댁이서 나오는 질이우."

"호오, 그러허더냐."

"그란디…… 왜 그러시우?"

명다리(命--) 신이나 부처를 모신 상 앞 천장 가까운 곳에 원을 드리는 사람 생년월일시를 써서 매다는 모시나 무명. 항라(亢羅) 명주·모시·무명실로 짠 피륙 한 가지.

"바둑이라두 배우러 갔더냐? 아니면 젓대?"

"얼라? 우리 되렌님을 워치게 보구……"

하며 춘동이가 무어라고 말을 하려는데

"자고로 양반은 하인이 양반시킨다더니……"

입안엣소리로 중얼거리며 사내는 고의춤에 손을 넣더니 뼘 가웃쯤 되는 단죽을 꺼내었다. 쌈지에서 남초를 꺼내어 대통에 다져넣으며 사내는 석규를 바라보았다.

"봐허니 행세깨나 하는 반가에 궁도련님 같은디, 어디 사는 뉘 집 자젠고?"

"윗말 사는 김가올습니다."

"택호가 어찌 되시는가?"

"사과댁올시다."

석규 말투에 뽐내는 빛이 들어갔는데, 사내가 히뭇이 웃었다.

"양반이다 이 말이구나."

"으르신께서는 양반이 아니신가요?"

부시로 불을 붙여 두 볼이 홀쭉하게 동거리˚를 빨아들인 사내가 천천히 연기를 내어 뿜었다.

"양 반인가 두냥 반인가. 돝 팔아 한냥 개 팔아 닷 돈 허니 양 반 인가˚."

동거리 물부리 끝에 물린 쇠.

"얼라?"

놀란 석규 두 눈이 휘둥그래지는데, 사내는 껄껄 웃음을 터뜨리었다. 웃음 뒤끝이 가느다랗게 떨리고 있었다.

"양반이 좋더냐?"

"예에?"

"양반질허기가 좋더냐 이 말인즉."

"무슨 말씀을 그렇게……"

석규가 뒷말은 잇지 못하는데, 사내는 절레절레 고개를 흔들었다.

"다른 사람덜은 워쩐지 물르것다만, 난 당최 전딜 수가 읎더구나. 양반질허기가 도무지 버겁기만 허더란 말이야. 도대체 무슨 자미가 있어야 말이지. 자미는 그만두구 식은땀만 나더라 이 말인즉."

"양반을 자미로 허나요?"

"암만. 자미로 허구말구."

"으르신께서두 보아허니 뭥색이 양반 행색이면서…… 무슨 말씀을 그렇게 허십니까?"

석규 목소리에 날이 세워지면서 잔뜩 하시하는 눈빛으로 쏘아보는데,

"되렌님."

하면서 춘동이가 한걸음 곁으로 다가왔다.

"그만 가시지유."

"으응."

"큰사랑 나으리마님 꾸중을 워쩌시려구 이러십니까?"

"으응."

"그만 가시지유."

"으응."

하면서도 석규는 발길을 돌리지 못하는데, 사내가 껄껄 웃음을 터뜨리었다.

"자미도 읎는데 헐 수 있는 일이 이 세상에 무엇이 있겠느냐. 자미를 못 느끼면서두 헐 수 있는 일이라구는 자고로 양반노릇밖에 읎느니."

"철읎이 뛰노는 아이들이나 자미를 찾지 어른이 무슨 자미를 찾습니까. 황차 자미로 양반을 허다니…… 그것은 양반을 욕보이는 일이올시다."

"너는 아희가 아니더냐?"

"아니지요."

"허, 춘추가 올해 어찌 되시는고?"

"긩진생*이올시다."

"경진생이라……"

경진생(庚辰生) 1880년생.

사내가 손가락을 꼽작꼽작하는데, 석규가 말하였다.

"열셋이지요."

"그렇다면 아직 호패도 못 찼지 않은가?"

"아직 관례는 못 올렸습니다만, 그렇다고 혀서 아이는 아니올시다."

"허허, 자고로 겉보리 한 말 읆어두 배고픈 티를 안내구, 얼어 죽어두 겻불*은 안 쬐는 것이 양반이라더니…… 김사과댁 장손이 도도허기는 도도허구나."

"저희 집을 아시는 듯한데……"

"아무리 시퍼런 양반댁 자제라지만 아직 동곳*도 못 꽂은 아희들까지 양반 행세를 허려 들다니, 그레서 양반이란 게 자미가 읎다는 것인즉,"

"양반 행세를 하려는 게 아니라 보리와 콩두 분간 못허는 숙맥은 아니다 이런 말씀이지요."

"마찬가지라니까, 종래. 연날리구 비석차구 팽이치구 제기차구 돌차구 고누두구 자치기허구 돈치기허구 못치기허구 쥐불놀이허는 아희들이나, 한장군놀이 용호놀이 차전놀이 줄다리기 놋다리밟기 널뛰기 그네뛰기 용마놀이 윷놀이 횃불싸움 다리밟기 씨름을 허는 어른들이나, 자미 찾어 허는 놀이이기는 다 마찬

겻불 겨를 태운 불. 동곳 상투가 풀리지 않도록 꽂는 몬.

가지야. 뿐인가. 격구 타구악 장긔 바둑 쌍륙 튀전 골패 튀호 같
은 노름 또한 그렇구. 거문고 뜯구 바둑 두구 글씨 쓰구 사군자를
칠 수 있어야 왈 선비라구 혀서 기방출입을 헐 수 있다지만 또한
마찬가지니, 자미가 읎다면 누가 그짓을 허겠는가."

"바둑은 노름이 아니올시다."

"아니면?"

"골패나 튀전은 물르지면 바둑이 위째서 노름이 됩니까?"

"이기구 지는 데 따라 돈을 걸면 노름이 되지 않는가?"

"그거야 내긔바둑 두는 상사람들이나 허는 짓이지요."

"그런가?"

"그렇지요."

"돈은 걸지 않는다 헐지라두 마음은 걸 게 아닌가? 이기면 심
긔 좋구 지면 심긔 상허는 마음이 걸렸은즉, 그게 바로 노름이 아
니구 무엇인가?"

"이기면 심긔 좋구 지면 심긔 상허는 건 맞지면, 그거야 인지상
정인 것이구. 그렇다구 혀서 바둑을 노름이라구 허시는건 말씀
이 지나치십니다."

"지나칠 것 읎다."

"위째서 바둑이 노름입니까?"

"그럼 장난이라구 헐까?"

"장난두 아니지요."

석규는 아랫입술을 꼬옥 깨물었고, 사내가 빙긋 웃었다.

"노름두 아니구 장난두 아니면?"

"금긔서화라구 혜서 자고로 선븨 행세에 두번째루 치는 게 바둑인데, 어찌 써 바둑을 노름이며 또 장난이라구 헐 수 있겠습니까?"

"네가 바돌깨나 둔다 이 말이렷다."

"바둑을 잘 두구 못 두구 혜서가 아니라 자고이래루 바둑은 도다 이런 말씀이지요. 본디는 하락*에서버텀 나왔구 복희씨 팔괘루버텀 비롯된 도."

밭 가는 법을 가르쳐주며 들려주시던 할아버지 말씀을 떠올리며 석규는 무거운 낯빛이 되는데, 사내가 입안엣소리로 되물었다.

"도라?"

"도지요."

"양반이로구나."

"양반이지요."

"헛된 자긍지심이 골수에까지 꽉차버린 어쩔 수 읎는 양반댁 자식이다 이런 말이야."

하락 옛날 중국 복희씨伏羲氏 때에 황하黃河에서 용마龍馬가 지고 나왔다는 다섯 점 그림과, 우禹임금 때 낙수洛水에서 나온 거북이 등에 있었다는 다섯 점 글씨. 여기서 나라를 다스리는 아홉 가지 원칙인 '홍범구주洪範九疇'와 '팔괘八卦'가 나왔다고 함. 하도낙서河圖洛書.

사내가 탄식처럼 중얼거리는데, 밤 문 소리로 석규가 말하였다.

"그럼 대원위대감께서두 노름꾼이시겠습니다그려."

"아닌밤중에 홍두깨라더니, 그건 또 무슨 소린고?"

"바둑 장긔를 좋아하셔서 국박 소리까지 듣는 대감 아니시든 가요."

"바돌 장기 같은 잡긔보다야 풍류를 더 좋아허시지. 그건 그렇고, 양반님네들은 도나 닦으시라구 허구 나는 아까 부르던 소리나 헤야겠다."

단죽 끝으로 바윗전을 한 번 때리며 사내는 지그시 눈을 감았다.

점잖은체 헤쌓더니 양반이다 무엇인가
실지궁구 모르구서 말로허면 될까보냐
캄캄심야 어둔밤에 등불燈이 가는모양
저혼자서 잘난듯이 승현군자 혼자로다
이리허면 정도되구 저리허면 이단이지
빈정빈정 말을허니 아니꼽구 드럽더라
코를들어 대허려니 냄새나서 못맡것네

바위가 북이고 단죽이 북채인 듯 단죽으로 바윗전을 두드리며 사내는 소리를 이어나갔는데, 석규로서는 처음 듣는 소리였다. 요기와 어한이 아쉬워 이따금 들르고는 하는 가객歌客들한테서

들어보던 강촌별곡江村別曲이나 사미인곡思美人曲 또는 백구가白
鷗歌 같은 귀에 익은 소리가 아니었으니, 민요인가. 근래 들어 아
랫녘 민인들이 즐겨 부른다는 그 야릇한 노래인가.

우리강산 삼천리에 씨름판이 블어졌네
천지씨름 상씨름에 대판씨름 넘어간다
애긔씨름 지난후에 총각씨름 되넌구나
판씨름이 넘어가니 븨교씨름 되었구나
상씨름에 판씨름은 한허리에 달렸으니
술괴기나 많이먹구 뒷전이서 잠만잔다
숙살긔운 일어날제 일야상설 가외로다
숙살긔운 받넌사람 가는날이 하직이라
혈긔믿넌 저사람아 허화난동 조심허구
척신난동 되었으니 척신받어 넘어간다

비롯하기는 육자배기목*이었는데 마는목*으로 넘어가는가 싶
더니 떼는목*으로 문득 소리를 맺은 사내가 눈을 번쩍 뜨며
"알겠느냐?"
석규를 바라보았고, 그 아이는 눈을 감았다. 저도 모르게 그만

육자배기목 육자배기창조같이 애련한 탄식조 소리. 마는목 느린 소리를 빨
리 돌려 차차 몰아들이는 소리. 떼는목 어느 대목에서 갑자기 맺어서 딱 잘
라내는 소리.

눈이 감기어졌다. 아버지 무덤을 뒤로하고 산을 내려올 적처럼 문득 아득하여지는 것이었다. 쏘는 듯 날카로운 눈빛도 눈빛이었지만 도린곁 산자락을 휘감으며 흘러내리는 늦가을 강물인 듯 담담온화하면서도 웅건청원한 사내 그 목구성˚에 그만 질려버리었던 것이다. 목구성과 함께 무슨 깊은 뜻을 간직하고 있는 것만 같은 그 소리 사연에.

가객이나 줄풍류꾼˚ 또는 초성 좋은 이야기꾼들이 찾아올 때면 김사과는 꼭 손자아이를 불러 그 소리들을 들어보게 하였으므로 제법 많은 소리들을 들으며 자라온 석규였다. 그러나 아직 나이가 나이인지라 감히 소릿귀˚가 트였다고는 할 수 없으되 들을 것 없는 겉목˚이나 쓰는 여느 소리꾼으로는 보이지 않았으니—

홍종을 두드리는 듯 우렁찬 양성인가 하면 하늘 끝까지 올라가는 것 같은 세세상상성이었고, 탁성과 중성은 없이 위로만 솟구쳐 올라가는 세세상상성인가 하면 또 물오른 버들가지처럼 부드럽고 고운 미성이었으며, 미성인가 하면 탁성이었고 탁성인가 하면 시나브로 또다시 미성이 되고는 하였는데, 책을 읽듯이 청담한 목소리로 담담무미하게 나가다가 물놀˚을 만난 듯 문득 솟구쳐 올랐다가 대패로 민 듯 갑자기 떨어져 내리며, 조으는 듯 그

목구성 목소리 구성진 맛. 청구성. **줄풍류꾼** 거문고를 사북으로 하는 줄악기 켜는 이. **소릿귀** 남 노래를 제대로 알아듣는 지닐총. **겉목** 인 박인 목으로 싱겁게 쓰는 소리. **물놀** 파도波濤.

리고 낮게 흘러가는 것이었다.

"으르신께서는 소릿광대신가요?"

마른침을 삼키며 석규가 묻는데 사내는 짧은 한숨을 내쉬었다.

"틀었구나."

"예?"

"마병장수˚나 장주릅˚에 지나지 않는다는 말이야."

"……"

"장돌림이나 드팀전˚ 장사치 같은 게 소리꾼이어늘……"

단죽에 남초를 담는 사내 손길이 가느다랗게 흔들리었다.

"대국비단을 달라는 이헌테는 대국비단을 주구 조선핑을 달라는 이헌테는 핑을 줘야 허는데…… 비단을 달라는 이헌테는 핑을 주구 핑을 달라는 이헌테는 비단을 준대서야 어찌 써 소릿광대라 헐 수 있겠느냐. 아니, 비단두 욇구 핑두 욇이 다만 즌만 벌리구 쭈그려 앉어 있으니…… 어떤 시러베자식이 찾어오것능가."

사내는 거칠게 부싯돌을 쳐 내리었다. 반드시 겸사말로만은 들리지 않는 사내 자탄소리를 들으며 석규는 문득 삼월이 얼굴이 떠올랐다.

자치동갑으로 한 살 밑인 춘동이와는 두 살 터울이니 이제 열

마병장수 철 지나 값싸고 헌 몬을 가지고 다니며 파는 사람. **장주릅** 장터에서 흥정 붙이는 것을 업으로 하는 사람. **드팀전** 온갖 피륙을 파는 가게.

살인데, 맹랑한 계집아이였다. 까만종년 신분임에도 불구하고 무슨 일이 있을 때면 꼭 경위를 따지고 덤비는 녹록하지 않은 성깔이었고, 오이씨처럼 갸름하니 해반주그레한 낯짝도 그렇지만, 장난을 해도 꼭 낯짝에 분을 찍어 바르고 머리에는 또 동백기름을 바르는 시늉을 하면서 소리를 하는데, 여간 청승맞게 간드러지는 것이 아니었다. 어미인 한산네를 도와 아궁이에 불을 지필 때도 부지깽이로 솥전을 두드리며 소리를 뽑았다.

치어다보면 천봉만학
내려 굽어보면 백사지라
에구 부러져 늙은 장송
광풍을 못 이기어 우쭐우쭐 춤을 춘다
이골 물이 퀄퀄 저골 물이 쏴르르르……

그 계집아이가 소리 흉내를 내기 비롯한 것은 비티 밑에 있는 박씨주막에 몇 번 심부름을 다녀오고 난 다음부터였으니, 주막 계집들이 뽑아내는 육자배기며 권주가가락이 근사하여보였던가. 순전한 독궁구였다. 회초리 치는 스승 없이 제멋대로 불러보는 소리였으므로 창이라기보다 그냥 멋대로 생목*이나 써보

생목 아직 트이지 않은 목소리.

는 것에 지나지 않았으나, 타고난 미성이 여간 앙증맞게 출렁이는 것이 아니었다. 틈만 나면 안채 뒤란 담장 밑에 까치발*을 하고 서서 하염없이 저 아래 아사衙舍 쪽으로 뚫려 있는 산길을 바라보는 것이었는데, 그러면서 하는 말이 "나두 다홍이처럼 될쳐"였다.

떠돌이 재인광대才人廣大패가 읍치 안에 들어와 이레 가량 온갖 재주놀음을 하였던 것이 지난 백중 때였는데, 솟대장이* 줄광대* 숨막히는 솜씨며 어릿광대* 우스개에 얼럭광대* 그 기막히던 재주도 재주였지만, 근동 사내들 혼백을 앗아가버린 것은 다홍多紅이라는 여광대였다. 날라리소리 피리소리 퉁소소리 깽깽이*소리 북소리 벅구소리 장구소리 두마치 장단 세마치* 장단 흐드러지게 어우러지는 가운데 무동 타는 아이초라니*며 버나 돌리고 재담하는 것도 간이 녹았지만, 연지 찍고 분바르고 청국비단옷 입은 여광대들이 활활 타오르는 화톳불 곁에서 이리 뛰고 저리 뛰며 슬쩍슬쩍 속속곳자락이 보이게끔 춤추는 모습은 숨막히게 황홀한 것이었다.

"리주부 나으리댁이루 가실 참이신가유?"

까치발 키를 높이고자 발뒤꿈치를 드는 일. 솟대장이 솟대 위에서 재주를 부리는 사람. 줄광대 외줄타기를 하는 광대. 어릿광대 정작광대가 나오기 전 우습고 재미있는 이야기나 짓을 하여 놀이판 흥을 돋우는 사람. 얼럭광대 어릿광대 다음에 나오는 정작광대. 깽깽이 해금. 세마치 판소리에서 조금 느린 장단인 자진진양 다른 말. '세 번 마친다' 곧 '세 번 친다'는 뜻인데, 매우 흥겹고 씩씩한 느낌을 준다. 아이초라니 잔재주를 부리는 아이광대.

"그럴 작정이다만…… 왜 그러느냐?"

"저희 집에 한번 들르셨으면 헤서유."

"조부장께서 뜬광대*들을 박대허지 않으신다 이 말이렷다."

"그것두 그렇지면…… 저희 집에두 소리꾼이 하나 있으니 한 번 찰음*을 헤봐주십사 이런 말씀이올시다."

"엉?"

"아직 열쭝이올시다만 떡목*만은 아니올시다. 목구성이 제법 이지요."

"호오. 쪽빛같이 파란양반댁에서 비가비가 나올 리는 만무허 구, 하님인게로군."

"삼월이라는 간나희올시다. 저 아희에……"

하면서 춘동이 쪽을 바라보는데, 대여섯 간통이나 떨어진 풀숲 에 엎드려 무엇인가를 하고 있던 춘동이가 달음박질쳐오더니,

"되렌님은 왜 대이구 쓸데읎넌 소리만 헤쌓구 그러신대유."

밤 문 소리로 불퉁가지*를 부리는 것이었고, 머쓱하여진 석규 는 헛기침을 하였다.

"삼월이 목이 좋으니께 헤보넌 소리 아닌감."

"좋기는 뭐가 좋대유. 그레봤자 지까짓게 모주 먹은 돼지 껄대 청이지. 그러구 설사 목이 좋다구 헤두 그렇지. 지까짓 종년 주제

_____

뜬광대 재인청에 딸리지 않은 유랑광대. 찰음(察音) 목소리 됨됨이를 살펴 보는 것. 떡목 텁텁하고 얼붙어서 별 조화를 내지 못하는 목소리. 불퉁가 지 수더분하지 않고 퉁명스러운 성깔.

에 소리를 잘헌다구 혀서 국창이 될 겨 기생이 될 겨."

시어머니 끌도 잡은 김에 뜯더라°고 부려보는 불퉁가지라는 것을 잘 아는 석규는 입을 다물었는데, 끄응 소리와 함께 사내가 몸을 일으키었다. 고의춤에 단죽을 찌르며 어두워오는 산길을 내려다보고 난 사내는 바위 한켠에 놓아두었던 봇짐을 들어 등에 메었다. 쇠불알만한 괴나리봇짐이었다. 두 도령이 말없이 그를 바라보는데, 오른손에 죽장을 잡고 있던 사내가 바위 밑에 쪼그리고 앉았다. 그리고 죽장을 잡은 손에 힘을 주어 천천히 몸을 일으키며 왼손을 들어 앞산을 가리키었다. 노을에 비껴 붉게 물든 그 사내 이맛전에 굵은 힘줄이 돋아났다.

"죽장 짚구 망혜 신구."

소리를 뽑아내며 오롯이° 몸을 일으킨 사내는 느릿느릿 발길을 내어디뎠다.

"천리강산 들어가니."

여전히 소리를 뽑아내며 몇 발짝 걸어가더니 문득 걸음을 멈추었다. 그리고 고개를 들어 저 아래 등쪽을 올려다보며

"치어다보면 천봉만학

내려 굽어보면 백사지라."

구슬픈 계면조로 한 소리 뽑고 나더니, 이번에는 휘늘어진 낙

오롯이 고요하게. 쓸쓸하게. 호젓하게.

랑장송 밑동을 죽장으로 두드리며 다시 소리를 잇는데,

"에구 부러져 늙은 장송 광풍을 못 이기어 우쭐우쭐 춤을 춘다. 늘어진 반송 펑퍼진 떡갈 능수버들 오두자 벗나무 황경피 물푸레 가는 댕댕이 으름넌출 엉클어지구 뒤틀어져 석양에 늘어졌다. 내금정 외금정 생보라매 수진이 떴다. 보아라 종소리 새 천리 시내는 청산으루 휘돌아 이골 물이 쿽쿽 저골 물이 촤르르르 열의열두골 물이 한데루 합수쳐 천방자지방자 방울져 얼턱 저 건너 병풍석에 쾅쾅 부딪혀 버큼이 북적 물소리 뒤따라 월이렁 쿽쿽 뒤둥그러졌다. 어드메루 가랴느냐."

소리를 마친 비가비사내가 우쭐우쭐 어깨를 추썩이고 팔다리를 건들건들 갈짓자로 산길을 내려가며 물오른 버들가지가 바람에 흔들리는 것 같은 추천목*으로 다시 뽑아내는 소리 점점 멀어지는데—

    너의창생 가소롭다
    어제보구 웃던사람
    오늘 보니 탄복일세
    빙글빙글 웃던사람
    다시한번 웃어볼까……

추천목 산뜻하고 흥겨운 느낌을 주는 목소리.

"문채 있는 코끼리 이빨루 만든 것두 뭇 되며……"

하고 희치희치* 낡았으나 정갈하여보이는 명주 수건으로 다시 한 번 닦고 난 리처사가 두 사람 사이에 놓아주는 바둑판은 까치두 루마기*짜리 손으로 뼘 가웃은 실히 넘는 가래나무 통판이었고,

"또한 무소에 뿔을 갈어 만든 것두 뭇 되지면……"

하면서 내어놓는 바둑돌은 비록 손때 묻은 놋주말에 담기어 있 기는 하였으되 은은한 윤기가 제법이었으니, 하나는 조개껍질을 갈아 만든 것으로 바탕이 희고 무늬가 누르며 하나는 파도에 닳 고 닳은 조약돌로서 옥인 듯 택윤하게 검은빛이 나는 것이었는 데, 리처사는 헛기침을 한 번 하고 나서,

"펑색이 호서에 국수 자리를 놓구 그 자웅을 겨루어보는 자리 니만큼 마땅히 옥긔국玉棋局 옥긔자玉棋子루 뫼시어야 마땅헐 것 이나…… 투석반저投石反笛라. 투석반저요 긔성안혼技成眼昏이니 수원수굴허리요만, 자고로 승인이라야 능지 승인*이라구 그 뉘 있어 이 마음을 알리요만……"

아무도 듣거나 보아주는 사람 없는 숲속에서 저 혼자 거문고 를 뜯으며 저 혼자 노래를 부르듯 뜻 모를 소리를 늘어놓더니, 석 규를 바라보았다.

"출수를 허지 않고?"

희치희치 1.몬바탕이 드문드문 치이거나 미어진 꼴. 2.몬 반드러운 데가 스 쳐서 군데군데 벗어진 꼴. **까치두루마기** 까치설빔으로 입는 오색으로 지은 두루마기.

"예에."

리처사 쪽으로 조금 고개를 숙여 보이고 난 석규는 왼손으로 셋갖춤* 위에 덧씌워 걸치고 있던 누비두루마기 바른쪽 끝동을 잡아 올리었다. 군불을 지피고 타다가 만 아궁잇불을 담아 내어 온 오지화로가 놓여 있다지만 외풍이 센 방안은 선뜩하였다.

푸르고 붉은 주사朱砂로 구궁마다 찍히어 있는 매화점을 따라 흑백 여덟 개씩 돌로 배자排子를 마친 석규는 두 손으로 가만히 백돌이 담기어 있는 놋주발을 들어올려 맞수 오른쪽 팔 앞에 놓았다. 그리고 나서 올방자를 틀고 앉아 있는 맞은편을 보고 복건이 바둑판에 닿을 만큼 허리를 숙여 보이었는데, 쉰 줄을 넘기어 통량갓 아래 보이는 아랫당줄 밑으로 희끗희끗 눈발이 듣기 시작한 지 오래인 초로 사내는 지그시 눈을 감은 채로였다.

꿇고 앉은 두 무릎 위에 가지런히 올려놓고 있던 두 손 가운데서 오른손을 들어 흑돌 한 개를 집어 든 석규는 다시 왼손으로 누비두루마기 바른쪽 끝동을 잡아 올리며 가만히 소리 나지 않게 배꼽점에 올려놓았는데, 여간만 조심스러운 것이 아니었다.

겹복으로는 조금 버거웁고 셋겹복으로는 상승상부니 호적수일 것이라고 한 것이야 원래부터 타고나기를 흰목 잦히기 좋아하고 속곳만 봐도 다리속곳까지 봤노라 풍치기 좋아하는 리처사

셋갖춤 바지·저고리·조끼를 다 갖춘 한 벌 옷.

말인지라 조금도 두려울 것이 없다는 생각이었으나, 충청지중에 유박이최상수라. 바둑판을 멀리한 지 비록 오래라고는 하나 그래도 명색이 호서국수니, 왈 도기 아닌가. 오매불망으로 이날이 오기를 학수고대하였으나 막상 판을 마주하여 앉게 되고 보니 까딱 삐끗이라도 하여 우스갯거리라도 되는 게 아닌가 싶어 너무 속다짐을 하느라 하마 방기放氣가 다 나올 지경이었으니, 아직 은수꽃두레 모습을 보지 못하였음에도 무릅쓰고 신구미월령新鳩未越嶺으로 열중이인 그 도령 가슴은 새새끼인 듯 자꾸만 두방망이질을 쳐 콩당거리는 것이었다. 더구나 여러 사람들이 지켜보고 있음에서랴.

이제야 백돌이 떨어지는 소리인가 하고 생각에서 깨어난 석규가 새롭게 판을 들여다보는데"타악, 탁. 타악, 탁" 하고 삭정이 타들어가는 소리와도 같이 들리어오는 것은, 부시를 치는 소리였다. 화로가 바로 옆에 놓여 있음에도 아랑곳없이 박초시는 굳이 헛부시만 쳤고, 벌써부터 곱돌 곰방조대에 다져 넣은 풋담배를 빨아들이고 있던 리처사가 넘기어주는 조대로 장죽에 불을 댕긴 그 반치기사내는 좀처럼 첫 수를 두지 않는다.

자고로 노소동락이요 군신동락이며 더하여 상하동락하는 것이 바둑인지라 두 사람 기객棋客이 마주앉아 있는 좌우며 등뒤로는 애옥살이 반치기 초협한 사랑방명색이 꽉찬 것이 꼭 합덕 방죽에 줄남생이 늘어앉듯° 하였는데, 박초시 쪽에는 광시에서 온

갓짜리가 둘이요, 석규 쪽에는 큰뜸 사는 박서방과 복개며 선학동 사는 몽득이에 그리고 제 상전을 모시고 온 춘동이였다. 범 없는 골에는 토끼가 스승°으로 딴에는 역마직성 핑계 삼아 짠지패 날탕패나 쫓아다니며 주워들은 풍월일망정 타령에 잡가에 모르는 것이 없어 또랑광대 노랑목 흉내일망정 어지간한 판소리쯤은 도드락장단 맞춰 막힘 없이 해넘길만한 풍류객이어서 바둑 또한 죽고 사는 것이야 안다고 하지만 또한 반거충이 풋바둑°에 지나지 않는 박서방이야 근본이 양반 종자인지라 짜른대를 빨고 있었는데, 가장 못 견뎌하는 것이 몽득이였다.

지질증이 나서 아까부터 건하품만 하고 있던 춘동이가 살그니 몸을 일으키었고, 몽득이가 뒤를 따랐다. 아직 담배를 모르는 그 아이가 담배를 태우고자 하는 것이 아니라 몽득이 때문이었다. 복개며 밤쇠 리개노미 신창쇠 명동이 맹출이 같은 만동이 동무들한테도 그러하였지만 언니와 더구나 여간 자별하게 지낸 사이가 아닌 몽득이한테는 더욱 오사바사°하게 대하는 춘동이였다. 만동이도 없는 김사과댁 어린 도령이 너무 허전하리라는 마음에 복개를 불러 박서방을 따라나서기는 하였으나 기껏 곳고누밖에 두어본 적이 없는 그 젊은 농군이 아까부터 똥마려운 강아지꼴을 하고 있다는 것을 잘 알고 있었던 것이다.

풋바둑 수가 낮은 바둑. 오사바사 성깔이 부드럽고 사근사근한 것.

"도대처 워치게 되넌겨? 시방."

두 볼이 홀쭉하게 짜른대* 동부리를 빨아들이고 난 몽득이가 춘동이를 바라보았고, 고의춤을 여미며 그 아이는 부르르부르르 진저리를 쳤다.

"뭐가유?"

"멩주 즌대°에 뭐가 들었넌지 물르지먼 멩 짧은 늠 턱 안 떨어지것어."

"냅뒤유."

"얼라?"

"멩색이 호서국수 아닌감유."

"국순지 수제빈지 물르지먼 싸게싸게 뒤얄 거 아녀. 그레야 늬 되렌님을 업구 가든 이구 가든 헐 거 아니난 말여."

"담배나 펴유."

"즘심은 준다남?"

"성님두 차암. 아, 아침밥 먹은 게 아직 자위두 돌지° 않았을 텐디 벌써버텀 즘심 타령이래유."

"야야, 금강산두 식후경°이다. 생쥐 볼가심헐 것두 웂이 원체 가난한 집구석이니께 허넌 말이지."

동저고리 소매 속에 두 손을 엇질러 넣으며 몽득이는 허공을

짜른대 곰방대. **자위돌다** 먹은 음식이 삭기 비롯하다.

298

올려다보았다. 겨우살이*를 걸쳤다고는 하지만 당채련 바지저고리* 차림인 그 젊은 농군은 짜른대를 입에서 뽑아내며 긴 연기를 내어뿜었다.

"아침놀 저녁 비요 저녁놀 아침 비*라넌디…… 아무래두 한줄 금허것넌디."

"해가 한나절이구면 새꼽빠지게 뭔 소리냐."

"식전아침이 봤단 말여."

"놀이 지담유?"

"그렇다니께."

햇귀*가 있다고는 하지만 허름한 겨우살이 틈으로 비집고 들어오는 섣달 중순 찬바람에 흠칫흠칫 몸을 떠는 석규였다. 따악! 하는 소리와 함께 백돌 한 개가 판 위에 떨어진 것이었다. 짜른 향 한 대를 태울 시각은 흐른 다음이었는데, 처음 보는 수였다. 도무지 엉뚱한 곳이었다.

대강 위기법圍棋法을 본다면 용병用兵하는 삼척 국상局上에 전투장을 만들고 사졸士卒들을 진쳐 모으는 것이다. 두 적수가 서로 마주서는데, 겁내는 자는 공이 없고 탐내는 자는 망한다. 마땅히 네 귀를 차지하여야 하고, 지키고 부려쓰는 것은 옆을 의지한

겨우살이 겨울철에 입는 옷. **당채련 바지저고리** 오래 입어 때가 빤질빤질한 옷. **햇귀** 해가 처음 솟을 때 빛.

다. 가녁을 따라 막아 벌리되 드문드문 서로 바라보게 하여 주룽주룽 말 눈이요, 줄줄이 기러기 행렬이다. 넓게 지나고 사이사이 두어 가운데로 거닐며, 죽은 졸은 거둬버리고 잇지 않아야 한다. 잡을 데 잡지 않으면 도리어 그 앙화를 받고, 떠나고 어지러움이 갈마들면 다시 서로 넘어간다. 지키기를 굳건히 하지 않고 소위가 당돌하여, 깊이 들어가 영지를 탐내면 사졸만 죽여버린다. 미쳐 날뛰며 서로 도와주면 앞뒤가 함께 없어지니 공을 셈하여 서로 제하며 때를 보아 일찍 마친다. 네 번에 남아 살려면 뒷갈망을 빨리하며, 꾸려나가는 것이 군색해지더라도 거짓 꾀로 하여서는 안 된다. 깊이 생각하고 멀리 보아야만 판막음*을 기할 수 있다.

혹 허세로 베풀어두고 미리 별러매기어 스스로 보살피니, 이것은 포희包犧씨가 그물 치던 솜씨를 본뜬 것이요. 둑을 두루 일으키어 새고 무너지는 것을 막으니 하후夏后씨가 홍수 다스리던 꼴 같은 점이 있으며, 한 구멍이 모자라도 무너지고 일어서지를 못하여 표주박에 큰물이 넘치는 어그러짐이 있으며, 복병을 만들어 거짓 베풀어두고 포위망을 들이받고 휩쓸며다니는 것은 전단田單의 기계奇計이며, 요해지에서 서로 겁략하고 땅을 쪼개게 하여 상을 취하는 것은 소진蘇秦 장의張儀 바탕이요, 분수를 헤아려 판막음을 거두되 용서하고 베지 않는 것은 주周나라 문왕文王

판막음 그 판에서 마지막 이김.

300

덕이요, 우물쭈물 하는 선비걸음˙이 귀를 보전하고 옆을 의지하면서 서로 지켜내고, 잇따라서 무릎꿇더라도 망하지 않는 것은 요공繆公 슬기이다.

마륭˙『위기부圍棋賦』나 반고˙『혁지奕旨』에서 말하는 기법棋法으로 보더라도 이치에 어긋난다는 생각을 하는 석규였으니, 할아버지 가르침만이 아니더라도 스스로 그러한 책들을 읽고 있음에서였다. 도무지 모를 일이었다.

흑을 잡은 쪽에서 첫 점을 어복魚腹 한가운데인 배꼽점˙에 놓는 것이야 예로부터 전하여 내려오는 만고불변 수였다. 보고 들은 바가 짧아 중원中原 쪽은 잘 모르겠으되 조선朝鮮 바둑인 순장巡丈바둑에서만큼은 더구나 그러하였다. 흑백을 서로 바꿔가며 두되 첫 수는 반드시 천지 가운데로서 그중 어른 되는 자리인 장점丈點 곧 배꼽점에 둔다고 해서, 그 자리를 번차례로 돌려가며 둔다고 해서, 순장이라 이름한다 하지 않던가.

흑이 첫 점을 배꼽점에 놓았을 때 백이 두는 다음 수 또한 못 박히듯 예로부터 거의 정하여진 자리가 있으니, 갑甲이 아니면 을乙 곳이었다. 갑과 을 세 발 위쪽이나 아래쪽 또는 위아래로 그 빗금 되는 곳에 두지 말라는 법도 없었고 이따금 또 그렇게 두는 이들

선비걸음 양반걸음. **마륭**(馬融) · **반고**(班固) 중국 후한시대 문인. **배꼽점** 어복魚腹.

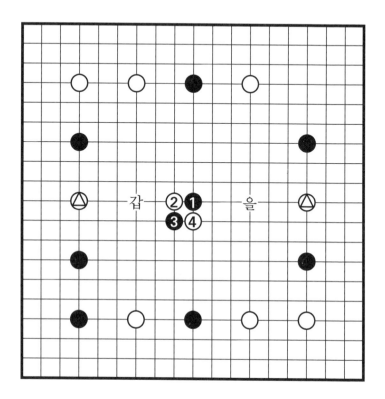

- 이제는 사라진 우리 겨레 바둑으로 흑백 8개씩 돌을 그림처럼 놓아 두고 흑黑 경우 첫점을 어른점(배꼽점)인 흑❶ 자리에 두는데, 맞바둑 경우 이 자리를 서로 돌려가며 둔다고 해서 순장巡丈이라고 함(辛鎬烈 國手설).

- 임금이 개척한 나라땅에 손아래 장수들을 보내어 지키게하고 돌아 보던 것을 뜻하므로 순장巡將이라고 함(棋史 연구가 安玲二 설).

이 없는 것은 아니었으나 그것은 행마 법식을 모르는 하수들 보리바둑에서 나오는 것이었고, 기서棋書권이나 읽어 행마 이치를 조금이라도 아는 기객이라면 반드시 그렇게 두었다. 갑 자리에 두어 좌변 흑돌 사이에 들어있는 백△ 한 점을 북돋울 겸 흑❶을 지지누르는 것이 그것이고, 을 자리에 두어 흑진 속에 들어 있는 백△ 한 점을 가운데로 끌고 나올 겸 우하변 쪽 흑돌 한 점에 은근한 옥쇰을 보내는 것이 그것이었다.

그런데 백②로 배꼽점 옆구리에 딱 대갈받이를 하고 들어오는 게 아닌가. 예로부터 상수는 어복을 차지하고 하수는 변을 차지하며 중수中手는 귀를 차지한다더니, 상수인가? 그래서 그러한 것인가? 아하, 흑❶ 한 점을 통째로 그물 속에 넣자는 수법이로구나. 제갈무후는 팔진도를 펼치어 맹획이라는 남만장수를 칠종칠금하였다더니, 천라지망을 펼치자는 것이로구나. 그래서 초석도 없이 초판부터 싸우자는 것이로구나.

대저 바둑의 도는 근엄함이 귀허니 중도正道루 그 판세를 합허구 권도權道루 적을 으거허며 잔재주가 마음속에서 증혜져야만 비로소 판세가 밖에서 이루어지나니……

행마 이치를 들어 세상사 이치를 깨우쳐주고자 하시던 할아버지 가르치심이 떠오르지 않는 것은 아니었으나 저도 모르게 불쑥 손이 나가는 것이었으니,

"따악!"

흑❸으로 젖히자마자 곧바로 떨어지는 백④였다.

"따악!"

마주앉은 두 사람은 말이 없다. 두어 개 돌을 버릴지언정 한 차례 선先을 놓치지 말라고 한 기법서棋法書를 국수에 뜻을 두었던 어린시절부터 읽고 또 읽어온 박초시는 물론이고 석규 또한 할아버지 가르침을 받은 바 있어 말없는 가운데서도 각기 선수를 다투는데, 어복에서부터 비롯된 싸움은 들불이 번져가듯 봄 강물이 흘러가듯 판세 서로 장하여서, 강하면 삼키고 약하면 배알아 백이 한 점 놓으면 백이 좋아보이고 흑이 한 점 놓으면 흑이 또 좋아보이니, 누가 정녕 상수인지 모를 일이었다.

……햇살이 펼쳐지듯 전세 마냥 무르익는데
우뚝 서는 공세에 겁쟁이 물러서네
……
도령과 노년을 뉘라서 구별하리
바둑 수 보아가며 전후래를 결정하세.

북풍한설 몰아치는 천인단애 벼랑끝 바위틈에 피어나는 매화인 듯 한 점 두 점 손을 바꾸어 놓여지는 흑백 돌들로 바둑판은 벌써 반넘어 덮이어가는데, 여기에 둘까 저기에 둘까…… 여기에 두면 저 수가 있고 저기에 두면 또 이 수가 있어 여기에 둘 수도 없고 저기에 둘 수도 없다는 생각은 숨 한번을 들이쉬고 내쉬는 동안에도 팔만사천 번씩 일어났다가는 잦아들고 잦아들었다가는 다시 또 일어나기를 되풀이하는 가운데 일각일각 시각만 흘러가는 것이었으니—

  적이 왼쪽을 쳐들어오면 바른쪽을 보아야 한다. 이미 살아버린 저편 돌을 끊지 말며, 살아 있는 내 말은 잇지 않는다. 넓어도 너무 성기어서는 안 되며, 촘촘하더라도 너무 바투어서는 안 된다. 돌에 미련을 가지고 살리려고만 하는 것보다는 버리고서 판세를 취하는 것이 좋으며, 일없이 억지로 나가는 것보다는 그 판세에 따라 스스로 지켜나가는 것이 좋다. 저편이 많고 이편이 적으면 먼저 살 것을 생각하여야 하고, 이편이 많고 저편이 적으면 판세를 넓힐 일이다. 잘 이기는 자는 다투지 않고, 잘 진치는 자는 싸우지 않으며, 잘 싸우는 자는 패하지 않고 잘 패하지 않는 자는 어지러워지지 않는다. 처음에는 정도로 대하며 나중에는 기계奇計로 이긴다. 반드시 그 바닥을 네둘레로 둘러보아서 적이 쳐부술 수 없게끔 굳건히 한 뒤에만 나아가되 저편이 뜻하지 않은 데로 향하고, 갖추고 있지 못한 데를 덮쳐온다. 대저 적이 일없는 데도 스스로 튼튼히 하는 것은 이편을 쳐들어와 끊으려는 뜻이 있는 것이요, 작은 것을 버리고 건져주지 않는 것은 큰 것을 꾀하려는 뜻이 있음에서이다.

손 가는 대로 두는 자는 미련한 사람이요, 생각하지 않고 받아주는 자는 비꾸러지는 길이다. 약하면서도 항복하지 않는 자는 더욱 굴하고, 조급하게 이기려고 하는 자는 어그러짐이 많다. 적을 두려워할 줄 아는 자는 세고, 나만한 사람이 없다고 하는 자는 망한다. 혹은 손질하면서 그 힘을 뽐내기도 하고 수다를 늘어놓아서 속생각을 들키기도 하는데, 이런 일들은 깊이 생각하고 멀리 생각하면서 판세를 살려 꾀를 쓰는 것만 같지 못하다. 만일 마음속애는 생각하는 바가 없고 밖으로 응원이 없이 나가면 더욱 궁하여져서 저편 세력만 이롭게 하여주고, 지키면 더욱 곤하여져서 저편 드레만 크게 하여줄 것이니, 이러한 바둑은 두지 않는 것만 못하다.

"따악!"

바둑판에서 거두어진 석규 바른손이 다시 꿇고 앉은 두 무릎 위로 올라간 지 이미 오래건만, 박초시는 좀처럼 다음 수를 두지 않는다. 가잠나룻 밑으로 길게 드리워진 대갓끈만 가느다랗게 흔들리고 있는 것으로 봐서 마땅한 대꾸가 떠오르지 않는 듯, 쥐었다 폈다 하여보는 그 늙은 도기 바른쪽 주먹 위로 돋아나는 것은 시퍼런 힘줄이었다. 난생 처음 보는 수에 놀라고 조심하느라 손길이 더디어졌던 것도 잠깐, 총민한 석규 눈빛이 바둑판 위를 뚫을 듯 바라보면서 가로 끊고 세로 찌르며 돌아가기를 준마가 달리듯 굶주린 매가 먹이를 노리듯 바둑돌을 놓아 나가는데, 마음만 급하였지 박초시는 이미 손길이 둔하여 기껏 엄지손톱만 한 조개껍질 한 개 도스린 것 무게를 이기지 못하는 듯하였다.

"자고로 신선놀음에 도치자루 썩년 중 물른다더니……"

둘레 사람들을 한 번 휘 둘러보고 난 박서방이

"그런데 도치자루만 썩으면 집엔 원제 돌어가나?"

리처사 쪽을 바라보며 건넛산 보고 꾸짖기°를 하였고, 민주스러운° 낯빛으로 박초시 흔들리는 대갓끈을 바라보던 리처사는 헛기침을 하였다. 그 사내는 올방자를 틀고 있던 왼쪽 다리 회목°을 바른손으로 바짝 잡아당기며 지그시 눈을 감더니, 나직한 목소리로 시 한 수를 읊어보는 것이었다.

검고 흰 돌 오가는데

어느새 날 저무네

일기설기 기미줄

하늘에 그물치듯

훨훨 나는 기러기 그림자

은하수에 걸렸네

좁은 길 뚫고 나가니

민주스럽다 부끄럽고 안타깝다. **회목** 손목이나 발목 잘록한 어섯.

조나라 장수 전술인데

큰소리 한 번 나더니

진나라 군사 흩어지네

우뚝 앉아 정신 모으니

어느 세상사 귀에 들리리

소부巢夫 허유許由 숨을 곳

이 자리가 그 아닌가

철썩 소리가 나게 제 무릎을 한 번 때리고 난 리처사는 곱돌 곰
방조대를 입에 물었고, 박서방 양미간에 내천자가 씌어졌다. 도
령상에 구방상°으로 꼴에 그래도 반자 돌림이라고 어디서 슬갑
도적질°을 하는° 꼴을 보느니 차라리 신첨지 신꼴을 보는° 게 낫겠
다는 듯 뻑뻑 소리가 나게 짜른대만 빨고 있던 박서방은 자꾸 헛
기침을 하였다.

박서방 또한 싸래기밥을 먹어도 말 잘하는 판수°라 무언가 한
마디 말로 납박을 주고 싶은 마음 굴뚝 같았으나, 입이 떨어지
를 않는 것이었다. 리처사라는 위인이 읊고 있는 소리를 어디서
많이 들어본 것 같기는 한데 도무지 그 시를 지은 옛선비 이름이
떠오르지를 않는 것이었다. 바둑판을 들여다보니 떡돌멩이°나

도령상(喪)에 구방상(九方相) 자리에 맞지 않는다는 뜻. 슬갑(膝甲)도적질 남
시문 글귀를 몰래 훔쳐서 그것을 그릇 쓰는 사람을 웃는 말. 슬갑: 겨울에
추위를 막기 위하여 바지 위로 무릎에 껴입던 옷.

잔뜩 만들 뿐인 보리바둑°이 보기에는 이미 기 들고 북을 친 지 오래였으나 박초시는 손톱 여물만 썰고 있었고, 그 사내는 다시 한 번 헛기침을 하였다.

"오늘 판은 아무래두 사과으르신댁 도령이 이기신 듯하외다 그려."

리처사 쪽을 바라보며 한 말이었는데 리처사는 대꾸가 없었고, 박초시가 바둑판을 밀어놓으며 탄식하듯 말하였다.

"어허, 늙어 눈이 어두워진 탓이로다. 두어두고 밝는 날 아침을 기다렸다가 정신이 맑아질 때 다시 두어야겠구나."

박서방이 리처사와 광시 쪽에서 온 갓짜리들과 또 몽득이 복개에 춘동이까지를 한바퀴 휘 둘러보며 어이가 없다는 듯 허! 하고 입에서 바람 빠지는 소리를 내더니,

"자고이래로 바둑 한판을 가지구 이틀씩 둔다는 말은 금시초 문이올시다그려. 요순께서 그 어리석은 아들들인 단주와 상균을 가르치고자 비둑을 만드신 이후로 말이외다. 황차 호서국수 자리를 놓구 그 자웅을 겨루는 마당임에랴."

하는데, 리처사가 윗몸을 좌우로 천천히 흔들었다.

"비지불능야°라."

"그렇지 않다는 말이외까?"

떡돌멩이 다닥다닥 한데 모이게 둔 돌. 포도송이. **보리바둑** 엉터리 바둑. **비지불능야**(非智不能也) 슬기롭지 못하면 해낼 수 없다.

"대저 어리석은 자는 바둑을 배울 수 없다는 말이외다."

"어리석기는 누가 어리석다는 말이오?"

박서방이 다음 말을 잇지 못하는데, 문밖에서 인기척이 났다.

"나으리."

계집종 방울이 목소리임을 알아들은 춘동이가 밖으로 나갔고, 조촐한 주안상이 들어왔다. 갑자기 시장기가 몰려와 군침을 삼키던 석규는 문득 숨을 삼키었다. 방울이를 나무라는 은수 목소리가 들려왔던 것이었다.

"되련님 시장허실 텐디 이것버텀 올려야지."

손등으로 눈을 문지르던 박초시가 끄응─ 소리와 함께 바둑판을 다시 무릎 앞으로 당기어놓았다. 그리고 침침하여져오는 눈을 감았다 떴다 해가며 바둑판을 들여다보는데, 리처사와 약조를 한 것이라 석규라는 아이와 바둑판을 사이에 두고 마주앉아 있기는 하지만 도무지 여간만 비편하지가 않은 것이었다. 아무리 들여다보고 또 들여다보아도 보일 듯 말 듯 가물거리기만 하는 수야 어쩔 수 없이 눈이 침침하여진 탓이라고 하더라도, 안개가 낀 듯 댓진이 엉킨 듯 찌뿌드드하기만 한 머릿속에 쪽골은 또 패면서, 그리고 리처사 권에 못 이기는 척 털어넣는 용수뒤 몇 잔에 식곤증까지 밀려오는 탓이었다.

박초시한테는 본래 형님이 한 분 있었는데 공주 테안에서 꼽아주던 선비였다. 여원 학과도 같은 풍골이었으나 얼굴빛이 희고 눈과 눈썹은 마치 붓으로 그린 듯 빼어났는데, 글재주가 대단하여서 여러 경서들을 두루 읽되 일부러 스승한테서 배우는 일이 없음에도 스스로 깨우쳐 알았으니, 이른바 생이지지生而知之였다. 스물아홉에 진사進士가 되었으나 스스로 탄식하기를 "이까짓 공령지문功令之文으로 어찌 내 흉중 뜻을 펼 수 있으리요" 하고는 더욱 깊고 큰 것에 뜻을 두어 시문詩文에 정신을 기울이니, 그 시문을 아는 사람은 모두 경탄하기를 마지않았으며, 귀한 집 자제들은 그와 벗하기를 원하였고, 시골에 숨은 재사들은 그를 흠모하여 언제나 그 곁에는 여남은 명 선비들이 없는 때가 없었다. 그는 술자리에 앉으면 대번에 말술을 마셔버리고 거나하게 취한 연후에야 비로소 시를 읊어내는데, 그 시풍詩風이 호방할 뿐만 아니라 그 소리가 또한 청랑하기 그지없었다. 시뿐만 아니라 문장 또한 활달자재하여, 어떤 사람은 글이 시보다 낫다고 하고 또 어떤 사람은 시가 글보다 낫다고 하였다. 또 거문고를 잘하여 거문고를 타면서 스스로 지은 노래를 부르면 거문고를 타는 재주가 더 능한지 노래가 더 능한지 분간하기가 어려웠다. 그러나 몸에 이름 모를 병이 있어 세상을 떠나니, 향년이 겨우 서른다섯이었다. 그에게는 외동딸 하나가 있었는데 광시 땅에 사는 한 푼관*집으로 시집을 가게 되었다. 그러나 서방 되는 자가 위인이 용렬

푼관 토반土班.

하고 성정이 완악하여 늘 눈물바람이었다. 한 해에 한 차례씩은 박초시가 그 조카딸을 찾아보는데, 조카 사위명색이 투전판에 가고 없는 집에서 그 가여운 아이 눈물을 안주 삼아 밤새도록 강술만 들이켰던 것이었다.

눈이 침침하다는 평계로 바둑판을 밀쳐놓았던 것은 짐짓 김종귀 옛일을 더듬어 판세를 한번 뒤집어보고자 함에서였는데, 옛이야기는 다만 옛이야기에 지나지 않는가. 용이 오르고 호랑이가 걸터앉은 듯 아직 까치두루마기짜리에 지나지 않는 황구 손속은 시각이 흐를수록 더욱더 날카롭고 매서워지기만 하니, 모기 어깨로 태산을 어찌 질 것이며 쇠똥구리 궁둥이로 수레바퀴를 어찌 막아내겠는가. 눈은 더욱 침침하여지고 틀고 앉은 올방자 다리는 또 자꾸만 저려오는데, 이 아희는 정녕 전조 곽도령* 후신이라는 말인가. 아니면 신神돌. 붓으로 그린 듯 또렷한 입가에는 아직 젖 먹던 자국 남아 있는 듯하건만, 기절奇絶한 솜씨를 당해낼 재주가 없는 것이었다. 흐르는 물을 끊고 관關을 무찌르듯 하여 판세를 뒤집어볼 수 있는 한 기묘한 수는 홀연히 끝내 떠오르지를 않는 것이었다.

기법棋法과 재치만이 뛰어난 것이 아니라 풍신風神이 맑고 깨끗하며 진퇴응대가 모두 예절에 어긋나는 법이 없으니, 과시 범

곽도령(郭道令) 고리 무신정권 최 우崔瑀시대 바둑 신동.

절 있는 집안 도령이로고.

　왕년 호서국수 박초시는 바둑통 쪽으로 가려던 손을 거두었다. 본디 악착하게 판가름하자는 마음이 있는 것은 아니었으되, 낚시질 잘못되어/생살권을 가졌구나/한가로이 바둑두는데/싸울마음 동하네…… 하고 탄식하였던 옛사람 시는 정녕 이를 두고 이름이었던가. 정작으로 바둑판 앞에 앉고 보니 스스로 일어나는 승벽을 어거하기 어려워 짐짓 권도까지 써보았던 그 늙은 기객은 슬그머니 몸을 일으키며 나직한 목소리로 읊조리는 것이었으니―

　　열아홉 줄 편편한 길도
　　두다 보면 험하기만 한데
　　남의 마음속 내 어이 알랴
　　국수도 때로는 질 때가 있다네.

제12장
비가비

남양초당을 당도하야 시문을 두다리니 동자 나오거날 선생님
계옵시냐 동자 여짜오되 초당에 춘수 깊어 주무시고 있나이다
현덕이 반겨 듣고 관공익덕을 문밖에 세워두고 완완히 들어가니
소슬한 송죽성과 청렴한 풍경소리 초당이 한적쿠나 계하에 대시
하고 기다려 서 있으되 공명은 한와하야 아모 동정이 전혀 없다.

「적벽가赤壁歌」가운데서 유비劉備 관우關羽 장비張飛 세 결의형
제가 와룡臥龍선생 찾아 초려삼고草廬三顧하는 대목을 세마치로
불러넘기며 산길을 내려오던 사내는 휘이— 하고 휘파람소리와
도 같이 긴 한숨을 내려쉬었다. 잠깐 걸음을 멈춘 사내는 쇠불알
만한 괴나리봇짐을 한 번 추슬러보더니, 하늘을 올려다보았다.
물 빠진 다홍치마 빛깔로 연붉은노을이 눈썹에 걸리었고, 그는

단죽을 입에 물었다. 구렛나룻 성긴 두 볼이 홀쭉하여지게 동부리를 빨아들이는데, 북채인 듯 손에 쥐고 늙은 장송長松이며 늘어진 반송盤松에 펑퍼진 떡갈 오두자 물푸레 황경피 중동과 가지를 때리느라 벌써부터 텅 비어버린 지 오래인 대통에서는 연기가 나오지 않는다. 노을에 비껴 술 취한 듯 붉어진 얼굴로 어두워오는 산길을 내려다보던 사내는 다시 한 번 휘이— 하고 휘파람소리와도 같이 긴 한숨을 내려쉬었다.

"이 노릇을 어이할꼬. 워디 가서 노장을 만날꼬. 워디 가서 백산생불白山生佛을 만나 약방문이라두 받아볼꼬. 아무리 생사지권이 열 시왕님 펑부전에 매였다°지만…… 어허. 하늘두 무심허시지. 천방지축 천릿길을 달려온 노장마저 기약 읎넌 행선行禪 중이라니…… 엎더지며 곱더져 해 저문 산길을 올라가보았지만 주승은 간데읎구 풍경소리만 스산허니…… 우리 슨상님 실낱 같은 목숨을 누가 건질꼬. 누가 건져 이 안아무개넘 십년적공°을 이루게 헐꼬."

아니리 삼아 주워섬기던 사내는 절레절레 고개를 흔들었다. 그리고는 무슨 깊은 시름이 있는 듯 흙먼지가 더뎅이져 앉은 채 쭈그러진 통량갓 밑으로 드러나는 아랫당줄° 양안 쪽에 깊은 골을 파고 있던 그 중늙은이 사내는 휘적휘적 산길을 내려가며 다

십년적공(十年積功) 십 년간 공을 들임. **아랫당줄** 망건 편자 끝에 달던 당줄.

시 소리를 뽑아내는데, 이번에는 우조*였다. 봄강물인 듯 청담한 방울목*으로 따뜻하게 흘러 나오는 「춘향가」 가운데 만첩청산萬疊靑山.

사랑사랑 내사랑 어화둥둥 내사랑아 어화 내간간 내사랑이로구나. 여봐라 춘향아 저리 가거라. 가는 태도를 보자 이만큼 오너라 오는 태도를 보자 빵끗 웃고 아장아장 걸어라 걷는 태도를 보자. 너와 나와 만난 사랑 허물없는 내외사랑 화우동산 모란화같이 펑퍼지고 고운 사랑 연평바다 그물같이 얽히고설켜 맺은 사랑 녹수청강 원앙조 격으로 마주 둥실 떠도는 사랑 네가 모두 사랑이로구나. 어화둥둥 내사랑 내간간아.

네가 무엇을 먹으려느냐 울긋불긋 수박 웃봉지 떼버리고 강릉 백청을 말로 부어 반간지로 더벅 걸러 붉은 점만 네 먹으려느냐.

아니 그것도 내사 싫소.

그럼 무엇을 먹으려느냐 시금털털 개살구 애기 배면 먹으려느냐 그러면 무엇을 먹으려느냐 생률을 주랴 숙률을 주랴 돝잡어주랴 개 잡어주랴 내몸뚱이째 먹으려느냐.

여보 도련님 내가 사람 잡아먹는 것 보았소.

우조(羽調) 판소리나 산조에 쓰이는 음악 꼴 하나로 웅건하면서도 따뜻한 소리. 방울목 궁굴궁굴 굴려내는 소리.

에라 요것 안 될 말이로다 어화둥둥 내사랑이지 이라 보아도 내사랑 저리 보아도 사랑이 모두 내사랑 같으면 사랑 걸려 살 수 있나 어화둥둥 내사랑 내간간이로구나.

우쭐우쭐 어깨를 추썩이고 팔다리를 건들건들 갈짓자로 춤추는 발림 곁들여 물오른 버들가지가 바람에 흔들리는 것 같은 미성美聲으로 토막소리* 한 자락을 뽑고 난 사내가 다시 아니리를 하는데, 득음 어려움을 말하는 것인가? 그 사내 목소리는 가느다랗게 떨려 나오는 것이었다.

"대컨* 소리란 무엇이드뇨? 길을 잃고 헤매는 민인들이 낙망의 천길 벼랑끝에서 질러보는 외마디 슬픈소리니, 고향으로 돌아가고자 함이라. 고향이란 어드메드뇨? 하늘이라. 저 단군할아버지 할아버지이신 한님께서 내려오신 그 하늘을 말함이니, 너무도 가맣고 또 가매서 어즈버* 올려다보이지도 않는구나. 음양지리로다. 음은 땅이요 양은 하늘이니 모름지기 하늘로 올라가고자 할진대 뻑뻑이* 먼저 땅에 두 발을 딛고 올바르게 서야 하리라. 욕계중생들이 엎더지며 곱더져 살아가는 이 땅을 여의고는 신선들이 노니는 저 하늘 또한 없음에서이다. 마찬가지 이치로 땅 기운을 받는 하단전 저 똥구녁 밑에서부터 일심전력으로 끌

토막소리 온바탕이 못 되는 판소리 어섯. **대컨** 대중 보아. 대저大抵. **어즈버** 아. **뻑뻑이** 마땅히.

어올려 오장육부를 거치고 심장이 뛰는 중단전 지나 상단전 백
회혈 정수리를 뚫고 솟구쳐 올라야만 마침내 하늘 기운과 합쳐
져 한 소리를 낼 수 있는 법이어늘, 겨우 목구녁에서 나오는구나.
목구녁에서일망정 똥구녁 저 밑창에서부터 진기를 모두어 끌어
올린 다음 토해내는 게 아니라 얇은 입술만 겨우 벌렸다 닫았다
달싹거리고 있으니, 쩍쩍거리는 참새소리와 무엇이 다를꼬. 식
전아침부터 다만 우짖기만 하는 참새목으로서야 들녘에 서 있는
허수아비 눈썹 하나 움직이지 못하리니, 어찌 써 사람들 갈빗대
밑을 후비고 들어갈 수 있으리오. 오욕칠정에 웃고 우는 사람들
갈빗대 밑으로 후비고 들어가 그 가슴을 흔들고 쥐어뜯어 마침
내는 그 두 눈에서 닭의똥 같은 눈물을 쏟아내게 할 수 있으리오."

촤르르륵 촤악, 촤악 촤르르륵…… 폈다가는 접고 접었다가는
다시 또 펴며 발림을 잡아나가는 합죽선 대신 단죽을 휘두르는
것으로 한배˚를 골라가며 펼쳐 보이는 아니리는, 그 사내 것이 아
니었다.

국창國唱에 뜻을 둔 비가비 안익선安益先이가 전배 비가비로 한
세상 한 많은 중생들을 울리고 웃기는 정진사鄭進士 정춘풍鄭春風
을 찾아갔던 것은 전수이 부인 덕분이었다. 여산廬山 쏠˚이요 호
풍환우呼風喚雨하는 가왕歌王이었다는 송흥록˚ 의발 받은 동파東

한배 가락이 빠르고 느린 만큼. 쏠 물떨어지. '폭포'는 왜말임. 송흥록(宋興
祿) 순헌철 년간 명창.

318

派수령으로 가중천자歌中天子 소리를 듣는 박만순* 명창 곁을 떠나 있을 때였다.

일년 열두 달 가야 한두 차례 얼굴을 비칠까말까 하는 서방명색이지만 그래도 잊지 않고 집에 들러준 것만이 고마워 백청물 한 대접을 타가지고 온 그 여자는 포옥 하고 한숨을 깨어물었다. 시방은 비록 무너졌을망정 근지 있는 양반집안이라는 재여리 말한마디에 등 떠밀려 시집을 온 한씨韓氏였다. 한씨네 또한 근지를 따지자면 압구정대감* 방손이었으나 여러 윗대서부터 무너져 중인 자리로 내려앉게 된 지 오래인 부친한테 무엇보다도 한이 맺힌 게 양반이었던 탓이었다. 그러나 시집이라고 와보니 이랑을 파고 종자나마 뿌려볼 땅이라고는 따비밭 몇 뙈기에 고지논* 서너 마지기가 고작인데, 글 읽기를 마다하고 소리 궁구에만 매어달리는 서방이었다.

소리귀신이 씌워 조동모서*허시넌 으른헌티 이제 와서 구들목 지구 지시기를 바래서는 아니지먼⋯⋯

뭔 소리여?

충청도땅에두 유명짜헌 소릿슨상님이 지신디 대이구 엉뚱헌 객지 사방이루만 떠돌어댕기실 것은 옳다넌 말씀이지유.

얼라?

박만순(朴萬順) 1835~1907년 사이 명창. **압구정**(狎鷗亭)**대감** 한명회(韓明澮, 1415~1487). **고지논** 고지로 내놓은 논. **조동모서**(朝東暮西) 매긴 곳 없이 자주 이리저리 옮아 다님을 이름.

증아무개라넌 으른이 가근방이 지시다니께 드려보넌 말씸이 지유.

허.

정춘풍이라는 이가 덕산德山 처가댁에 와 몇 달째 머무르고 있다는 말을 들은 안익선이는 귀가 번쩍 띄었다. 정춘풍이가 누구인가? 재남재효在南在孝요 재북춘풍在北春風이라는 말을 들으며 헌철憲哲 양대서부터 지금까지 한세상에 이름을 떨치고 있는 대가 아닌가. 충청도 어느 유가에서 태어나 일찍이 백패를 받은 바 있는 양반광대로서 숙종대왕 시절 결성結城 최선달崔先達어른한테서 비롯되어 영말정초英末正初 년간 익산益山 권생원權生員 권삼득權三得 어른에 이어 첫손에 꼽히는 왈 비가비 아닌가. 고창古敞 신오위장*이야 소리 이치를 따지고 드는 것에나 달통하였지 정작 판에서 하는 소리에는 어두운 분이지만 정진사는 유여한 학식을 바탕으로 한 소리 이치에도 밝을 뿐만 아니라 무엇보다도 왈 국창 아닌가.

일찍이 국태공대감 지우*를 읃어 운현궁 사랑을 무시로 드나드셨넌디, 국창이신 창이야 더 그만 말할 나위도 읎고 춤이며 시조며 잡가에 단가에 거문고며 가얏고며 북이야 장구야 당률에

신오위장(申五衛將) 신재효(申在孝, 1812~1884). **지우**(知遇) 학문이나 재능을 알아주어 좋은 모심을 받음.

이르기까지 또한 대가를 이룬 분이시. 운자만 떨어지믄 사언절구 칠언절구 주옥 같은 알관주 밍문시가 줄줄이 쏟아져 나오는 학식 또한 도저허시되 문자속을 내지 않는 왈 비가비다 말이시.

명경천하로 떠돌던 약관 시절부터 남도 쪽 소리동무들한테서 들어온 말이었다. 원래 내력 있는 반가에서 자라나 약관에 벌써 소성*을 하였던 만큼 진서에 조예가 훌륭하고 글재주 또한 뛰어났으나, 어느날 문득 서책을 덮어버렸다고 하였다. 그리고 "무릇 장부가 한세상에 나온 한은 정승이 되어 혜택이 천하에 미치게 하고 경사가 자자손손 이어지게 하는 것이 성인이 바라는 바요, 출장입상해서 나라 안팎을 다스리어 태평성대를 만들고 그 자리에 따르는 혜택을 누리는 것이 현인이 바라는 바이며, 일찍 청운에 오르는 것이 중인이 바라는 바인데, 더 이만 나로서는 할 일이 없구나" 한 소리 탄식처럼 중얼거리며 집을 나왔다고 하였다.

말을 배우자마자 글자 또한 아울러 깨쳐 성동* 전에 이미 칠서를 떼고 공령지문 또한 능통하여 이십 전에 사마방목에 그 이름을 올렸을 만큼 뇌가 좋다 한들 장김 권문들과 줄이 닿지 않고서는 이름 좋은 하눌타리°에 지나지 않는다는 것을 잘 알았던 것이었다. 그것보다는 타고난 천품을 어쩔 수 없었던 탓일까.

소성(小成) 생진과生進科 입격. 성동(成童) 15세.

풍타낭타 팔도를 떠돌던 그는 송도松都 천마산天摩山 중턱에 있는 박연朴淵 쏠로 갔다. 거기서 쏠 사이로 소리를 지르기 석 달 만에 목구멍으로부터 검붉은 핏덩어리를 세 동이나 쏟아낸 끝에 득음을 하게 되었다. 팔도 유람을 하며 명창들 소리도 들어보고 재담이 나는 놀이판*도 기웃거려봐서 소릿귀는 제법 트였다고 할지라도 별다른 스승도 없이 스스로 소리의 묘한 이치를 깨우쳤으니, 전수이 독궁구였다. 태어나기를 호방한 성품으로 세속에 구애됨이 없어 춘풍春風이라 스스로 호를 짓고 농세상을 하고 있다 하였다.

박만순은 물론이고 가중성현歌中聖賢이라 불리는 김세종*이며 광주光州 누문樓門에서 입을 열면 화순和順 너릿재까지 그 소리가 뻗치는 성음을 얻었다는 천부 소리꾼 리날치*까지가 한 수 접히고 들어간다는 소리꾼이라는 것이었다. 하나를 들으면 열을 아는 자가독공自家獨功으로 고금을 아울러 마침내 대가를 이루었다고 하였다.

장끼타령 변강쇠타령 무숙武叔이타령 배비장褒裨將타령 심청전沈淸傳 박타령 토끼타령 춘향전春香傳 적벽가 강릉매화전江陵梅花傳 숙영낭자전淑英娘子傳 옹고집전 같은 판소리 열두판에 다 능하지만 더구나 그중 특장한 더늠*은 적벽가라고 하였다. 적벽가

재담이 나는 판 광대들 장기 자랑이 벌어지는 판. 김세종(金世宗) 헌철고 년간 명창. 리날치(李捺致) 1820~1892년 사이 명창. 더늠 소리꾼이 특히 잘하는 소리나 소리 한 어섯.

가운데서도 훨씬 소상팔경瀟湘八景대목. 세상에서는 그를 가리켜 우조를 주장삼는 동파라고 하나 그 자신은 우조니 계면조니 중고제˚니 호걸제˚니 동파니 서파西派니 하고 나누는 것마저 지극히 쾌하지 아니하게 여긴다 하였다.

송만갑˚이 방창倣唱으로 들어보았던 정춘풍 더늠은 슬픈 것이었다. 동편으로 뽑아져 나오는 그 소리에 깔려 있는 것은 야릇하게도 계면바닥˚인 탓인가. 한 줄기 눈물이 저도 모르게 볼을 타고 흘러내리던 것이었다.

안익선이가 말없이 안해 거친 손을 꼭 잡아주는데, 아! 파르르하고 밑살˚이 떨리면서 저도 모르게 터져 나오는 신음을 깨어물어 삼키며 고개를 외로 꼬는 그 중늙은이 여자 귀밑은 새각시인 듯 붉게 물드는 것이었다.

아닌밤중이 홍두깨라더니, 이 으른이 또.

간밤에 뒷물시켜 두 손목을 한 손으로 꽉 쥐고서 바지속곳 벗기녀니 무슨 근력으로 식전아침부터 또 낮거리를 하자는가 싶어 바싹 마른 새가슴을 콩당거려하던 한씨는, 살그니 손을 뽑아내었다. 붉은 알정강이가 드러나는 몽당치맛가락을 모두어 잡으며 안으로 들어간 그 여자가 담배 한 대 전에 다시 나오는데, 먼지 털

중고제(中高制) 충청·경기 고장에 전승되어오는 소리제로 동편제에 가까우며 고박古朴한 시김새로 짜여 있음. **호걸제**(豪傑制) 권삼득 남다른 소리 모습을 이르는 말로 씩씩하고 거드럭거리는 풍김새를 지님. '가중호걸에 권삼득'이라는 말에서 말미암음. **송만갑**(宋萬甲) 1865~1939년까지 살았던 명창. **계면바닥** 계면조가 본줄기를 이루는 것. **밑살** 미주알.

어 바로 세운 헌 통량갓에 대갓끈 새로 달고 헌 탕건 고쳐꾸며 관자당줄 달아 걸어 깨끗하게 빨아 다려두었던 의복 일습과 함께 새로 내어오는 것이었다.

횡하니 싸게 댕겨오리다.

언제나 그러하듯이 한마디 던지고는, 월형츅청* 육날 미투리 들메 신고 곱돌조대 중동 쥔 비가비 안익선이가 방울띠*로 질끈 동여맨 중치막자락 흩날리며 죽장 짚고 집을 나서는데, 등에 진 괴나리봇짐 속에는 반불경이 두 구붓*에 잣구리* 한 합에 찹쌀미수에 눌은밥튀각 같은 길양식이며 길버선에 그리고 무엇보다도 짚 몇 뭇* 급히 축여 꼬아온 두어 발 꿰미에 채워진 두냥 돈이 들어 있었다.

한냥 닷 돈이면 좁쌀이 두 말이요 보리가 네 말이며 드팀전 나가 무명을 끊더라도 바지저고리 한 벌감은 장만할 수 있으니, 늙으신 부모님 모시고 줄줄이 자식 딸려 없는 집 살림에 두냥이라면 큰돈이었다. 명색이 반족班族 부녀로서 들병장사 막장사는 할 수 없는 한씨가 낮부림*에 넉장질*로 한 푼 두 푼 여축하여둔 것으로, 서방명색 비가비 안아무개가 즐겨부르는 「박타령」에 나오듯이—

월형츅청 옆눈 팔지 않고 후다닥 닿듯이 걸어가는 꼴. **방울띠** 방울 꼴로 된 허리띠. **구붓** 잎담배를 엮은 두름. **잣구리** 찹쌀가루를 반죽해서 유다른 꼴을 만들고 밤 고물을 꿀에 재어 소를 박은 뒤 물에 삶아 동동 뜨면 건져서 잣가루를 묻힌 떡. **뭇** 볏단 하나. 속束. 줌. **낮부림** 낮 동안만 부림을 받아서 하는 일. **넉장질** 날품 하나.

오뉴월에 밭매기와 구시월에 김장하기, 한 말 받고 벼 훑기와 입만 먹고 방아찧기, 삼 삶기에 보막이와 물걸레질에 베 짜기며 동네 머슴들 헌옷 짓기, 초상난 집 빨래하기, 혼장가에 진일하기, 채소밭에 오줌 주기, 소주 고고 장 달이기, 물방아에 쌀 까불기, 밀맷돌 갈 제 집어넣기, 보리 갈 제 망웃* 놓기, 못자리 때 망초 뜯기로 신벗을 사이 없이 한때도 쉬지 않고 밤낮으로 벌어들인 것이었다.

비 맞구 갈헌 손님 술집이 워디 있누. 저 건너 행화촌 손을 들어 가리키자, 얼럴. 뿔 굽은 소를 타구 단적을 불구 가니, 유황숙이 보았으면 나를 오죽 부뤄하리. 얼럴. 얼럴럴.

군목질* 삼아 단가 한 토막을 불러제끼며 집을 나서는 서방 뒤꼭지 밑으로 간당거리는 괴나리봇짐이 소불알만큼 작아 보일 때까지 사립문에 기대어 있던 그 여자 마른버짐 핀 입가에 파뿌리 같은 잔주름이 모아지는 것이었으니, 여필종부*런가. 오려잡은* 햅쌀에 풋돔부 까서 급히 지은 밥상이나마 입에 맞는 반찬 한 가지라도 제대로 차려올리지 못하였다는 것이 마음에 걸리면서, 포옥.

장송은 낙락, 기러기 훨훨. 낙락장송이 다 떨어져서 동지섣달 추위가 몰려오는데, 그러지 않아도 허하신 몸에 객지밥 객지잠으로 더구나 몸을 상하시어 가을걷이 끝난 들판에 서 있는 허수아비인 듯 껑하게 치솟은 어깨뼈를 하고서 어디로 가시는가. 경

망웃 밑거름. **군목질** 제대로 소리를 하기 전에 목을 틔우려고 하는 발성 연습. **여필종부**(女必從夫) 안해는 반드시 그 지아비를 따라야 한다는 봉건시대 윤리. **오려잡은** 일찍 갈걷이한.

기 34주, 충청도 53주, 황해도 23주, 평안도 32주, 강원도 26주, 함경도 24주, 전라도 56주, 경상도 71주 조선팔도 골골마다 몇 차례를 도시는가. 양 반인가 두냥 반인가, 돝 팔아 반냥 개 팔아 닷 돈 하니 양 반인가, 입 싼 상것들 손가락질해쌓지만…… 실.

경화달관은 그만두고 당내간에 출륙°짜리 하나 없는 찌끄레기 잔반이라고 하나, 칠월 더부살이가 주인 마누라 속곳 걱정하기°지. 명색이 양반댁 자제분 아니신가. 여북하여 눈이 멀까°만 그렇다고 해서 어려서 못 배운 글 지금 궁구할 수 없고, 손재주 손방°이니 바치질°할 수없으며, 소도 언덕이 있어야 비비고° 도깨비도 수풀이 있어야 모이더라°고 쇠천 샐 닢도 없으니° 장사꾼으로나마 나설 수 있나. 그렇다고 해서 당신이 즐겨부르는 「박타령」에 나오는 흥보처럼 식전아침부터 매우 부지런히 서둘러—

상평하평 김매기, 원산근산 시초 베기, 먹고 닷 돈 받고 장서두리°, 십리에 돈 반 승교 메기, 신산 석어 밤짐지기, 시매긴 공사 급주가기, 방 놓는 데 조역꾼, 담 쌓는 데 자갈 줍기, 봉산 가서 모내기 품팔이, 대구령에 약태전, 초상난 집 부고 전키, 출상할 제 명정들기, 공관되면 상직하기, 대장간에 풀무불기, 멋있는 기생아씨 타관애부 편지전키, 부잣집 어린 신랑 장가들 제 안부서기, 들병장수 술짐지기, 초라니판에 무투° 놓기나 군치리집° 중노미 하

출륙(出六) 벼슬길에 나가는 것. 손방 할 줄 모르는 솜씨. 바치질 무슨 몬을 만드는 것. 장서두리 장날이면 뒤에서 일을 보아주는 것. 무투 나무. 군치리집 개고기 안주에 술 파는 집.

기며 병영 가서 매품팔기 또한 차마 할 수 없는 노릇 아닌가.

그나마 해볼 만한 노릇이라고는 천상 상일*밖에 없으니, 늙으신 부모님 모시고 대추나무 연 걸리듯° 줄줄이 딸린 처자식을 거느리자면 산전이라도 많이 파서 콩 기장 조 많이 갈고, 갈퀴나무 비나무*며 물거리* 장작패기 나무를 많이 해서 집에서도 때려니와 지고 가 팔았으면 그 아니 좋으련만……

가얏고 심방곡 퉁소소리 봉장취 연풍대* 갈춤이며, 서서 치는 북장단에 주막거리 장판이며, 큰 동네 파시평에 동무지어 다니면서 풍류로만 먹고 사니 눈치도 환할 테요 경계 또한 알터인데, 도무지 오불관언으로 풍타죽낭타죽하는 서방명색을 어이할거나. 정월이월 드는 액은 삼월삼일 막아내고, 사월오월 드는 액은 유월유두 막아내고, 칠월팔월 드는 액은 구월구일 막아내고, 시월동지 드는 액은 납월납일 막아내고, 매월매일 드는 액은 초라니 장고로 막아낼 수 있다지만, 어이할거나. 다 떨어진 통량갓에 벌이줄* 매어 쓰고, 소매 없는 베중치막 권생원께 얻어 입고, 세목 동옷* 때묻은 놈 모동지毛同知께 얻어 입고, 반만 남은 누비저고리 신선달申先達께 얻어 입고, 다떨어진 전등거리 송선달宋先達께 얻어 입고서 동개골東皆骨 서구월西九月 남지리南智異 북향산北香山 찾아 육로천리 수로천리 들어가는 서방명색 비가비 역마살*

상일 노동일. 비나무 낫으로 벤 나무. 물거리 싸리 같은 잡목 우죽이나 잔가지로 된 땔나무. 연풍대 보검 하나. 벌이줄 그물 벼리를 이룬 줄 몸. 세목 동옷 가는 무명으로 만든 사내 저고리.

을 어이할거나. 어이하면 좋을거나.

가자가자 어서가자 위수를 바삐근너 백로횡강 함께가자.

한씨부인 속타는 심정을 아는지 모르는지 물 본 기러기요 곳 본 나비가 된 비가비 안익선이는 고의춤에 찔러두었던 곱돌조대를 쓰윽 하고 힘차게 뽑아들더니 낙락장송 중동을, 궁궁딱! 중모리 장단으로 두 번은 약하게 한 번은 세게 때려주고 나서 휘적휘적 걸어가며 다시 소리를 뽑아제끼는데, 봄 강물이 흘러가듯 청담하게 이어지는 평조平調 중성中聲이다.

붉은 곳 푸른 잎은 산형을 그림허구 우는 새 나는 나비 춘광을 자랑헌다. 너울거려 계수들은 나를 보구 반기는 듯 포기포기 진달화는 고국산천이 반갑도다. 반갑다 고국산천 옛 노던 데 반가워라. 그 산 광야의 넓구 넓은데 금잔디 촤르르르 깔렸는데 이리 뛰구 저리 뛰며 흐늘거리구 놀아보자.

궁궁딱, 궁딱딱, 딱궁웅웅……

밀고 닫고 맺고 푸는 기경결해起景結解에 맞추어 등배˚를 잡아가며 완자걸이˚ 엇붙임으로「토끼타령」가운데서 토막소리를 뽑아내는데─

처음에는 우조로 해가지고 평계면平界面으로 갔다가 다시 우조로 왔다가 평조로 갔다가 다시 또 계면과 단계면短界面으로 왔

역마살(驛馬煞) 바쁘게 돌아치는 사람한테 끼었다는 나쁜 기운. 등배 북 장단에서 강약을 잡는 것. 완자걸이 엇붙임 박자 맺는 솜씨.

다가 진계면眞界面까지, 그리고 시나위*며 신제며 어정성음까지 나가더니, 다시 또 평계면으로 와가지고는 도로 단계면으로 나가다가 마침내는 우조청으로 끝을 내는 것이었으니, 각구목질하는 군목질이었다. 중성으로 시작해서 하성下聲으로 내려갔다가 다시 상성*으로 올라 상상성上上聲 지나 세세細細상상성까지 오르내리는 것은 물론이요 등배 잡는 장단 또한 진양조 중모리 중중모리 엇중모리 엇모리 자진모리 휘모리까지 다 들어가는 것이었다.

비가비사내가 마음껏 뽑아제껴보는 각구목질에 놀래었는가. 멧비둘기 푸드득 날아오르고 장송은 낙락 솔바람소리만 귀를 때리는데, 믈었구나. 따악! 소리가 나게 곱돌조대로 제 이맛전을 두드리며 탄식처럼 중얼거리는 그 사내인 것이었다.

각구목질 하나만큼은 이 세상천지 생긴 이래로 이 안아무개보다 잘하는 사람이 없을 것이라고 박만순 명창도 추어주었지만, 그러나 각구목질이나 잘해서 어쩌자는 것인가. 뇌록磊綠 녹청綠靑 녹삼綠三 삼청三靑 진청眞靑 하엽荷葉 석간주石間朱 번주홍燔朱紅 연지燕脂 주홍朱紅 다자多紫 진분眞粉 정분丁粉 열세 가지 빛깔로 금단청錦丹靑 얼금단청 모루단청 얼머리단청 긋기단청 올리고 여늬단청 들기름단청 지나 옻단청 입혀 눈부신 당채唐彩단청 올

시나위 '육자배기토리'로 된 허튼가락 기악곡. '심방곡心方曲'이라고도 함. **상성**(上聲) 높은 음넓이 소리.

려본들, 떡에 웃기라. 색칠을 아무리 잘해본들 신접神接은 못하리니, 통목*으로 뽑아올리지 못하고 맨날 생목만 내가지고야 어느 세월에 국창이 되어볼 것이랴. 국창은 그만두고 어디 가서 선생질이나 하여볼 수 있을 것이랴.

아따 김선부*님, 한량이 북 한 가락 칠지 알고 시조삼장 부를지 알면 되았제, 북도 넘보다 지나친 멋이래야 치는 것 아니것소. 뭐 한다고 만좌중에 파란양반의 자식이 아갈탱이 벌리고 얼굴 찡그리고 모가지 비틀어갖고 소리헐 것이요. 빨간쌍놈들이나 그럴 것이제.

그러니 소리꾼 될 생각 그만두고 북이나 치라고 하던 송만갑이 그 못생긴 낯짝이 떠오르면서, 푸우 하고 그 사내는 담배연기를 내어뿜었다. 어렸을 때 이름이 밤쇠라던가. 소리꾼 이름이 만갑이라, 좋구나. 만 번 갑甲이니 그 아니 좋은 이름인가. 각구목질이라고는 한 번도 하여본 적이 없이 타고난 원목으로만 소리를 한다는 그 청년명창이야말로 과시 생이지지한 신창神唱일시 분명쿠나.

송만갑이가 열다섯인가 열여섯 살 났을 때 송모렴*을 위시한 팔명창들 소리 다 끝난 뒤에 밤쇠야 그런께 예 허고 헌단 말여. 너 어른들 소리 끝났응께 소리 하나 할래? 허니께 허지요 그래 복건

통목 배어서 나온 통목소리. 선부 '선비' 전라도 말. 송모렴(宋牟廉) 송홍록. 모홍갑. 염계달.

쓰고 쾌자 입고 떡 나서서 소리럴 허넌디, 팔명창 어깨럴 디디구 넘어서부러드라요. 팔명창 전배들이 오갈이 딱 들어버리드래. 일등이다. 거기서 팔명창이고 지랄이고가 다 소용읎어. 송만갑이는 그때부터 명창말 들었제.

「홍보가」에 특장하고「심청가」가운데서 몽운사夢雲寺 화주승 化主僧이 권선시주勸善施主 얻으려고 산에서 내려오는 대목으로 이름 높은 함평咸平 소리꾼 정창업*이한테 들었던가. 송만갑이야 하늘이 낸 신창이니 겨루고 말것이 없다 하더라도 성창업이만 해도 결코 녹록장부가 아니지 않은가. 고매하기로는 박만순 명창한테 비할 수 없고 웅혼하기로는 또 리날치 명창한테 미치지 못한다지만, 계면바닥으로 판을 짜 나가는 서파 그 솜씨는 한세상을 울리기에 모자람이 없는 명창이다.

가중호걸歌中豪傑 권삼득, 가중독보歌中獨步 송흥록, 가중채색歌中彩色 김제철金齊哲, 가야금 병창제인 석화제로 하는 사풍세우斜風細雨 신만엽申萬葉, 깊은 산속에서 도끼로 나무 찍는 소리가 나는 벌목정정伐木丁丁 주덕기朱德基, 설상雪上에 진저리친 듯 모흥갑牟興甲, 벽절장끼 염계달廉季達, 딴청일쑤 고수관高壽寬 같은 팔명창이야 까마득한 전배니 다만 우러러볼 뿐이라고 하더라

정창업(丁昌業) 1847~1919년 사이 명창.

도…… 박유전° 김세종 리창룡李昌龍 신봉학申鳳鶴 같은 명창들도 그러하고, 리동백° 장자백° 박기홍° 김창환°이 같은 동배들도 그러한데, 박창섭° 김채만° 신학준申鶴俊 류공렬柳公烈 김석창金碩昌 김창룡金昌龍 같은 후래들은 또 어떠한가.

통성°으로는 못 올려도 암성°으로는 제법 상성까지 올리는 김창환이는 발림은 잘하지만 성음을 갖고 나가는 것이 리동백이보다 나을 게 없고, 강산제° 비조 박유전 명창 의발을 받았노라 흰목을 잦혀쌓는 박창섭이야 그래봤자 제가 어디 가서 갓나희들 모아놓고 선생질이나 할까 왈 명창이라고 할 수는 없으며, 박기홍이는 문자를 알고 글씨도 제법 쓰고 사군자 다 치고 바돌깨나 두고 거문고도 탈 줄 알고 춤도 추고 다방면으로 재조가 있는 사람이기는 하나 그거야 명색이 비가비라면 저마다 지니고 있는 한 가락에 지나지 않으니 유난히 자랑할 게 없겠고, 김채만이라는 능주陵州 아희 소리가 들을 만하다지만 물들인 소리°니 또한 겁날 게 없으나, 묘한 것이 장자백이다. 평소에 소리로 붙으면 백전백승 박만순이요 백전백패 김세종이라지만 어쩌다 목이 걸려 안 될 때

박유전(朴裕全) 1834~?년 사이 명창. **리동백**(李東白) 1865~1950년 사이 명창. **장자백**(張子伯) 1852~?년 사이 명창. **박기홍**(朴基洪) 정춘풍 법통을 받은 철고 년간 명창. **김창환**(金昌煥) 1855~1927년 사이 명창. **박창섭**(朴昌燮) 1857~1908년 사이 명창. **김채만**(金采萬) 1865~1911년 사이 명창. **통성**(通聲) 배에서 나오는 통목소리. **암성**(暗聲) 답답하게 느껴지는 소리. **강산제**(江山制) 박유전 남다른 소리바디. 서편제 다른 말. **물들인 소리** 본디 가락에서 달라진 소리.

면 "과시 대선생님이올시다." 박만순 명창이 무릎꿇고 절을 한다
는 가중성현 김세종 명창 상수 제자 장자백이가 묘한 목이다. 신
오위장 말을 따르자면 광대라 하는 것이 첫째가 인물치레°요, 둘
째가 사설치레°요, 셋째가 득음이요, 넷째가 너름새°인데, 옥골
선풍이라. 나 또한 만좌중에 나가더라도 크게 빠지지 않는 인물
치레로되 장아무개 앞에서만은 족탈불급足脫不及이니……

  너름새라 하는 것은 귀성기 있고 맵시 있고

  경각의 천태만상 위선위기 천변만화

  좌상의 풍류호걸 구경하는 남녀노소

  울게하고 웃게하는 이 귀성 이 맵시가

  어찌 아니 어려우며

  득음이라 하는 것은 오음을 분별하고

  육률을 변화하여 오장에서 나는 소리

  농락하여 자아낼 제 그도 또한 어렵구나

  사설이라 하는 것은 정금미옥 좋은 말로

  분명하고 완연하게 색색의 금상첨화

  칠보단장 미부인이 병풍 뒤에 나서는 듯

  삼오야 밝은 달이 구름 밖에 나오는 듯

인물치레 판소리 광대 첫째 감목 조건으로 잘생겨야 하는 것을 꼽은 신재효
판소리 광대론. **사설치레** 어단성장語短聲長 원칙을 지켜 가사와 음 고드롬
을 이루는 것. **너름새** 판소리 가락 짜임새.

새 눈 뜨고 웃게하기 내난히 어렵구나

인물은 천생이라 변통할 수 없거니와, 너름새도 부족하고 득음도 못하였는데 사설치레 또한 못 미치니, 푸우. 뿐인가. 동파인 듯하면서도 동파가 아니요, 서파인 듯하면서도 서파가 아니며, 경드름*에 가까운 것 같으나 경드름 또한 아닌 그 추천목이 기막힌다. 장자백이도 장자백이지만 어허, 못 당할 것이 송만갑이니 각구목질 한번 하는 법이 없이 그 어려운 상성을 통목으로 뽑아올리는 천부의 소리꾼아희를 어이할거나. 소리를 하고자 입을 딱 벌리기만 하면 앞에 있는 사람한테 들리는 게 아니라 저만치 뒤에 있는 사람이 먼저 듣고, 이렇게 해도 소리가 되고 저렇게 해도 소리가 되어 그 어려운 판소리 열두판을 공깃돌 놀리듯 하는 신창을 어이 따라갈거나. 아직 서른도 안 된 그 아희에 비한다면 이 안아무개라는 비가비명색이야말로 칠팔월에 모기 우는 소리에 지나지 않으리니……

아아.

힘껏 도머리를 치던 안익선이 털푸덕 소리가 나게 걸어가던 자리에 주주물러앉았다*. 동품을 하였던 게 하 오랜만인지라 방로房勞 욕구가 너무 과하였던가. 상성을 제대로 뽑아올리고자 할

경드름 경기바닥 소리 모양새. 주주물러앉다 섰던 자리에 그냥 내려앉다.

진대 다다 색을 멀리하라고 하였거늘, 지난밤 방사에서 과도하게 힘을 쓴 탓인가. 핑— 하는 어지럼증과 함께 샛노란 개나리곳이 눈앞에 어리면서 목울대를 타고 올라오는 거시침인 것이었다. 양쪽 손 검지를 세워 관골을 꼭 누르며 힘껏 눈을 감았다 뜨기를 몇 번이고 되풀이하던 그 비가비사내는 후유— 하고 긴 숨을 내려쉬었다.

이화제화以火制火렷다. 화긔가 위로 치솟아 폐 금긔金氣를 거스른 탓이려니, 화긔를 다스리는 데는 화긔밖에 읎을 터.

괴나리봇짐을 내린 그 사내는 빨주°를 꺼내었다. 메밀소주 한 모금을 하고 나자 과연 어지럼증이 가라앉으면서, 새 정신이 번쩍 났다.

다른 사람들 소리 잘하는 것 아무리 생각해봐야 죽은 자식 불알 만지는 격°. 죽을병에도 살 약이 있다°고 조선 제일 국창이신 정춘풍어르신 초달°을 받고 보면 나 또한 그렇게 될 날도 멀지 않으리니…… 가자 가자 어서 가자. 위수渭水를 바삐 건너 백로횡강白露橫江 함께 가자.

끄응 소리와 함께 몸을 일으킨 안익선이는 괴나리봇짐을 한번 추슬렀다. 그리고 북녘을 바라보며 잰걸음을 치기 시작하였다. 결성에서 덕산까지는 하룻길이 짱짱하지만 명색이 팔도를 헤매

빨주 술병 하나. **초달**(楚撻) 잘못을 저질렀을 때 어버이나 스승이 회초리로 볼기나 종아리를 때려 나무라던 것.

기 수삼 년인 비가비 아닌가. 주막십 승화 대신 잣구리에 빨주 한 모금으로 허기나 끄며 내처 걷는다면 해전에 대어갈 자신이 있었다.

덕산 지계에 들어서서 정춘풍 처가를 찾는 것은 그렇게 어려운 일이 아니었다. 안익선이 물으니 논에서 가을걷이를 하던 농군들은 공근하게 하정배를 하며 서로 길라잡이를 하겠다고 나서는 것이었다. 정춘풍 처가는 교동 인씨喬洞印氏네 종가로서 삽다리벌에 너른 장토를 지니고 있었는데 들에서 일하고 있는 농군들 거의가 그 댁 작인이라고 하였다. 두루머리 서북쪽 보안말은 칠팔십 호 대촌인데 그중 크고 반듯한 기왓집 너댓 채가 즐비하게 서 있는 데가 인씨네였다.

하인 뒤를 따라 별당채로 간 안익선이가 잠깐 숨을 고르는 사이에 방문이 열리었다. 유건 쓰고 도포 걸친 끼끗한 선비 하나가 나오는데, 허. 둥근 얼굴에 구렛나룻이 빳빳한 오십객으로 칠 척이나 되어보이는 키에 풍채가 좋아 한눈에도 여간 비범하여보이는 인물이 아니었다. 시원하게 툭 터진 이마에 콧날이 우뚝하였고 정기 넘치는 눈빛이어서 무슨 이야기책 속에 나오는 도인 또는 선인으로까지 보일 지경이었다. 쏘는 듯 빛나는 눈빛으로 안익선이를 바라보며 선비가 말하였다.

봐허니 서책장이나 넘기며 과문科文줄 외우는 과유科儒같거늘, 무슨 연유로 나 같은 비개비를 찾아오셨소이까?

목소리는 부드러웠으나 비꼬는 듯한 말투였는데, 죽어대령*
으로 찾아온 안익선이인지라 두 손을 앞으로 모아 잡으며 갓전
을 깊숙이 숙여 보이었다.

시생은 길성 땅 노루목 사는 안익선이라고 하옵니다.

관향이 어찌 되시오?

순흥順興이올시다.

길성이 세거世居시오?

예, 입향조入鄕祖께서 길성에 터를 잡으신 게 임란 직후였지요.

길성이라. 길성이라면 최선다님 나신 데 아니오?

맞습니다. 최선다님께서는 길성 거문갯골에 사셨는대 노루목
과는 일우명*지간이지요.

불원백리한 연유가 무엇이외까?

시생 또한 소리에 묘한 이치를 궁구해보고자 하는 자올시다.

소리 이치라……

예. 어르신 성화는 진즉부터 받들어뫼시구 있었으나 이제야
찾아뵙게 됨을 너그러이 헤아려주십시오.

들어와보시교.

선비 뒤를 따라 안익선이가 방으로 들어가는데, 묵향이 은은
하였다. 무슨 글을 쓰고 있었던 듯 경상 위에 놓여진 한산韓山 마

죽어대령 뜻대로 하시라고 숙이고 들어가는 것. **일우명**(一牛鳴) 소 한 번 울
음소리가 들릴 만한 거리. 천보千步. 1.8킬로쯤.

골지麻骨紙에 잔글씨가 빽빽하였다. 지렁이가 기어가는 것 같은 취초醉草여서 속내를 알 수는 없으나 군데군데 뭉개고 고친 자국이 있는 것으로 봐서 무슨 저술을 하고 있는 듯하였다. 사방 벽에 올려진 서가에는 누런 서책들이 빼곡하였고, 한쪽에는 거문고가 기대어져 있었으며 노송 아래 배꼽을 드러낸 채로 호리병을 입에 대고 있는 포대화상* 그림이 걸려 있어 주인 성품을 보여주는 듯하였다.

속절없이 헛목*이나 쓰고 있는 이 비개비를 찾아온 연유가 무엇이외까?

맞절로 수인사를 나누고 난 선비가 말하였고, 안익선이는 제 소경력이며 비가비에 뜻을 두게 된 소종래를 이야기하였다. 묵묵히 장죽만 빨 뿐 선비는 말이 없었고, 안익선이는 여간 궁금한 것이 아니었다.

저 잘난 풍신과 학식을 가지고 왜 비가비로 나섰다는 말인가. 우춘대* 하한담* 최선달* 권생원* 같은 전배 비가비들이 없었던 것은 아니나, 하필 왈 비가비라는 말인가.

사방벽에 톡 찬 서책과 거문고에 은은한 묵향이며 그리고 무엇보다도 선풍도골로 끼끗한 풍신에 오갈이 들었는가°. 저 또한 비가비로 나선 처지라는 것을 깜박 잊은 안익선이가

포대화상(布袋和尙) 7세기 말 8세기 초 중국 스님. 헛목 엉터리 소리. 우춘대 (禹春大)·하한담(河漢譚)·최선달·권생원 영말정초 명창.

일찍이 사마방목에 함자를 올리신 준재로서 더하여 금방*에 오르지 않으시고……

하고 짜장 보비위 말만이 아닌 진심을 드러내 보이는데, 선비는 헛기침을 하였다.

조정 대소신료와 사대부들 벼슬하는 습속과 선비명색들이 글 궁구하는 풍속과 장사아치들이 장사하는 모습을 보셨을 터인데……

일찍이 폐과한 하방궁유가 무엇을 알겠습니까.

한쪽이 지면 이긴 쪽에서 연달아 벼슬길에 올라 벼슬을 기리는 사람들이 문을 메우는가 하면 진 쪽에서는 벼슬이 떨어져서 혹은 귀양을 가고 혹은 잡혀서 옥에 갇히게 되니, 울부짖는 소리가 애처롭지 않더이까. 모두가 파벌붕당에 기울어져서 갑을 양쪽이 서로 권세를 다투고 이끗을 다투어 그러한 다툼이 점차로 커지면 충신역적이 상관없이 당파와 당파끼리 서로 치고 받고 물고 뜯어서 벼슬아치는 차치물론하고 학문하는 선비와 장사꾼까지도 이러한 싸움판에 휩쓸리게 되니, 참으로 한심하기 그지 없는 일이오.

벼슬을 해서 조정에 선다면 마땅히 힘껏 이러한 폐단을 임금

금방(金榜) 문과급제.

님께 아뢰어 금하도록 하겠다는 생각으로 책을 읽었던 정학기鄭學沂였다. 자字가 순보舜保인 그는 언제나 방에 앉아서 『논어』 읽기를 그치지 않고 성묘나 조상이 아니면 문밖에 나가지 않고 제 삿날이 아니면 안에 들어가는 일이 없었다. 그러나 참으로 어리석은 생각이었다는 것을 알게 된 것은 성균진사成均進士에 이름을 올린 다음이었으니, 하방궁유로 떨어진 지 오래인 정씨 집안 문벌로는 설사 문과에 오른다고 해도 장김 등쌀에 벼슬은 소관小官에 불과할 것이며 요행 잘된다 하더라도 두드러진 벼슬을 할 수가 없을 것이 불을 보듯 빤한 일이어늘, 어찌 주상을 뵈옵고 폐단을 아뢰어볼 수 있는 길이나마 있겠는가. 그때부터 벼슬길에 나아가볼 생각을 끊고 매사냥을 하거나 거문고를 둘러메고 산수간에 노닐면서 시와 술로 스스로를 달래었다. 스스로 호를 지어 춘풍거사春風居士라 한 그는 성품이 너그럽고 인색하지를 않아서 논밭을 팔아 가난한 친구들을 잘 도와주었으니, 그에게 도움을 받은 사람들이 한둘이 아니었다. 또한 사소한 일에 구애하지 않고 부귀를 탐하지 않았으며 집에 머무를 때면 『맹자』 「웅어장熊魚章」과 굴원 『초사』 읽기를 좋아하였다. 폐과를 하고 떠돌아다니는 풍류객명색이기는 하였으되 아직 선비였던 그가 비가비로 나서게 된 데는 까닭이 있으니, 한 계집사람 납박 탓이었다. 한산에 있는 집을 떠나 주유천하를 할 때였다.

진이 무덤에 술 한잔을 따라주고 나서 송도 기방에 들렀을 때였다. 악지세고˚ 신명 좋기로 유명한 송도 한량들과 자리를 같이 하여 놀던 중에 토막돌림˚을 하게 되었다. 다른 한량들은 저마다 가곡이며 단가에 잡가에 하다못해서 타령이라도 한자리씩 불러 제끼는데 그만 비쌔˚자 외대머리˚ 하나가 이렇게 말하였던 것이 었다.

얼굴이나 못생겼다면 시키지나 않지. 대장부사내로서 소리한 자리도 못한다니, 불˚ 떼서 삽사리나 주.

하릴없이 떼이게 된 코를 콩소매˚ 속에 담아가지고 사처로 돌아온 정진사는 웃음가마리˚로 개꼴˚이 된 처지를 생각하니 도무지 부쩌지를 못하게끔 홧홧 달아오르는 얼굴인 것이었다. 꿀 먹은 개 욱대기듯˚ 놀림가마리로 만들던 외대머리 그 해 반주그레한 낯짝과 깽비리 안방샌님˚ 보듯 박장대소하던 송도 한량들 그 흰 말불알 같은 낯짝들이 겹쳐 떠오르면서, 크흐음!

어, 쥑일 년놈들 같으니라구. 제가 무슨 황진이黃眞伊 의발 받은 일등가기歌妓라도 된다는 양 호들갑을 떨어쌓지만 한 번 흔드는 색차지 설렁줄에 다리속곳 내려야 하는 저대˚요, 옷이 날개라 도포짜리 철릭짜리지 그래봤자 또한 개다리출신 개다리참봉이

악지세다 억지스러운 떼를 쓰는 힘이 세다. 토막돌림 돌아가면서 노래하는 것. 비쌔다 사양하다. 채변하다. 외대머리 혼례를 올리지 않고 쪽을 찐 여자. 기생. 불 불알. 콩소매 도포 소매 밑으로 볼록한 어섯. 웃음가마리 남 웃음거리가 되는 사람. 개꼴 체면이 엉망이 되어 창피스럽게 된 꼬락서니. 욱대기다 몹시 딱딱거리다. 안방샌님 나들이를 하지 않고 늘 방안에만 박혀 있는 사람. 저대 기생.

라. 지고로 글 읽는 선비로서 천한 상것들이나 부르는 잡가 한 토막 뭇허기 예사지. 고이헌 년 같으니라구. 그렇다고 해서 만좌중에 그런 납박을 준단 말인가. 어허, 고이헌지고.

홀아비 동심하듯 치밀어 오르는 부아로만 하자면 그 외대머리 계집 머리채를 끌어당겨 귀쌈이라도 한 대 올려붙이고 싶지만, 자지갓나희˚가 홀림목˚ 곱게 써 던져오는 말마디를 가지고 야마리˚ 있는 선비명색으로서 차마 그럴 수도 없는 일. 스스로 빨주 기울여 분한 속을 달래보는 수밖에 별조가 없는 것이었으니, 슬프다.

내 일찍이 주색잡기 멀리하고 글궁구에만 뜻을 두어 성동에 칠서 떼고 이십 전에 소성하여 치국평천하에 뜻을 두었다가 풍진세상 뜬구름 같은 허깨비놀음 멀리하고자 주유천하 나섰더니, 비색한 운수에 일진마저 사나워 그 천한 계집한테 이런 봉욕을 하는구나.

야기 찬 밤은 깊어 하얀 달빛만 뜰에 가득한데 홀로 술잔을 기울이며 쓸쓸히 사방을 둘러보는 정진사인 것이었으니, 새울음 소리도 끊어지고 풀벌레 소리마저 그친 온 산천 고요하여, 마치 무리를 잃은 채 슬피 울며 구름 속을 떠도는 한 마리 학인 듯 짝을 찾아 구슬피 부르짖으며 바위 틈을 헤매는 외로운 잔나비인 듯, 몹시 구슬픈 마음인 것이었다.

자지갓나희 솜씨있게 노는 계집. 홀림목 애교 띤 목소리. 야마리 부끄러움을 아는 마음.

처음에는 부아를 삭이고자 마시기 시작한 술이었으나 빈속에 강술 들이붓기를 석 잔 지나 여섯 잔 넘어 아홉 잔을 채우고 보니 이윽고는 몸을 가눌 수 없도록 대취하게 되었는데, 문득 한 소리 청아하게 들려오는 통소소리 아닌가. 멀리 바라보니 갈잎으로 엮은 조각배 한 척이 둥실 떠오고 있었다. 머리에 화양건華陽巾 쓰고 몸에 학창의鶴氅衣 걸치고 손에는 백우선白羽扇 쥔 한 늙은이가 백발을 표표히 날리며 오롯이 앉아 있는 것이었다. 곁에는 청의를 입은 두 농자가 좌우로 시립하여 옥통소를 비껴 불고 있었고 배에 실린 한쌍 학은 너울너울 춤을 추고 있으니, 이인이 아니라면 선인일시 분명쿠나.

삼현육각 흥겨운 소리 공중에 사무치면서 가객歌客 리세춘˚ 금객琴客 김철석˚ 철철鐵鐵 거문고 안安 젓대 동東 장구 복卜 피리며 류우춘˚ 호궁기˚ 같은 풍류남아들이 줄줄이 들어서는 사이로, 얼씨구나 절씨구나 지화자 좋을씨고. 좋을씨고 좋을씨고 이 손목을 아꼈다가 금이 날까 옥이 날까 놀릴 대로 놀려보세. 이 궁둥이 두었다가 논을 살까 밭을 살까 흔들대로 흔들어라. 녹양방초綠楊芳草 저문 날에 해는 어이 더디 가고 오동야우梧桐夜雨 성긴 비에 밤은 어이 길었는고. 춤새˚ 목구성이 그저 듣고 볼 만하고 이리 보아도 일색이요 저리 보아도 일색인 추월이˚ 매월이˚ 계섬이˚ 같은 일

리세춘(李世春)·김철석(金哲石)·류우춘(柳遇春)·호궁기(扈宮其) 영정시대 유명한 풍류객. 춤새 춤추는 꼴. 추월이(秋月-)·매월이(梅月-)·계섬이(桂蟾 -) 영정시대 유명한 기생.

등가기들이 너울너울 춤을 추는데……

춘풍은 태탕하고 복사꼿 버들가지가 난만한 날 시종별감들과 오입쟁이 한량들이 무릉도원 물가에 노닐 적에 침기針妓의녀醫女들이 높이 쪽찐 머리에 기름을 자르르 바르고 날씬한 호호말에 홍담요 깔고 앉아 줄을 지어 나타난다. 온갖 놀음놀이와 풍악이 벌어지는 한편에 익살꾼이 섞여 앉아 신소리를 늘여놓는다. 처음에 요취곡鐃吹曲을 타다가 가락이 바뀌어 영산회상靈山會上이 울리는데, 이때에 깡깡이꾼 손을 재게 놀려 한 새로운 곡조를 켜자, 엉키었다가 다시 사르르 녹고 목이 메었다가 다시 트이니, 쑥대머리 밤송이에 갓은 찌그러지고 옷이 찢어진 꼬락서니들이 머리를 끄덕끄덕 눈깔을 까막까막 하다가 부채로 탁탁 땅을 치며,

좋다, 좋아!

어허, 이건 거렁뱅이 깽깽이에 지나지 않으니 좁쌀이나 한 됫박 퍼주어라.

정진사가 버럭 소리를 지르는데, 해금奚琴을 켜던 자 하나이 박장대소를 하였다.

오활하도다. 선비 말씀이여! 모기가 앵앵하는 소리나 파리가 웡웡하는 소리나 장인바치들이 뚝딱뚝딱 내는 소리나 선비명색들이 개굴개굴 글 읽는 소리나 깽깽이 소리나 간에 이 모든 천하 소리가 다 오로지 밥을 구하자는 데 있음어어늘, 상기도 그 이치를 몰랐더라는 말인가?

정진사가 대꾸를 못한 채 식은땀만 흘리고 있는데, 깔깔거리는 계집사람 웃음소리가 들리어 왔다. 눈을 들어 바라보니 해당화 그늘 속에 비 맞은 제비같이 이리 흐늘 저리 흐늘 온갖 춤새로 넘나들던 기생 가운데, 코머리*계집이었다. 코머리가 말하였다.

　선생이 능하신 바를 감히 엿보니 정구죽천*이네요. 과문줄 챙기는 월총과 문장줄 꾸미는 잔재주는 조금 있다 하나 나머지는 모두 천문지리 역술 율학 산학에 도참 따위 잡술을 조금 안다는 것에 지나지 않을 뿐이요, 마음을 닦고 몸을 지키는 큰 빙책과 난세를 다스려 후세에 본 보일 높은 궁구 큰 도에 이르러서는 조금도 미치지 못하며, 더구나 풍류남아들이 모여 농세상을 하는 자리에서 토막소리 한 자리도 못하니, 이러고도 어찌 써 대장부라 이를 수 있겠사오니까.

　정진사가 얼굴을 붉히고 입이 얼어붙어서 한마디 말도 못하는데, 연풍대蓮風臺로 빙글빙글 돌던 그 계집사람이 배시시 웃는 것이었다.

　칼바람이 심히 매섭나이다. 정신이 굳세지 못하시니 술기운에라도 의지해서 버티셔야겠군요. 흠뻑 취하지 않으면 안 되어요.

　연거푸 십여 잔을 권하더니 저도 맞술로 들이켜는 것이었다. 술이 거나하여진 여자가 치마저고리를 홀렁홀렁 벗어 던지고 가

코머리 우두머리 관기. **정구죽천**(丁口竹天) '可笑' 파자로, '같잖다'는 뜻.

뿐한 옷으로 갈아입더니 두 번 절하고 일어서며 연화검蓮花劍을 잡았다.

사뿐히 움직이는 것이 물 찬 제비 같더니 별안간 공중으로 갈이 날자 몸이 따라서 치솟아 갈을 옆구리에 낀다. 처음에는 사방으로 흩어져 꽃잎이 지며 얼음이 부서지고 중간에는 둥글게 모여서 눈이 녹고 번개가 번쩍이는가 싶더니 끝에는 훨훨 비상하여 고니처럼 높이 오르고 학처럼 날아서 사람이 보이지 않는데, 어찌 갈을 볼 수 있으랴.

다만 한 가닥 하얀 빛이 동쪽을 치고 서쪽에 부딪히며 남쪽에서 번뜩이고 북쪽에서 번뜩하여 훨훨 바람이 나고 싸늘한 빛이 하늘에 서리었다. 이윽고 부르짖는 외마디소리와 함께 획 하고 뜰에 섰던 벽오동나무가 베어지더니 갈이 던져지고 사람만 우뚝 섰다. 나머지 빛과 못다한 기운이 차갑게 사람을 싸고돌았다.

정진사가 처음에는 바짝 숨을 죽이고 앉았다가 중간에 벌벌 떨더니 마침내는 쓰러져 혼절을 하고야 말았는데, 얼마나 시각이 흘렀는가. 이상하게 향기로운 내음에 눈을 뜨니 계집사람 하나이 들어오는데, 기방에서 납박을 주던 그 외대머리였다. 가까이서 자세히 보니 복숭아빛 두 뺨에 버들잎 눈썹이요 초록저고리에 다홍치마를 입었는데 연지와 분으로 가장 곱게 꾸민 절대가인이었다. 촛불이 다하고 밤이 깊어 사위가 고요한데 여인은 구름 같은 머리와 옥 같은 살결에 옆으로 살짝 부끄러움을 띤 자태가 정녕 아리따웠다. 정진사는 아까 분심이 눈 녹듯 사라지면서 은근한 색심이 고개를 드는 것이었다. 정심正心을 하는 데는 무엇보다도 그중 좋은 『대학』을 마음속으로 가만가만히 외워보지만 저도 모르게 여자 쪽으로 돌아가는 눈길이었다. 비단치마에 얼굴이 취하고 촛불 그림자에 눈이 어지러워 자꾸만 흥뚱망뚱하여지는 마음을 어거하여볼 도리가 없는데, 여인이 말을 건네왔다.

　나으리 속내평을 잘 알고 있사옵니다.

　크흐음.

　호서지중湖西之中에 유정이장부唯鄭而丈夫이신 나으리 성화 또한 익히 받들어 뫼시고 있는 계집이지요.

　허허. 듣기에 민구허이.

　노류장화 천한 몸이오나 천하장부이신 나으리 건즐°을 받들고자 이렇듯 야심한 시각에 찾아뵈옴을 너그러이 헤아려주소서.

　과허신 말씀이로세.

　하오나, 한 가지 약조를 해주셔야겠습니다.

　무슨 말인가?

　소녀 청을 한 가지 들어주십사 하는 것이올시다.

　허허. 말씀헤보시게나.

건즐(巾櫛) 수건과 빗.

소리를 한 자리 하시되 그 소리로써 소녀를 울리고 웃겨야 된다는 말씀이지요.

허, 또 그 소린가.

정진사가 입맛을 다시는데 외대머리는 두어 번 잔기침을 하였다.

소리가 망하자 형벌이 심해졌고, 소리가 망하자 병혁兵革이 빈번해졌고, 소리가 망하자 인민들 원망이 일어나고, 소리가 망하자 속임수가 성해졌습니다. 무엇으로 그렇다는 것을 아는가 하면 사람들 오욕칠정 가운데 가장 발하기 쉽고 어거하기 어려운 것이 성내는 마음이올시다. 울화가 치밀어 가슴이 답답한 자는 마음이 화평하지 못하고 원망하는 자 또한 마음이 풀리지 못합니다. 윗사람이 형벌로써 다스리고 병대로써 위엄을 부리니, 밑에서 받드는 자들은 다만 남몰래 근심하고 괴로워하며 한탄하는 소리와 간사하고 거짓되고 아첨하고 속일 계책만 꾸밀 뿐이니, 이는 소리가 망하자 원망이 일어나고 소리가 망하자 거짓이 성행하는 까닭이올시다. 그렇기 때문에 예禮와 악樂은 잠깐이라도 몸을 떠나서는 안 된다고 하셨던 것이지요. 어찌 그렇지 않은 것을 성인이 말씀하셨겠습니까. 소리를 비롯한 악이 일어나지 않으면 교화가 끝내 행해질수 없고 풍속이 끝내 바로잡힐 수 없어서 천지에 화기和氣를 끝내 이룰 수 없는 까닭이올시다.

옳커니.

정진사는 무릎을 쳤다. 무어라고 말을 하려는데 외대머리는 보이지 않았다. 홀연 서편 하늘을 바라보니 붉은 해가 살짝 터져 나오며 한 가닥 구름과 안개가 물결 사이로부터 일어나 구름 그림자와 햇빛이 명멸하여 끓어오르다가 이윽고 오색영롱한 구름이 반공에 떠서 구름 사이로 무슨 야릇한 기운이 우뚝 솟아올라 완연히 공중에 누각이 나타나는데, 멀어서 분간이 잘 안 되었다. 한참 만에 햇빛이 구름에 가리고 누각 형상이 변하여 만층 성곽이 되어 은빛 파도 위로 뻗치었다가는 문득 다시 사라져 아무것도 보이지 않으니, 신기루였던가. 아니면 남가일몽.

벌떡 몸을 일으킨 정진사는 천마산 기슭 박연 쪽로 갔다. 일흔 자 가까운 물떠러지*가 급하게 떨어져 쏟아지는 바윗돌 앞에 우뚝 서서 진종일 소리를 질렀다. 백일 동안을 한마음으로 계속하자 오직 소리만 들리고 물떠러지 소리는 없었으니, 검붉은 피를 동이로 쏟아낸 다음이었다.

그는 다시 한양으로 올라가 삼각산三角山 꼭대기 아득한 공중에 기대어 넋 나간 듯 소리를 질렀다. 처음에는 소리가 흩어지고 모이지 않던 것이 해를 넘기매 사나운 비바람도 그 소리를 흩어지게 하지 못하였다.

이때부터 정진사가 방에서 소리를 하면 소리는 들보를 울리

물떠러지 쏠. '폭포'는 왜말임.

고, 미루에서 소리하면 소리는 창문을 울리고, 배에서 소리하면 소리는 돛대를 울리고, 산골짜기에서 소리하면 소리는 구름 사이를 뚫고 올라가 구만리장천까지 울려 퍼지는 것이었다. 소리가 씩씩하기로는 징이 울리는 것 같고, 맑기는 옥돌같고, 떨리는 듯 부드럽게 흘러 나오기로는 밥짓는 연기가 굴뚝 위로 가볍게 피어 오르는 것 같고, 머무는 것은 구름이 감도는 듯하였으며, 부서질 때면 괴꼬리 울음 같고, 떨쳐 나올 때면 용 울음 같았다. 또한 거문고와도 잘 어울리고, 퉁소에도 잘 어울리고, 쟁箏과도 잘 여울려, 그 오묘함이 극치에 다다랐던 것이었다.

그제서야 비로소 사람들 앞에 나아가 소리를 하는데, 춘풍이라 스스로 호를 한 비가비 정춘풍이 차린 복색 어찌 보면 궁반窮班이요 어찌 보면 또 풍객風客이라. 모자받은 굵은 포립布笠 대갓끈 달아 쓰고, 빨아 다린 중치막에 방울띠 둘러띠고, 무명고의 적삼이며 헌 길버선 먹총신에 한 손에는 곱돌조대* 내저으며 소리를 뽑아제끼니 — 사람들은 모두 귀를 기울이며 얼굴을 바라보되 그가 정진사라는 것을 알아보지 못하는 것이었다.

스님 눈물 같은* 산길이다.

마을을 등지고 산자락으로 접어들면서부터 빨라지기 시작한

곱돌조대 곱돌로 만든 곰방대. 스님 눈물 같다 어둠침침하다.

350

어둠은 노을이 걷히고 땅거미가 잦아드는가 싶더니, 어느덧 밤이다. 기우뚱 산허리에 걸려 있는 조각달은 눈썹 같아 겨우 서너 발짝 앞만 희미할 뿐 길섶 좌우 숲은 먹물을 뿌린 듯 깜깜한데, 그뭄치를 하는 재넘이˚인가. 희끗희끗 눈발을 거느린 밤바람이 차다. 숲에서는 부엉이가 울고 등뒤 골짜기에서 들려오는 것은 승냥이며 개호주˚ 같은 짐승들 울부짖음. 밤길이 붙는다˚ 하더니 지치고 허기진 삭신 뉘어볼 주막은 또 왜 이다지도 먼지, 엇취. 도깨비 땅 마련하듯˚ 싸돌아다니던 지난날을 곱씹어보며 노량으로 걸어가던 안익선이는 부르르 진저리를 치었다.

　도래떡˚이 안팎 없고˚ 후생각後生角이 우뚝하다˚ 하였거늘, 압하지중鴨下之中에 유일국창唯一國唱이신 정진사 정춘풍 어르신을 선생님으로 모신 지 몇 해라고 이다지 조비비듯 하는가. 돌팍두 십 년만 들여다보구 있으면 구멍이 뚫리는 법˚.

　등롱 삼아 치켜 들고 가던 죽장 잡은 손에 힘을 주며 크흐음! 날카로운 헛기침소리에 문득 멎는 부엉이 울음소리인데, 입안에 침이 말라오는 것은 또 무슨 까닭인 것인지.

　광대 또한 아무나 될 수 있는 것이 아니니……
　구슬픈 눈빛으로 천장을 바라보던 정춘풍은 휴우— 하고 긴

재넘이 산에서 내려부는 바람. 산바람. **개호주** 범 새끼. **도래떡** 초례상에 놓는 둥그넓적한 떡.

숨을 내려쉬었다.

한이요 업이로소이다. 자고이래루 팔쳔八賤 끄트머리가 되어 왼갖 수모와 박대를 받구 있는 게 재인광대요만, 따져 올라가보면 그 뿌리는 후백제에까지 가 닿게 된다 이런 말이외다. 어즈버 즈믄* 해 전 진훤甄萱 장군 큰 뜻이 꺾인 이후에두 개경 왕씨 신왕조에 무릎 꿇지 않구 끝까지 버티던 유민들헌테서 나왔기 때문이지. 새삼 재인광대들 연원을 상고 헤서 무엇하겠소만, 생각하면 기막히게 절통한 한이 맺혀 있는 게 광대다 이런 말이외다.

시방 쓰시구 있넌 책이……

경상 쪽을 바라보며 안익선이 말하는데, 정춘풍은 헛기침을 하였다.

우선 엄한 사장師長 밑에서 지극한 법식에 따라 오랜 세월 피나는 연마를 한 끝에 은어지는 재조가 출일두지헌 자만이 그 재조를 팔아 밥을 먹을 수 있구, 그런 자만을 가리켜 왈 광대라 부르나니. 피나는 연마 끝에 은어진 재조이므로 그들은 제 재조에 대하여 높은 자긍지심과 함께 누구의 간섭두 허락하지 않는 고집 또한 대단허다 이런 말인즉. 폐일언허구 도 닦는 사람이다 이런 말인즉. 절간 비구들만 도 닦는 사람이 아니니, 재인광대 또한 도인이라.

즈믄 천.

352

떨리는 듯 낮게 가라앉은 목소리로 말하는 정춘풍 말투는 하오를 거둔 것이었다. 해라나 하게 또는 하소를 아직 딱 떨어지게 하는 것은 아니었으나 제자로 거두어주겠다는 뜻으로 알고 마음이 흐뭇하여져 있던 안익선이었는데, 크흐음!

날카로운 기침소리와 함께

사당패라구 허셨소이까?

다시 또 하오로 돌아가는 것이었다. 사당패들 가운데도 소리가 장한 축들이 있더라는 말을 했던가. 경신년 글강 외듯° 소경력을 털어놓던 끝에 에멜무지로 하여본 말이었는데, 영 마뜩하지 않다는 낯빛이었다.

가객과 광대가 다르구 광대와 사당패가 다르다는 것을 정녕 물러서 헸던 말이외까?

가르쳐주소서.

박선달° 초달에 매여 살았다더니, 그만한 이치두 모르시더란 말이오?

수될이 엥빈 댕겨오덧° 헸을 뿐이지요. 무릎 밑에 거두어주소서.

슬갑도적질을 헤보것다 이런 말씀이시오?

도적은 도적이되 청출어람 이청어람° 허넌 도적이 되고자 허나이다. 거두어주소서.

박선달 명창 박만순으로, 고종한테서 무과선달 제수를 받았음. **청출어람**(靑出於藍) **이청어람**(而靑於藍) 스승보다 제자가 더 뛰어났을 때 이름.

허공을 나는 새헌티 여기 앉어라 저기 앉어라 헐 수 읎년일 아니겠소이까.

나는 새두 깃을 쳐야만 날어갈 수 있넌 법°이올시다. 거두어 주소서.

독수리는 파리를 못 잡는 법°.

구만리장공九萬里長空에 너만 나느냐°. 감장새 작다 하고 대붕大鵬아 웃지 마라. 구만리장공에 너도 날고 나도 난다. 두어라 일반 비조飛鳥니 제오 내오 다르랴.

마음속으로 시조 한 토막을 읊조리고 난 안익선이가,

아무리 독수리는 파리를 못 잡넌다지면 마룻구멍에두 볕들 날이 있지°않겠습니까.

하며 갓전을 더욱 숙여 보이는데,

크흐음!

다시 한 번 헛기침을 하고 난 정춘풍이 던져오는 말은 엉뚱한 것이었다.

노래와 소리가 같소이까? 다르외까?

미처 생각이 미치지 못헸나이다.

가객과 광대외다.

예에?

대저 노래를 허는 자를 일러 가객이라 허구 소리를 허는 자를 일러 광대라 허나니.

네에.

추야장 긴긴밤 뒷동산 모이마당에 뙤똑허니 홀로 앉아 가슴속에 맺혀 있는 울화를 궁상각치우宮商角徵羽에 실어내는 자를 일러 가객이라 허구, 가슴속에 맺혀 있는 울화를 토해내기로는 매일반이로되 너른 들판 저자바닥을 떠돌며 억조창생 지옥중생들 지극하게 사무친 한과 슬픔을 달래주고자 저 하단전 똥구멍 밑창에서부터 올라오는 소리를 내어지르는 자를 가리켜 광대라 일컫는다 이런 말이오.

예에. 그러면 광대와 사당패는 어찌 다르온지요?

츤종이오. 츤종이며 츤골이지.

사당패가 츤종이라넌 건 시생두 알구 있습니다만.

사당패라는 건 다르외다. 츤대받구 박대받어 가엾구 불쌍헌 중생들인 것만은 틀림읎되, 오합지졸이오. 사장이 있어 배운바가 읎으니 무슨 엄정헌 법식두 읎구 율두 읎이 그저 닥치는 대루 주워들은 왼갖 츤박헌 속내 잡동사니 유희를 가지구 이 마을 저 동네 부평초마냥 떠돌아댕기며 손을 블리지 않소. 게다가 여사당이란 것들은 매분구賣紛嫗나 다를 바 읎는 논다니들이구. 노름꾼 머슴 종 장돌뱅이 왈짜 소악패 발피 몽구리 가릴 것 읎이 해웃값만 던져주면 다리속곳 내리는 막창들이며. 몸을 팔아 연명하기 위하여 가짜 굿거리장단이나 치구 돌어댕기는 게 사당패다 이런 말이오.

슨상님.

엉?

거두어주소서.

허공을 나년 새헌티 여기 앉어라 저기 앉어라 헐 수 옰다지 않
더이까.

십년적공을 헐 작정으루 찾어뵈온 길이올시다.

십년적공이라구 허시었소이까?

예에.

허. 십년적공을 헌다구 헤서 다 국창이 될 수 있다면 누군들 국
창이 못 되겠소이까. 십 년 아니라 백 년 궁구를 헌다구 헤두 국
창은 그만두구 또랑광대 소리 한번 못 듣넌 이두 있구, 삼 년 아니
백일독공°에 득음을 허넌 천재에다가 더헤서 입만 열면 그대루
소리가 되넌 생이지지까지 있으니…… 천품이라. 다 천품을 타
구나야 되넌 것이다 이런 말이오. 바돌 장긔 같은 잡긔만 헤두 안
그렇더이까. 천품이 옰넌 자라면 백날을 연마헤두 기껏 군긔가
고작일 것이나 천품을 타구난 자라면 돌을 잡은 지 슥 달 만에두
아이오° 국수가 될 수 있넌 것이니, 긔예를 다루넌 것이란 것은
다 천품을 타구나야 허는 까닭이라.

천품은 천생이라 뷘통헐 수 옰넌 것이겠으되, 학이지지學而知

백일독공(百日獨功) 백날 동안 공을 들임. 아이오 문득. 몰록.

之두 있구 곤이지지困而知之두 있넌 게 아니겠는지요. 지극헌 학
성學誠으루 곤이득지困而得知헤서 승가成家를 허구 보면……
하고 국사당에 가 말하듯° 하는데, 묵묵히 장죽만 빨던 정춘풍이
말하였다.

　아, 사람은 스사로 슨혜질 수 읎으므로 가르친 다음에야 슨혜
질 수 있다 헌 게 순임금이셨던가요. 왜냐하면 칠정七情이 잠시두
쉬지 않구 마음에 교감하여 화평하지 못허기 때문이오. 혹은 흔
연히 만족헌 비가 있이서 지나치기두 허구 혹은 울연히 충격헌
바가 있어서 화증을 내기두 허며, 혹은 몹시 서글퍼허기두 허구
혹은 크게 두려워허기두 허며, 혹은 또 탐탐°허기두 허구 혹은 혜
혜°허기두 헤서 마음이 화평헐 때가 읎소이다. 마음이 화평허지
못헌즉 온몸두 따러서 거슬려져서 동작주선이 모두 법도를 잃게
되오. 그렇기 때문에 승인이 거문고나 비파 종 북 깅쇠 피리 같은
악긔를 만들어 조석으루 귀에 익구 마음에 젖게 헤서 그 혈맥을
일렁여서 화평허구 공손헌 뜻을 진발시켰던 것이오. 그렇기 때
문에 소악°이 연주되자 여러 관원들이 진실로 화허구 빈객°이 덕
을 존중헤서 김양했으니, 악樂에 효험이 이와 같소이다. 사람을
가르칠 적에 반다시 악으루 허넌 것이 마땅헌 까닭이오. 승인에
도두 악이 아니면 행혜지지 않구 제왕에 정사넌 악이 아니면 이

───────────

탐탐(耽耽) 꿍꿍이속을 가지고 잔뜩 노려보는 꼴. 혜혜(盻盻) 원망스러이 바
라보는 꼴. 소악(韶樂) 순임금 음악. 빈객(賓客) 옛임금 아들 단주丹朱.

룩되지 않으며 천지 만물에 정情 또한 악이 아니면 서루 어울리지 못허니, 소리에 덕이 이처럼 넓구두 높소이다그려. 그런데 삼대*뒤로넌 유독 소리만은 완연히 읋어졌으니, 이 어찌 서글픈 일이 아니겠소이까. 백세 동안 슨헌 정사가 읋구 사해에 슨헌 풍속이 읋넌 것은 전수이 참다운 소리가 읋어졌기 때문이니, 천하를 다스리는 자는 마땅히 뜻을 다혜야 헐 터.

그레서 찾아뵈옵는 시생이올시다.

크흐음.

거두어주소서.

되었소이다.

슨상님.

되었다니까 그러시오.

어허!

슨상니임!

여봐라! 게 아무도 읋느냐?

소리를 한번 들어보자는 말이 나온 것은 세번째로 찾아갔을때였다. 정춘풍 더늠으로 유명한 「적벽가」 가운데서 소상팔경 대목을 하기로 하고 우선 목풀이를 할 겸—

삼대 하·은·주.

진국명산* 만장봉이요 청천삭출금부용과 그밖은 흘립허여 북
주로 삼각이요 긔암은 두기 남안잠두로다. 좌룡낙산 우호인왕
스색은 반공 응상궐인듸 숙기종영 출인걸이라. 미재라 동방산
하지고여. 승대태평 의관문물 만만세지 금탕이라. 연풍코 국태
민안허여 구추황국 단풍지절 인유이봉무커널 민악 등림허여 취
포반환허오며 감긱군은 허오리라. 남산셩백 울울창창 한강유수
난 호호양양 주상즌하년 차산수하같이 승수무강허사 산봉수갈
토록 천천만세를 태평으로만 누리소서. 우리도 일민이 되어 강
구연월 긱양가를 부르리라. 연광이 반이나 넘거드면 부귀와 공
명은 시상사람들께 모두 다 즌허구 가다 어무데나 긔산대하처
명당을 가리어 오간팔작으로 황학루만큼 집을 짓구 유정헌 친
구벗님과 좌우루 모두 다 늘어앉어 오음육률얼 찾어보세.

　　「진국명산鎭國名山」을 부르는데, 창그랑 창! 창 창그랑! 대통으
로 놋재떨이를 두드리는 소리가 요란하였다. 탄지*를 털어내는
것이 아니라 준렬하게 꾸짖는 소리였으니,
　　그걸 시방 소리라구 허구 있는가!
　　그러면서 휙 하고 날아오는 것은 퇴침이었다. 어마 뜨거라. 깜
짝 놀라 얼른 고개를 비틀어 그것을 피하였는데, 제자로 받아들

진국명산 나라 운수가 매였다는 서울 뒤쪽 산을 가리키는 말로, 단가 하나.
탄지 담뱃대로 피우다가 조금 덜 타고 남은 담배.

인다는 뜻이었다. 양성陽聲이 조금 끼어 있는 수리성˚에다가 타고난 천품이 모자라니 곤이득지하라는 것이었다. 행주좌와 어묵동정간에 화두를 놓치지 않아야 되는 납자衲子처럼 자나깨나 앉으나서나 일구월심으로 북 삼아 손바닥으로 두드리며 소리를 질러 괴목나무 퇴침이 두 토막 될 때까지 지극정성 궁구를 하여보라는 뜻.

"아아."

힘껏 도머리를 치던 안익선이 눈에 저만치 불빛이 보이었다. 울바자˚곁 긴 바지랑대˚끝에 매어달려 있는 주등이었다.

이리 미끌 저리 미끌 가풀막˚진 눈길을 내려온 안익선이는 몇 차례 진저리로 눈송이를 털어내며 휴우 올려다본 하늘에 빽빽하게 내려꽂히던 그믐치가 꺼끔하여˚지면서 밑턱구름˚이 걷히고 있었다. 어리중천˚에 걸리어 있는 손톱 같은 조각달로 봐서 술시를 지나 해시에 접어들 무렵이니 어느덧 이경이었다. 한저녁을 시켜 먹기에도 겨운 시각이었으나, 크흐음!

천지는 만물지역려萬物之逆旅요, 생애는 백대지과객百代之過客이라. 인생을 헤아리면 묘창해지일속杳滄海之一粟이라. 두어라 약

수리성 곰삭은 목청으로 조금 쉰 듯하게 나는 소리. **울바자** 울타리에 쓰는 바자. **바지랑대** 빨랫줄을 받치는 장대. **가풀막** 가파르게 비탈진 땅바닥. **꺼끔하다** 조금 뜸하다. **밑턱구름** 땅 위 2킬로 안 하늘에 있는 구름. **어리중천** 하늘 한복판.

360

몽부생若夢浮生이니…… 주막집에 밥만 있다더냐. 뼛성 부릴 동자치한테 한동자*를 시키느니 대궁밥*에 군둥내 나는 짠지 한 쪽만 있어두 요기가 될 터. 어허. 요기가 다 무엇인가. 평양 감홍로 전주 이강고 전라도 죽력고며 한양 과하주 김천 두견주 한산 소곡주 경주 법주 해주 방문주 동래 동동주에 와송주 죽통주 지주 송하주 나비술은 읊더래두 탁배기 한 대접에 너비아니 날 된괴기 삶은 된괴기 비웃 편육 빈자떡 떡산적 같은 진안주는 그만두구 우포 어포 홍합 한 쪽만 썹어두 허기는 꺼질 터인즉, 에험!

헛기침 몇 번으로 인기척을 내며 삽짝*을 미는데, 마중 나오는 것은 개 짖는 소리였다. 앙칼지게 짖어대며 쫓아 나오던 삽사리가 비 맞은 용대기 같은 사내를 올려다보더니, 짖기를 멈추었다. 바짓가랑이를 핥으며 꼬리를 흔드는 황삽사리* 털복숭이 머리통을 쓰다듬으며,

"그간 빌래무양허시었넌가? 퀀아씨두 펭안허시구?"

하고 꼭 사람한테 하듯 진더운* 안부를 묻는데, 곱게 쓰는 아낙 홀림목이 마당을 넘어왔다.

"아이그. 이게 뉘시랴?"

술구기*로 질항아리 속 탁배기를 휘젓고 있던 주모가 삽짝 앞으로 쫓아나오며 손을 잡을 듯 반색을 하였다.

한동자 끼니를 마친 뒤 다시 밥을 짓는 일. 대궁밥 먹다가 그릇 안에 남긴 밥. 삽짝 울타리. 황삽사리 누런 털이 복슬복슬한 조선 둥씨개. 진더운 참다운. 술구기 술국자.

"이게 얼마만이십니까요."

"죽장 짚구 망혜 신구 천리강산 돌어왔으니 해소수˙가 되가는 가 보이."

"아이, 무정하신 나으리 같으니. 곳 피고 새 우는 춘삼월 양춘 가절에 오시마던 어른이 낙엽지고 찬서리 들어 기러기 떠난 가을 지나 북풍한설 몰아치는 겨울에나 오시다니, 어쩜 그리 무심하실까. 어디다 등글개첩˙이라두 두셨나 봐."

주먹을 들어올려 안익선이 앙가슴을 쥐어박는 시늉을 하며 살짝 눈을 흘기는데, 색기가 제법 농염하였다. 꺾어진 환갑˙을 지나 마흔 줄을 바라보는 나이였으나 아이를 낳아보지 못한 돌계집˙인 까닭에 젊은 티가 아직 가시지 않은 그 니믈리기˙ 추파가 짐짓 은근하였는데, 안익선이 깜짝 놀라는 시늉으로 주모 손을 잡으며

"잘못했네 잘못했네. 노여 마소 노여 마소. 그런 잔속˙ 다 물르구 실신失信을 하였으니. 노여 마소 노여 마소."

하고 발발성˙으로 아니리를 하더니, 헛기침을 한 번 하였다.

"내 승은 갓 쓰구 치마 입은 자요, 이름은 아닐빗자 으뜸갑자올시다."

"안비갑安非甲이신가 보우."

해소수 한 해가 조금 지나는 동안. 해포. **등글개첩** 등 가려운 곳을 긁어주는 첩이라는 뜻으로, 늙은이 젊은 첩을 일컬음. **꺾어진 환갑** 서른 살. **돌계집** 아이를 낳지 못하는 계집. 석녀石女. **니믈리기** 혼인하였던 여편네. **잔속** 시시콜콜한 속내. **발발성** 떨리며 나오는 목소리.

"예, 그러하오. 헌데, 그렇게 묻는 당신은 뉘시오?"

"예, 내 성은 재조재변에 적을소 하였소."

"재조가 즉은즉, 그렇다면 새끼초라니˚라는 말이오?"

"아니오."

"아니라? 그렇다면 어디 한번 써보시오."

"엄동설한 손 시린 판에 쓰고 자시고 할 것 있답디까. 찌그르하면 입맛이요 건너다보면 절터˚라고 내 얼굴 보면 모르것소."

"낮믠짜 빛색자를 봐허니 오뉴월에 먹다 뱉은 수박씨같이 까무잡잡한데다 하관이 쪽 빨아 갈 데 읎는 박씨朴氏올시다그려."

「박타령」한 대목을 빌려 빙긋 웃고 나서 죽장 들어올려 주모 엉덩짝을 한 번 때리는 시늉을 하며

"중년˚에 맹랑한 일이 있던 것이었다. 충청도 허구두 우도 대흥 땅에 계집 하나 있으되, 얼굴로 볼작시면 춘삼월 반개도화 옥빈에 어리었고, 초승에 지는 달빛 아미간에 비치었다. 앵도순 고운 입은 빛난 당채 주홍필로 들입다 꾹 찍은 듯, 세류같이 가는 허리 봄바람에 흐늘흐늘, 찡그리며 웃는 것과 말하며 걷는 태도 서시와 포사라도 따를 수가 읎건마는……"

하고 이번에는 「변강쇠타령」빌려 수작을 하는데, 흥! 콧방귀를 한 번 뀌고 나서 받는 그 여자 튀는목˚은 「심청가」대목이다.

새끼초라니 잡귀 쫓는 굿에 나오는 어린 초라니. 중년 근래. 요즈음. 튀는목 평성으로 하다가 위로 튀어나오는 목소리.

"말총 같은 머리털이 하늘을 가리키고, 됫박이마 횃눈썹에 움푹눈 주먹코요 메주볼 송곳턱에 써렛니 드문드문, 입이 큰 궤 문 열어논 듯하고 혀는 짚신짝 같고 어깨는 키를 거꾸로 세워논 듯 손길은 소댕을 엎어논 듯, 허리는 짚동 같고 배는 폐문 북통만, 엉덩이는 부잣집 대문짝, 속옷을 입었기로 거기는 못 보아도 입을 보면 짐작하고, 수종다리 흑각발톱, 신은 침척 자 가웃이라야 신는 뺑덕어미 같지는 않고?"

그러거나 말거나 죽장 들어 다시 엉덩짝을 때리는 시늉을 하며

"사주에 청상살이 겹겹이 쌓인고로 상부를 하여도 징글징글 허구 지긋지긋허게 단콩 주워먹듯 허것다."

하고 빙글거리는데

"열다섯에 얻은 서방 첫날밤 잠자리에 급상한°에 죽고, 열여섯에 얻은 서방 당창병에 튀고°, 열일곱에 얻은 서방 용천병°에 퍼고°, 열여덟에 얻은 서방 벼락맞아 식고°, 열아홉에 얻은 서방 천하에 대적으로 포청 남간°에 떨어지고, 스무 살에 얻은 서방 비상 먹고 돌아가니, 서방에 퇴°가 나고 송장치기 신물 난다."

시침 뚝 떼고 받는 소리 또한 맹랑하다. 비가비사내가 헛기침을 하였다.

"허. 이삼 년씩 걸러가며 상부를 헐지라도 소문이 흉악헐 터

급상한(急傷寒) 지나친 성생활 또는 성욕을 눌러 생긴 급한 병. 튀고·퍼고·식고 죽는다는 뜻. 용천병 문둥병. 나병. 포청 남간(南間) 사형수 방. 퇴 싫증.

인데 한 해에 하나씩 전례루 츠치허되, 이것은 남이 아는 기둥서
방, 그 남은 간부, 애부, 거드모리˚, 새호루기˚, 입 한번 맞춘 늠, 젖
한번 쥔 늠, 눈흘레˚헌 늠, 손 만져본 늠, 심지어 치맛귀에 상척자
락˚ 얼른 헌 늠까지 대고 결판을 내는디, 한 달에 뭇˚을 넘겨 일년
에 동반, 한 동˚ 일곱 뭇, 윤삭 든 해면 두 동 뭇수 대구 설거지헐
제, 어떻게 쓸었던지 삼십 리 안팎에 상투올린 사내는 고사허구
열다섯 넘은 총각두 윲어 지집이 밭을 갈구 츠녀가 집을 이니 충
청좌우도 공론허기를, 이년을 그내루 됬다가는 호서에 좇단 놈
다시 윲구 여인국 될 터이니 좇을밖에 수가 윲다."

　잠깐 소리를 멈춘 안익선이가 다시 죽장을 들어올리는데
　"아이구, 나으리."
하면서 주모가 두 손으로 안익선이 팔을 잡았다.
　"권에 못 이겨 방립 쓴다˚지만 이렇게 자주 맞다가는 향월이 방
치˚에 살점이 하나도 남아 있지 않겠습니다요."
　"아픈가?"
　"아프다마다지요."
　곱게 눈을 흘기는 주모 밉지 않은 얼굴을 바라보며 안익선이
　"죽 떠먹은 자리˚요 한강에 배 지나간 흔적 없는데˚……"

거드모리 옷을 걷어젖히고 다급하게 하는 성교. **새호루기** 새처럼 얼른 하는
성교. **눈흘레** 눈요기. **상척자락** 벗어난 성행위 한 가지. **뭇** 생선을 세는 낱자
리로 열 마리 또는 열 묶음. **동** 묶어서 한 동이로 만든 묶음. **방치** 엉덩이 낮
춤말.

문득 목소리를 낮추는데, 봉황조鳳凰調다. 평조도 아니고 계면
도 아닌 그 중간 은은한 성음으로 암수 한 쌍 봉황새 두 마리가 서
로 속삭이듯 주모와 수작을 벌이는 것이었으니—

"가죽이 실허지 뭇헌가 보이."

"계집 못난 것이 방뎅이*만 크다지만 가죽이야 실하지요."

"그런데 왜 아프단 말인가?"

"나으리 손끝이 워낙 맵짜니까 그렇지요."

"허허. 각구목질허는 사품에 궁* 한번 쳐봤을 뿐인데 북통이 찢
어진달것 같으면 변강쇠타령 온바탕* 펼치며 때려대는 진양 중
모리 중중모리 자진모리 휘모리 엇모리 엇중모리장단을 어찌 견
딜 것인고? 뿐인가. 진양에두 느진진양 평진양 자진진양 있구 중
모리에두 느진자진모리 자진자진모리 있으니 어찌 견딜 것이며,
매화점 삼공잽이*는 또 워찌 견딜 것인고?"

"장단도 장단 나름이지요."

"허. 양반이 싫어 비개비루 나선 나 안아무개로세만 여적지 또
랑광대 노랑목 받쳐주는 또드락장단은 쳐준 적이 읎넌디."

"북채가 워낙 좋으시잖습니까."

"북채야 좋지. 금마냥 닳어 읎어질망정 부러지거나 깨지는 법
이 읎는 오백 년 묵은 탱자나무루 깎어 맨든 것이니께."

방뎅이 길짐승 엉덩이. **궁** 고수가 왼손으로 북가죽을 치는 솜씨. **온바
탕** 1. 그 소리 모두. 2. 판소리 열두 마당. **매화점(梅花點) 삼공잽이** 북통 맨 꼭
대기를 두 번 세게 치는 기법.

"그만 들어가셔요."

"허나, 받아줄 북이 읎으니 북채만 좋으면 뭐헌다나?"

"운수 뵈색하여 비록 두메에 숧어미루 떨어져 구차한 목숨을 연명허구 있다지만 소싯적엔 호서 테두리 안 한량들 동곳깨나 뽑게 만들던 왕년에 감영 코머리 향월이년이온대, 말씸이 너무 섭하십니다."

"가죽이 찢어졌다구 헸지 않은가?"

"나으리 손끝이 너무 맵짜서 방지살이 조금 아프다고 헸지 북 가죽이 숫제 찢어졌다고는 말씸 안 헸습니다."

"가죽도 가죽이지만 통이 첫쩰세. 성음이 기중 으뜸이다 이런 말이여. 감영 떠난 지 수삼 년이라지만 왕년 호서 명긔 향월이가 어찌 이런 소리 이치를 모를꼬."

"군목질이 너무 길으십니다. 온바탕도 펼치시기 전 허두가* 한 자락에 타목* 되면 어쩌려고 이러셔요."

삽짝 너머 울바자 곁 바지랑대 끝에 매어달려 있는 주등을 바라보며 주모가 다시 안익선이 소매 끝을 잡는데, 비가비사내 물음이 엉뚱하다.

"픽픽헌가? 땡글땡글헌가?"

"녜에?"

허두가(許頭歌) 본 소리 앞서 목풀이로 하는 소리. 타목 흐리터분하게 쉰 목소리.

"기름을 잘 뺐느냐 이 말일세."

"운남 바둑*일세."

"똑같은 이치로세."

"무어가요?"

"북을 매는 데는 기름을 멕이는 것이 무엇보다두 우선 요긴헌 일이로되 그러나 너무 과허게 멕여두 안 되구 그렇다구 헤서 너무 약허게 멕여두 안 된다 이 말이네. 과유불급 아니것능가."

"개꼬리 삼 년 묻어도 황모 되지 못한다*더니, 양반이 싫어 비가비로 펭긩천하하신다는 어른이 여태도 양반님네들 문자만 쓰신다니까."

"살림이 곤헌가 보이."

"언제라고 살림이 곤하지 않을 때가 있겠습니까. 하지만 끼니를 거를 지경으로까지 곤궁하지는 않습니다요."

"허면, 잠자리가 곤헌가?"

"녜에?"

"그렇지 않구서야 웬 살곳을 그렇게 많이 팔었는가 말일세."

"얼라?"

"벽창우로세."

"……"

운남(雲南) 바둑 알쏭달쏭하여 갈피잡기 어렵다는 뜻.

"북가죽이나 지집사람 살가죽이나 간에 대저 가죽의 이치는 매일반이라는 말뜻을 못 알어듣는 게 그렇지 않은가."

하는데, 은근히 잡고 있던 소매 끝을 탁 뿌리치며 흘기는 주모 눈길이 손톱 같은 조각달빛 아래 하얗게 부서지면서, 가느다랗게 떨려 나오는 그 여자 성음은 푸는목*이다.

여보시오, 내 성짜가 전에는 좋디좋아 침들을 삼키더니 지금은 궂디궂어 남의 앞에 내놓자면 눈물이 먼저 나와 말할 수가 없소그려. 당초에 내 성짜가 부자라는 붓자로서 필자筆者하신 우리 선조 만고에 유명터니 자손이 점점 영체零替하여 가산전지 팔아먹고 심지어 선롱산지先壟山地 다 팔아먹은 후에 다시는 팔 것 없어 성짜를 헐어놓고 차차 팔아먹을 적에, 나무목木자 목서방이 갓벙거지 사다가서 모자帽子박아 쓰고 나니 지금은 송씨宋氏 되고, 나여余짜 여서방이 한일一자 사다가서 앉을방석 하여놓으니 지금은 김씨金氏 되고, 입구口자 구서방이 입 하나만 가지고는 성짜가 초랗다고 입구자를 또 사다가 제 것하고 합쳐놓으니 지금은 여씨呂氏 되어 사간 사람 세 집들은 당당한 벌족 되고, 팔아먹은 내 신세는 갈수록 할 수 없어, 남은 것을 마저 팔자 아무리 서둘러도 진결陳結이 무섭다고 백문白文에도 살 이 없어 그저 가지

푸는목 소리 음양에서 음에 들어맞는 것으로 한 매듭이 끝났을 때 소리맵시.

고 다니오.

반공에 걸리어 있는 눈썹 같은 조각달처럼 하얗게 흘기는 주모 냉갈령*을 받으며 선 자리에 거푸 세 대접 전내기를 소나기술로 들이붓고 난 안익선이는, 끄윽— 긴 트림을 한 번 하였다. 그리고 손등으로 입술을 훔치었는데, 포옥 하고 그 여자는 한숨을 삼키었다.

"작은년아."

문풍지 떨리던 소리가 멎으면서 들려오는 것은 먼 골짜기에서 짐승이 울부짖는 소리였고, 그 여자 목소리가 조금 높아졌다.

"작은년이 자느냐?"

그제서야 목로에 붙은 밀문*이 열리면서 열서너 살 나보이는 계집아이가 비쭉 얼굴을 내어밀었다. 쪽잠을 자다가 깬 듯 그 계집아이는 입이 찢어지게 하품을 하였고, 주모가 말하였다.

"한저녁을 새로 안쳐야겠구나."

"몇 분이신듀우?"

"한 분이시다만 밥이 없으니 어쩌겠니."

"길손 한 분 요기시켜드릴 밥은 있넌듀. 초저녁에 왔던 슨질장수덜이 다뫼퇴리 한 대접이루 목덜만 축이구 밤질 재촉허넌 바

냉갈령 몹시 차갑고 쌀쌀한 낌새. **밀문** 앞으로 밀어 열게 된 문.

람이 밥이 남었구먼유. 조서방이 밤참이루 먹구두 한 칠홉사발 쯤은 냉겼으니께 요기거리는 될 규."

"웬 잔말이 그리 많으냐. 큰손님한테 대궁밥 드릴 순 없는 일이니 한저녁을 다시 지어야겠다는데. 밥밑콩* 좀 놓구 잘 안쳐."

"예, 아씨."

다시 한 번 입이 찢어지게 하품을 하다 말고 통통 입을 때리던 동자아치가 방을 나가는 것을 보며 주모는 안익선이를 바라보았다.

"우선 좌정부터 하셔요."

"밥보다 술이 급허이."

"상을 봐드릴 테니 우선 저쪽으로 가서 좌정부터 하셔요."

"여기가 좋으이."

섰던 자리에 주저앉으며 안익선이 사방을 둘러보았다. 술어미 계집이 죽는소리를 해쌓지만 대흥 읍내에서도 향곳말 위쪽으로는 외목장사*라 벌이가 쏠쏠한 듯 새로 갈아 간 목로 판자때기서껀 그 곁으로는 전에 없던 헛방*까지 들였는데, 투전꾼들을 받았는지 봉놋방 쪽이 시끌벅적하였다. 그 사내는 두어 번 군입맛을 다시었다.

"뜨물 같은 탁배기는 치우구 다모토리나 한 대접 주시게. 정신

밥밑콩 밥지을 때 밑에 놓는 콩. 외목장사 도차지 장사. 헛방 허드렛 세간을 넣어두는 방.

사납게 술두루미 들구 왔다갔다헐 거 있능가."

"약주 자시는 버릇은 여전하시군요."

"여전헤야 할 터인데 그렇지가 못허니 탈일세."

"전보다 더 술탐을 하시는 것 같은데 무슨 말씀이셔요."

"한푼두 읎는 눔이 장에 가서 큰 떡만 든다구 띵깅천하허다보니 술이야 더 늘었는지 물르것네만, 정작으루 늘어야 헐 것은 장 그대루니 그것이 걱정이다 이런 말일세."

"아이그, 내 정신머리 좀 봐."

깜짝 놀라는 시늉을 하며 몸을 일으킨 주모는 두 손으로 쪽물 들인 왜목*치맛자락을 모아 잡더니, 들깻잎에 고추잠자리가 날아앉듯 납신*절을 하였다. 그러고 나서 숙였던 이마를 살포시 치켜들며 문밖에 떠 있는 조각달처럼 정한情恨이 가득 담긴 눈빛으로 사내를 바라보며

"아무리 동개골 서구월 남지리 북향산 찾아 육로천리 수로천리 띵깅천하하시는 비가비라시지만, 어쩜 그다지도 무심하실 수가 있단 말씀이어요."

엮는목*을 쓰는데 냉갈령을 부리던 아까와는 딴판으로 저물녘 양지바른 도린곁 산모롱이를 안고 도는 봄 강물인 듯 여간 정겨운 것이 아니었다. 안익선이가 손바닥으로 방바닥을 내려치며

왜목(倭木) 광목. **납신** 남에게 굽실거리느라고 허리를 납작하게 구부리는 꼴. **엮는목** 사푼사푼 아주 멋지게 엮어내는 목소리.

탄식하였다.

"아깝구나, 아까워."

"별꼴. 아닌밤중에 홍두깨라더니 이번에는 또 무엇이 그다지 도 아깝습니까?"

"재조가 아깝단 말일세. 광대루 나섰으면 진즉에 승가를 헀을 터이어늘…… 허구헌 날을 흿물결이나 날리며 앉았으니 그 재조 가 아깝지가 않구 무엇인가."

"늙은 중 믹 갈 듯° 말씀은 잘하시지."

"진담일세."

"실없는 말씀."

"아니여, 그렇지 않어. 시방이래두 늦지 않었으니 삼간주막 불 싸지르구 광대길루 나서볼 념 읎능가?"

안익선이 말이 짜장 희영수만은 아닌 듯한데, 그 여자는 포옥 하고 짧은 한숨을 삼키었다. 그러나 추어주는 말이 싫지만은 않 은 듯 살짝 흘겨보는 눈길이 곱다.

"이거 왜 이러셔요. 해포 만에 천하명창나으리를 뵙고 보니 기 가 승해져서 기갈 심한 또랑광대들 대궁밥 한 상 적선하고 얻어 들은 재담 한번 흉내낸 걸 가지고 무슨 말씀을 그렇게 과하게 하 십니까."

"또랑광대 적선혜주구 은어들은 풍월이라면 더구나 놀라운 재조로세그려. 장헌 재조야."

"나으리 말씀마따나 과유불급이올시다."

"아닐세. 그렇지 않어. 향월이 자네루 말을 헐 것 같으면 타구난바 그 천품이 놀라운 바 있건만 어찌 써 두메의 한갓 술에미루 세월이나 쥑이구 있는가. 휴우. 적적절 노장 말에 의허자면 모든 게 다 전생 업보요 진흙창 똥뒷간 속이나 헤치구 댕기넌 중생놀음이것지먼, 머리 깎은 운수雲水헌테는 운수 법도가 있구 머리 질르구 무색옷˚걸친 저자 중생들헌테는 또 중생 법도가 있을터. 아까운 재조는 묵혀둔 채루 오가는 길손들이 떨어뜨려주는 사슬돈푼이나 바라구 술깃대에 목을 매구 있으니, 어찌 슬프지 아니헌가. 술 한잔에 두 푼을 받구 안주 웂이 마시는 슨술 한잔이면 한 푼을 받으니, 십 년을 팔구 백 년을 팔어본들 그것이 천냥이 되것능가 만냥이 되것능가."

"말이 쉬워 광대지 광대라고 해서 아무나 될 수 있답니까."

"다 마음먹기에 달렸느니."

"방울 달린 사내꼭대기들이나 될 수 있지 않어서 소피 보는 계집사람이 어찌 광대나마……"

하는데, 안익선이가 얼른 손사래질을 하였다.

"자네는 그 유명짜헌 도리화가두 물르능가?"

"감영 시절 산유화가는 배워 알지만 도리화가는 모릅니다."

무색옷 물감 들인 천으로 지은 옷. 색色옷.

"들어보시게."

헛기침 두어 번으로 목을 고르고 난 비가비사내가 궁― 곱돌 조대로 방바닥을 한 번 내려치고 나서 스르르 눈을 감더니,

스물네 번 바람 불어 만화방창 봄이 되니
구경가세 구경가세 도리화 구경가세
도화는 곱게 붉고 흼도 흴사 외얏곳이
향기 쫓는 세요충은 젓내 북이 따라가고
보기 좋은 범나비는 너훌너훌 날아든다
붉은 곳이 빛을 믿고 흰 곳을 조롱하여
풍전의 반만 웃고 향인하여 자랑하니
요요하고 작작하여 그 아니 경일런가
곳 가운데 곳이 피니 그 곳이 무슨 곳고
웃음 웃고 말을 하니 수령궁의 해어환가
해어화 거동 보소 아름답고 고울씨고
구름같은 머리털은 타마계 아닐런가
여덟팔자 나비눈썹 서귀인의 그림인가
환환한 두살작은 편편행운 부딪치고
이슬 속의 붉은 앵화 번소가 아닐런가.

진계면바닥 발발성으로 뽑아보는 「도리화가桃李花歌」는 전라

도 고창 사람 신재효申在孝가 쉰아홉 살 나이에 지은 것이었다. 헌종대왕 14년° 정미년에 신재효 이웃 마을에서 태어난 진채선°이는 얼굴과 몸매가 어여뻤을 뿐만 아니라 절등하게 고운 목에 성음 또한 좋아 가무음곡에 뛰어난 해어화°였다. 잔반 얼녀孼女로 태어나 기적에 든 그 여자는 어려서부터 신재효 문하에서 가르침을 받아 가무음곡만이 아니라 판소리까지 빼어나게 잘 부르는 일등가기였다. 이러한 여자가 대원위대감 부름을 받아 경복궁 경회루 낙성연에 뽑히어가게 된 것은 스물네 살 때였으니, 신재효와는 이미 스승과 제자 사이를 넘어선 지 오래된 다음이었다.

조선팔도 내로라하는 재인광대며 가객명창에 날탕패 짠지패 사당패까지 죄 모여 저마다 한 가지씩 재주 자랑을 하는 자리에서 그 여자 더늠인 「춘향가」 가운데서 기생 점고하는 대목을 세마치장단에 맞추어 불러제끼니, 좋구나! 무릎을 치는 대원위였다. 이때부터 대원위 총애를 받게 된 그 여자는 온갖 부귀영화를 다 누리게 되었는데, 아뿔사. 기다리다 지쳐 눈이 다 짓무르게 된 신재효였다. 고향을 처음 떠나올 때에는 낙성연에서 소리 한 자리 불러 상급이나 받아가지고 돌아와 소리궁구에 더 힘을 쏟기로 스승인 신재효와 철석 같은 약조를 하였던 것인데, 막상 번화한 서울에서 대원위대감 총애를 받아 화려하고 풍족한 나날을

헌종대왕 14년 1847년. **진채선**(陳彩仙) 여류광대 첫머리. **해어화**(解語花) 말을 알아듣는 꽃이라는 뜻으로, '기생'을 말함.

보내게 되자 스승과 약조를 그만 까맣게 잊고 말았던 것이다. 여러 번 상처를 한 끝에 늙은 몸과 마음을 의탁하고 있던 채선이가 없게 되자 신재효는 지극한 외로움에 떨게 되었다. 그렇다고 해서 산천초목도 벌벌 떠는 국태공대감 곁에 있는 아희를 데려올 방책도 없어 우울한 나날을 보내던 끝에 지어본 노래였던 것이었다.

"그 뒤로 어찌 되었습니까?"

"어찌 되기는."

"아이, 신재효라는 이허구 채선이라는 외대머리 말씀여요."

"신재효만 끈 떨어진 만석중°이 되었지. 채선이 베갯머리 송사°루 통정대부 첩지를 받았다지면 뭔 소용인구."

"채선이는요?"

"채선이 경우루 봐서두 알 수 있듯이 시방은 세상이 뷘헤서 여자들이 행세허는 세상여. 소리는 좀 츠지드래두 고린내 나는 치맛자락이 어지간헌 사내버덤 더 득세헐 수 있는 세상이다 이런 말이여."

안익선이는 잠깐 말을 끊더니 담배쌈지를 끌렀다. 그 사내는 말없이 조대에 입담배를 다져넣었고, 주모가 부시를 쳤다. 두 볼이 홀쭉하여지게 연기를 빨아들이고 난 안익선이는 길게 연기를 내어뿜었다.

"당창 걸린 매분구년 씹구녕만두 못헌 게 소릿광대 목구녕이지먼 그레두 십년적공에 득음만 한빈 헌달 깃 같으면 만승천자 두 부럽잖은 게 왈 광대 아니던가. 아니지. 득음이라는 것은 자고루 하늘이 준 천품을 타구난 자만이 이룰 수 있는 것이니 십년적공 아니라 백년적공을 헌다 헤두 저마다 될 수 있는 일이 아니니 그만두구, 하다 못헤서 또드락장단 맞춰 노랑목 뽑는 또랑광대만 되더래두 삼긍육공 부럽잖은 게 광대 아니던가. 그레서 정승판서를 마다허구 스사루 광댓길루 나스는 게 아니던가. 불초허구 츤학비재헌 나루 말허드래두 띵색이 어엿헌 양반댁 자제루 태어나 사마시 거쳐 문과에 오른즉 삼긍육공은 못 되드래두 어떻게 귀때기에 옥관자는 붙였을 것이구, 또 대과는 그렇다구 허더래두 소과에만 올러두 물렀거라 질렀거라 거들먹거리는 우족 행세허며 빨간상것들 볼기깨나 쳤을 것이지. 헌데, 다 작파허구 비개비루 나슨 것은 다 스사루 깨침이 있은 때문이라. 우리 슨상님께서야 그것두 다 저저금 타구난 천품이라구 허시것지먼 향월이 자네 말마따나 초로 같은 게 인생이라는 것을 깨쳤기 때문이네. 부생몽사에 묘창해지일속인 것을 아등바등 살어 뭣허것능가.”

한문성의 엮음하듯° 늘어놓던 안익선이는 문득 말을 멈추었다. 목로 뒤쪽으로 붙은 밀문이 벌컥 열리며 한 사내가 들어왔는데, 나이는 서른 남짓 되었을까. 파주미륵 같은 그 사내는 오동바가지를 닮은 낯짝에 이마와 턱이 튀어나오고 눈 아래가 움푹 들어간 것이 한눈에도 여간 불량하여보이는 목자가 아니었다.

"아씨, 튀전꾼덜이 목이 갈허답니다유."

하면서 질항아리 쪽으로 다가오는데, 봉충다리였다.

당채련 바지저고리일망정 아주먹이˚로 된 내리닫이˚ 위에 개털등거리˚까지 덧걸친 그 사내는 다리를 심하게 절고 있었다. 표가 나게 가느다란 왼쪽 다리가 바깥쪽으로 훨씬 휘어져 있어 걸음을 옮길 때마다 허리를 크게 흔들며 두 손을 앞뒤로 내젓는 사내 손에 쥐어져 있는 것은 자라병˚ 멍텅구리˚였다.

"보자아. 요번 행보까장 허구 보면 탁배기가 합이 닷 되요 불겡이 또한 합이 두 구붓이니 안주값 은저 도합 월마인구……"

왜가리새 여울목 넘어다보듯˚ 주모와 안익선이 쪽을 흘끔거리며 내시 이 앓는 소리를 하던 사내가 구기를 잡는데, 콩. 귀 먹은 중 마 캐듯 어포쪽만 찢고 또 찢고 하던 주모가 민주스러운 낯빛으로 안익선이를 바라보고 나서 내는 콧소리였다. 콩. 복자˚마개 빼어낼 때 나는 소리로 다시 한 번 콧방귀를 뀌고 난 그 여자가 새 차리는 새매같이 고기 엿보는 쇠새˚같이 톡 솟구쳐 일어서며

"조개젓 단지에 괭이 발 드나들 듯˚ 돌쩌뒤에 불나것네˚."

냉갈령을 부리는 것이었고,

"아이구, 아씨."

아주먹이 솜 두어 지은 겹옷. **내리닫이** 바지저고리가 붙고 뒤가 터진 옷. **개털등거리** 개가죽털로 만든 소매 없는 등거리. **자라병** 목이 길고 아가리가 나발처럼 된 병. 거위병. **멍텅구리** 볼품없이 생겼으나 한 되들이가 되는 큰 병. **복자** 간장이나 기름을 아가리가 좁은 병에 부을 때 쓰는 귀가 달린 그릇. **쇠새** 물총새.

구기 쥔 손을 막 술항아리 속에 집어넣으려던 사내가 히뭇이 웃더니

"튀전꾼덜 술 담배 시중이야 쉰네가 헐 것이니 아씨는 그냥 좌 정혜 기십시우. 더구나 큰 손님두 드신 것 같은디……"

소인스럽게 쉰네를 내어붙이며 손사래질을 하는데, 춥. 혀끝을 한 번 말아올리고 닌 주모 손길이 가는 곳은 벽장 쪽이었다. 제비턱에 자라목이요 오동바가지 같은 낯짝하며 파주미륵 같은 사내 몰골이 영 마음에 걸려 봉사 둠벙 쳐다보듯° 내전보살로 조대만 빨고 있던 안익선이 눈이 휘둥그래졌으니, 전복쌈 약포조각 유밀과 강분환같이 값나가는 마른안주를 꺼내는가 하고 마른침을 삼키다 말고, 허. 속곳 벗고 은가락지 낀다°더니, 벽장 밑 빼닫이 열고 술어미명색 그 여자가 꺼내어 드는 것은, 긴대°였다. 그것도 별각간죽 은연통.

촌년이 아전서방을 허면 중의 꼬리에 단추를 붙이구, 촌년이 아전서방을 허면 날샌 줄을 물르며, 촌년이 아전서방을 허면 갓 자可字걸음을 건구° 육개장 아니면 밥을 안 먹는다더니, 그동안 온가슴 등골깨나 뽑은 모양이로구나.

리처사한테서 대강 듣기는 하였으나 새삼 세월이 무섭다는 생각을 하며 비가비사내는 묵묵히 쇠동거리°만 빨았고, 분결 같

긴대 긴 담뱃대. 장죽長竹. **쇠동거리** 쇠물부리.

은 주모 손이 들어가는 곳은 허릿말기˚였다. 쪽물들인 왜목 겹치마 밑 빨강 무지기 위로 질끈 동여맨 허리띠에 매어달려 있는 찰쌈지 끌러 양초 한줌 꺼내더니 손바닥에 떨어놓고 되게 비벼 대통 속에 다져넣은 다음, 치익. 부시를 쳐 불을 붙인 그 여자 또한 두 볼이 홀쭉하여지게끔 은동거리˚를 빨아들이는 것이었다. 문풍지가 펄럭일 때 마다 까무룩이 잦아들었다가는 되살아나고 잦아들었다가는 다시 또 되살아나고는 하는 등잔불빛 아래 허옇게 드러나던 그 여자 허벅진 젖무덤서껀 밤벌레 같은 얼굴을 홀끔거리느라 멍텅구리에 탁배기를 퍼 담는 사내 손길이 가느다랗게 흔들리는 것이었는데, 푸우—

천장에 대고 긴 연기를 내어뿜고 난 주모가 사내를 바라보았다.

"술 담배 내간 게 언젠데 또 내가나."

"돌아본 마을이요 뀌어본 방구˚ 아니것습니까유."

"희영수하자는 게 아니구먼."

그 여자 목소리는 착 가라앉아 있었는데, 사내는 곰비임비˚히 죽거리었다.

"판이 워떤 판인 중 몰러서 그러슈."

"죽을 판인가? 살 판인가?"

"죽살이˚판이쥬. 멧뵝이덜 멧 늠 줄초상 나넌 대신 손속 존늠

허릿말기 치마나 바지 허리에 둘러서 댄 어섯. **은동거리** 은물부리. **곰비임비** 잇달아서. **죽살이** 생사.

부자되넌 판. 열 늠 죽어 한 늠 사넌 판."

"오늘도 생생이판° 돌리넌 줄 몰라서가 아니라……"

"승칠이성님이 박선다님 뫼시구 블이넌 판 아니것남유."

"선다님이고 후다님이고 간에……"

하넌데, 사내가 홰홰 손사래질을 하였다.

"뤼려 노시우. 강술 한잔에 한 돈이요 안주 한 점 쩌서 돈반이
며 막불겡이 한 대에 두 돈씩 받으니 뤼려 탁 붙들어매시라 이 말
씸이우."

"콩."

"첫고동° 넹기구 고빗사위° 지나 대마루판° 이루 갈수룩 부르넌
게 값이니 뮝이 곳간 아니것수. 방값이야 물론 따루 받구."

"콩."

"뤼려 노시라니께유."

"오늘밤도 그럼 날밤° 들을 샐 모양인가."

"이제까지야 먼지털음° 헌 것이구, 시방버텀 본판입쥬."

"고서방은 뭐하길래 이녁이 드나드누."

"고도쇠성님은 시방 뮝이 집을 은었쥬°."

"으응?"

"노파리가 나° 서 좋아헌다넌 말씸이우."

생생이판 속임수로 돈을 빼앗는 판. **첫고동** 첫대목. **고빗사위** 가장 아슬아슬
한 순간. **대마루판** 판가리가 나는 대모한 판. **날밤** 부질없이 지새우는 밤. **먼
지털음** 정식 노름 앞서 손풀기 삼아 해보는 것.

"고서방도 판에 끼었단 말이우?"

"아니쥬."

"그런데?"

"저 판이 워떤 판이라구 한다리를 놓것습니까유."

"그런데 무슨 말인구?"

"뒷전서 부시나 쳐주구 뜯넌 개평만 헤두 쏠쏠헌디 뒤턱*까장 거둬들이니 무르팍 밑이 쌓이넌 엽전만 헤두 둥덩산 같다* 이런 말씀입쥬."

"가보우."

"가야쥬."

"칠월 열쭝이모양 석 새에서 한 새 빠지는 소리 그만두고 싸게 가보란 말이야."

매롱매롱하니 날카로운 눈매로 쏘아보며 주모가 말하였고,

"쉰네 물러갑니다유, 아씨."

밥풀눈*을 흡떠 다시 한 번 안익선이를 훑어보고 난 사내가 허리를 굽신하며 밀문을 미는데, 된새*가 부는가. 바람살을 맞은 등잔불이 미친 듯 흔들리며 꺼질 듯 잦아들었다가는 다시 살아나고 있었다. 안익선이가 헛기침을 하였다.

"사목비목似木非木이요 사인비인似人非人이라. 목낭구 같되 목

뒤턱 노름판에서 남에게 붙어 돈을 태는 것. **둥덩산 같다** 돈이 수북하게 쌓여 있는 꼴을 가리키는 말. **밥풀눈** 눈꺼풀에 밥알만 한 군살이 붙어 있는 눈. **된새** 북동풍.

낭구도 아니요 사람 같되 사람 또한 아니니, 어허. 그것 참 괴이헐세.”

“목구멍이 포도청이요 구복이 원수°라 죽지 못해 용수 내걸고 있습니다만……”

바람소리만 들려오는 밀창 쪽을 흘낏 바라보고 난 주모가 포옥 하고 한숨을 깨어물었다. 그 여자 목소리가 낮게 깔리었다.

“왼갖 오사리잡것°들이 가마귀떼 다니듯 하는 통에 이짓도 못해먹것세요.”

“굼벵이 무숙이 바구미 딱정이 거저리 오사리 다 뫼드넌 게 주막 아닌가. 그래서 미운 늠 보려거든 술장사허라°넌 옛말두 있잖은가. 으징이뜨징이 먹진 늠 섬진 늠° 보기 예사지뭘.”

“어지간해야 생원님하고 벗하지°요. 왼갖 오사리잡것들이 어찌나 부라퀴같이 달겨드는지……”

“허허. 가이를 친허면 옷에 흙칠허구° 아이를 이뻐하면 옷에 똥칠허기° 예사지. 울바자가 흩어지면 이웃집 가이가 드나들기° 예사요 숲이 짙으면 긴짐승 들기 예사요 양반 파립 쓰구 대변 한 번 보기 예사°지. 구데기 날까 봐 장 못 말까°. 쉬파리 무서 장 못 담궈°.”

느릿느릿한 목소리로 장수 이 죽이듯 하고 있던 안익선이는 타악. 손바닥 들어 방바닥을 한 번 내려치고 나서 스르르 눈을 감

오사리잡것 이른 철 사리에 잡힌 여러 해산물처럼 이놈 저놈.

더니……

　　어기어라 톱질이야. 이 통을 어서 타서 좋은 보물 다 나오면 부익부 이내 형세 무궁행락 하여보세. 슬금슬금 거의 타니 필채°꿰미가 박통 밖에 뾰조록이. 놀보가 보고 좋아라고, 애개 이것 돈꿰미. 쓱 잡아 내어놓으니 줄봉사 오륙백 명이 그 줄들을 서로 잡구 꾸역꾸역 나오더니, 그 뒤에 나오는 늠 곰배팔이, 앉은뱅이, 새앙손이°, 반신불수, 지겟다리에 발 디딘 늠, 밀지투 코 덮은 늠 다리에 피칠한 늠, 가슴에 구멍난 늠, 얼어 부푼 낯바닥에 댕강댕강 물들은 늠, 입술이 하나 옰어 잇속이 앙상한 늠, 다리가 통통 부어 모기둥만씩한 늠, 등덜미가 쑥 내밀어 큰 북통 진 듯한 늠, 키가 한 자 남짓한 늠, 입이 한쪽으로 돌아간 늠, 가죽관을 쓴 늠, 쳇불관°쓴 늠, 패랭이 꼭지만 쓴 늠, 물매작대 멜빵만 진 늠, 감태 한 줌헌 공석진 늠, 온몸에 재 칠하여 아궁이서 자구 난 늠, 헐고 헌 고의적삼 등잔 그을음이 짙음 늠, 그저 꾸역꾸역 나오넌디, 사람들 모은 수가 대구 시월령만 헌디 각청으루 놀보 불러, 놀보 불러……

　「박타령」 한 대목을 다는목°으로 불러제끼고 나서, 주모를 빤

필채 돈. **새앙손이** 손가락이 잘라져서 새앙같이 된 손. **쳇불관** 말총으로 된 관. **다는목** 떼지 않고 달라붙여서 하는 소리.

히 바라보는 것이 있다.

"이런 야단이 옳더란 말이지?"

주모는 말없이 은동거리만 빨았고, 안익선이 다시 물었다.

"뭐허는 잔가? 아니, 뭐허든 자여?"

"저나 나나 초로 같은 인생인 것을 소종래는 알아 뭐하것소."

"외목장사 블이 좋아 중노미 하나 더 둔 중 아넌디, 아까는 왜 감중련을 헀넌구?*"

"알고 싶소?"

"암만."

"들어보실라우."

콩콩. 잔기침 두어 번으로 목을 고르고 난 그 여자가, 타악. 비가비사내 흉내로 방바닥을 한번 내리치고 나서 스르르 눈을 감더니……

"댓 냥 내기 방때리기*, 두냥패에 엎어먹기*, 갑자꼬리* 여수하기. 미골회패* 퇴기질*, 호홍호백 쌍륙치기, 장군명군 장기두기, 맞혀먹기 돈치기와 불러먹기 주먹질, 걸개두기 윷놀이와 한 집 두 집 고누두기, 의복전당 술 먹기와 남의 싸움 가로막기, 그 중에 무슨 비위 강새암, 계집치기, 밤낮으로 쌈박질이나 하고 살아

감중련을 했는고? 다정히 지내지 않고 왜 폼을 잡았는가? 감중련: 감패坎卦 상형象形(☵) 뜻으로, 불상 장지와 엄지가 서로 합한 것을 이름. **방때리기** 윷놀이 하나. **두냥패에 엎어먹기** 골패노름 하나. **갑자꼬리** 골패노름 하나. **회패** 맨 끝 차례. **퇴기질** 오락놀이 하나.

온 놈이라우."

「변강쇠 타령」한 대목을 또한 다는목으로 불러제끼는 것이었
으니, 조서방趙書房이었다. 외자°상투일망정 상투를 틀어 올리었
으니 듣기 좋으라고 조서방이지 그 여자가 긴짐승 대하듯 하는
그 사내 조각구리趙角久里는 삼부리 변부장邊部將 뒷뿔치기°였다.
전생에 무슨 죄악을 저질렀는지 어미 죽이고 거꾸로 세상 나와
이름 단 조각구리 소종래 들어보니—

외가에서 길러내어 일곱 살이 겨우 되니 외가가 지빈무의, 할
수 없어 유리개걸 모진 목숨 아니 죽고 십오 세가 넘더구나. 남의
집을 살자 하니 늦잠 까닭 할 수 없고 소금짐을 지자 한즉 성정 바
빠 못할 테요. 급주군을 다니자니 해찰에 탈이 나고, 중놈이나 하
자 하니 군것질에 쫓겨나니, 그럭저럭 삼십 넘어 계집 천신할 수
있나.

여기까지「적벽가」한 대목과 서로 방불하거니와, 초라니패
따라다녀 비비각시° 베개 노릇 잡기군雜技軍 수종隨從하여 불 돋
우는 시들꾸° 한푼두푼 돈을 보면 이를 갈고 모은 것이 돈백이나
되었기에 가난한 집 과혼 처녀 간신히 청혼하여 신방에 들었다
가 적벽대전에 끌려 나와 눈물 흘리는 그 군사와는 다르게 구메
도적질로 연명하다 변부장 손에 잡혀 원옥으로 끌려가게 된 조

외자 가짜. 뒷뿔치기 남 밑에서 뒷바라지하는 사람. 비비각시 유랑녀 하
나. 시들꾸 불켜는 잡역군.

각구리인 것이었다. 원옥살이 몇 달 만에 퉁딴*으로 몸을 바꾸게
된 조각구리가 한쪽 다리를 상하게 된 것은 전수이 그 사내 성정
탓이었으니, 화적패 장물은 먼저 본 놈이 임자라는 공다리들 말
만 믿고 산수털 벙거지짜리들보다 먼저 산채로 들어갔다가 그만
불을 맞았던 것이었다. 봉충다리가 된 몸으로는 딴꾼질하기 어
려워진 그 사내를 박씨주막에 중노미명색으로 붙여준 것 또한
변부장이었으니, 밀세다리*로 써먹자는 것이었다.

"가엾은 목숨이로세."

담배연기가 따가와 그런 것인지 안익선이 눈살이 조금 찌푸려
지는데, 콩. 매롱매롱하니 날카로운 눈매로 밀문 쪽을 쏘아보며
주모는 콧방귀를 뀌었다.

"바구미 같은 놈."

"서글픈 인생이야."

"병신치고 육갑 못하는 놈 없다더니 꼴에 수캐라고 다리 들고
오줌 누러 든다*니까."

"허. 가죽방아라두 찧자*구 뎀볐던 모냥일세."

히뭇이 웃는데, 콩. 출렁 하고 등잔불이 일렁이게끔 된 콧방귀
를 한 번 뀌고 난 그 여자가

"하이구우…… 급살 염병이나 맞다 거우러지려고 언감생심."

퉁딴 도둑 잡는 일을 거들던 사람. 절도죄인으로 출옥한 뒤 포도청 딴꾼이
된 이. **밀세다리** 끄나풀. **가죽방아 찧기** 어르기.

대꼬챙이 째는 소리°를 하였고, 해해. 비가비사내는 얼른 손사래질을 하였다.

"웃자구 한번 혜본 말일세."

"콩. 하늘을 보고 별을 따라지."

"순임금 세상에 두 사흉이 있었으니……"

"하늘이 사람 낼 제 정한 분복 각기 있어 유자생녀 만수다복 오래오래 살잤드니……"

"공든 탑이 무너지°며 힘든 나무 부러질까."

"어떤 년은 팔자 좋아 정경부인 받건마는 이내 전생 무슨 죄로 이런 설움 당하는지……"

주모 목소리에 물기가 어리는데, 안익선이는 헛기침을 하였다.

"퇴짜를 놓지 그러나."

"집도 절도 없는° 위인을 어디로 보낸답니까."

"미운 쥐일수록 품에 안든°지."

"안뒷간에 똥누고 안아기씨더러 밑 씻겨 달랄 놈이니, 어지간해야 생원님하고 벗하지요."

"결자해지°로세."

"아이그, 또 유식발명."

"선미련 후슬기°라, 이제 와서 워쩌것능가."

_____

결자해지(結者解之) 맺은 사람이 푼다는 뜻.

"네에?"

"아니면 베갯머리송살 헤보든가."

"얼라아?"

주모 눈이 동그랗게 떠지는데, 안익선이는 스르르 눈을 감았다.

"그 사람 근본 승은 쟁길침자沈字 아니던가?"

"점점."

"아래핫자下字 하서방과 사돈을 하였더니 사돈이 허넌 말이 제 승은 핫뺄°이요 내 승은 늑점이라 점 하나만 달라허구 밤낮으루 졸러대니, 으쩔 수 읎어 오른편 점을 떼서 사돈 주었더니, 그러구 보면 그 사람은 무슨 승이 되었던구?"

눈을 뜬 안익선이가 똑바로 바라보았고, 주모는 눈길을 내리었다. 그 여자 목소리가 가느다랗게 떨려 나왔다.

"감영 떠난 지 하 오래라 박타령 아니리 잊은 지 또한 오래랍니다."

"청석골서 만난 사람 말일세."

"아닌 밤중에 홍두깨라더니."

"중화 지나 황주 지나 동선령 얼른 넘어 봉산 서흥 평산 지내어 금천 떡전거리 닭의우물 청석관을 허위허위 당도허니 마주 오든 사내 하나 있잖든가."

핫뺄 하천한 것.

"별꼴."

"삼남 설축°말이로세."

"점점."

"법븬┼자 다르구 갓븬邊다 다르지면 돗진갯진으루 븬가 이기는 매일반 아니든가 이 말 인즉."

종주먹을 대는데, 콩. 무 캐다 들킨 사람같이°그 여자는 말이 없고, 안익선이는 헛기침을 하였다.

"한나라 사마상여 탁문군은 후렸으되 자네 후릴 수 윲구 당나라 이정이가 홍불기는 돌렸으되 자넬 돌릴 수는 윲다는 걸 내 모른 바 아니네만……"

"……"

"자네 행실 즁녀인 줄은 븐연히 알건마는 아마도 유헌 마음 십벌지목 위태허니 약빠른 늠 만나거든 피허는 수가 윲잖것능가."

「심청가」 한 대목 빌려 아니리를 하고 난 비가비사내는

"슬프이."

발림으로 눈물을 씻는 시늉을 하는 것이었고, 주모가 잔기침을 하였다.

"병 주고 약 준다°더니, 이번에는 무에 또 그다지도 슬프시답니까?"

설축 설근찬 놈. 매우 센 놈.

"슬프다니께. 슬퍼서 그만 애가 끊어지는 것만 같다니께."

장수 이 죽이듯 말하며 안익선이는, 궁— 곱돌조대로 방바닥을 한 번 내려치고 나서

"너허너허. 어허어허."

느닷없이 뽑아내는 어화성°인 것이었다. 궁— 다시 한 번 방바닥을 내려치고 나서 스르르 눈을 감으며

어이 가리 너허너허

연반군延爛軍은 어디 가구

담뱃불만 밝었으며

행자곡비行者哭婢 어디 가구

두건이넌 슬피 우노 어허너허

밍중꾕포銘旌功布 워디 가구

작대기만 짚었으며

앙장휘장仰帳揮帳 워디 가구

흔 꾕석空石을 덮었넌구 어허너허

장강長杠틀은 워디 가구

지게송장 되었으며

상제뵉인喪制服人 워디 가구

어화성 상여꾼들이 상여를 메고 가며 외치는 소리.

일믜색—美色만 따러오나 어허너허

너 죽어두 이 길이요

나 죽어두 이 길이라

북망산천 돌아들 제

어욱새 더욱새 덕갈나무 가랑잎

잔 빗방울 큰 빗방울

소소리바람 뒤섞이어

으르렁 스르렁 슬피 울 제

어느 붓님 찾어오리

어허너허 너허너허

진계면바닥으로 어화성을 이어나가다 말고 문득 고개를 젖혀 보꾹을 올려다보는 것이었는데, 발발성으로 떨려 나오던 성음과는 다르게 멀쩡한 낯빛이었다. 사내가 말하였다.

"이러니 슬플밖의."

눈초리에 가선°이 져 있던 주모 두 손이 허공을 긁어 내리었다.

"아이그, 저런. 슬프면 안 되지요. 백날이 하루같이 기쁘고 즐겁기만 해도 초로 같은 인생이어늘, 슬퍼서야 되것세요."

손위 누님처럼 타이르는데, 안익선이가 조대를 집어 들었다.

가선 눈웃음을 칠 때 눈초리에 지는 잔주름.

주모가 불을 댕겨주었고, 두 볼이 홀쭉하여지게끔 연기를 빨아들이고 난 그 사내는 길게 연기를 내어뿜었다.

"해소수 동안 자네가 겪어온 꼭긍을 듣구 보니 슬프지 않을 도리가 있능가. 빈말이 아니라 내 억장이 다 무너지는 것 같으이."

"울까요?"

하면서 주모가 안익선이를 빤히 바라보았는데, 이제까지와는 다르게 생글거리는 눈빛이었다.

"나으리 말씀 듣고 보니 눈물이 다 나오려고 하네요. 십여 년 전 감영 떠나올 제 다 말라버린 줄 알았던 눈물이 여태도 남아 있는 모양이지요."

생글거리는 눈빛과는 다르게 그 여자 목소리에 묻어나는 것은 촉촉한 물기였으니, 애고애고 설운지고, 내 설움 나간다. 뼈빠질 요 내 설움 나간다. 애고애고 설운지고. 시조타령으로 울고, 산타령으로 울고, 방아타령으로 울고, 울고 웃다 하 울어서 자진모리 아니리로 제아무리 울어본들 무슨 소용 있단 말가. 비같이 붓던 정이 구름같이 흩어지면 눈같이 녹는 간장 안개같이 이는 수심. 도리화 피는 봄과 오동잎 지는 가을, 두견이 섧게 울고 기러기 높이 날 제, 독수공방 내 신세가 잔생殘生이 불쌍쿠나. 찰담장이° 걸려 땅보탬을 한 서방명색 방서방 생각에 그 여자 눈이 습벅습벅

찰담장이 악성 매독.

하여지는데, 크음. 헛기침을 한 번 하고 난 안익선이는 껄껄 웃음을 터뜨리었다.

"웃세. 자네 말마따나 초로 같은 인생인 것을 웃고 살아야지 울어야 쓰것능가."

"나으리 말씀 대접을 해올리자면 울어야지요. 웃는다고 해서야 똥싼 주제에 매화타령한다고 물볼기라도 맞지 않겠습니까."

"웃세."

"웃고 있습니다. 천한 것 소종래며 소경력을 잘 아시는 나으리께서 새삼스레 명치끝을 찔러오시니 드려보는 말씀이지요."

"웃자니께. 웃자구 헤본 소리여."

장사 웃덮기°로 말하며 비가비사내가 벌쭉 웃었고,

"아이그, 나으리."

잔기침 버썩°하며

"웃자시는 재담이 왜 이다지도 슬프답니까."

어린양 뽄 말을 내어 혀짜래기° 소리를 내는 그 여자인 것이었는데, 요년. 요 뺑덕에미 같은 년. 내 네년 행실 모를 줄 알구. 네년이 시방 서방 잡어먹구 땅불쑥허니° 슬픈 체 왼갖 색色을 멕이구 있다만, 방서방 모이마당 떼두 마르기 전버텀 변부장 기둥서방 삼었다는 것 다 알구 있다. 다 알구 있어. 뿐인가. 온가늠 멕이려

버썩 갑자기 나아가거나 늘거나 주는 꼴. **혀짜래기** 혀짤배기. **땅불쑥하게** 특별하게.

구 씨암탉 잡어뜯어 질솥°에 불 모으구 일 시작헸다가 덕금이년 오는 설레 못 멕여 보내구서 솥에 그저 있었구나.

허나 또한 어이하리. 술에미 츤헌 몸이 직녀성을 어찌보며 구만리 믄 하늘을 어찌 보리. 쏜 살을 붙들것나 엎진 물을 거두것나. 순사또 간 데마다 선화당이라 네 팔자두 방사허니, 일정지심 一貞之心 어이 바라랴. 하늘이 증허신 일 임의루 못헐테니 역지사지 易地思之하여보자. 생서양포° 깃저고리° 종성내의鐘城內衣 생베 치마 외씨 같은 고운 발씨 삼승三升 엄신 신구 구름 같은 푸른 머리 흐트러지게 집어 얹구 도화색 두 뺨가에 눈물 흔적 더 이쁘다. 아장아장 고이걸어 대로변을 근너가서 유록도홍柳綠桃紅 시냇가에 뵐 듯 말 듯 펄썩 앉어 본래 감영 외대머리라 목소리는 좋다소니 스러져가는 듯이 앵두를 따넌°디, 이것이 묵은서방 생각이 아니라 새서방 후리는 목이니 오죽 맛이 있것느냐. 사설은 망부사望夫辭 비슷허게 염장斂章은 연해 애고애고루 막것다.

애고애고 설운지고, 이내 신세 가긍허다. 달두 밝다 달두 밝다, 야속허게 달두 밝다. 흰물결 날리면서 초라니 줄목 보듯 안목을 잘 살펴라. 분세수 곱게 허구 동백기름 많이 발러 낭자를 곱게 허구 산호비녀 지른 채루 희뜩희뜩 눈웃음을 살살 치니, 팔도에 좇단 늠덜 가만 놔둘 이치 있나. 등덜미에 손두 쓱 넣어보구 젖두 불

질솥 질로 만든 솥. 생서양포(生西洋布) 가는 무명올로 폭이 넓고 바닥은 썩 설피게 짠 피륙. 깃저고리 졸곡 때까지 입는 생무지 거상居喪옷. 앵두를 딴다 눈물을 흘린다.

끈 쥐어보구 허리 질끈 안어보구 손목 꽉 잡어보며, 네 다리 빼어라 내 다리 박자. 암만헤두 못참것네. 우선 한번 허구 보세.

굼벵이 무숙이 바구미 딱쟁이 거저리 오사리 으징이뜨징이 먹진 늠 섬진 늠 왼갓 날파리 잡것들이 뎀벼드니, 전딜 재간 있것능가. 물승질 계집*이요 더구나 만수받이* 아니던가.

"향월이."

"예."

"장군서*를 비웃은 것이 후회가 되는군."

"녜에?"

"욕봤으이."

"서당 아이들은 초달에 매여 살구º 귀신은 경문에 매여 살드라º구 저도 모르게 그만 신세자탄을 하게 된 것을 가지고 자꾸 이러시면 쥐구멍을 찾게 되잖것세요. 차라리 꾸중을 내려주셔요."

수줍음 타는 처녀아이처럼 살포시 고개를 숙이며 저고리 고름을 만지작거리는 그 여자 두 볼이 홍시빛으로 물드는데,

"아니여, 그렇지 않어."

보일 듯 말 듯 갓전을 흔드는 비가비사내였고, 주모가 잔기침을 버썩하였다.

"듣고 보니 또 눈물이 나오려고 하네요."

물성질 계집 수성水性 여자. 술장사. **만수받이** 남이 귀찮게 굴어도 싫증내지 않고 좋게 받아주는 사람. **장군서**(張君瑞) 중국 원대 희곡 「서상기西廂記」 주인공.

"아까두 말헸지먼."

탄지 털어낸 조대에 반불겅이를 쟁여넣으며 안익선이 말하였다.

"그 아까운 재조 쎅이지 말구 나허구 하냥 떠나자 이 말일세. 천지간에 그 어느것에두 걸림이 읎이 창공을 훨훨 날러댕기넌 한 마리 학처럼 그렇게 살어보자 이 말이여."

조대를 입에 물었고, 부시를 쳐 불을 댕겨주는 주모 손길이 가느다랗게 흔들렸다. 그 여자는 포옥 하고 한숨을 삼키었다.

"정작으로 슬퍼집니다."

"아니여. 그렇지가 않다니께. 실까스르는* 말루 희영수허넌 게 아니라니께."

홰홰 손사래를 치는데, 출렁 하고 등잔불이 잦아들었다.

꺼질 듯 낮게 잦아들던 등잔불이 되살아나면서 밥상을 든 젊은 여자사람 하나이 들어서고 있었다. 안익선이 앞에 소반을 내려놓고 난 그 여자는 살포시 큰절을 올리었는데, 허. 안익선이 입에서 바람 빠지는 소리가 났다.

"허, 덕금이 아니드냐?"

안익선이가 깜짝 놀라는 시늉을 하는데, 무명치마에 동구래

실까스르다 불가불不可不을 걸다.

398

저고리를 입었고 무슨 장병 뒤끝 사람인 듯 파리한 낯빛인 그 여자는 푸시시 웃기만 할 뿐이었다. 안익선이는 연방 허허 소리만 내었다.

"금일동 내일서허는 비갭이멍색이다 보니 문상이 늦었으이. 그래, 월마나 애통허신가?"

"찬이 읎습니다."

"상례는 잘 잡쉈구?"

"시장허실 텐디……"

"인멍은 재천이니 너무 상심허지 마시게."

"진지 잡수셔유."

"풍류를 물르는 멧뵝이덜이 뭐라구뭐라구 말들이 많았지먼 왈 소릿귀 하나는 트였던 사람였넌디……"

"국이 식느면유."

"천멍인 것을 워쩌것능가. 귀헌 몸 애통허여 상케 말구 다다 천만보증허시게. 약몽부생이 묘창해지일속이니 차생에 미진한 일랑 후생에 푸시라 허구……"

보리누름까지 세배할 작정인지 안익선이 유식발명이 길어지는데, 하. 푸시시 찰기 없는 웃음기만 띠고 있던 덕금이는 숨을 내쉬었다.

어미 죽은 다음부터 온갖 난봉을 다 피우기 시작한 아비가 미워 얼음과 숯 같은 사이였으나, 천륜을 어이하리. 천지간에 홀로 남았다는 생각에 새삼 서러워지는 것인가.

용병 중에도 상용병인 찰담장이 걸려 반송장 되고부터 사람취급을 받아보지 못한 채 구들목 신세만 지고 있던 아비 앞에서 그래도 거문고소리 뿐으로 「짝타령」도 맞추어주고, 귀성기 있는 너름새와 시치미 뚝 뗀 아니리 곁들인 판소리로 얼씨구나 멋있구나, 절씨구나 좋을시고. 폐. 당동당. 이내 고사告祀 들어보면 자네 원통 다 풀리리. 살았을 제 이생이요 죽어지면 저생이라. 만사부운萬事浮雲 되었으니 처자 어찌 따라갈까. 훼파은수毁破恩讐 자세 보니 옛사람 탄식일세. 폐. 당동당.

공덕이 이러허니 보복지리報復之理 읎을손가. 낑낑. 저승에 들어가면 연화대에 오를 테요, 후생에 다시 나면 황금옥에 앉았으리. 낑낑. 칠년대한 가물 적에 큰비 오니 좋을씨고. 얼씨구 지화자. 백설한풍 추운 날에 해를 보니 반갑도다. 칠야삼경 캄캄할 제 달 떠오니 반갑도다. 얼씨구 지화자. 지화자 좋을씨구. 세마치 꽁. 뒤마치*꽁꽁. 꽁. 꽁꽁꽁.

입장고 낑낑 치고 곱돌 곰방조대로 뒤꼭지 탁탁 치며 두 다리를 엇디디고 허릿짓 고갯짓 잘헌다, 잘헌다. 초당 짓구 헌 공부냐, 낭패두 읎이 잘헌다 동삼 먹구 헌 궁구냐, 긔운차게 잘헌다. 목구멍에 불을 켰나, 훤허게두 잘헌다. 뱃가죽이 두껍나, 일망무

뒤마치 늦은장단.

제 나온다. 네가 저리 잘헐 적에 네 선생은 헐말 있나. 네 선생이 내로구나. 잘헌다, 잘헌다. 대목장에 목쉴라. 잘헌다, 잘헌다. 너 못허면 내가 허마.

각설이패 시늉까지 내며 아비를 웃기려 들던 비가비사내를 보자 새삼 더욱 제 설움이 복받쳐 오르는 것인가. 고개를 외로 꼬고 앉아 있던 그 여자 눈에서는 스르르 때아닌 앵두가 흘러 두 뺨을 적시는 것이었다.

하, 하, 하……

칠년대한을 만난 논바닥같이 갈라터져 엉그름진 입술만 달싹거릴 뿐 방서방은 아무것도 알아보지 못하였고 밤은 깊어 개 짖는 소리도 끊어진 삼경인데, 이 노릇을 어찌하나.

하루 저녁 얻은 병에 왼갖 환약 소용없고, 지렁이즙 굼벵이즙 우렁이탕 섬사주蟾蛇酒며 무가산無價散 황금탕黃金湯과 오줌찌끼 월경수月經水며 땅강아지 거머리 황우리 메뚜기 가물치 올빼미 같은 왼갖 단방약單方藥 다 써봐도 또한 효험 없으며, 좌수맥左手脈 짚어보던 의원 하는 말이, 약은 백 가지요 병은 만 가지니 말질末疾이라 불치不治외다.

도무지 어떻게 해야 좋을지 몰라 혼자 발만 동동 구르고 있던 덕금이 다시 달싹거리는 입술에 귀를 대어보니

햐, 햐, 향……

젖 먹던 힘을 다하여 마지막으로 한 번 불러보는 이름은, 향월 이였다.

그류, 그류.

우렁껍질처럼 쑥 들어간 눈망울 가득 그렁그렁 물기를 담고 있던 덕금이는 아비를 내려다보며 고개를 끄덕여주었다. 그러고는 새 차려는 새매같이 톡 솟구쳐 일어서더니 죽을둥살둥 비티 밑 주막으로 달려갔는데, 아이. 주등 내린 주막 호젓한 뒷방에서 들려오는 다시어미*명색 콧소리는 여간 색을 먹인 것이 아니였다.

아이, 간지럽사와요옹.

만동이가 그 큰일을 저지르고 야반도주를 한 다음부터 출입이 잦아지기 시작한 삼부리 변부장과 농탕질을 치는 외대머리 출신 다시어미명색인 것이었고, 아아. 힘껏 턱 끝을 흔들고 나서 엎더지며 곱더져 되짚어간 집에서는, 피격. 피피격. 메마른 딸국질 두세 번에 숨이 탁 끊어져버리는 아버지인 것이었다.

아부지, 아부지……

숨가쁘게 불러보건만 죽은 사람 대답할까. 코밑에 손 대보니 찬바람만 나는구나.

아이구 아부지, 아이구 아부지이……

다시어미 계모繼母. 홋어미.

참말루 돌어가셨나. 돌어가셨단 말이 웬 말인가. 가슴 탕탕 두드리며, 머리 쾅쾅 부딪치며, 내리궁굴 치궁굴며, 두 발 동동 목접이질*, 남지서지 南之西之 더듬으며

아이구 아부지, 아이구 아부지이……

나 혼자서 워치게 살라구 돌어가신단 말유. 나 혼자서 워치게에. 뮌천했다 좋아허며 옛말 이르구 한번 잘살어보자드니, 황천이 워디라구 천지간의 나 혼자 냉겨놓구 간가. 애고애고, 설운지고.

"크흠. 사생이 길이 달라 사자는 이의라, 어쩌것능가. 크흠. 자고로 사생은 유명이니……"

헛기침 섞인 안익선이 사설이 이어지는데, 말없이 은동거리만 빨고 있던 주모가 잔기침 버썩하며

"산 사람은 살어야지 어쩌것세요."

출반주를 하는 것이었고, 세운 무릎 위에 턱을 괴고 앉어 제 설움에 잠기어 있던 덕금이가 턱을 들어올리었다. 벌겋게 충혈된 그 여자 눈에 푸른빛이 비치었다.

"그런 말 헐 자격 읎을 거구먼."

"뭐라구?"

주모 눈이 동그랗게 떠지는데, 덕금이가 착 가라앉은 목소리

목접이질 목이 접질리어 부러짐.

로 말하였다.

"하늘이 주는 얼*은 피힐 도리 있어두 지가 진 얼은 워쩔 도리가 읎을 거구먼."

"얼라?"

"하늘이 알구 땅이 알구 거긔가 알구 또 여긔가 안다니께."

"그게 아니라……"

무어라고 발명을 하려던 주모는 덕금이 눈에 파란 인광이 서리는 것을 보더니 얼른 마른침을 삼키었다. 그 여자는 기어들어가는 목소리로 중얼거리었다.

"그렇다는 말이지 뭐. 다만……"

"진지 잡수셔유."

까딱 하고 고개를 숙여 보인 덕금이가 몸을 일으키는데, 허. 그 여자 뒷모습에 눈길을 주던 안익선이 입에서 다시 바람 빠지는 소리가 났다. 쪽을 찌지도 않았고 그렇다고 해서 등허리 위로 땋아 늘여 금박 물린 자주댕기를 드리우지도 않은 삼단 같은 머리를 흰 무명쪼가리로 질끈 동여매었으니, 아낙인지 처녀인지 도무지 분간을 하기 어려운 것이었다.

"심청이 났네, 심청이 났어."

하얗게 눈을 흘기며 입안엣소리로 구시렁거리던 주모가

얼[孼] 얼. 밖으로 드러난 흠.

"시장하실 텐데……"

한 무릎 더 다가앉으며 복지개*를 열더니

"멧주막에 무슨 찬이 있어야지요. 시장이 반찬이라 여기시고 허기나 끄셔요."

민주스럽다는 낯빛으로 손을 부비는데,

"허허."

안익선이는 허하게 웃었다. 혼자 먹게 차려진 반달 모양 외상 소반 위에는 더운 김이 모락모락 피어 오르는 하얀 쌀밥에 명태 국 담긴 반병두리*며 섞박지 섞인 김장김치에 동치미서껀 몇 가지 산나물에 곤쟁이젓찌개와 자반비웃까지 한 토막 놓여 있었으니, 한저녁치고는 진수성찬이었다.

"향월이 자네는 워쩔 수 읎는 경아리로세."

오금을 박듯 한마디 찔러주고 나서 숟가락을 드는 밖으로는 눈이 내리고 있었다. 함박눈이었다.

숭늉이 다 끓었다는 작은년이 말에 덕금이는 턱짓만 하였다. 네가 알아서 하라는 뜻이었다. 푸슬푸슬 쏟아져 내리는 함박눈 사이로 드러나는 눈썹 같은 초생달을 바라보는 그 여자 눈자위 는 벌겋게 충혈이 되어 있었다. 땅보탬이 된 아비 생각 때문만은

복지개 주발 뚜껑. **반병두리** 놋쇠로 만든 둥글고 바닥이 편편한 국그릇.

아니었다. 아비가 살아 있을 적에도 그러하였지만 아비마저 죽고 난 지금은 더구나 남남 사이나 마찬가지인 향월이였다. 그럼에도 무릅쓰고 남생이 등 맞추듯 살아가고 있는 것은 전수이 기다리는 사람이 있는 탓이었다.

지달리다니. 그 사람이 나와 무슨 사이라구 지달린다넌 말인가. 더구나 그 사람이루 말허자면 하늘같은 양반댁 애기씨를 저 내폿벌마냥 너르나 너른 가슴팍 가득 부여안구 떠나간 사람 아니던가.

내가 왜 이러지.

힘껏 턱 끝을 흔들며 덕금이는 한숨을 삼키었다. 군불을 지피려고 아궁이 앞에 앉았는데 부지깽이를 잡은 손이 흔들리면서 눈앞은 또 자꾸만 뿌옇게 흐려오는 것이었다. 아비가 숨을 거두던 날 밤이 떠올랐고 그 여자는 저도 모르게 벌떡 일어나 마당으로 나갔다. 손보는 이 없어 삭정이가 다 된 울바자 너머로 밤하늘이 보였고 희뜩희뜩 눈발이 듣고 있는데, 밤정근을 하는가. 멀리 대련사에서 치는 쇠북소리가 봉수산 골짜기로 울려 퍼지고 있었다.

숨을 내어쉰 덕금이는 집을 나섰다. 저도 모르게 선학동을 벗어나 비티 쪽으로 걸어가고 있는 그 여자 눈에서는 두 줄기 눈물이 흘러내리고 있었다.

덕금아.

떨리는 듯 낮게 가라앉은 만동이 목소리였다. 만동이가 다가오고 있었다. 병장기서껀 옷보퉁이를 부담 지운 돈점총이며 은총이 위에 올라타 있던 장선전나으리와 황포수라는 이는 보이지 않는데, 이히잉! 철총이가 투레질하는 소리가 들리면서, 보일 듯 말 듯 흔들리는 너울자락이었다. 이히힝! 이힝! 휘늘어진 낙락장송 사이로 빨려 들어가는 인선아기씨 너울자락. 그 여자는 고개를 숙이었다.

덕금아.

우두둑우두둑 소리가 나게 손마디만 꺾고 있던 만동이가 덕금이 얇은 어깨를 잡았다. 덕금이가 고개를 들었고 만동이가 손을 내어밀었다. 그 여자는 만동이 손을 잡았다. 손바닥이 따뜻하였다. 어리중천에 걸리어 있는 달만 바라보던 만동이가 말하였다.

아부지 뫼시구 잘 있어.

……

다시 올 테니께.

그게 원제랴?

그제서야 덕금이는 고개를 치켜들어 만동이 얼굴을 바라보았는데, 눈물이 앞을 가려 그 사내 얼굴이 두 개로도 보이고 세 개로도 보이었다. 이히힝! 이힝! 철총이가 투레질하는 소리가 들려왔고, 만동이가 다시 말하였다.

원제구 반다시 다시 온다니께.

지축을 울리는 소리를 내며 서둘러 철총이 쪽으로 가던 만동이는 잠깐 그 여자를 돌아다보았다. 달빛 아래 두 사람 눈이 마주쳤다. 골짜기를 훑으며 내려오는 밤바람이 그 여자 금박 물린* 자주댕기자락을 흩날리게 하고 있었다. 만동이가 소리쳤다.

다시 만나게 될 겨!

〔『國手』4권 제13장으로 이어짐〕

물린 입힌.

부록

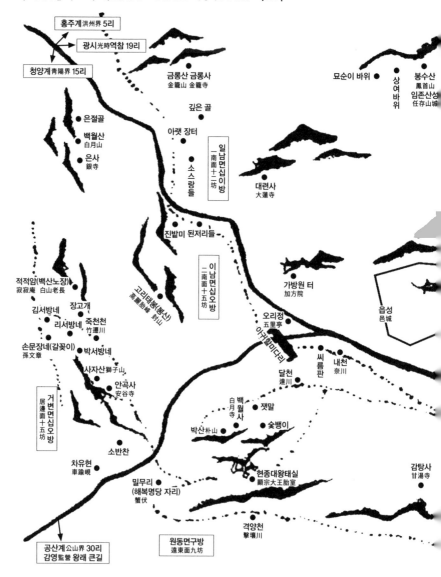

|『國手』주요무대(충청우도忠淸右道 대흥부大興部) 지도 |

홍주계洪州界 5리

광시光時역참 19리

청양계靑陽界 15리

금롱산 금롱사
金籠山 金籠寺

깊은 골

아랫 장터

소스랑들

일남면십이방
一南面十二坊

묘순이 바위

상여
바위

봉수산
鳳首山
임존산성
任存山城

은절골

백월산
白月山

은사
銀寺

대련사
大蓮寺

진밭미 된저리들

이남면십오방
二南面十五坊

적적암(백산노장)
寂寂庵 白山老長

고리태봉(봉산)
高麗胎峯 峯山

가방원 터
加方院

읍성
邑城

장고개

김서방네

죽천천
竹遷川

리서방네

오리정
五里亭

손문장네(갈꽃이)
孫文章

박서방네

아구탕미다리

씨름판

내천
奈川

거변면십오방
居邊面十五坊

사자산獅子山

안곡사
安谷寺

달천
達川

백
월
사

백월
사

잿말

숯뱅이

박산朴山

소반찬

차유현
車踰峴

밀무리
(해복명당 자리)
蟹伏

현종대왕태실
顯宗大王胎室

감탕사
甘湯寺

공산계公山界 30리
감영監營 왕래 큰길

원동면구방
遠東面九坊

격양천
擊壤川

410

기우단
新雨壇

홍주계洪州界 4리

골말

여단
厲壇

선학동
仙鶴洞

몽득
夢得
이네

덕금
德金
이네

비티
납죽어미
향월이 주막
向月

뒷들

장선전댁
張宣傳

범둥골

윗말

닭재

외북면육방
外北面六坊

김사과댁(석규)
金司果 石圭

가운뎃말

리처사 댁 은수
李處士 銀秀

사직단
社稷壇

중뜸

아
가
물
들

기생집
妓生

원옥圓獄
(옥담거리)

아랫말

객사
客舍

향교
鄕校

갈울

내북면오방
內北面五坊

팔봉산
八峰山

읍
내
면
사
방
邑
內
面
四
坊

견사정
見思亭

큰뜸

향교밑

구렛들

큰말

쌀돌이

경결천
京結川

섶무시

큰뜸

솔안말
윤동지
尹同知

송지못
宋之淵

허담선생댁
虛譚

한양漢陽 가는 길
3백23리

송림사松林寺
(도선국사부도)
道詵國師

예산계禮山界
20리

근동면십사방
近東面十四坊

부록 411

| 조선시대 말 충청우도忠淸右道 지역 지도 |

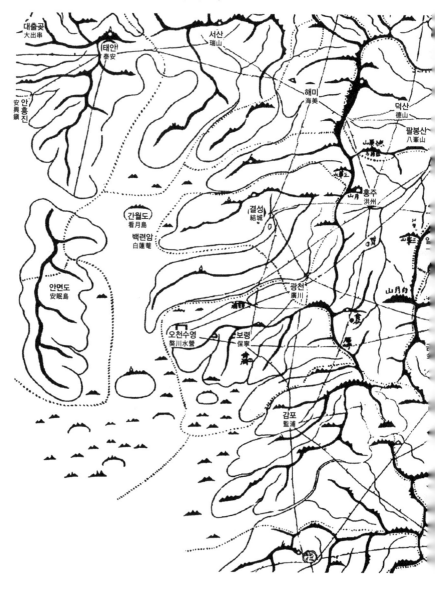

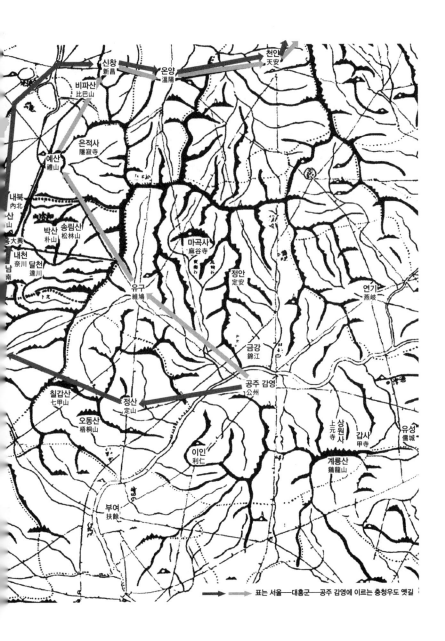

신창
新昌

은양
溫陽

천안
天安

비파산
比巴山

은적사
隱寂寺

예산
禮山

내북
內北
산
山

홍대
大興

내천
奈川

박산
朴山

송림산
松林山

달천
達川

마곡사
麻谷寺

정안
定安

연기
燕岐

유구
維鳩

금강
錦江

칠갑산
七甲山

정산
定山

공주 감영
公州

상원사
上元寺

갑사
甲寺

유성
儒城

오동산
梧桐山

이인
利仁

계룡산
鷄龍山

부여
扶餘

⟶ ⟶ 표는 서울─대흥군─공주 감영에 이르는 충청우도 옛길

김사과댁金司果宅—1890년대 충청도 대흥지방 양반네 전형적 가옥구조

우물

채마밭

앵두·자두·복숭아
감나무·밤나무숲

장독대

사당가는
(계단)

사당祠堂

사당동洞

강릉천

414

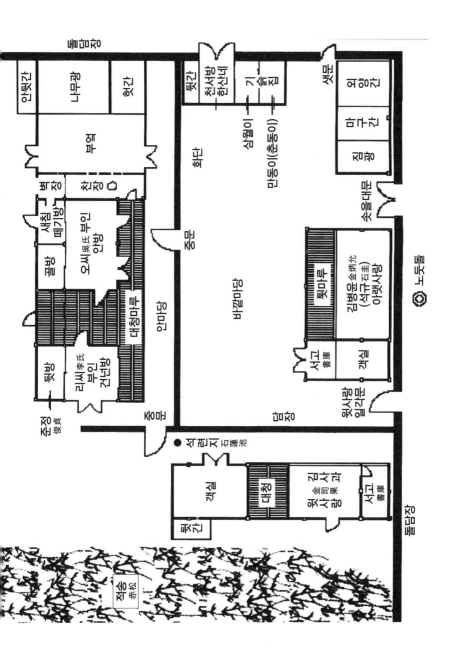

①홍현(紅峴) 김옥균 집: 옛 경기고등학교 자리 뒤쪽 화동으로, 옛이름 화개동花開洞 ②운현궁(雲峴宮): 흥선대원군興宣大院君 리하응 집 ③진골 박영효 집: 이제 운니동雲泥洞 ④육조(六曹)거리: 이제 교보문고에서 광화문까지 길 좌우에 있던 조선왕조 시대 정부청사 ⑤종루(鐘樓): 새벽 3시에 인정과 저녁에 파루를 알리는 큰 종을 쳐 도성 8문을 애닫게 하던 곳으로 이제 종각 ⑥운종가(雲從街): 조선왕조 때 서울 거리 이름으로 이제 종각에서 종로4가까지 한바닥이었음. ⑦전옥(典獄): 갑오왜란 때까지 있었던 그때 감옥 ⑧남별궁(南別宮) 터: 1897년 10월 대한제국을 선포한 고종高宗이 황제 즉위식을 한 곳으로 이제 소공동 87-1번지 ⑨청국 상권: 임오군변 뒤 원세개袁世凱 위세로 자리잡았던 청국 상인 거주지 ⑩숭례문: 서울 관문이었던 남대문 ⑪청파역참: 공무를 보러 서울로 오거나 떠나는 관인이 역말을 타거나 매어 두던 곳 ⑫진고개: 이제 충무로 일대에 자리잡았던 일본인 거주지 ⑬구리개: 조선 상인들이 주로 살았던 이제 을지로 1가와 2가 사이 ⑭하도감(下都監): 이제 동대문역사문화공원 자리로 그때 군인들을 선발 훈련하던 훈련도감이 있던 곳(임오군변이 비롯된 곳) ⑮김옥균 별업(別業): 동대문 밖에 있던 김옥균 별장 ⑯새절: 개화당이 자주 모였던 이제 신촌 봉원사奉元寺 ⑰칠패·배우개·야주개: 그때 민간시장

| 조선시대 말 서울 전도全圖 |

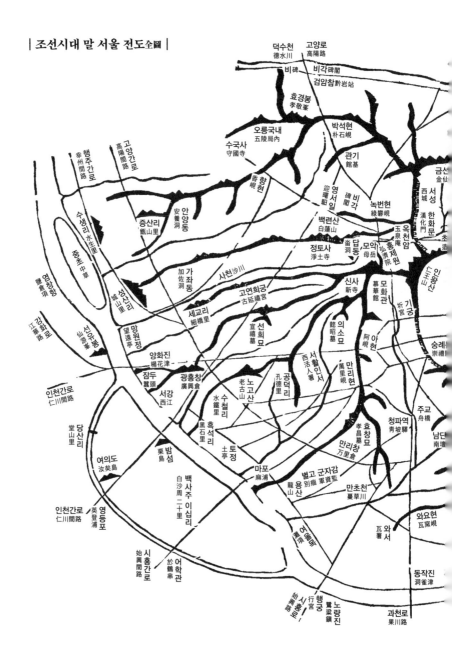

418

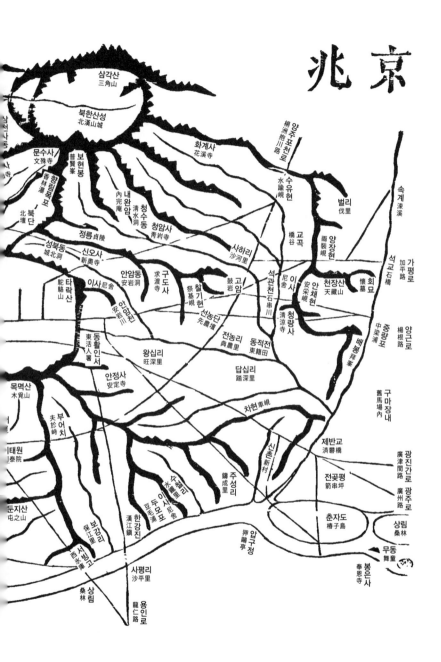

兆 京

김석규 金石圭

　김사과댁 맞손자로 해맑은 얼굴에 슬기로운 도령임. 일찍이 아버지를 여의고 할아버지 김사과 곰살궂으면서도 호된 가르침 아래 경사자집 經史子集을 익혀가는데, 바둑에 남다른 솜씨를 보임.

갈꽃이

　손문장孫文章 양딸로 뛰어나게 아름다운 얼굴과 소리에 솜씨를 보이는데, 손문장이 동학을 한다는 것을 무섭게 올러대어 관아에서 억지로 기안妓案에 들게 함.

금칠갑 琴七甲

　산적 출신이었으나 만동이 동뜬 힘과 의기義氣에 놀라 복심이 된 젊은 이로, 만동이 부탁을 받고 김사과댁에 머슴으로 들어가 집안을 보살피다가 괘서掛書를 붙이며 고을 농군들 봉기를 부채질함.

김병윤 金炳允

　석규 아버지로 비렴급제飛簾及第하여 아산현감牙山縣監에 특명제수되었으나 아전 잔꾀에 말려 관직을 버리고 29세로 요사夭死하기까지 술을 벗하며 살던 꼿꼿한 선비였음.

김사과 金司果

　몇 군데 고을살이에서 물러나 서책을 벗하며 맞손자 석규 가르침에 오로지하는 판박이 시골 선비임. 벗인 허담과 함께 대흥大興고을 정신적 버팀목임.

김재풍 金在豊

　공주감영 병방비장으로 육십 근짜리 철퇴를 공깃돌 놀리듯 하는 장사면서 법수 갖춰 익힌 무예 또한 놀라운 무골이나, 충청감사가 올려 보

내는 봉물짐 어거하여 가다가 끝향이가 쏜 닭똥소주에 녹아 쓰러지
게 됨.

끝향이
   홍주관아 외대머리로 리 립이 입담에 끌려들어가 만동이를 만나게 되
면서 사내로서 좋아하게 되어, 리 립이가 꾸며대는 여러 가지 사달에
서 많은 공을 세우는 정이 많은 여인임.

노삭불 盧朔弗
   홍주고을 부잣집 외거노비로 있으며 리진사 복심되어 움직이는 고지
식하나 꾀 많은 배알티사내로, 끝향이를 좋아함.

덕금 德金
   년천免賤한 상민 딸로 태어나 만동이를 좋아하였으나 뜻을 이루지 못
하고, 만동이가 장선전 부녀와 앵두장수 된 다음부터 반실성을 한 꼴
로 다시어미인 향월이가 차린 비티 밑 주막에 붙어 꿈이 없는 나날을
보냄.

리 립 李立
   옛사라비 전배인 홍경래를 우러러 모시는 평안도 정주定州 출신 가진
사假進士로 만동이를 홍경래 대받은 평호대원수로 모시고 새 세상을
열어보고자 밤을 낮 삼는 꾀주머니임.

리생원 李生員
   대흥고을 책방冊房으로 딱한 나날을 보내는데, 음률에 뛰어나고 서화
에 밝은 재사才士로 은수 소리선생이 됨.

리씨李氏부인
   석규 어머니. 젊은 홀어미가 되어 석규 오뉘에게 모든 앞날을 걸고 꼿
꼿하게 살아가는 판박이 조선 사대부가 부인임.

리참봉 李參奉
   역관 출신 가짜 양반으로 최이방에게 뒤꼭지를 잡혀 갖은 시달림을
당하던 끝에 발피潑皮를 돈 주고 사 최이방을 혼내주고 대흥고을을
떠남.

리평진 李平眞
   은수 아버지로 김병윤과 동문수학한 사이나 글에는 뜻이 없고 산천유

람이나 다니며 잡기에만 골몰하는 조금 부황한 몰락양반임.

만동 萬同

김사과댁 씨종인 비부婢夫쟁이 천千서방 전실 자식으로 남다른 힘씀과
무예를 지녀 '아기장수'로 불림. 장선전 외동따님인 인선아기씨를 그
리워하나 넘을 수 없는 신분 벽으로 괴로워하던 중 윤동지와 아전배
잔꾀에 걸려 옥에 갇힌 장선전을 파옥시켜 함께 자취를 감춤. 온갖 어
려움 끝에 인선이와 내외간 연줄을 맺게 된 그는 장선전을 군사軍師로
하는 평호대원수平湖大元帥 꿈을 키우다가 명화적明火賊으로 충청감사
봉물짐을 털게 됨.

모세몽치 牟世夢致

백토 한 뼘 없이 조동모서朝東暮西하는 부보상으로, 일제 조선침탈 앞
장꾼으로 들어와 내륙 물화를 훑어가는 왜상倭商을 때려죽이게 됨.

박성칠 朴性七

창옷짜리 진사와 성균관 급수비 사이에 태어나 탄탄한 유가교양과 뛰
어난 무예를 갖췄으나, 신분벽에 막혀 농세상을 하다가 대흥고을 인
민봉기를 채잡는 사점士點백이임.

백산노장 白山老長

백두산에서 참선을 하였다는 노선객老禪客으로 석규에게 바둑돌을 통
하여 도道에 이를 수 있는 길을 일러주며, '흑백미분黑白未分 난위피차難
爲彼此 현황지후玄黃之後 방위자타方位自他'라는 비기秘記를 주어, 석규로
하여금 평생 화두話頭가 되게 함.

변 협 邊協

대흥고을 포도부장으로 본국검本國劍 달인達人임. 뼈대 있는 무인이었
으나 향월이 색에 녹아, 봉물짐을 털던 명화적 만동이와 겨룸에서 크
게 다치게 됨.

삼월 三月

춘동이 누이로 세상에서도 뛰어난 소리꾼이 되려는 꿈을 지니고 있는
되바라진 꽃두레임.

서장옥 徐璋玉

황하일黃河一과 함께 장선전을 찾아와 동학에 들 것을 넌지시 구슬리고,

만동이를 눈여겨보며 무슨 비기 같은 말을 남기고 떠나는 처음 동학남
접東學南接 우두머리임.

쌀돌이
갈꽃이를 좋아하는 고아 출신 곁머슴으로 갈꽃이가 기생이 되어 감영
으로 간 다음 꿈을 잃은 나날을 보내다가 동학봉기에 들게 됨.

안익선 安益善
양반 신분이나 스스로 광대로 나선 비가비임. 국창 정춘풍鄭春風 제자
로 마침내 중고제中高制라는 내포內浦 바닥 남다른 소리제를 이룩하는
데, 여난女難에 시달리는 감궂은 팔자임.

오씨吳氏부인
석규 할머니. 잡도리 호된 몸과 마음가짐으로 무너져가는 가문을 지
켜가는 판박이 반가 노부인임.

온호방 溫戶房
가리假吏 출신 고을 호방으로 윤동지를 쑤석거려 장선전을 사지死地에
떨어뜨린 사납고 모진 아전배임.

운산 雲山
철산화상 상좌로 백산노스님 시봉을 하면서 많은 가르침을 받아 조선
선불교를 다시 일으키려는 큰 뜻을 품고 정진하는 눈 맑은 수도승임.

윤경재 尹敬才
윤동지 둘째아들로 사포대士砲隊를 이끌며 행짜가 매우 호된 가한량假
閑良. 죄 없는 양민들을 화적으로 몰아 관가에 넘기다가 만동이 들이침
을 받고 황포수黃砲手 불질에 보름보기가 됨.

윤동지 尹同知
홍주목洪州牧 퇴리退吏 출신으로 대흥고을에서 첫째가는 거부巨富임.
군수도 마음에 들지 않으면 갈아치울 만큼 거센 힘이 대단한 고을 세
도가로 인선이를 첩으로 들여앉히려다 비꾸러짐.

은수 銀秀
리평진 외동따님으로 거문고와 소리에 뛰어난 너름새를 보임. 리책방
을 스승으로 모시며 소매를 걷어부치고 갈닦음을 하는데, 두 살 밑인
석규도령이 보내오는 마음에 늘 가슴 졸여함.

인선 仁善

오십궁무五十窮武인 장선전 외동따님으로 아름다운 얼굴과 슬기롭고
도 숭글숭글한 인품이며 만동이와 내외가 됨. 명화적 여편네로 주저
앉게 된 제 팔자를 안타까워하며 만동이한테 늘 높은 뜻을 가질 것을
일깨우는 스승 같은 여인임.

일매홍 一梅紅

김옥균金玉均 정인情人으로 상궁 출신 일패기생임. 갑신거의甲申擧義가
무너진 다음 한양 다방골에서 자취를 감추었다가, 청주 병영淸州兵營에
관비官婢로 박혀 있다는 김옥균 부인을 찾아왔던 길에 김병윤 생각을
하며 대홍고을을 지나가게 됨.

장선전 張宣傳

미관말직인 권관權管을 지낸 타고난 무인으로 때를 못 만난 나날을 보
내다가 만동이를 따라 산으로 들어감. 홍경래洪景來 군사軍師였던 우군
칙禹君則처럼 만동이를 도와 큰 뜻을 펴보려는 꿈을 지니고 있음.

준정 俊貞

석규 누나. 곱고 여린 참마음 지닌 이로서 양반 퇴물로 백수건달인 박
서방에게 시집가 평생 눈물로 지냄으로써 석규에게 한평생 마음에 생
채기가 되는 여인.

철산화상 鐵山和尙

백산 상좌로 행공行功과 무예에 뛰어난 미륵패임. 동학봉기 때 미륵세
상을 꿈꾸는 불교 비밀결사체인 '당취黨聚'를 이끌고 들어가나, 서장
옥과 함께 무너지게 됨.

최유년 崔有年

충청감사 앞방석으로 충청도 쉰세고을을 쥐고 흔드는 칼자루 쥔 사람
인데, 끝향이가 쓴 패에 떨어져 만동이네 화적패한테 봉물짐을 털리
고 도망치다 죽이려던 노삭불이한테 됩세 맞아 죽게 됨.

최이방 崔吏房

감영 이방과 길카리가 된다는 것으로 온갖 자세藉勢를 부리며 군수를
용춤추이는 대홍관아 칼자루 쥔 사람인데, 은수를 며느리로 데려와보
고자 갖은 간사위를 다 부림.

춘동 春同

만동이 배다른 아우로 자치동갑인 상전 석규 손발 노릇을 하는데, 언니와는 다르게 가냘프고 무른 몸바탕이나 끼끗한 기상에 슬기롭고 날쌘 꽃두루임.

큰개

임술민란에 부모를 잃고 떠돌다가 훈련도감에 들어가 임오군변과 갑신거의 때 기운차게 움직인 남다른 힘씀과 무예를 지닌 피끓는 사내임. 만동이를 좋아하였으나 그가 명화적이 된 것에 크게 꿈이 깨졌고, 동학봉기 때 서장옥 복심으로 눈부시게 뛰게 됨.

향월 向月

감영기생 출신 술어미로 만수받이나 색을 밝혀 온호방·변부장과 속살 이음고리를 맺었다가 만동이한테 혼찌검을 당함.

허담 虛潭

김사과 하나뿐인 벗으로 평생 벼슬길에 나아가지 않고 애옥한 살림 속에서도 오로지 경학經學 궁구에만 골똘하는 도학자道學者인데, 무섭게 바뀌는 문물 앞에서 허겁지겁 어리둥절함.

國手 3

1판 1쇄 발행	2018년 8월 1일
1판 8쇄 발행	2018년 8월 16일

지은이	김성동
펴낸이	임양묵
펴낸곳	솔출판사

기획	임정림 김경수
책임편집	임우기
교정·교열	남인복
편집	조소연 신주식 이신아
디자인	오주희 박민지
경영 및 마케팅	김형열 이예지
재무관리	이혜미 김용렬

주소	서울시 마포구 와우산로29가길 80(서교동)
전화	02-332-1526
팩스	02-332-1529
홈페이지	www.solbook.co.kr
이메일	solbook@solbook.co.kr
출판등록	1990년 9월 15일 제10-420호

© 김성동, 2018

ISBN	979-11-6020-050-8 (04810)
	979-11-6020-047-8 (세트)